GOLDMANN

Buch

Das Ehepaar Port und Kit Moresby reist nach Nordafrika, um unter dem schützenden Himmel der Wüste neuen Lebenselan zu schöpfen und seine kriselnde Ehe zu retten. Doch unter der sengenden Saharasonne spitzen sich die Konflikte zu. Beide geben sich sexuellen Affären hin, und bei einem existenziellen Ritt durch die Wüste erkrankt Port und stirbt bald darauf. Die überlebende Kit sucht in erotischen Abenteuern Vergessen. Sie schließt sich zwei arabischen Händlern an und gelangt schließlich in den Harem Belqassims, dem jüngeren der beiden Händler, dem sie völlig verfällt. Als Belqassims Leidenschaft abkühlt, begibt sie sich von neuem auf eine Wanderung durch die Wüste.

»Das Buch überragt die meisten Romane, die nach dem Zweiten Weltkrieg geschrieben wurden. Seine Story hebt sich glanzvoll ab gegen die riesige, schimmernde, trostlose Wüste, die Inhalt und Handlung beherrscht.« *(New Republic)*

Himmel über der Wüste – der bedeutendste und berühmteste Roman des großen amerikanischen Autors Paul Bowles; verfilmt von Bernardo Bertolucci.

Autor

Paul Frederic Bowles wurde 1910 in New York geboren und studierte in Berlin und Paris Musik. Bereits 1929 begann er literarische Texte zu veröffentlichen, und seine zahlreichen Werke sind in alle wichtigen Sprachen übersetzt worden. Er gilt als einer der größten zeitgenössischen Schriftsteller Amerikas und lebt heute in Marokko.

Von Paul Bowles ist im Goldmann Verlag bereits erschienen:

Das Haus der Spinne. Roman (9120) · Der ferne Kontinent. Erzählungen (42148) · Die Stunden nach Mittag. Marokkanische Erzählungen (9398) · Eisfelder. Erzählungen (41235) · Gesang der Insekten. Roman (9782) · Mitternachtsmesse. Erzählungen (9923) · New York – Tanger. Erzählungen (9306) · Rastlos. Erinnerungen eines Nomaden (42000)

Zusammen mit Mohammed Mrabet:

El Limón (Roman)

M'hashish – Geschichten aus Marokko

Paul Bowles

Himmel über der Wüste

Roman

Deutsch von Maria Wolff

GOLDMANN VERLAG

Die Originalausgabe erschien erstmals 1949 unter dem Titel
»The Sheltering Sky« im Verlag The Ecco Press, dann 1990
im Verlag Vintage Books, a division of Random House, New York

Umwelthinweis:
Alle bedruckten Materialien dieses Taschenbuches
sind chlorfrei und umweltschonend.

Der Goldmann Verlag
ist ein Unternehmen der Verlagsgruppe Bertelsmann

Umschlaggestaltung: Design Team München
Umschlagfoto: Interfoto, München
Satz: IBV Satz- und Datentechnik GmbH, Berlin
Druck: Elsnerdruck, Berlin
Verlagsnummer: 42232
AR · Herstellung: Heidrun Nawrot
Made in Germany
ISBN 3-442-42232-9

3 5 7 9 10 8 6 4

Erstes Buch

TEE IN DER SAHARA

»Das Schicksal eines jeden Menschen ist nur insofern ein persönliches, als es etwas zu gleichen scheint, das schon in seiner Erinnerung ist.«

Eduardo Mallea

I

Er erwachte und öffnete die Augen. Der Raum sagte ihm wenig; er war zu tief in das Nicht-Sein verstrickt, aus dem er eben auftauchte. Er hatte weder die Energie noch den Wunsch, sich über seine Position innerhalb der Zeit oder des Raumes klarzuwerden. Er war irgendwo – heimgekehrt aus uferlosen Weiten, aus dem Nirgends; in der tiefsten Tiefe seines Bewußtseins ruhte eine unendliche Traurigkeit, aber diese Trauer war beruhigend, denn sie allein war ihm vertraut. Eines weiteren Trostes bedurfte er nicht. Eine Weile lag er still da, in äußerster Entspannung, in tiefem Behagen, dann sank er zurück in einen jener leichten Augenblicksschlummer, die dem langen Tiefschlaf folgen. Plötzlich öffnete er wieder die Augen und sah auf seine Armbanduhr. Eine völlig automatische Geste, denn als er sah, wieviel Uhr es war, war er nur verwirrt. Er setzte sich auf, sah sich in dem schäbigen Zimmer um, legte die Hand gegen seine Stirne und seufzte tief, ehe er wieder auf das Bett zurückfiel. Aber jetzt war er wach; innerhalb weniger Sekunden wußte er, wo er sich befand, wußte, daß es später Nachmittag war und daß er seit dem Mittagessen geschlafen hatte. Im Nebenzimmer hörte er seine Frau in Pantöffelchen auf dem Fliesenboden hin- und hergehen, und dieses Geräusch beruhigte ihn, denn er hatte jetzt eine Bewußtseinsebene erreicht, auf der die bloße Gewißheit, zu leben, nicht mehr genügte. Aber wie mühsam war es, den hohen, engen Raum mit seiner Balkendecke, den müden, in indifferenten Farben auf die Wände schablonierten Mustern, den geschlossenen Fenstern mit den roten und orangefarbenen Scheiben als gegebene Tatsache hinzunehmen. Er gähnte: die Luft im Zimmer war restlos verbraucht. Später würde er von dem hohen Bett herunterklettern und das Fenster aufreißen; und in diesem Augenblick würde er sich seines Traumes erinnern. Denn obgleich er sich keine Einzelheiten ins Gedächtnis zurückrufen konnte, wußte er, daß er geträumt hatte. Hinter dem Fenster war Luft, die Dächer, die Stadt, das Meer. Der Abendwind würde sein Gesicht kühlen, während er hinaussah, und in diesem Augenblick würde der Traum zurückkommen. Im Moment konnte er nur liegenbleiben, wo er lag, langsam atmend, fast wieder in Schlaf versinkend, gelähmt im Dickicht des luftlosen Zimmers, nicht in Erwartung der Dämmerung, sondern regungslos verharrend, bis sie kommen würde.

II

Auf der Terrasse des Cafés Eckmühl-Noiseux saßen einige Araber und tranken Mineralwasser; nur ihre Feze, in verschiedenen Schattierungen von Rot leuchtend, unterschieden sie von der übrigen Bevölkerung des Hafens. Ihre europäischen Anzüge waren grau und abgetragen; es wäre schwierig gewesen, festzustellen, welchen Schnitt diese Kleidungsstücke einmal gehabt hatten. Die fast nackten Schuhputzer, kleine Buben, hockten auf ihren Kästen und starrten auf das Pflaster; sie hatten nicht einmal genug Energie, die Fliegen zu verscheuchen, die über ihre Gesichter krochen. Im Inneren des Cafés war es zwar kühler, aber noch luftloser, und es roch nach abgestandenem Wein und Urin.

An dem Tisch, der in der dunkelsten Ecke stand, saßen drei Amerikaner: zwei junge Männer und eine junge Frau. Sie unterhielten sich leise und ruhig, wie es Leute tun, die unbegrenzt Zeit haben. Einer der Männer, ein magerer, mit leicht schiefem, unruhigem Gesicht, faltete einige große, vielfarbige Landkarten zusammen, die er wenige Minuten vorher auf dem Tisch ausgebreitet hatte. Seine Frau beobachtete die sorgfältigen Bewegungen, die er dabei machte, mit einem Gemisch aus Belustigung und Verzweiflung; Landkarten langweilten sie, und er beschäftigte sich immer mit ihnen. Selbst während der kurzen Intervalle, in denen sich ihr Leben an einem Ort abgespielt hatte – und es waren nur wenige während ihrer zwölfjährigen Ehe gewesen –, brauchte er nur eine Karte zu sehen, um sie sorgfältigst zu studieren und dann meistens eine neue, unmögliche Reise auszuarbeiten, die gelegentlich auch Wirklichkeit wurde. Er hielt sich nämlich nicht für einen Touristen, sondern für einen Reisenden. Der Unterschied liege in der Zeit, pflegte er zu sagen. Während der Tourist gewöhnlich nach einigen Wochen oder Monaten nach Hause dränge, bewege sich der Reisende, der keinem Ort zugehöre, langsam, jahrelang, von einem Erdteil zum anderen. Tatsächlich wäre es ihm schwergefallen zu sagen, an welchem der vielen Orte, in denen er gelebt hatte, er sich am meisten zu Hause fühlte. Vor dem Krieg war es Europa und der Nahe Osten gewesen, während des Krieges Westindien und Südamerika. Und sie hatte ihn stets begleitet, ohne ihre Beschwerden zu oft und mit zuviel Bitterkeit aufzuzählen.

Jetzt hatten sie den Atlantik zum erstenmal seit 1939 wieder überquert, mit einer großen Menge Gepäck, und der Absicht, den Orten, die vom Krieg berührt worden waren, so fern wie möglich zu bleiben. Denn, so behauptete er, ein weiterer, wichtiger Unterschied zwischen Touristen und Reisenden sei der, daß ersterer seine eigene Zivilisation akzeptiere, ohne an ihr zu zweifeln. Nicht so der Reisende, der sie mit anderen Zivilisationen vergleiche und Elemente ablehne, die nicht nach seinem Geschmack seien. Und der Krieg war einer der Auswüchse des technisierten Zeitalters, die er zu vergessen wünschte.

In New York hatten sie herausbekommen, daß Nordafrika eines der wenigen Länder war, für das sie eine Passage bekommen konnten. Von früheren Besuchen her, die er während seiner Studienjahre in Paris und Madrid unternommen hatte, schien Afrika ihm ein Land, in dem man ein oder zwei Jahre verbringen konnte. Jedenfalls waren Spanien und Italien in erreichbarer Nähe, und sie konnten immer dorthin zurück, wenn ihr Plan scheitern sollte. Ihr kleiner Frachter hatte sie am Tag zuvor aus seinem bequemen Innern auf das heiße Dock gespuckt, wo sie lange Zeit schwitzend, fluchend und aufgeregt herumstanden, ohne daß ihnen irgend jemand auch nur die geringste Aufmerksamkeit bezeugt hätte. Während er dort in der glühenden Sonne stand, war er versucht gewesen, an Deck zurückzugehen und sich um eine Passage für die Weiterfahrt nach Istanbul zu bemühen; aber nachdem er derjenige gewesen war, der sie zu der Nordafrika-Reise überredet hatte, war es schwierig für ihn, den Plan zu ändern, ohne sich lächerlich zu machen. So warf er nur einen nachlässigen Blick über das Dock, machte einige passende, wenig schmeichelhafte Bemerkungen über den Ort und ließ es dabei bewenden; innerlich war er entschlossen, so schnell wie möglich ins Innere des Landes weiterzureisen.

Der andere Mann am Tisch pfiff, sobald er nicht sprach, sinnlose kleine Melodien vor sich hin. Er war einige Jahre jünger, breiter gebaut und, wie die Frau ihm häufig sagte, erstaunlich hübsch auf eine altmodisch-vornehme Weise. Für gewöhnlich war wenig Ausdruck in seinem glatten Gesicht, aber die Züge waren so geformt, daß sie in ihrer Ruhe den Eindruck allgemeinen Wohlbehagens erweckten.

Sie starrten hinaus in den staubigen Glast der nachmittäglichen Straße.

»Hier jedenfalls hat der Krieg seinen Stempel deutlich hinterlassen.«

Klein, mit blonden Haaren und einem olivfarbenen Teint, bewahrte die Intensität ihres Blickes sie davor, niedlich zu wirken. Wenn man einmal ihre Augen gesehen hatte, verblaßte der Rest des Gesichtes zu einem unbestimmten Eindruck, und wenn man sich später vorzustellen versuchte, wie sie aussah, blieb nichts als die durchdringende, fragende Wildheit der großen Augen übrig.

»Ja natürlich. Über ein Jahr lang sind hier Truppen durchgezogen.«

»Meiner Meinung nach hätten sie wirklich einen Ort auf der Welt in Ruhe lassen können«, sagte die Frau. Diese Bemerkung sollte ihren Mann erfreuen, denn sie bedauerte, daß sie sich vorhin über die Landkarten geärgert hatte. Er bemerkte diese Absicht; da er aber nicht wußte, woher sie rührte, ignorierte er sie.

Der andere Mann lachte überlegen, und er ging auf seinen Ton ein.

»Vielleicht deinetwegen?«

»Unsertwegen. Du weißt genau, daß du es ebenso haßt wie ich.«

»Was hasse?« fragte er gereizt. »Wenn du diesen farblosen Brei meinst, der sich eine Stadt nennt, dann ja. Aber ich bin trotzdem immer noch lieber hier als in den Staaten.«

Sie beeilte sich, zuzustimmen. »Oh, natürlich. Aber ich meinte nicht diesen Ort oder irgendeinen bestimmten Ort. Ich meinte die ganzen Scheußlichkeiten, die nach jedem Krieg überall vorkommen.«

»Aber Kit«, sagte der zweite Mann, »du kannst dich ja an gar keinen anderen Krieg erinnern.«

Sie beachtete ihn nicht. »Die Menschen jedes Landes werden den Menschen jeden anderen Landes immer ähnlicher. Sie haben keinen Charakter, keine Schönheit, keine Ideale, keine Kultur mehr – nichts, nichts.«

Ihr Mann beugte sich vor und streichelte ihre Hand. »Du hast recht. Ganz recht«, sagte er lächelnd. »Alles wird grau und immer noch grauer. Aber einige Orte auf der Erde werden dieser Krankheit länger standhalten, als du denkst. Du wirst sehen, hier in der Sahara...«

Von der gegenüberliegenden Straßenseite gellten die hysterischen Schreie eines Koloratursoprans aus einem Radioapparat. Kit zuckte zusammen. »Laßt uns schauen, daß wir schnell hinkommen«, sagte sie. »Vielleicht entgehen wir ihm dann.«

Sie hörten fasziniert zu, wie die Arie, die sich ihrem Ende näherte, die Vorbereitungen für das obligate hohe Schluß-C traf. Schließlich sagte Kit: »Nachdem wir das überstanden haben, muß ich noch eine Flasche Oulmès haben.«

»Großer Gott, noch mehr von dem Gesöff! Das wirst du bereuen.«

»Ich weiß, Tunner«, sagte sie, »aber ich kann meine Gedanken nicht vom Wasser losreißen. Was ich auch ansehe – es macht mich durstig. Zum ersten Mal in meinem Leben habe ich das Gefühl, ohne Alkohol leben zu können. Ich vertrage ihn in dieser Hitze nicht.«

»Noch einen Pernod?« sagte Tunner zu Port.

Kit runzelte die Stirne. »Wenn es echter Pernod wäre –«

»Er ist nicht übel«, sagte Tunner, als der Kellner eine Flasche Mineralwasser auf den Tisch stellte.

»Ce n'est pas du vrai Pernod?«

»Si, si, c'est du Pernod«, sagte der Kellner.

»Trinken wir noch einen«, sagte Port. Er starrte stumpfsinnig in sein Glas. Niemand sprach, als der Kellner fortging. Der Sopran begann eine neue Arie.

»Es geht wieder los! « schrie Tunner. Der Lärm einer Straßenbahn und ihr Geklingel übertönten einen Augenblick lang die Musik. Unter der Markise sahen sie das offene Vehikel in der Sonne vorbeischwanken. Es war mit zerlumpten Menschen überfüllt.

Port sagte: »Ich hatte gestern einen seltsamen Traum. Ich versuchte mich an ihn zu erinnern, und in dieser Minute fällt er mir wieder ein.«

»Nein!« schrie Kit mit aller Kraft. »Träume sind so langweilig! Ich bitte dich!«

»Willst du ihn nicht hören?« Er lachte. »Ich werde ihn dir aber auf jeden Fall erzählen.« Letzteres sagte er mit einer gewissen Wildheit, die, obenhin gesehen, gekünstelt schien.

Als aber Kit ihn ansah, wußte sie, daß er im Gegenteil die Leidenschaft, die er tatsächlich in sich fühlte, zurückdämmte. Sie unterdrückte die Sarkasmen, die ihr auf der Zunge lagen.

»Ich will es kurz machen«, lächelte er. »Ich weiß, daß ihr

mir einen Gefallen tut, wenn ihr zuhört, aber ich kann mich nur dann gut erinnern, wenn ich darüber nachdenke. Es war Tag, und ich saß in einem Zug, der immer schneller fuhr. Ich dachte mir: ›Wir werden in ein riesiges Bett hineinfahren, und die Bettlaken werden sich zu Bergen türmen‹.« Tunner sagte spöttisch: »Befrage doch Madame La Hiffs ›Zigeuner-Traumlexikon‹.«

»Halt den Mund. Und ich dachte, daß ich, wenn ich wollte, mein Leben wieder von vorne beginnen könnte – von Anfang an, bis zu diesem Augenblick, genau dasselbe Leben bis ins kleinste Detail.«

Kit schloß traurig die Augen.

»Was ist los?« fragte er.

»Ich finde es außerordentlich gedankenlos und egoistisch von dir, uns mit diesem Traum zu belästigen, nachdem du weißt, wie uns das langweilt.«

»Aber mich amüsiert er.« Er strahlte. »Und ich wette, Tunner will ihn auf jeden Fall hören. Nicht war, Tunner?«

Tunner grinste. »Träume sind mein Steckenpferd. Ich kann meine ›La Hiff‹ auswendig.«

Kit blinzelte mit einem Auge zu ihm hinüber. Die Getränke kamen.

»Und ich sagte zu mir: ›Nein! Nein!‹ Ich konnte den Gedanken nicht ertragen, all die grauenhaften Ängste und Schmerzen noch einmal in allen Einzelheiten zu erleben. Und ohne jeden Grund sah ich aus dem Fenster, auf die Bäume, und hörte mich laut sagen: ›Ja!‹ Denn ich wußte, ich würde alles gerne noch einmal erleiden, wenn ich dafür den Frühling noch einmal so riechen könnte, wie ich ihn als Kind gerochen habe. Aber dann begriff ich, daß es zu spät sei, denn während ich ›Nein!‹ dachte, riß ich mir meine Schneidezähne aus, als seien sie aus Gips. Der Zug hatte gehalten, und ich hielt meine Zähne in der Hand und fing an zu weinen. Ihr kennt doch dieses furchtbare Traum-Weinen, das einen wie ein Erdbeben erschüttert?«

Kit stand schwerfällig vom Tisch auf und ging auf eine Tür zu, auf der »DAMES« stand. Sie weinte.

»Laß sie laufen«, sagte Port zu Tunner, der ihr bestürzt nachsah. »Sie ist überdreht. Die Hitze geht ihr auf die Nerven.«

III

Er saß aufrecht im Bett, lesend und nur mit einem Paar Shorts bekleidet. Die Türe zwischen ihren Zimmern war offen, ebenso die Fenster. Über der Stadt und dem Hafen spielte der Leuchtturm- Scheinwerfer in einem langsamen, weiten Lichtbogen, und über dem Murmeln des Verkehrs schrillte ohne Unterlaß eine durchdringende elektrische Glocke.

»Ist das das Kino nebenan?« rief Kit.

»Was sonst«, sagte er abwesend und las weiter.

»Was wird gespielt?«

»Was?« Er legte sein Buch hin. »Du willst mir doch nicht sagen, daß du hingehen willst?«

»Nein.« Das klang unsicher. »Ich überlegte nur.«

»Ich kann dir sagen, was es ist. Ein arabischer Film, der ›Braut zu vermieten‹ heißt. Jedenfalls ist das der Untertitel.«

»Nicht zu glauben.«

»Finde ich auch.«

Sie kam ins Zimmer, nachdenklich eine Zigarette rauchend, und ging minutenlang im Kreis herum. Er sah auf.

»Was ist los?« fragte er.

»Nichts.« Sie blieb stehen. »Ich bin nur etwas durcheinander. Ich finde, du hättest diesen Traum nicht in Gegenwart von Tunner erzählen sollen.«

Er wagte nicht zu sagen: ›Hast du deshalb geweint?‹ Aber er sagte: »In seiner *Gegenwart!* Ich habe es ihm genausogut wie dir erzählt. Was ist ein Traum? Lieber Gott, nimm doch nicht alles so tragisch! Und warum sollte er es nicht hören?

Was paßt dir an Tunner nicht? Wir kennen ihn seit fünf Jahren.«

»Er ist so ein Schwätzer. Das weißt du genau. Ich trau ihm nicht über den Weg. Er macht aus allem eine Geschichte.«

»Aber wo soll er hier klatschen?« sagte Port verzweifelt.

Jetzt war Kit verärgert.

»Ach, nicht hier!« fuhr sie ihn an. »Du scheinst zu vergessen, daß wir eines Tages wieder in New York sein werden.«

»Ich weiß, ich weiß. Schwer zu glauben, aber es wird wohl so kommen. Na, schön. Was ist denn Schlimmes dabei, wenn er jedes Detail behält und es jedem unserer Bekannten weitererzählt?«

»Es ist so ein peinlicher Traum. Siehst du das denn nicht?«

»Ach, Shit!«

Stille.

»Peinlich für wen? Dich oder mich?«

Sie antwortete nicht. Er bohrte weiter: »Was soll das heißen, daß du Tunner nicht traust? In welcher Hinsicht?«

»Ach, ich trau ihm schon. Aber ich fühle mich nie ganz frei in seiner Gegenwart. Er ist eben kein naher Freund.«

»Das ist ja reizend – wo wir jetzt mit ihm hier sind!«

»Laß doch. Ich mag ihn sehr gerne. Versteh mich nicht falsch.«

»Ja, aber du mußt doch einen Grund haben.«

»Natürlich hab ich einen Grund, es ist aber nichts Wichtiges.«

Sie ging zurück in ihr Zimmer. Einen Augenblick verharrte er regungslos, an die Decke starrend, mit einem nachdenklichen Ausdruck auf dem Gesicht. Er begann wieder zu lesen und brach dann ab.

»Ist es sicher, daß du ›Braut zu vermieten‹ nicht sehen willst?«

»Ganz bestimmt nicht.«

Er schloß sein Buch. »Ich glaube, ich werde eine halbe Stunde spazierengehen.«

Er stand auf, zog ein Sporthemd und eine Panamahose an und frisierte sich. Sie saß in ihrem Zimmer am offenen Fenster und feilte ihre Nägel. Er beugte sich über sie und küßte ihren Nacken an der Stelle, wo das seidige blonde Haar in welligen Locken ansetzte.

»Köstliches Zeug hast du an dir. Hier bekommen?« er schnüffelte mit geräuschvoller Anerkennung. Der Ton seiner Stimme änderte sich, als er sagte: »Aber was meintest du eigentlich mit Tunner?«

»O Port! Hör um Himmels willen auf, darüber zu reden!«

»Schon gut, Baby«, sagte er gehorsam und küßte ihre Schulter. Und mit gespielter Unschuld: »Darf ich auch nicht darüber nachdenken?«

Sie antwortete nicht, bis er an der Tür war. Dann hob sie den Kopf, und in ihrer Stimme war etwas Spitzes: »Es ist schließlich mehr deine Angelegenheit als meine.«

»Auf bald«, sagte er.

IV

Er ging durch die Straßen, unbewußt die dunkleren suchend, und glücklich, daß er allein war und die Nachtluft auf seinem Gesicht spürte. Menschen stießen ihn im Vorbeigehen an, starrten ihm aus Fenstern und Hauseingängen nach, riefen sich laute Bemerkungen über ihn zu – ob gute oder bösartige, konnte er ihren ausdruckslosen Gesichtern nicht ablesen –, und manchmal blieben sie sogar stehen, nur um ihn besser betrachten zu können.

»Wie weit kann ich ihnen trauen? Ihre Gesichter sind Masken. Und alle sehen sie aus, als seien sie tausend Jahre alt. Das bißchen Energie, das sie besitzen, wird aufgebraucht von einem blinden Massentrieb, zu leben, denn keiner von ihnen hat genügend zu essen, um einen individuellen Lebenstrieb zu entwickeln. Aber was denken sie von mir? Würde einer von ihnen mir helfen, wenn mir etwas zustoßen sollte? Oder würde ich hier, auf dieser Straße, liegenbleiben, bis die Polizei mich findet? Welchen Grund könnten sie auch haben, mir zu helfen? Sie haben ja keine Religion mehr. Sind sie Mohammedaner oder Christen? Sie wissen es selbst nicht. Sie wissen nur, was Geld ist, und wenn sie welches kriegen, denken sie nur ans Essen. Aber was ist daran falsch? Warum habe ich solche Gefühle gegen sie? Schäme ich mich, daß ich gesund und wohlgenährt zwischen ihrer Armut einhergehe? Ist das Leid nicht gleichmäßig unter alle Menschen verteilt? Jeder hat seine Last zu tragen...« Gefühlsmäßig wußte er, daß dieser letzte Gedanke unwahr war, aber im Augenblick war es für ihn notwendig, daran zu glauben: es ist nicht immer leicht, die Blicke Hungernder zu ertragen. Nur in diesem Glauben konnte er seinen Weg durch die Gassen fortsetzen. Es war ihm, als ob entweder er oder die anderen nicht existierten. Beide Vermutungen waren möglich. Das spanische Zimmermädchen im Hotel hatte erst diesen Mittag zu ihm gesagt: »La vida es pena.« – »Natürlich«, hatte er geantwortet und kam sich verlogen vor, als er es sagte. Er überlegte, ob ein Amerikaner überhaupt mit ehrlicher Überzeugung das Wort »Leben« mit dem Wort »Leiden« gleichsetzen kann. Und doch hatte er ihre Definition spontan bejaht, denn die Bedienerin war alt, verbraucht und ein Kind des Volkes. Jahrelang war es eines seiner Vorurteile, zu glauben, er könne in der Unterhaltung mit den unteren Volksschichten Wahrheit und Wirklichkeitssinn finden. Und obgleich er längst erkannt hatte, daß ihre Gedanken- und Ausdrucksformeln genauso eng und schablonenhaft sind – und damit genauso weit von der Wahrheit entfernt – wie die jeder anderen sozialen Schicht, ertappte er sich immer wieder dabei, daß er ihnen zuhörte, als ob die Goldkörner der Weisheit aus ihren Mündern fallen könnten.

Im Weitergehen wurde er sich seiner eigenen Nervosität dadurch bewußt, daß er bemerkte, wie er mit dem Zeigefinger seiner rechten Hand Achter in die Luft zeichnete. Er seufzte und zwang sich, aufzuhören.

Sein Gemüt heiterte sich auf, als er auf einen freien Platz kam, der verhältnismäßig gut beleuchtet war. Die Cafés an den vier Seiten der kleinen Plaza hatten ihre Stühle und Tische nicht nur auf dem Trottoir aufgestellt, sondern auch auf der Straße, so daß es einem Fahrzeug unmöglich gewesen wäre, vorbeizufahren, ohne sie umzuwerfen. In der Mitte des Platzes war eine winzige Grünfläche, mit vier Pappeln geziert, die in Form von Schirmen gestutzt waren. Unter den Bäumen wälzte sich ein Dutzend Hunde in einem unförmigen Knäuel; alle bellten wie rasend. Als er langsam den Platz überquerte, vorsichtig den Hunden ausweichend, bemerkte er, daß er mit jedem Schritt etwas unter seinen Füßen zertrat. Der Boden war mit großen Insekten bedeckt; ihre harten Panzer knackten so laut, daß das Geräusch sogar mitten in dem Lärm, den die Hunde machten, deutlich zu hören war. Es wurde ihm klar, daß er, der sonst Ekel vor der Begegnung mit solch einem Geschehnis empfunden haben würde, jetzt einen kindischen Triumph verspürte. »Ich bin in einer schlechten Verfassung, und warum auch nicht?« Die wenigen Menschen, die verstreut an den Tischen saßen, waren meist schweigsam, aber sobald sie sprachen, hörte er die drei Idiome der Stadt: Arabisch, Spanisch und Französisch.

Allmählich begann die Straße abzufallen; dies erstaunte ihn, denn er hatte geglaubt, die ganze Stadt sei auf den Abhang gegenüber dem Hafen gebaut, und er hatte bewußt einen Weg landeinwärts und nicht nach dem Meer zu gewählt. Die Gerüche in der Luft wurden immer schärfer. Sie wechselten in ihrer Zusammensetzung, aber es handelte sich immer um Schmutz irgendwelcher Art. Die Nähe dieses unsauberen Elements hob seine Stimmung. Er gab sich dem perversen Vergnügen hin, das er darin fand, mechanisch einen Fuß vor den anderen zu setzen, obgleich er sich deutlich seiner Müdigkeit bewußt war. »Plötzlich werde ich feststellen, daß ich umkehre und wieder zurückgehe«, dachte er. Aber erst dann, denn er würde nicht den Entschluß fassen, umzukehren. Der Impuls, seine Schritte zu steuern, wurde von Minute zu Minute verzögert. Schließlich hörte er auf, sich darüber zu wundern: eine verschwommene Vision begann ihn zu beunruhigen. Es war Kit, am offenen Fenster sitzend, ihre Nägel feilend und über die Stadt blickend. Und je öfter er seine Phantasie zu dieser Szene zurückkehren fühlte, desto stärker fühlte er im Unterbewußtsein sich selbst als den Hauptdarsteller und Kit als den Zuschauer. Die Gültigkeit seiner Existenz basierte auf der Annahme, daß sie nicht fortgegangen war, sondern immer noch dort saß. Es schien ihm, als könne sie ihn immer noch vom Fenster aus sehen, wie winzig und entfernt er auch war, rhythmisch hügelauf und -ab laufend, durch Licht und Schatten; als ob nur sie alleine wüßte, wann er umkehren und den anderen Weg gehen werde.

Die Straßenlaternen waren jetzt sehr weit voneinander entfernt, und die Pflasterung hatte aufgehört. Aber es hockten noch Kinder in den Rinnsteinen, kreischend und mit Abfällen spielend. Ein kleiner Stein traf ihn plötzlich im Rükken. Er drehte sich blitzschnell um, aber es war zu dunkel, um festzustellen, von wo er kam. Wenige Sekunden später landete ein anderer Stein, diesmal von vorne kommend, an seinem Knie. Im schwachen Licht sah er eine Gruppe Kinder wie Spatzen vor ihm aufstäuben. Aus verschiedenen Richtungen kamen mehr Steine, diesmal ohne ihn zu treffen. Als er aus der Wurfzone trat, an eine Stelle, wo mehr Licht war, blieb er stehen und versuchte, die beiden Kampfgruppen zu beobachten, aber sie rannten fort ins Dunkel, und so begann er wieder seine Wanderung, ebenso rhythmisch und mechanisch ausschreitend wie vorher. Ein Wind, warm und trocken, sprang ihn aus der Finsternis der Straße an. Er erschnupperte die Fetzen des Geheimnisses, die dieser mit sich trug, und fühlte wieder ein ungewohnt erhebendes Gefühl.

Obwohl die Straße immer ländlicher wurde, zögerte sie aufzuhören; Hütten standen nach wie vor auf beiden Seiten. Jenseits einer bestimmten Stelle hörte jede Beleuchtung auf, und die Gebäude waren dunkel. Der Wind, direkt von Süden kommend, fegte über die kahlen Berge, die unsichtbar vor ihm lagen, über die weite, flache Sebkha, bis an die Ränder der Stadt; wirbelte Vorhänge aus Staub auf, die sich über die Kuppe des Hügels erhoben und sich schließlich in der Luft oberhalb des Hafens auflösten. Er blieb stehen; der äußerste Vorort war am dünnen Faden der Straße aufgereiht gewesen. Hinter der letzten Hütte fiel der mit Abfällen und Geröll bedeckte Weg dreigeteilt und übergangslos in den Abgrund. Im Dämmern dort unten sah er flache, unregelmäßige, cañon-artige Formationen. Port hob seine Augen zum Himmel auf: die pudrige Spur der Milchstraße war wie ein gewaltiger Riß quer durch den Himmel, durch den das blasse weiße Licht durchsickerte. In der Ferne hörte er ein Motorrad. Als dieses Geräusch verklungen war, blieb nichts mehr als ein gelegentlicher Hahnenschrei; wie der höchste Ton einer sich wiederholenden Melodie, deren übrige Noten nicht zu hören waren.

Er begann rechts den Abhang hinunterzuklettern, zwischen Fischresten und Staub entlangschlitternd. Unten angekommen, ertastete er einen Felsen, der sauber zu sein schien, und setzte sich darauf. Der Gestank war überwältigend. Er brannte ein Streichholz an und sah, daß der Boden mit Hühnerfedern und verfaulten Melonenschalen bedeckt war. Als er wieder aufstand, hörte er über sich, am Ende der Straße, Schritte. Am Rande des Abhangs stand eine Silhouette. Sie sprach nicht, aber Port war überzeugt, daß sie ihn gesehen hatte, ihm gefolgt war und wußte, daß er hier unten saß. Sie zündete eine Zigarette an, und er sah eine Sekunde lang einen Araber mit einer chechia auf dem Kopf. Das in die Luft geworfene Streichholz zeichnete eine verlöschende Parabel in das Dunkel, das Gesicht verschwand und übrig blieb nur der rote Glutpunkt der Zigarette. Der Hahn krähte mehrere Male. Schließlich rief der Mann laut: »Qu'est-ce ti cherches là?«

»Jetzt fängt das Unheil an«, dachte Port. Er rührte sich nicht.

Der Araber wartete eine Weile. Er ging bis an den äußersten Rand des Abhanges. Eine Konservenbüchse kam ins Rollen und ratterte laut herunter, gegen den Stein, auf dem Port saß.

»Hé! M'sieu! Qu'est-ce ti vo?«

Er beschloß zu antworten. Sein Französisch war gut.

»Wer? Ich? Nichts.«

Der Araber galoppierte den Abhang hinunter und stand vor ihm. Mit den typischen, ungeduldigen, fast unwilligen Gesten unterstrich er seine Vernehmung. Was machst du hier, ganz allein? Suchst du was? Worauf Port müde antwortete: Nichts. Von dort.

Nichts. Nein.

Eine Zeitlang schwieg der Araber, unschlüssig, welche Richtung er dem Dialog geben sollte. Er zog mehrmals heftig an seiner Zigarette, bis sie sehr hell aufglühte, dann warf er sie fort und ließ den Rauch aus der Lunge sprudeln.

»Willst du einen Spaziergang machen?« sagte er.

»Was? Einen Spaziergang? Wo?«

»Da drüben.« Sein Arm winkte nach den Bergen hinüber.

»Was ist da drüben?«

»Nichts.«

Neues Schweigen zwischen ihnen.

»Ich zahl dir einen Schnaps«, sagte der Araber. Und sofort darauf: »Wie heißt du?«

»Jean«, sagte Port.

Der Araber wiederholte den Namen zweimal, als wolle er seinen Wert prüfen. »Ich«, er schlug sich an die Brust, »Smail. So, gehen wir einen trinken?«

»Nein.«

»Warum nicht?«

»Ich habe keine Lust.«

»Du hast keine Lust. Zu was hast du denn Lust?«

»Zu nichts.«

Plötzlich begann die ganze Unterhaltung wieder von vorne. Nur daß jetzt die Stimme des Arabers eine Note echter Verzweiflung bekommen hatte: »Qu'est-ce ti fi là? Qu'est-ce ti cherche?« Port erhob sich und begann hangaufwärts zu klettern, aber es war mühsam. Er rutschte immer wieder rückwärts hinunter. Sofort war der Araber neben ihm und zupfte ihn am Ärmel. »Wohin gehst du, Jean?«

Ohne zu antworten, sammelte Port all seine Energie und erreichte die Höhe. »Au revoir«, rief er und ging rasch die Straße entlang. Er hörte ein verzweifeltes Klettern hinter sich; im nächsten Augenblick war der Mann neben ihm.

»Du hast nicht auf mich gewartet«, sagte er in beleidigtem Ton.

»Nein. Ich sagte Adieu.«

»Ich komm mit dir.«

Port antwortete nicht. Sie gingen eine gute Weile, ohne zu sprechen. Als sie an die erste Straßenlaterne kamen, fuhr der Araber in seine Tasche und zog eine abgeschabte Brieftasche hervor. Port warf einen Blick darauf und ging weiter.

»Schau!« rief der Araber und hielt ihm das Ding unter die Nase.

Port sah nicht auf. »Was ist das?« fragte er ohne Interesse.

»Ich war im Fünften Scharfschützenbataillon. Schau dir das Papier an! Schau! Du wirst sehen!«

Port ging schneller. Bald war die Straße bevölkert. Niemand beachtete sie. Es war, als machte der Araber an seiner Seite ihn unsichtbar. Aber jetzt war er seines Weges nicht mehr sicher. Es war nicht ratsam, sich das anmerken zu lassen. Er fuhr fort, geradeaus zu gehen, als hätte er nicht die geringsten Zweifel. »Über die Hügelkuppe und hinunter«, sagte er sich, »und ich kann nicht fehlgehen.«

Alles sah fremd aus: die Häuser, die Straßen, die Cafés, sogar die Umrisse der Stadt in ihrer Lage zu dem Hügel. Anstatt die Höhe zu finden, von wo aus der Abstieg begann, entdeckte er, daß hier alle Straßen, gleich in welcher Richtung, deutlich bergauf gingen; um bergab zu gelangen, hätte er umkehren und zurückgehen müssen. Der Araber ging in ernstem Schweigen neben ihm einher, hinter ihn schlüpfend, wenn nicht genug Platz war, daß sie nebeneinander gehen konnten. Er machte keine Versuche mehr, sich zu unterhalten; Port bemerkte mit Vergnügen, daß er ein wenig außer Atem war.

»Wenn ich will, kann ich so die ganze Nacht weitergehen«, dachte er, »aber wie, zum Teufel, komme ich wieder ins Hotel?«

Plötzlich befanden sie sich in einer Gasse, die nicht mehr als ein Durchgang war. Über ihren Köpfen ragten die Hauswände, nur wenige Zentimeter voneinander entfernt. Port zögerte einen Augenblick: in solchen Straßen ging er nicht gern spazieren. Und im übrigen führte sie offensichtlich nicht zu seinem Hotel. Diesen kurzen Augenblick benutzte der Araber, um die Führung zu übernehmen. Er sagte: »Du kennst diese Straße nicht? Sie heißt Rue de la Mer Rouge. Kennst du sie? Komm mit. Die Cafés arabes sind hier herunter. Nur noch ein wenig weiter. Komm mit.«

Port überlegte. Unter allen Umständen wollte er weiter vortäuschen, daß er sich in der Stadt auskenne.

»Je ne sais pas, si je veux y aller ce soir«, dachte er laut.

Der Araber begann in seiner Aufregung an Ports Ärmel zu zupfen.

»Si, si!« schrie er. »Viens! Ich zahl dir einen Schnaps.«

»Ich trinke nicht. Es ist sehr spät.«

In der Nähe schrien sich zwei Katzen an. Der Araber zischte und stampfte mit dem Fuß auf; sie rannten in entgegengesetzten Richtungen davon.

»Dann trinken wir Tee«, sagte er hartnäckig.

Port seufzte. »Bien«, sagte er.

Das Café hatte einen komplizierten Eingang. Sie gingen durch eine niedere, gewölbte Tür eine düstere Halle entlang in einen kleinen Garten. Die Luft war schwer vom Duft der Lilien, vermischt mit dem sauren Geruch der Abflußrohre. Im Dunkeln durchquerten sie den Garten und stiegen eine lange Flucht steinerner Treppen hinauf. Die harten Wirbel einer Handtrommel, die sich träge über einem Meer von Stimmen erhoben, wehten ihnen von oben entgegen.

»Setzen wir uns draußen oder drinnen hin?« fragte der Araber.

»Draußen«, sagte Port. Er roch den belebenden Geruch von Haschisch und glättete unbewußt seine Haare, als sie am Ende der Treppe ankamen. Der Araber bemerkte sogar diese winzige Bewegung.

»Hier sind keine Damen, weißt du.«

»Oh, ich weiß.«

Durch eine Tür warf er einen Blick auf die lange Folge winziger, grell erleuchteter Zimmer und auf die Männer, die überall auf dem mit Schilfmatten belegten Boden saßen. Alle hatten sie entweder weiße Turbane oder rote Chechias auf dem Kopf, eine Nuance, die dem ganzen Bild eine solche Harmonie verlieh, daß Port laut »Ah« rief, als sie durch die Türe traten. Als sie im Sternenlicht auf der Terrasse saßen, wo die Saiten einer Oud irgendwo in ihrer Nähe lässig gezupft wurden, sagte er zu seinem Begleiter: »Ich wußte gar nicht, daß es so etwas in dieser Stadt noch gibt.« Der Araber verstand ihn nicht. »So etwas?« echote er. »Wie?«

»Nur mit Arabern. Wie hier drinnen. Ich dachte, alle Cafés seien wie die in den Straßen, ein Mischmasch von Juden, Franzosen, Spaniern und Arabern. Ich dachte, der Krieg habe alles verändert.«

Der Araber lachte. »Der Krieg war schlimm. Viele Menschen sind gestorben. Es gab nichts zu essen. Das ist alles. Wie kann das die Cafés ändern? O nein, mein Freund. Es ist alles, wie es war.«

Kurz darauf sagte er: »Du warst also seit dem Krieg nicht mehr hier! Aber du warst hier, vor dem Krieg?«

»Ja«, sagte Port. Es war wahr: Er hatte einmal einen Nachmittag in dieser Stadt verbracht, als sein Schiff kurz anlegte.

Der Tee kam; sie tranken und schwätzten. Langsam begann wieder das Bild von Kit, am Fenster sitzend, sich zu formen. Als er es merkte, fühlte er zuerst einen Stich von Schuldgefühl.

Dann wurde seine Phantasie wach, und er sah ihr Gesicht,

schmallippig vor Zorn, als sie sich auszog und ein Stück hauchdünner Unterwäsche nach dem anderen über die Möbel warf. Jetzt hatte sie sicher das Warten aufgegeben und war ins Bett gegangen. Er zuckte die Achseln und wurde nachdenklich, spielte mit dem Teerest am Boden seines Glases, indem er es drehte und drehte und mit den Augen die langsam kreisende Bewegung verfolgte.

»Du bist traurig«, sagte Smail.

»Nein, nein.« Er sah auf und lächelte geheimnisvoll, dann begann er wieder das Glas zu beobachten.

»Das Leben ist kurz. Il faut rigoler.«

Port war ungeduldig; er war nicht in der Stimmung für Kaffeehausphilosophie.

»Ja, ich weiß«, sagte er kurzangebunden und seufzte. Smail zwickte ihn in den Arm. Seine Augen leuchteten.

»Wenn wir hier weggehen, dann nehm ich dich mit zu einem Freund von mir.«

»Ich will ihn nicht kennenlernen«, sagte Port und fügte hinzu: »Trotzdem – vielen Dank.«

»Ah, du bist wirklich traurig«, lachte Smail. »Es ist ein Mädchen. Schön wie der Mond.«

Ports Herz setzte einen Schlag lang aus. »Ein Mädchen«, wiederholte er automatisch, ohne seine Augen von dem Glas zu heben. Er war verstört, Zeuge seiner inneren Erregung zu sein. Er sah Smail an.

»Ein Mädchen?« sagte er. »Du meinst, eine Hure.«

Smail war ein wenig beleidigt. »Eine Hure? Mein Freund, du kennst mich nicht. Ich würde dich so einer nicht vorstellen. C'est de la saloperie, ça! Diese ist eine Freundin von mir, sehr elegant, sehr nett. Wenn du sie kennenlernst, wirst du es selbst sehen.«

Der Musiker hörte auf, die Oud zu spielen. Im Inneren des Cafés riefen sie Nummern für ein Lottospiel aus: »Ouahad aou tletine! Arbaine!«

Port sagte: »Wie alt ist sie?«

Smail zögerte. »Ungefähr sechzehn. Sechzehn oder siebzehn.«

»Oder zwanzig oder fünfundzwanzig«, schlug Port mit einem Grinsen vor.

Wieder war Smail gekränkt. »Was soll das heißen, fünfundzwanzig? Ich sage dir, sie ist sechzehn oder siebzehn. Glaubst du mir nicht? Hör zu, du wirst sie dir anschauen, und wenn du sie nicht magst, zahlst du nur deinen Tee und wir gehen wieder. Ist dir das recht?«

»Und wenn ich sie mag?«

»Na, dann machst du, was du gerne möchtest.«

»Aber ich bezahle sie?«

»Ja, natürlich bezahlst du sie.«

Port lachte. »Und du sagst, sie sei keine Hure.«

Smail beugte sich über den Tisch zu ihm hinüber und sagte mit großer Geduld: »Hör zu, Jean, sie ist eine Tänzerin. Sie ist erst vor wenigen Wochen von ihrem bled in der Wüste hier angekommen. Wie kann sie eine Hure sein, wenn sie nicht eingetragen ist und nicht im Viertel lebt? Eh? Sag mir das! Du zahlst sie für die Zeit, die du ihr nimmst. Sie tanzt im Viertel, aber sie hat dort kein Zimmer, kein Bett. Sie ist keine Hure. So, gehen wir jetzt?«

Port dachte lange Zeit nach, sah in den Himmel, in den Garten und über die ganze Terrasse, ehe er antwortete: »Ja. Gehen wir. Gleich.«

V

Als sie das Café verließen, schien es ihm, als ob sie mehr oder weniger dieselbe Richtung einschlugen, aus der sie gerade gekommen waren. Es waren weniger Menschen auf der Straße, und die Luft war kühler. Sie gingen eine gute Strecke durch die Kasbah und verließen sie plötzlich durch ein hohes Tor, das auf einen großen, offenen Platz führte. Hier war es still, und die Sterne traten sehr deutlich hervor. Die Freude, die er durch die unerwartete Frische der Luft empfand, sowie die Erleichterung, wieder im Freien zu sein, fort aus der Enge unter den überhängenden Häusern, verzögerte die Frage, die Port die ganze Zeit stellen wollte: »Wohin gehen wir?« Aber als sie immer weiter an einer Art Brustwehr eines tiefen, ausgetrockneten Wallgrabens entlang gingen, sprach er sie endlich aus. Smail antwortete ausweichend, das Mädchen wohne bei Freunden, am Rande der Stadt.

»Aber wir sind ja schon im offenen Land«, protestierte Port.

»Ja, das ist das Land«, sagte Smail.

Es war ganz augenscheinlich, daß er jetzt Ausflüchte gebrauchte; sein Charakter schien sich wieder geändert zu haben. Die anfängliche Intimität war weg. Port erschien er wieder als die dunkle, anonyme Figur, die über ihm in den Abfällen am Ende der Straße gestanden hatte, eine Zigarette rauchend. »Du kannst immer noch fortlaufen. Bleib stehen. Jetzt.« Aber der Gleichklang ihrer Füße auf den Steinen war zu mächtig. Die Brustwehr machte einen weiten Bogen, und der Boden darunter stürzte steil in eine noch tiefere Dunkelheit. Der Graben hatte vor einigen hundert

Metern aufgehört. Sie befanden sich jetzt hoch über dem oberen Ende eines flachen Tales. »Die türkische Festung«, bemerkte Smail und schlug mit der Ferse gegen die Steine.

»Hör zu«, begann Port ärgerlich. »Wohin gehen wir?«

Er betrachtete den Saum unregelmäßiger schwarzer Berge, die vor ihnen gegen den Horizont standen.

»Dort hinunter.« Smail deutete ins Tal. Einen Moment später blieb er stehen. »Hier sind die Treppen.« Sie beugten sich über die Brüstung. Eine schmale Eisentreppe war an der Außenseite der Mauer befestigt. Sie hatte kein Geländer und führte steil, senkrecht in die Tiefe.

»Eine lange Strecke«, sagte Port.

»Ah ja, es ist eben die Türkenfestung. Siehst du das Licht da unten?« Er zeigte auf einen schwachen rötlichen Schein, der fast direkt unter ihnen auf und ab blitzte. »Das ist das Zelt, in dem sie lebt.«

»Das Zelt!«

»Da unten gibt's keine Häuser. Nur Zelte. Eine Menge Zelte. On déscend?«

Smail ging zuerst; er hielt sich nahe an der Mauer. »Halt dich an den Steinen«, sagte er.

Als sie sich dem Boden näherten, sah er, daß die schwache Glut von einer Feuerstelle kam, die auf einem freien Platz zwischen zwei großen Nomadenzelten langsam verlöschte. Smail blieb plötzlich stehen und horchte. Ein undefinierbares Murmeln männlicher Stimmen war vernehmbar. »Allons-y«, flüsterte er; seine Stimme klang zufrieden.

Sie erreichten das Ende der Treppe. Unter ihren Füßen war harter Boden. Zu seiner Linken sah Port die schwarzen Umrisse einer riesigen Agave, die in Blüte stand.

»Warte hier«, flüsterte Smail. Port war im Begriff, sich eine Zigarette anzuzünden; Smail schlug böse nach seinem Arm. »Nein!« flüsterte er. »Aber was ist los?« fragte Port, über die Geheimnistuerei aufs höchste verärgert. Smail verschwand.

Gegen die kalte Felswand gelehnt, wartete Port, ob eine Unterbrechung, ein Austausch von Begrüßungen die monotone, gedämpfte Unterhaltung unterbrechen würde. Aber nichts geschah. Die Stimmen fuhren fort, genau wie vorher, auf einer Flut von ausdruckslosen Geräuschen dahinzuplätschern. »Er muß in das andere Zelt gegangen sein«, dachte er. Die eine Seite des etwas entfernteren Zeltes schimmerte rosa im Licht des Lagerfeuers; dahinter dehnte sich Dunkelheit. Er ging einige Schritte an der Wand entlang und versuchte, in den Zelteingang zu spähen, aber der war auf der gegenüberliegenden Seite. Dann horchte er auf das Geräusch von Stimmen aus dieser Richtung, doch nichts rührte sich. Ohne jeden Grund hörte er plötzlich Kits Bemerkung beim Abschied: »Schließlich ist es mehr deine Angelegenheit als die meinige.« Selbst jetzt hatten die Worte keine besondere Bedeutung, aber er erinnerte sich des Tones, in dem sie gesagt waren: er war verletzt und rebellisch. Und es handelte sich alles um Tunner. Er fuhr auf. »Er war hinter ihr her«, flüsterte er laut vor sich hin. Er drehte sich abrupt um, ging zur Treppe und fing an, hinaufzusteigen. Nach sechs Stufen hielt er an und sah sich um. »Was kann ich heute nacht unternehmen?« dachte er. »Das ist nur eine Entschuldigung, um hier fortzukommen, weil ich Angst habe. Zum Teufel noch mal, er wird sie nie bekommen.«

Zwischen den beiden Zelten schoß eine Figur hervor und rannte leichtfüßig zum Fuß der Treppe. »Jean!« flüsterte sie. Port stand still.

»Ah! Ti es là! Was machst du da oben? Komm weiter!«

Port kletterte langsam wieder herunter. Smail trat zur Seite und faßte seinen Arm.

»Warum dürfen wir nicht sprechen?« flüsterte Port. Smail drückte seinen Arm. »Sch!« sagte er in sein Ohr. Sie umgingen das näher gelegene Zelt, an einem Busch hoher Disteln vorbeistreifend, und tappten über die Steine nach dem Eingang des zweiten Zeltes.

»Zieh deine Schuhe aus«, befahl Smail und schlüpfte aus seinen Sandalen.

»Keine sehr gute Idee«, dachte Port. »Nein«, sagte er laut.

»Schhh!« Smail stieß ihn, die Schuhe noch an den Füßen, ins Zelt.

Die Zeltmitte war hoch genug, daß man aufrecht darin stehen konnte. Eine kurze Kerze, die auf eine Kommode nahe dem Eingang geklebt war, war die Lichtquelle, so daß die gegenüberliegende Seite in fast völliger Dunkelheit lag. Strohmatten waren in sinnloser Verteilung über den Boden gebreitet; überall verstreut lagen Gegenstände in totaler Unordnung. In dem Zelt erwartete sie niemand.

»Setz dich«, sagte Smail, der den Gastgeber spielte. Er fegte eine Weckeruhr, eine Sardinenbüchse und eine alte, unglaublich schmierige Arbeitshose von der größten Matte herunter. Port setzte sich und stützte die Ellbogen auf die Knie. Auf der Matte neben ihm lag eine abgestoßene Emailbettschüssel, die zur Hälfte mit einer dunklen Flüssigkeit gefüllt war. Überall lagen Stücke vertrockneten alten Brotes. Er zündete sich eine Zigarette an, ohne Smail eine zu offerieren, der zurückgekommen war und sich beim Ausgang postiert hatte, um hinauszusehen.

Und plötzlich kam sie herein – ein schmales, wild aussehendes Mädchen mit großen dunklen Augen. Sie war in fleckenloses Weiß gekleidet, mit einem turbanartigen weißen Kopfputz, der ihr Haar streng nach hinten zog und die indigofarbenen Tätowierungen auf ihrer Stirne betonte. Im Inneren des Zeltes angelangt, blieb sie regungslos stehen und betrachtete Port mit dem Ausdruck, der, so dachte er, dem des jungen Stieres glich, wenn er die ersten Schritte in den flimmernden Glast der Arena macht. Verwirrung, Angst und passive Erwartung malten sich auf ihrem Gesicht, während sie ihn ruhig anstarrte.

»Ah, da ist sie!« sagte Smail, immer noch in gedämpftem Ton. »Ihr Name ist Marhnia.« Er wartete. Port erhob sich und ging auf sie zu, um ihr die Hand zu geben. »Sie spricht kein Französisch«, erklärte Smail. Ohne zu lächeln, berührte sie Ports Hand leicht mit ihrer eigenen und führte ihre Finger an die Lippen. Sich verbeugend sagte sie mit einer Stimme, die kaum ein Flüstern war:

»Ya sidi, la bess alik? Eglès, baraka 'laou'fik.« Mit anmutiger Würde und einer seltsamen Bescheidenheit in den Bewegungen nahm sie die brennende Kerze von der Kommode herunter und ging in den Hintergrund des Zeltes, wo ein von der Decke hängender großer Wollschal eine Art Alkoven abteilte. Ehe sie dahinter verschwand, drehte sie sich nach ihnen um und sagte heftig gestikulierend: »Agi! Agi menah!« Die beiden Männer folgten ihr in den Alkoven, wo eine alte Matratze, über einige niedrige Kisten gelegt, eine Art Salon improvisieren sollte. Daneben stand ein winziger Teetisch. Das Mädchen stellte die Kerze auf den nackten Boden und begann, die Kissen auf der Matratze zu arrangieren.

»Essmah!« sagte sie zu Port, und zu Smail: »Tsekellem bellatsi.« Dann ging sie hinaus. Er lachte und rief ihr mit leiser Stimme nach: »Fhemtek!« Ports Interesse an dem Mädchen war geweckt, aber die Behinderung durch die Sprache ärgerte ihn, und noch mehr irritierte ihn die Tatsache, daß Smail und sie sich in seiner Gegenwart unterhalten konnten. »Sie ist gegangen, Feuer zu holen«, sagte Smail. »Ja, ja«, sagte Port, »aber warum müssen wir flüstern?«

Smail rollte seine Augen nach dem Zelteingang. »Die Männer im anderen Zelt«, sagte er.

Sie kam sogleich wieder zurück, mit einem Tontopf voll glühender Kohlen. Während sie das Wasser zum Kochen brachte und den Tee zubereitete, schwatzte Smail mit ihr. Ihre Antworten waren immer ernst, ihre Stimme gedämpft, aber angenehm im Tonfall. Sie erschien Port viel mehr wie eine junge Nonne als wie eine Kaffeehaustänzerin. Zu gleicher Zeit mißtraute er ihr aufs äußerste, während er zufrieden dasaß und die zarten Bewegungen ihrer grazilen, hennagefärbten Finger beobachtete, wie sie Pfefferminzstengel zerpflückten und in den kleinen Teetopf stopften.

Nachdem sie den Tee mehrmals gekostet hatte und ihn schließlich nach ihrem Geschmack fand, reichte sie jedem ein Glas, ließ sich mit ernsthaftem Gesichtsausdruck in der Hocke nieder und begann zu trinken.

»Setz dich hier hin«, sagte Port und schlug auf die Matratze neben sich. Sie bedeutete ihm, daß sie mit ihrem Platz durchaus zufrieden sei, und dankte höflich. Indem sie ihre Aufmerksamkeit Smail zuwandte, verwickelte sie ihn in eine längere Unterhaltung, während Port seinen Tee schlürfte und sich zu entspannen versuchte. Er hatte das beklemmende Gefühl, daß der Tagesanbruch nahe bevorstand – sicherlich in einer Stunde –, und er fand, daß hier Zeit vergeudet wurde. Er sah ängstlich auf seine Uhr, sie war um fünf Minuten vor zwei stehengeblieben. Aber sie tickte noch. Sicherlich war es später. Marhnia wandte sich mit einer Frage an Smail, die scheinbar auch Port anging. »Sie will wissen, ob du die Geschichte von Outka, Mimouna und Aicha kennst«, sagte Smail.

»Nein«, sagte Port.

»Goul lou, goul lou«, sagte Marhnia zu Smail, drängend.

»Es gibt drei Mädchen aus den Bergen, aus einem Ort nahe bei Marhnias bled, die heißen Outka, Mimouna und Aicha.« Marhnia nickte langsam zur Bestätigung, ihre großen Augen hafteten auf Port. »Sie gehen, um ihr Glück in der Wüste zu suchen. Die meisten Mädchen aus den Bergen gehen nach Algier, Tunis oder hierher, um Geld zu verdienen, aber diese Mädchen haben einen großen Wunsch. Sie wollen Tee in der Sahara trinken.« Marhnia fuhr fort, mit dem Kopf zu nicken; sie verfolgte die Geschichte lediglich mit den Ortsnamen, die Smail aussprach.

»Ich verstehe«, sagte Port, der keine Ahnung hatte, ob die Geschichte humoristisch oder tragisch war; er war entschlossen, vorsichtig zu sein, so daß er vorgeben konnte, sie so auszukosten, wie er es zu tun hoffte. Er wünschte nur, sie möge kurz sein.

»In der M'Zab sind die Männer alle häßlich. Die Mädchen tanzen in den Cafés von Ghardaia, aber sie sind immer traurig; sie wollen immer noch in der Sahara Tee trinken.« Port sah wieder nach Marhnia. Ihr Ausdruck war vollkommen ernst. Er nickte wieder mit dem Kopf. »So vergehen viele Monate, und sie sind immer noch in der M'Zab, und sie sind sehr sehr traurig, weil alle Männer so häßlich sind. Sie sind sehr häßlich dort, wie Schweine. Und sie zahlen den armen Mädchen nicht genügend, damit sie in die Sahara zum Teetrinken gehen können.« Jedesmal wenn er »Sahara« sagte – er sprach es arabisch aus, mit starker Betonung der ersten Silbe –, machte er einen Augenblick Pause. »Eines Tages kommt ein Targui, groß und schön, auf einem wundervollen Mehari; er spricht mit Outka, Mimouna und Aicha, er erzählt ihnen von der Wüste, wo er lebt, seinem bled, und sie hören ihm zu mit großen Augen. Dann sagt er: ›Tanzt für mich‹, und sie tanzen. Dann schläft er mit allen dreien, gibt Outka einen Silbertaler, Mimouna einen Silbertaler und einen Silbertaler der Aicha. Bei Tagesanbruch besteigt er seine Mehari und reitet fort, nach Süden. Danach sind sie sehr traurig, und die Männer von M'Zab, erscheinen ihnen häßlicher denn je, und sie denken nur an den großen Targui, der in der Sahara lebt.« Port zündete eine Zigarette an; dann sah er, daß Marhnia ihn erwartungsvoll ansah, und reichte ihr die Packung. Sie nahm eine und hob mit einer plumpen Zange sehr elegant ein Stück glühende Kohle an das Ende der Zigarette. Diese entzündete sich sofort, worauf sie sie Port reichte und seine dafür in Empfang nahm. Er lächelte ihr zu. Sie verneigte sich kaum wahrnehmbar.

»Viele Monate vergehen, und immer noch verdienen sie nicht genug Geld, um in die Sahara zu gehen. Ihre Silbermünzen haben sie behalten, denn alle drei sind in den Targui verliebt. Und sie sind immer traurig. Eines Tages sagen sie: ›Wir werden noch so enden – immer traurig und ohne jemals in der Sahara Tee getrunken zu haben –, darum müssen wir jetzt gehen, auch ohne Geld.‹ Und sie legen ihr Geld zusammen, auch die drei Silberstücke, und kaufen eine Teekanne, ein Tablett und drei Gläser, und sie kaufen Fahrkarten für den Autobus nach El Goléa. Dort angekommen, haben sie nur noch sehr wenig Geld übrig, und das geben sie alles einem bachhamar, der seine Karawane südwärts in die Sahara führt. Also läßt er sie mit der Karawane reiten. Und eines Nachts, als die Sonne unterzugehen beginnt, kommen sie zu den großen Sanddünen, und sie denken: ›Ah, jetzt sind wir in der Sahara; jetzt werden wir den Tee zubereiten.‹ Der Mond geht auf, alle Männer außer dem Wächter schlafen. Der sitzt bei den Kamelen und bläst auf seiner Flöte.« Smail bewegte seine Finger vor dem Mund herum. »Outka, Mimouna und Aicha gehen leise mit ihrer Teekanne, ihrem Tablett und ihren Gläsern von der Karawane fort. Sie suchen nach der höchsten Düne, damit sie die ganze Sahara übersehen können. Dann wollen sie Tee machen. Sie gehen lange Zeit. Outka sagt: ›Ich sehe eine hohe Düne‹, und sie gehen daraufzu und steigen hinauf. Dann sagt Mimouna: ›Ich sehe eine Düne dort drüben. Die ist viel höher, und wir können von ihr aus bis nach In Salah sehen.‹ Also gehen sie dorthin, und sie ist auch viel höher. Aber als sie auf dem Gipfel sind, sagt Aicha: ›Seht! Dort ist die höchste Düne von allen. Wir können bis Tamanrasset sehen. Dort lebt der Targui.‹ Die Sonne ging auf, und sie gingen immer noch weiter. Am Mittag war ihnen sehr heiß. Aber sie kamen zu der Düne und kletterten und kletterten. Als sie den Gipfel erreicht hatten, waren sie sehr müde, und sie sagten: ›Erst ruhen wir ein wenig, und dann machen wir Tee.‹ Aber zuerst stellten sie das Tablett, die Teekanne und die Gläser auf. Dann legten sie sich hin und schliefen. Und dann« – Smail machte eine Pause und sah Port an – »viele Tage später zog eine andere Karawane vorüber, und ein Mann sah etwas auf dem Gipfel der höchsten Düne. Und als sie hinaufstiegen, um nachzusehen, fanden sie Outka, Mimouna und Aicha; sie waren immer noch dort, in derselben Stellung, in der sie eingeschlafen waren. Und die drei Gläser«, er hielt sein eigenes kleines Teeglas in die Höhe, »waren voll Sand. Sie hatten ihren Tee in der Sahara.«

Es folgte eine lange Stille. Die Geschichte war offensichtlich zu Ende. Port sah Marhnia an; sie nickte immer noch vor sich hin, die Augen auf ihn gerichtet. Er beschloß, eine Bemerkung zu riskieren: »Wie traurig das ist«, sagte er. Sofort fragte sie Smail, was das hieße. »Gallik merhmoum bzef«, übersetzte Smail. Sie schloß langsam die Augen und fuhr fort, mit dem Kopf zu nicken. »Ei oua!« sagte sie und öffnete sie wieder. Port wandte sich rasch zu Smail. »Hör zu, es ist sehr spät. Ich möchte mit ihr ins reine kommen. Wieviel soll ich ihr bieten?«

Smail sah ihn empört an. »Das kannst du nicht tun – als ob du mit einer Hure verhandeltest! Ci pas une putain, je t'ai dit!«

»Aber ich zahl sie, wenn ich mit ihr schlafe?«

»Natürlich.«

»Dann will ich jetzt alles ausmachen.«

»Ich kann das nicht für dich tun, mein Freund.«

Port zuckte die Achseln und erhob sich. »Ich muß gehen. Es ist spät.«

Marhnia sah schnell von einem zum anderen. Dann sprach sie einige Worte mit sehr weicher Stimme zu Smail, der die Stirne runzelte, dann aber gähnend das Zelt verließ.

Sie lagen zusammen auf dem Diwan. Sie war sehr schön, sehr sanft, sehr verständnisvoll, und trotzdem traute er ihr nicht. Sie weigerte sich, sich völlig zu entkleiden, aber in den verhaltenen Gesten ihrer Weigerung verbarg sich restlose Hingabe, die zu erreichen nur eine Frage der Zeit war. Allmählich würde er ihr Vertrauen gewinnen können; heute nacht würde er nur das besitzen, was von Anfang an für ihn bestimmt gewesen war. Darüber dachte er nach, als er dalag und in ihr unbewegliches Gesicht sah. Er erinnerte sich, daß er in ein, zwei Tagen weiter nach Süden reisen würde, verfluchte innerlich sein Pech und sagte sich: »Besser halb als gar nicht.« Marhnia beugte sich über ihn und löschte die Kerze, indem sie den Docht zwischen ihren Fingern ausdrückte. Sekundenlang herrschte tiefe Stille, tiefe Dunkelheit. Dann fühlte er ihre weichen Arme, die langsam seinen Hals umschlossen, und den Druck ihrer Lippen auf seiner Stirne.

Fast im gleichen Augenblick begann in der Ferne ein Hund zu heulen. Eine Zeitlang hörte er es nicht, doch als er den Laut aufnahm, störte es ihn. Es war die falsche Musik für diesen Augenblick. Dann bemächtigte sich seiner die Vorstellung, daß Kit ein schweigender Zuschauer war. Der Gedanke regte ihn an – das klagende Geheul störte ihn nicht mehr.

Kaum eine Viertelstunde später stand er auf und spähte hinter dem Vorhang nach dem Zeltausgang: es war immer noch Nacht. Ein plötzliches Verlangen nach Flucht überkam ihn. Er setzte sich auf den Diwan und fing an, seine Kleider zu ordnen. Wieder hoben sich die beiden Arme in seinem Rücken und legten sich um seinen Hals. Er machte sich entschlossen frei und gab ihnen ein paar spielerische Klapse. Darauf kam nur ein Arm wieder; der andere stahl sich in seine Jacke, und er fühlte ein Streicheln auf seiner Brust. Eine undefinierbare, jähe Bewegung ließ ihn zwischen Hemd und Jacke greifen und seine Hand auf die ihre legen. Seine Brieftasche war bereits zwischen ihren Fingern. Er riß sie an sich und stieß das Mädchen auf die Matratze zurück. »Ah!« schrie sie, sehr laut. Er stand auf und stolperte geräuschvoll über die vielen verstreuten Gegenstände, die zwischen ihm und dem Ausgang lagen. Diesmal schrie sie kurz auf. Vom anderen Zelt her wurden Stimmen vernehmbar. Die Brieftasche noch immer in der Hand, rannte er ins Freie, bog scharf nach links ab und begann, auf die Mauer hin zu laufen. Er fiel zweimal, einmal gegen einen Felsen, das zweitemal wegen einer unerwarteten Bodensenkung. Als er sich zum zweitenmal erhob, sah er seitlich einen Mann auf sich zukommen, der ihm den Weg zur Treppe abschneiden wollte. Er hinkte, hatte aber die Treppe fast erreicht. Er erreichte sie auch. Den ganzen Weg treppaufwärts hatte er das Gefühl, daß jemand, direkt hinter ihm, in der nächsten Sekunde seinen Fuß packen würde. Seine Lungen waren nur noch eine riesige, schmerzgefüllte Blase, die jeden Augenblick platzen würde. Seine Lippen waren geöffnet, in den Winkeln abwärts gezogen, seine Zähne aufeinandergebissen, und jeder Luftzug, den er einzog, pfiff zwischen ihnen hindurch. Oben angekommen, drehte er sich um, ergriff einen Felsblock, den er kaum zu heben vermochte, riß ihn hoch und schleuderte ihn die Treppe hinunter. Dann holte er tief Atem und raste an der Mauer entlang. Der Himmel begann sich merklich zu erhellen, ein reines graues Licht stieg von den niederen Hügeln im Osten empor. Er konnte nicht mehr weit laufen. Sein Herz hämmerte im Kopf und im Hals. Er wußte, daß er die Stadt nie erreichen konnte. Auf der dem Tal gegenüberliegenden Straßenseite war eine Mauer, die zu hoch war, um sie zu überklettern. Aber wenige hundert Meter weiter war sie bis auf eine geringe Höhe heruntergebröckelt, und ein Haufen Steine und Schmutz bildeten eine ideale Trittleiter. Innerhalb der Mauer lief er zurück in der Richtung, aus der er gerade gekommen war, und eilte keuchend einen niederen Hügel hinauf, der mit den flachen Steinplatten bedeckt war, die die Mohammedaner als Grabsteine verwenden. Endlich setzte er sich eine Minute nieder, den Kopf in den Händen vergraben, und fühlte die verschiedensten Empfindungen auf einmal: die Schmerzen in Kopf und Brust, die Tatsache, daß er seine Brieftasche nicht mehr in der Hand hatte, das laute Schlagen seines Herzens, das ihn jedoch nicht davon abhielt, zu glauben, er höre die aufgeregten Stimmen seiner Verfolger drunten auf der Straße. Er stand auf und taumelte bergan, über die Gräber hinweg. Allmählich neigte sich der Hügel in anderer Richtung. Er fühlte sich etwas sicherer. Aber mit jeder Minute, die verstrich, kam auch das Tageslicht näher; man würde leicht von weit her seine einsame Gestalt über den Hügel wandern sehen. Er fing wieder zu laufen an, bergab, immer in der gleichen Richtung, ab und zu stolpernd und niemals aufsehend, aus Angst, zu fallen.

Dies ging längere Zeit so weiter; der Friedhof lag hinter ihm. Schließlich erreichte er einen mit Gesträuch und Kakteen bedeckten Platz, von dem aus er die ganze Landschaft überblicken konnte. Er setzte sich zwischen den Büschen nieder. Es war vollkommen still um ihn herum. Der Himmel war weiß. Ab und zu stand er auf und spähte um sich. Und als die Sonne aufging, sah er zwischen zwei Oleanderbüschen ihren roten Glanz, widergespiegelt von der weiten Fläche der schimmernden Salz-sebkha, die sich zwischen ihm und den Bergen ausbreitete.

VI

Kit erwachte schweißgebadet. Die heiße Morgensonne lag voll auf ihr. Sie stand taumelnd auf, zog die Vorhänge zusammen und fiel wieder ins Bett zurück. Wo sie gelegen hatte, waren die Leintücher naß. Der Gedanke an Frühstück drehte ihr den Magen um. Es gab Tage, an denen sie schon im Augenblick des Erwachens das Verhängnis über ihrem Kopf hängen fühlte wie eine niedrige Regenwolke. Das waren Tage, die schwer zu durchleben waren. Weniger durch das Gefühl lauernder Katastrophen, deren sie sich schmerzhaft deutlich bewußt war, als durch die völlige Unordnung, in das ihr für gewöhnlich reibungslos ablaufendes System von Vorahnungen geriet. Wenn sie sich an gewöhnlichen Tagen auf dem Weg zum Einkaufen den Fuß verstauchte oder das Schienbein an einem Möbelstück anstieß, so war das ein deutlicher Hinweis, daß ihre Einkaufstour aus irgendeinem Grund mißlingen würde. Ja, daß es sogar gefährlich sein könnte, sie zu unternehmen. An diesen Tagen wußte sie jedenfalls ein gutes Omen von einem schlechten zu unterscheiden. Aber jene anderen Tage waren verhängnisvoll, denn das Bewußtsein gegenwärtigen Unglükkes war so stark, daß es ein Gefühl feindlicher Bereitschaft in ihrem Rücken oder an ihrer Seite hervorrief, ihre Versuche belauerte, um den bösen Vorzeichen in offenem Kampf zu begegnen, und somit fähig war, ihr Fallen zu stellen. So konnte das, was oberflächlich besehen ein günstiges Zeichen war, ebensogut einen Köder bedeuten, der sie in die Gefahr lockte. Außerdem: Der verstauchte Fuß könnte in solchen Fällen ein Unglück zweiten Ranges sein, das ihr geschickt war, um sie am Ausgehen zu hindern, so daß sie in der Wohnung wäre, wenn der Heizkessel explodieren würde, das Haus brennen oder jemand, den sie gerne gemieden hätte, vorbeikäme, um sie zu besuchen. In ihrem Privatleben, in der Beziehung zu ihren Freunden, nahmen diese Gedankengänge unwahrscheinliche Formen an. Sie war imstande, vormittagelang dazusitzen und zu versuchen, sich die Details einer kurzen Begebenheit, einer Unterhaltung, ins Gedächtnis zurückzurufen und jede mögliche Auslegung einer Geste, eines Satzes, eines Mienenspiels oder einer Schwankung in der Stimme zu deuten und abzuwägen. Ein großer Teil ihres Daseins war mit der Sondierung von »Vorzeichen« ausgefüllt. Und so war es weiter nicht verwunderlich, daß ihre Fähigkeit, die Alltagsroutine zu ertragen, sich auf ein Minimum reduzierte, wenn ein Zweifel sie hinderte, diese Vorzeichen zu klassifizieren. Es schien dann, als sei sie von einer seltsamen Lähmung befallen. Sie reagierte überhaupt auf nichts mehr; ihr ganzes Wesen zog sich in sich selbst zurück; sie bekam einen gehetzten Blick. An diesen Tagen des Verhängnisses sagten die Freunde, die sie gut kannten: »Oh, wieder mal einer von Kits *Tagen.*« Wenn sie aber an diesen Tagen beherrscht und scheinbar einsichtig war, so nur, weil sie versuchte, das nachzuahmen, was sie ein vernünftiges Benehmen nannte. Ein Grund, weshalb sie eine so betonte Abneigung dagegen hatte, Träume erzählt zu bekommen, lag darin, daß diese ihr sofort den inneren Kampf zum Bewußtsein brachten – den Kampf zwischen Vernunft und atavistischem Aberglauben. Bei intellektuellen Gesprächen war sie immer ein Verfechter wissenschaftlicher Methodik; gleichzeitig betrachtete sie unweigerlich den Traum als ein Omen.

Eine weitere Komplikation der Lage entstand durch die Tatsache, daß es auch Tage gab, an denen für sie die Rache der Götter weit, weit entfernt war. Jedes Zeichen war günstig; eine überirdische Aura der Güte umleuchtete jeden

Menschen, jeden Gegenstand und jedes Geschehen. An diesen Tagen konnte Kit, soweit sie es sich erlaubte, so zu handeln, wie sie sich fühlte, ganz glücklich sein. Aber seit neuestem glaubte sie, daß diese Tage – sie waren selten genug – ihr nur geschenkt wurden, um ihre Vorsicht einzuschläfern und sie unfähig zu machen, ihren Omen zu begegnen. Ein natürliches Glücksgefühl wurde somit in eine nervöse und leicht hysterische Reizbarkeit umgewandelt. Dann erwischte sie sich während einer Unterhaltung häufig dabei, daß sie vorgab, in absichtlicher Neckerei eine Bemerkung gemacht zu haben, die in Wirklichkeit mit dem ganzen Gift geladen war, über das ein schlechtgelaunter Mensch verfügen kann.

Sie ließ sich durch andere Menschen im allgemeinen genausowenig stören wie eine Marmorstatue von den Fliegen, die auf ihr herumkriechen; als mögliche Vorboten unerquicklicher Ereignisse oder Zuträger ungünstiger Einflüsse auf ihr eigenes Dasein maß sie jedoch anderen Menschen äußerste Bedeutung zu. Sie pflegte zu sagen: »Andere Menschen beherrschen mein Dasein«, und das war wahr. Aber sie räumte ihnen dieses Privileg nur dadurch ein, daß ihre abergläubische Phantasie ihnen magische Kräfte in bezug auf ihr eigenes Schicksal zuschrieb und niemals, weil die Persönlichkeit der anderen irgendeine tiefere Zuneigung oder Verständnis in ihr wachrief.

Den größeren Teil der Nacht hatte sie wachgelegen und nachgedacht. Ihr Ahnungsvermögen sagte ihr meistens, wann Port etwas anstellte. Sie sagte sich immer, daß es ihr gleichgültig sei, was er tat, aber sie hatte sich das nun schon so oft vorgesagt, daß sie seit langem an der Wahrheit dieser Behauptung zweifelte. Es war ihr nicht leichtgefallen, zuzugeben, daß es ihr nicht gleichgültig war. Gegen ihren Willen zwang sie sich zu der Feststellung, daß sie immer noch zu Port gehörte, obwohl er nicht kam und sie zu besitzen wünschte, und daß sie immer noch in einer Welt lebte, die durch das ferne Licht eines möglichen Wunders erhellt würde: er möge doch noch zu ihr zurückkehren. Dies gab ihr das Gefühl von Erniedrigung und erfüllte sie folglich mit Haß gegen sich selbst, denn sie begriff, daß alles von ihm abhing, daß sie lediglich auf eine unwahrscheinliche Laune von ihm wartete, auf etwas, das ihn auf unvorhersehbare Weise wieder zu ihr zurückbringen würde. Sie war viel zu intelligent, um nur den leisesten Versuch in dieser Richtung von sich aus zu unternehmen; auch die subtilsten Mittel würden hier versagen, und ein Versagen wäre weit schlimmer als ein nie unternommener Versuch. Hier handelte es sich ausschließlich darum, durchzuhalten, auf der Hut zu sein. Vielleicht würde er sie eines Tages entdecken. Aber inzwischen gingen so viele kostbare Monate vorüber. Ungenutzt!

Tunner ärgerte sie, denn obgleich seine Gegenwart und sein Interesse für sie eine klassische Situation schufen, die, wenn sie ausgebeutet wurde, eine Lösung erzielen könnte, wo alles andere versagte, so fühlte sie sich doch aus irgendeinem Grunde unfähig, auf ihn einzugehen. Er langweilte sie; sie verglich ihn unwillkürlich mit Port, und zwar immer zu Ports Vorteil. Während sie in der Nacht wachgelegen und nachgedacht hatte, hatte sie wieder und wieder versucht, ihrer Phantasie eine Richtung zu geben, die Tunner in ein Objekt der Erregung verwandeln sollte. Natürlich ohne Erfolg. Trotzdem hatte sie beschlossen, die Beziehungen zwischen ihnen intimer zu gestalten, wenn sie sich auch im Augenblick dieses Entschlusses bereits darüber klar war, daß eine unerfreuliche Aufgabe ihrer harrte und daß die ganze Angelegenheit – wie alles, was für sie eine bewußte Anstrengung bedeutete – nur Port galt.

Es klopfte an der Türe zum Korridor.

»Ach Gott, wer ist da?« fragte Kit laut.

»Ich.« Tunners Stimme. Wie immer von aufreizender Munterkeit.

»Bist du wach?«

Sie wälzte sich im Bett herum und machte laute Geräusche, die aus Seufzern, klatschenden Leintüchern und ächzenden Sprungfedern bestanden. »Nicht sehr«, stöhnte sie endlich.

»Gerade jetzt ist der beste Moment des Tages. Du solltest ihn nicht verpassen!« rief er.

Eine vielsagende Stille folgte, während der sie sich an ihren Entschluß erinnerte. Mit der Stimme einer Märtyrerin rief sie: »Einen Augenblick, Tunner.«

»In Ordnung!« Ob einen Augenblick oder eine Stunde – er würde warten und das gleiche gutmütige und, dachte sie, falsche Lächeln zeigen, wenn er dann endlich hereingelassen wurde. Sie überspülte ihr Gesicht mit kaltem Wasser, trocknete es mit einem abgenutzten Frottiertuch ab, schminkte ihren Mund und fuhr mit dem Kamm durch die Haare. In einem Anfall von plötzlichem Zorn suchte sie nach einem passenden Bademantel. Durch die halboffene Tür, die in Ports Zimmer führte, sah sie seinen schweren, weißen Frottémantel an der Wand hängen. Sie klopfte im Hineingehen hastig an, sah, daß er nicht da war, und griff rasch nach dem Mantel. Als sie den Gürtel um die Taille schlang und sich dabei im Spiegel betrachtete, überlegte sie befriedigt, daß niemand ihr Koketterie bei der Wahl dieses Kleidungsstückes vorwerfen konnte. Es reichte bis zum Boden, und sie mußte die Ärmel zweimal aufrollen, um die Hände freizubekommen.

Sie öffnete die Türe.

»Hi!« Da war das Lächeln.

»Hallo, Tunner«, sagte sie apathisch. »Komm rein.«

Er fuhr ihr mit seiner linken Hand durch die Haare, während er an ihr vorbei zum Fenster ging, um die Vorhänge aufzuziehen.

»Hältst du hier eine spiritistische Sitzung ab? Ah – jetzt kann ich dich endlich sehen.« Das harte Morgenlicht strömte in den Raum, die Steinplatten des Bodens reflektierten die Sonne gegen die Decke, als wären sie Wasser.

»Wie geht's?« fragte sie abwesend, während sie wieder vor dem Spiegel stand und ihre Haare, dort, wo er sie gezaust hatte, durchkämmte.

»Großartig.« Er strahlte sie im Spiegel an, ließ seine Augen leuchten und – wie sie mit Abscheu feststellte – bewegte einen bestimmten Muskel seines Gesichtes, um die Grübchen in seinen Wangen zur Geltung zu bringen. »Welch ein Komödiant!« dachte sie. »Was um Himmels willen will er hier mit uns? Natürlich ist es Ports Fehler. Er war es, der ihn ermunterte, mitzukommen.«

»Was war letzte Nacht mit Port los?« sagte Tunner. »Ich hab auf ihn gewartet, aber er kam nicht.«

Kit sah ihn an. »Auf ihn gewartet?« wiederholte sie ungläubig.

»Na ja, wir hatten uns mehr oder weniger in unserem Café verabredet. Du weißt, in welchem. Zu einem Schlaftrunk. Aber keine Spur von ihm. Ich ging ins Bett und hab ziemlich lange gelesen. Um drei Uhr war er immer noch nicht da.« Das war alles frei erfunden. In Wirklichkeit hatte Tunner gesagt: »Falls du ausgehst, schau ins Eckmühl; wahrscheinlich bin ich da.« Dann war er kurz nach Port fortgegangen, hatte sich ein französisches Mädchen aufgegabelt und war mit ihr bis fünf Uhr in ihrem Hotel gewesen. Als er in der Dämmerung nach Hause gekommen war, hatte er durch das Oberlicht in den Türen ihrer Zimmer geschaut und das leere Bett im einen und die schlafende Kit im anderen gesehen.

»Wirklich?« sagte sie und wandte sich wieder dem Spiegel zu.

»Dann kann er nicht viel geschlafen haben, denn er ist schon wieder ausgegangen.«

»Du meinst, er ist noch gar nicht nach Hause gekommen?« sagte Tunner und starrte sie eindringlich an.

Sie antwortete nicht. »Willst du bitte hier auf den Knopf drücken?« sagte sie schließlich. »Ich glaube, ich werde eine Tasse von ihrer Zichorienbrühe trinken und eines von den Gipshörnchen dazu essen.«

Als sie glaubte, es sei genügend Zeit verstrichen, schlenderte sie in Ports Zimmer und sah auf das Bett. Es war für die Nacht aufgeschlagen und seitdem nicht berührt worden. Ohne eigentlich zu wissen, warum, riß sie die Decken bis ans Fußende zurück und setzte sich einen Augenblick auf das Bett. Mit den Händen formte sie Abdrücke in den Kissen. Dann entfaltete sie den bereitgelegten Pyjama und ließ ihn in einem Haufen auf den Boden fallen. Die Bedienung klopfte an der Türe; sie ging in ihr Zimmer zurück und bestellte das Frühstück. Als der Kellner gegangen war, schloß sie die Türe und setzte sich in den Lehnstuhl am Fenster, ohne hinauszuschauen.

»Weißt du«, sagte Tunner nachdenklich, »ich habe in letzter Zeit viel darüber nachgedacht. Du bist ein merkwürdiges Wesen. Es ist schwer, dich zu verstehen.«

Kit schnalzte verzweifelt mit der Zunge. »O Tunner! Hör auf, dich interessant zu machen.« Sofort schalt sie sich, daß sie ihre Ungeduld gezeigt hatte, und fügte lächelnd hinzu: »Es steht dir gar nicht.«

Sein verletzter Gesichtsausdruck verwandelte sich rasch in ein Grinsen. »Nein, ich meine es wirklich. Du bist ein faszinierender Fall.«

Sie verzog ärgerlich den Mund; sie war wütend, weniger über das, was er gesagt hatte, obwohl sie es alles idiotisch fand, als über die Vorstellung, daß sie sich überhaupt mit ihm unterhalten sollte. Das war mehr, als sie ertragen konnte. »Wahrscheinlich«, sagte sie.

Das Frühstück kam. Er setzte sich zu ihr, während sie Kaffee trank und ihr Hörnchen aß. In ihren Augen war ein träumerischer Ausdruck, und er hatte das Gefühl, daß sie seine Gegenwart völlig vergessen hatte. Als ihr Frühstück fast beendet war, wandte sie sich ihm zu und fragte höflich: »Bitte entschuldige, daß ich esse.«

Er fing an zu lachen. Sie sah ihn erstaunt an.

»Beeil dich!« sagte er. »Ich will dich zu einem Spaziergang mitnehmen, ehe es zu heiß wird. Du hattest sowieso eine Menge Zeug auf deiner Besorgungsliste.«

»Oh!« stöhnte sie. »Ich fühl mich gar nicht « Er schnitt ihr das Wort ab. »Los, los. Zieh dich an. Ich werde in Ports Zimmer warten. Ich werde sogar die Türe schließen.«

Es fiel ihr nichts ein, das sie hätte erwidern können. Port gab ihr nie Befehle; er hielt sich im Hintergrund und hoffte damit zu ergründen, was sie eigentlich vorhatte.

Dadurch erschwerte er ihr das Dasein, denn sie handelte fast nie aus eigener Initiative, sondern richtete sich ganz nach dem komplizierten System, die zu beachtenden Omen gegen die zu verwerfenden abzuwägen.

Tunner war bereits in das anschließende Zimmer gegangen und hatte die Türe hinter sich geschlossen. Mit Befriedigung dachte Kit daran, daß er das zerwühlte Bett sehen würde. Während sie sich anzog, hörte sie ihn pfeifen. »Blöder Schwätzer, blöder Schwätzer, blöder Schwätzer!« murmelte sie vor sich hin. In diesem Augenblick ging die andere Türe auf. Auf dem Vorplatz stand Port und fuhr sich mit der linken Hand durch die Haare. »Darf man hereinkommen?« fragte er.

Sie starrte ihn an.

»Wie du siehst, ja. Was ist los mit dir?«

Er stand immer noch regungslos.

»Was, in Gottes Namen, fehlt dir?« fragte sie ungeduldig.

»Nichts.« Seine Stimme klang brüchig. Er ging in die Mitte des Zimmers und deutete auf die geschlossene Verbindungstüre. »Wer ist da drin?«

»Tunner«, sagte sie mit ungeheuchelter Unschuld, als handele es sich um ein alltägliches Ereignis. »Er wartet auf mich, während ich mich anziehe.«

»Was, zum Teufel, geht hier vor sich?«

Kit errötete und drehte sich heftig um. »Nichts, gar nichts«, sagte sie rasch. »Sei nicht blöd. Was soll hier vorgehen?«

Er senkte seine Stimme nicht. »Ich weiß es nicht. Ich frage ja dich.«

Sie stieß ihn mit ihren ausgestreckten Händen vor die Brust und ging auf die Türe zu, um sie zu öffnen, aber er ergriff ihren Arm und zerrte sie herum.

»Hör sofort auf!« zischte sie wütend.

»Schon gut, schon gut. Ich werde die Türe selbst öffnen«, sagte er, als ob er zu viel riskieren würde, wenn er es ihr überließe.

Er ging in sein Zimmer. Tunner beugte sich aus dem Fenster und sah hinunter. Er drehte sich um und lachte breit. »Na, na!« fing er an.

Port starrte auf das Bett. »Was soll das heißen? Was ist mit deinem Zimmer los, daß du dich hier aufhalten mußt?« fragte er.

Aber Tunner schien die Situation überhaupt nicht zu erfassen, oder er weigerte sich, zu sehen, daß es überhaupt eine Situation war. »So! Zurück aus den Kämpfen!« rief er laut. »Und man sieht's dir an! Kit und ich gehen spazieren. Du wirst wohl schlafen wollen.« Er zerrte Port vor den Spiegel. »Schau dich an!« befahl er. Beim Anblick seines verschmierten Gesichtes und der rotgeränderten Augen gab Port nach.

»Ich will schwarzen Kaffee«, brummte er. »Und ich will runtergeben und mich rasieren lassen.« Jetzt hob er seine Stimme. »Und ich wünschte, ihr würdet euch beide hier rausscheren und euern Spaziergang machen.« Er drückte wütend auf den Klingelknopf.

Tunner schlug ihm brüderlich auf den Rücken. »Bis nachher, Alter. Schau, daß du zum Schlafen kommst.«

Port starrte ihm nach, als er hinausging, und setzte sich

auf das Bett, als er allein war. Ein großer Dampfer fuhr gerade in den Hafen ein; seine dumpfe Sirene untermalte die Straßengeräusche. Er legte sich auf das Bett zurück, sein Atem keuchte leicht. Das Klopfen an der Türe hörte er nicht mehr. Der Kellner steckte den Kopf herein, sagte: »Monsieur«, wartete einige Sekunden, schloß sanft die Türe und ging.

VII

Er schlief den ganzen Tag. Kit kam zum Mittagessen zurück; sie ging leise in sein Zimmer. Nachdem sie einmal gehüstelt hatte, um zu sehen, ob er erwachen würde, ging sie ohne ihn zum Essen. Vor Anbruch der Dämmerung erwachte er und fühlte sich wesentlich frischer. Er stand auf und zog sich langsam aus. Im Badezimmer ließ er die Wanne mit heißem Wasser vollaufen, badete ausgiebig, rasierte sich und suchte nach seinem weißen Bademantel. Er fand ihn in Kits Zimmer, aber sie war nicht da. Auf ihrem Tisch lagen eine Anzahl Lebensmittel, die sie eingekauft hatte, um sie mit auf die Expedition zu nehmen. Die meisten Sachen waren Schwarzmarktwaren aus England und, nach den Etiketten zu schließen, von Hoflieferanten S. M. König Georgs VI. hergestellt. Er öffnete eine Schachtel Kekse und begann sie heißhungrig zu verschlingen. Im Fensterrahmen verblaßte langsam die Stadt. Es war jener Augenblick der Dämmerung, der helle Gegenstände unnatürlich aufleuchten und die anderen ungewöhnlich dunkel und ruhevoll wirken ließ. Das städtische Elektrizitätswerk hatte noch nicht eingeschaltet, so daß die einzigen Lichter von den im Hafen verankerten Schiffen kamen, der selbst weder hell noch dunkel war – nichts als eine leere Fläche zwischen den Gebäuden und dem Himmel. Und rechter Hand waren die Berge. Der erste, der sich aus dem Meer erhob, deuchte ihm wie zwei Knie, die unter einem Riesenbettuch hochgezogen waren. Für den Bruchteil einer Sekunde – aber so stark, daß er es körperlich spürte – fühlte er sich weit fort in einem früheren Dasein. Dann sah er wieder die Berge.

Er ging hinunter.

Sie waren übereingekommen, die Hotelbar nicht zu frequentieren, denn sie war immer leer. Jetzt, als er den düsteren kleinen Raum betrat, war Port etwas erstaunt, an der Bar einen einsamen, ungeschlachten Jüngling hocken zu sehen, dessen formloses Gesicht nur durch einen unordentlichen braunen Bart vor völligem Mangel an Ausdruck gerettet wurde. Als er sich am anderen Ende niederließ, sagte der junge Mann mit stark englischem Akzent: »Otro Tio Pepe« und schob sein Glas dem Mixer zu.

Port erinnerte sich kühler, unterirdischer Bodegas in Jerez, wo ihn 1842er Tio Pepe gelabt hatte, und bestellte das gleiche. Der junge Mann betrachtete ihn mit einer gewissen Neugierde, sagte aber nichts. Nach einiger Zeit erschien im Türrahmen eine große bleiche Frau mit Haaren, die brennend rot mit Henna gefärbt waren, und stieß einen schrill quiekenden Laut aus. Sie hatte die glasigen schwarzen Augen einer Puppe; ihre Starrheit wurde durch das leuchtende Make-up der Lider noch unterstrichen. Der junge Mann wandte sich zu ihr hin.

»Hallo, Mutter. Komm rein und setz dich.«

Die Frau ging zu dem Jüngling, setzte sich aber nicht. In ihrer Aufregung und ihrem Ärger schien sie Port übersehen zu haben. Ihre Stimme war sehr schrill. »Eric, du schmutzige Kröte!« schrie sie. »Bist du dir darüber im klaren, daß ich dich überall gesucht habe? So ein Benehmen hab ich noch nie gesehen! Und was trinkst du da? Wie kommst du dazu, zu trinken, nach dem, was Dr. Levy dir gesagt hat? Du elender Bub!«

Der Jüngling sah sie gar nicht an. »Schrei nicht so!«

Sie blickte in Ports Richtung und sah ihn. »Was trinkst du da, Eric?« fragte sie wieder, mit etwas gedämpfterer, aber nicht weniger intensiver Stimme.

»Das ist nur Sherry, ausgezeichnet übrigens. Ich wollte, du würdest dich nicht so aufregen.«

»Und wer, glaubst du, soll deine Launen bezahlen?« Sie setzte sich auf den Hocker neben dem seinen und fing an, in ihrer Handtasche zu kramen. »Verflixt, ich hab meine Schlüssel liegenlassen!« sagte sie. »Das verdanke ich deiner Unaufmerksamkeit. Du mußt mich durch dein Zimmer hereinlassen. Ich habe eine süße kleine Moschee entdeckt, aber sie ist voll von Gassenkindern, die alle wie die Teufel schreien. Dreckige kleine Biester! Bestell mir ein Glas Sherry, falls er nicht süß ist. Ich denke, er wird mir helfen. Den ganzen Tag fühl ich mich schon lausig. Ich bin sicher, ich bekomme einen Malariarückfall. Er ist wieder fällig, weißt du.«

»Otro Tio Pepe«, sagte der Jüngling ungerührt.

Port beobachtete sie, wie immer fasziniert vom Anblick eines menschlichen Geschöpfes, das auf der Stufe eines Automaten oder eine Karikatur war. Gleich, durch welche Umstände oder auf welche Weise heruntergekommen, ob lächerlich oder schauerlich, entzückten ihn solche Art Menschen.

Das Speisezimmer war unfreundlich und derart nüchtern, wie es nur bei makelloser Bedienung zu ertragen war; dies war hier nicht der Fall. Die Kellner waren faul und arbeiteten langsam. Es schien ihnen schwerzufallen, auch nur die Wünsche der Franzosen zu verstehen; auf jeden Fall zeigten sie keinerlei Interesse, irgendjemandem gefällig zu sein. Die beiden englischen Gäste bekamen einen Tisch angewiesen, der in der Nähe der Ecke war, in der Port und Kit aßen. Tunner war mit seinem französischen Mädchen ausgegangen.

»Da sind sie«, flüsterte Port. »Halte die Ohren offen. Aber versuche, dir nichts anmerken zu lassen.«

»Er sieht aus wie ein junger Kuhhirte«, sagte Kit und beugte sich weit über den Tisch, »wie der, der quer durch Frankreich wanderte und kleine Kinder zerstückelte. Erinnerst du dich?«

Sie schwiegen eine Zeitlang, in der Hoffnung, durch den

anderen Tisch unterhalten zu werden. Aber Mutter und Sohn schienen sich nichts zu sagen zu haben. Schließlich wandte sich Port an Kit und sagte: »Ach, da es mir gerade einfällt, was sollte das heute morgen heißen?«

»Müssen wir das jetzt besprechen?«

»Nein, ich frage nur. Ich dachte, du könntest mir vielleicht eine Antwort geben.«

»Du hast ja selbst gesehen, was zu sehen war.«

»Wenn ich das glaubte, würde ich dich nicht fragen.«

»Siehst du denn nicht –«, fing Kit verzweifelt an; dann schwieg sie abrupt. Sie war im Begriff gewesen, zu sagen: »Verstehst du denn nicht, daß ich nicht wollte, daß Tunner merkt, daß du letzte Nacht nicht zu Hause warst? Kapierst du nicht, daß ihn das interessieren würde? Kapierst du denn nicht, daß ihm das einen Anlaß geben würde, auf den er lauert?« Statt dessen sagte sie: »Müssen wir darüber sprechen? Ich hab dir die ganze Geschichte erzählt, als du heute morgen kamst. Er besuchte mich beim Frühstück, und ich hab ihn nach nebenan geschickt, während ich mich anzog. Ist das nicht völlig korrekt?«

»Das hängt von deiner Auffassung von Anstand ab, Baby.«

»Allerdings«, sagte sie sanft. »Vielleicht bemerkst du, daß ich nicht erwähnt habe, was *du* letzte Nacht gemacht hast.«

Port lächelte und sagte leichthin: »Das konntest du wohl nicht sehr gut, nachdem du es nicht weißt.«

»Und ich will es auch nicht wissen.« Gegen ihren Willen ließ sie sich ihren Ärger anmerken. »Du kannst denken, was du willst, mich kümmert das einen Dreck.« Sie sah nach dem anderen Tisch hinüber und bemerkte, daß die dicke Frau mit den glänzenden Augen der Konversation, soweit sie es konnte, mit angespanntem Interesse folgte. Als diese Dame sah, daß Kit sie beobachtet hatte, wandte sie sich wieder dem Jüngling zu und fing einen lauten Monolog an.

»Dieses Hotel hat eine äußerst merkwürdige Installation;

die Wasserhähne zischen und gurgeln unentwegt, ganz gleich, wie fest man sie zudreht. Die Dummheit der Franzosen! Es ist nicht zu glauben! Sie sind alle geistig defekt. Madame Gautier hat mir selbst gesagt, daß sie von allen Völkern der Erde die niederste Intelligenzquote haben. Natürlich, ihr Blut ist zu dünn, sie sind überaltert. Alle sind sie verjudet oder Halbneger. Schau sie dir nur an!« Sie machte eine weite Geste, die den ganzen Speisesaal einbezog.

»Ach, vielleicht hier«, sagte der junge Mann, hielt sein Wasserglas gegen das Licht und untersuchte es sorgfältig.

»In Frankreich!« schrie die Frau erregt. »Madame Gautier hat es mir selber gesagt, und ich habe es in so vielen Büchern und Zeitschriften gelesen.«

»Was für widerliches Wasser«, murmelte er. Er stellte das Glas auf den Tisch. »Ich glaube nicht, daß ich das trinken werde.«

»Was bist du für ein gräßlicher Weichling! Hör auf zu mäkeln! Ich will nichts mehr hören! Ich kann dein Gerede über Schmutz und Würmer nicht mehr ertragen. Trink es eben nicht. Kein Mensch interessiert sich dafür, ob du's tust oder nicht. Es ist sowieso miserabel für dich, alles mit Flüssigkeit hinunterzuspülen, wie das deine Art ist. Versuche, erwachsen zu werden. Hast du das Paraffin für den Primuskocher – oder hast du es genau so vergessen wie das Vittel?«

Der junge Mann lächelte mit einer giftigen, hinterhältigen Freundlichkeit und antwortete langsam, wie zu einem zurückgebliebenen Kind: »Nein, ich habe weder das Paraffin noch das Vittel vergessen. Der Kanister ist hinten im Wagen. Ich werde jetzt, wenn es gestattet ist, einen kleinen Spaziergang machen.« Er erhob sich, immer noch äußerst unangenehm lächelnd, und verließ den Tisch.

»Du ungezogener junger Hund! Ich werd dir eine runterhauen!« rief die Frau hinten ihm her.

Er drehte sich nicht um.

»Sind die nicht toll?« flüsterte Port.

»Sehr unterhaltend«, sagte Kit. Sie war immer noch böse. »Warum fragst du sie nicht, ob sie sich uns anschließen wollen auf unserer Reise? Sie sind gerade das, was uns noch fehlt.«

Sie aßen schweigend ihr Obst.

Nach dem Essen, als Kit wieder auf ihr Zimmer gegangen war, wanderte Port durch das kahle Erdgeschoß des Hotels in das Schreibzimmer mit seiner unmöglichen, schwachen Deckenbeleuchtung; in das mit Palmen vollgestellte Foyer, in dem zwei ältliche Französinnen auf den Kanten ihrer Stühle saßen und miteinander flüsterten; zum Hoteleingang, wo er einige Minuten stehenblieb und einen großen Mercedes-Tourenwagen anstarrte, der auf der gegenüberliegenden Straßenseite parkte; und wieder zurück ins Schreibzimmer. Er setzte sich. Das kränkliche Oberlicht beleuchtete schwach die Plakate der Reisebüros an den Wänden: »F'es, la Mystérieuse«, »Air-France«, »Visitez l'Espagne«. Durch ein vergittertes Fenster über seinem Kopf drangen harte weibliche Stimmen und der metallische Lärm von Küchengeräuschen herein, die durch die Steinwände und den Ziegelboden noch verstärkt wurden. Dieser Raum erinnerte ihn noch mehr als die übrigen an ein Verlies. Die elektrische Glocke des Kinos übertönte alle anderen Laute, ein stetiger, nervenzerreißender Hintergrund. Er ging an die Schreibtische, hob die Löschunterlagen auf, öffnete die Schubladen, suchte nach Briefpapier; es gab keins. Dann schüttelte er die Tintenfässer; sie waren ausgetrocknet. In der Küche war ein heftiger Streit ausgebrochen. Die fleischigen Stellen seiner Hand kratzend, wo ihn die Moskitos gerade gebissen hatten, ging er langsam aus dem Zimmer, durch das Foyer, den Korridor entlang, in die Bar. Auch hier war das Licht schwach und entfernt, aber die Anordnung der Flaschen hinter der Bartheke bildete einen Blickpunkt für das Auge. Er fühlte eine leichte Magenverstimmung – kein Sodbrennen, nur die Ahnung eines Schmerzes, die im

Augenblick nicht mehr als ein winziges, körperliches Unbehagen war, das in einem unbestimmbaren Zentrum lag. Der dunkelhäutige Mixer starrte ihn erwartungsvoll an. Außer ihm war niemand im Raum. Er bestellte einen Whisky und saß, langsam trinkend, genießerisch da. Irgendwo im Hotel ging eine Klosettspülung; ein zischendes, gurgelndes Geräusch.

Die unangenehme Spannung in seinem Inneren ließ nach; er fühlte sich hellwach. Die Bar war dumpf und melancholisch. Voll der Trauer, die allen wurzellosen Dingen anhaftet. »Wie viele Augenblicke des Glücks mögen hier durchlebt worden sein, seit der erste Drink an dieser Bar ausgeschenkt wurde?« dachte er. Das Glück, wenn es überhaupt noch welches gab, lebte an anderen Orten: in versteckten Zimmern über grellen Gäßchen, in denen Katzen Fischköpfe abnagten; in schattigen Cafés, vor deren Rohrmatten sich der Rauch des Haschisch mit dem Dampf der Minze aus den Teeschalen mischte; drunten, auf den Docks, draußen am Rande der shebka, in den Zelten (das weiße Bild Marhnias, ihr ruhiges Gesicht, zog an ihm vorüber); jenseits der Berge, in der großen Sahara, in den endlosen Weiten, die Afrika verkörperten. Aber nicht hier, in diesem tristen Kolonialraum, in dem jede Erinnerung an Europa nicht mehr war als noch ein trüber Fleck, noch ein sichtbarer Beweis des Abgeschnittenseins; in solchen Räumen schien das Mutterland am weitesten entfernt.

Als er so dasaß und kleine gleichmäßige Schlucke warmen Whiskys trank, hörte er im Korridor sich nähernde Schritte. Der junge Engländer betrat den Raum und setzte sich, ohne in Ports Richtung zu sehen, an einen der kleinen Tische. Port beobachtete, wie er einen Schnaps bestellte; und als der Mixer wieder hinter der Theke war, ging er an den Tisch hinüber. »Pardon, Monsieur«, sagte er. »Vous parlez français?« – »Oui, oui«, antwortete der junge Mann und sah ihn überrascht an. »Aber Sie sprechen auch Englisch?« fragte

Port rasch fort. »Allerdings«, antwortete er, stellte sein Glas hin und fixierte den Frager auf eine Art, von der Port vermutete, daß sie reines Theater war. Sein Instinkt sagte ihm, daß Schmeichelei in diesem Fall am sichersten zum Ziel führen würde. »Vielleicht können Sie mir dann einen Rat geben«, fuhr er mit großem Ernst fort.

Der junge Mann lächelte dünn. »Wenn es sich um Afrika handelt, dann kann ich behaupten: Ja. Ich bin die letzten fünf Jahre hier herumgegondelt. Faszinierendes Land, das kann man sagen.«

»Ja, wundervoll.«

»Sie kennen es?« Er sah etwas bekümmert aus; er wollte so gerne der einzige Reisende sein.

»Nur gewisse Teile«, tröstete ihn Port. »Ich bin sehr viel im Norden und Westen herumgekommen. Ungefähr von Tripolis bis Dakar.«

»Dakar ist ein dreckiges Loch.«

»Aber das sind die Häfen der ganzen Welt. Ich wollte Ihren Rat wegen Geldwechselns. Welche Bank, glauben Sie, ist die beste? Ich habe Dollars.«

Der Engländer lächelte. »Ich glaube, ich bin der richtige Mann, um Ihnen da Auskunft zu geben. Ich bin eigentlich Australier, aber meine Mutter und ich leben hauptsächlich von amerikanischen Dollars.« Er fuhr fort, Port eine genaue Erklärung über das französische Banksystem in Nordafrika zu geben. Seine Stimme nahm den Tonfall eines altmodischen Professors an; seine Art, sich auszudrücken, ist abstoßend pedantisch, dachte Port. Gleichzeitig aber war in seinen Augen ein seltsames Licht, das nicht nur seine Stimme und Redeweise Lügen strafte, sondern auch jedes seiner Worte entkräftete. Es schien Port, als ob der junge Mann zu ihm spräche wie zu einem Wahnsinnigen, als ob das Thema der Unterhaltung sorgsam und der Situation gemäß gewählt sei, damit es so lange weitergesponnen werden konnte, bis sich der Patient beruhigt hatte.

Port ließ ihn weiterreden, und allmählich kam er von den Banken auf Persönliches. Dieses Gebiet war fruchtbarer; es war offensichtlich der Gesprächsstoff, auf den der junge Mann von Anfang an zugesteuert war. Port machte keine Einwürfe, außer ab und zu einen höflichen Laut, der dazu verhalf, dem Monolog Ähnlichkeit mit einer Unterhaltung zu geben. Er erfuhr, daß der junge Mann und seine Mutter, die Reisebücher schrieb und sie mit eigenen Photographien illustrierte, vor ihrer Ankunft in Mombassa drei Jahre in Indien gelebt hatten, wo ein älterer Sohn gestorben war; daß die fünf Jahre Afrika, in jedem Winkel dieses Kontinents verbracht, sie eine erstaunliche Liste von Krankheiten vorweisen ließen und daß sie, mit Unterbrechungen, immer noch unter den meisten litten. Es war jedoch schwierig, zu wissen, was man glauben sollte und was nicht, da der Bericht mit Aussprüchen geschmückt war, wie zum Beispiel: »Damals war ich der Leiter einer großen Import-Export-Firma in Durban«, »Die Regierung übergab mir die Aufsicht über dreitausend Zulus«, »In Lagos kaufte ich einen Militärwagen und fuhr damit bis Casamance durch«, »Wir waren die einzigen Weißen, die je in diese Gegend vorgedrungen waren«, »Sie wollten mich als Kameramann, aber ich hatte niemanden in Kapstadt, dem ich die Studios hätte anvertrauen können, und wir drehten damals vier Filme gleichzeitig«. Port fing an, ihm übelzunehmen, daß er nicht wußte, wieviel er seinem Zuhörer zumuten konnte, aber er übersah alles, vor Entzücken, das teuflische Vergnügen zu beobachten, mit dem der junge Mann die toten Körper im Fluß bei Douala beschrieb, die Morde in Takoradi, den sich selbst opfernden Verrückten auf dem Marktplatz von Gao. Endlich lehnte sich der Sprecher zurück, winkte dem Mixer, ihm noch einen Schnaps zu bringen, und sagte: »O ja, Afrika ist ein großartiges Land. Ich möchte heute nirgendwo anders leben.«

»Und Ihre Mutter? Findet sie das auch?«

»O ja, sie ist ganz verliebt in das Land. Sie wüßte gar nicht, was sie tun sollte, wenn man sie in ein zivilisiertes Land versetzte.«

»Sie schreibt immer?«

»Die ganze Zeit. Jeden Tag. Meistens über ausgefallene Orte. Wir sind im Begriff, nach Fort Charlet zu fahren. Kennen Sie es?«

Er konnte annehmen, daß Port Fort Charlet nicht kannte.

»Nein, ich kenne es nicht«, sagte Port. »Aber ich weiß, wo es ist. Wie kommen Sie dahin? Es geht keine Verbindung hin, nicht wahr?«

»Oh, wir kommen schon hin. Die Touaregs sind Mutters Fall. Ich habe eine große Sammlung von Karten, militärische und andere, die ich jeden Morgen vor der Fahrt gründlich studiere. Ich richte mich dann genau nach ihnen. Wir haben ein Auto«, fügte er hinzu, als er Ports fragenden Blick sah. »Einen alten Mercedes. Hochtourige alte Kiste.«

»Ach ja, ich hab ihn draußen gesehen«, murmelte Port.

»Ja«, sagte der junge Mann selbstzufrieden. »Wir kommen immer hin.«

»Ihre Mutter muß eine interessante Frau sein«, sagte Port.

Der junge Mann wurde enthusiastisch. »Einfach erstaunlich. Sie müssen sie morgen kennenlernen.«

»Es würde mich sehr freuen.«

»Ich habe sie ins Bett gesteckt, aber sie schläft einfach nicht, bis ich komme. Wir haben natürlich immer ineinandergehende Zimmer, so daß sie dummerweise immer merkt, wann ich ins Bett gehe. Das Eheleben ist doch herrlich, was?«

Port sah ihn rasch an, etwas abgestoßen von der Roheit der Bemerkung, aber er lachte in einer offenen, harmlosen Art.

»Ja, es wird Sie unterhalten, mit ihr zu reden. Dummerweise haben wir eine Zeiteinteilung, die wir möglichst genau befolgen. Wir fahren morgen mittag. Wann hauen Sie aus diesem Dreckloch ab?«

»Oh, wir hatten vor, morgen den Zug nach Boussif zu nehmen, aber wir haben keine Eile. Vielleicht warten wir bis Donnerstag. Die einzige Art zu reisen, jedenfalls für uns, ist, zu fahren, wenn uns danach zumute ist, und zu bleiben, wenn wir bleiben wollen.«

»Ganz meine Meinung. Aber Sie haben doch sicher keine Lust, hierzubleiben?«

»Bei Gott nicht!« lachte Port. »Wir hassen es. Aber wir sind zu dritt und haben es eben bisher nicht fertiggebracht, gleichzeitig die nötige Energie aufzubringen.«

»Drei? Ach so.« Der junge Mann schien über diese unerwartete Neuigkeit nachzudenken. Er stand auf und griff in seine Tasche, aus der er eine Visitenkarte zog, die er Port überreichte. »Ich könnte Ihnen dies hier geben. Mein Name ist Lyle. Na, dann Hals- und Beinbruch, und ich hoffe, Sie bringen die Initiative auf. Vielleicht sehe ich Sie morgen.« Er drehte sich heftig um, wie verlegen, und verließ steifbeinig den Raum.

Port schob die Karte in seine Tasche. Der Mixer schlief mit dem Kopf auf der Theke. Er entschloß sich zu einem letzten Drink, ging hinüber und klopfte dem Mann leicht auf die Schulter. Der Mann hob seufzend den Kopf.

VIII

Wo warst du?« sagte Kit. Sie saß im Bett und las. Die kleine Leselampe hatte sie an die äußerste Kante des Nachttisches gezerrt. Port schob den Tisch an das Bett und die Lampe zurück, in sichere Entfernung von der Kante. »Unten, in der Bar, hab ich gepichelt. Ich habe das sichere Gefühl, daß wir eingeladen werden, nach Boussif zu fahren.«

Kit sah entzückt auf. Sie haßte Züge.

»Ach nein! Wirklich? Wie wundervoll!«

»Warte, bis du weißt, von wem!«

»Um Gottes willen, doch nicht von diesen Mißgeburten!«

»Sie haben noch nichts gesagt. Ich hab nur das Gefühl, daß sie es tun werden.«

»Nun, das kommt natürlich überhaupt nicht in Frage.«

Port ging in sein Zimmer. »Ich würde mir noch keine Gedanken darüber machen. Niemand hat bis jetzt etwas gesagt. Der Sohn hat mir lange Geschichten erzählt. Er ist ein psychiatrischer Fall.«

»Du weißt genau, daß ich mir Gedanken mache. Du weißt, wie ich Bahnfahrten hasse. Und du kommst herein und sagst mir, daß wir eventuell eine Einladung zu einer Autofahrt bekommen! Du hättest wenigstens bis morgen warten können, damit ich meine Nachtruhe habe und mich nicht entscheiden muß, welches Übel das größere ist.«

»Warum fängst du nicht erst dann an, dir Sorgen zu machen, wenn wir gefragt worden sind?«

»Ah, sei doch nicht so albern!« schrie sie und sprang aus dem Bett. Sie stand im Türrahmen und sah ihm beim Ausziehen zu.

»Gute Nacht«, sagte sie plötzlich und schloß die Türe.

Die Dinge entwickelten sich ungefähr so, wie Port vermutet hatte. Als er am Morgen am Fenster stand und erstaunt die ersten Wolken betrachtete, die er seit der Atlantiküberfahrt gesehen hatte, klopfte es an der Türe; es war Eric Lyle, dessen Gesicht aufgedunsen und bleich war vor Unausgeschlafenheit.

»Guten Morgen. Bitte verzeihen Sie, wenn ich Sie aufgeweckt habe, aber ich muß Ihnen eine wichtige Mitteilung machen. Darf ich hereinkommen?« Er sah sich mit seltsam eindringlicher Art im Zimmer um, indem er seine farblosen Augen eilig von einem Gegenstand zum anderen huschen ließ. Port hatte das unangenehme Gefühl, daß er besser Dinge weggetan und das Gepäck abgeschlossen hätte, ehe er ihn bat, einzutreten.

»Haben Sie schon Tee getrunken?« sagte Lyle.

»Ja, nur daß es Kaffee war.«

»Aha!« Er machte sich an den Koffer heran und spielte mit den Riemen. »Sie haben einige hübsche Zettel auf Ihrem Gepäck.« Er hob den ledernen Kofferanhänger mit Ports Namen und Adresse hoch.

»Jetzt weiß ich Ihren Namen. Mr. Porter Moresby.«

Er durchquerte das Zimmer. »Verzeihen Sie, wenn ich schnüffle. Koffer faszinieren mich jedesmal. Darf ich mich setzen? Also hören Sie zu, Mr. Moresby. So heißen Sie doch, nicht wahr? Ich habe längere Zeit mit Mutter darüber gesprochen, und sie ist sich mit mir darüber einig, daß es für Sie und Mrs. Moresby viel angenehmer sein würde – ich nehme an, das ist die Dame, mit der Sie gestern abend zusammenwaren –« er machte eine Pause.

»Ja«, sagte Port.

»– wenn Sie mit uns zusammen nach Boussif fahren würden. Nur fünf Stunden mit dem Wagen, denn die Bahnfahrt dauert eine Ewigkeit; etwa elf Stunden, wenn ich mich recht erinnere. Und zwar elf Stunden Höllenqualen. Seit dem

Krieg sind die Bahnverbindungen einfach unmöglich, wissen Sie. Wir dachten –«

Port unterbrach ihn. »Nein, nein. Wir möchten Ihnen das nicht zumuten. Nein, nein.«

»Doch, doch«, sagte Lyle schlau.

»Außerdem muß ich Ihnen sagen, daß wir zu dritt sind.«

»Ach ja, natürlich«, sagte Lyle mit abwesender Stimme. »Ihr Freund könnte wohl nicht mit dem Zug fahren?«

»Ich glaube nicht, daß er über diese Regelung sehr glücklich wäre. Auf jeden Fall können wir nicht abfahren und ihn allein lassen.«

»Ich verstehe. Sehr bedauerlich. Wir können ihn kaum mitnehmen, mit dem vielen Gepäck, das wir haben werden.« Er erhob sich, betrachtete Port mit schiefem Kopf wie ein Vogel, der einen Wurm beäugt, und sagte: »Kommen Sie mit uns; Sie können das arrangieren, ich weiß es.« Er ging zur Türe, öffnete sie, beugte sich noch mal, auf den Fußspitzen balancierend, zu Port:

»Ich sag Ihnen was: Sie kommen in einer Stunde bei mir vorbei und lassen mich wissen, was los ist. Dreiundfünfzig. Und ich hoffe, daß Ihre Entscheidung positiv sein wird.« Lächelnd, mit den Augen noch einmal durch das Zimmer wandernd, schloß er die Türe.

Kit hatte tatsächlich die ganze Nacht nicht geschlafen; bei Tagesanbruch war sie eingeduselt, aber ihr Schlaf war unruhig. Sie war in keiner aufnahmebereiten Verfassung, als Port laut an die Verbindungstüre pochte und sofort darauf hereinkam. Sie fuhr sofort auf, zog das Leintuch bis zum Kinn hinauf und starrte wild um sich. Dann entspannte sie sich und ließ sich zurücksinken.

»Was ist los?«

»Ich muß mit dir reden.«

»Ich bin so verschlafen.«

»Wir haben die Einladung, nach Boussif zu fahren.«

Wieder fuhr sie auf; diesmal rieb sie sich die Augen. Er

setzte sich auf den Bettrand und küßte sie zerstreut auf die Schulter. Sie wich zurück und sah ihn an. »Von den Mißgeburten? Hast du angenommen?«

Er wollte »ja« sagen, um einer Diskussion aus dem Weg zu gehen; die Angelegenheit wäre damit für sie wie für ihn geregelt gewesen.

»Noch nicht.«

»Du wirst ablehnen müssen.«

»Warum? Es ist wesentlich bequemer. Und schneller. Und bestimmt sicherer.«

»Versuchst du, mich einzuschüchtern, damit ich mich nicht aus dem Hotel fortrühre?« Sie sah nach dem Fenster. »Warum ist es noch so dunkel? Wieviel Uhr ist es?«

»Aus unerklärlichen Gründen ist es heute bewölkt.«

Sie schwieg; der gehetzte Ausdruck kam in ihre Augen.

»Tunner wollen sie nicht mitnehmen«, sagte Port.

»Bist du eigentlich total verrückt?« schrie sie. »Es fällt mir gar nicht ein, ohne ihn zu fahren. Ich denke nicht daran!«

»Warum nicht?« sagte Port gereizt. »Er kann sehr gut mit dem Zug hinkommen. Ich sehe nicht ein, warum wir eine bequeme Autofahrt versäumen sollen, nur weil er mit uns ist. Wir müssen doch nicht jede Minute des Tages mit ihm zusammensein. Oder müssen wir?«

»Du nicht; nein.«

»Willst du damit sagen, daß du es mußt?«

»Ich will damit sagen, daß ich nicht daran denke, mit diesen beiden im Auto loszufahren und Tunner hier zu lassen. Sie ist eine hysterische alte Ziege, und der Junge –! Er ist der typische degenerierte Kriminelle, wie er im Buch steht. Es graust mich vor ihm.«

»Nun mach Schluß!« höhnte Port. »Du hast es nötig, über Hysterie zu reden. Lieber Gott! Ich wünschte, du könntest dich jetzt im Spiegel sehen.«

»Mach, was du willst«, sagte Kit und legte sich wieder hin. »Ich werde mit Tunner im Zug fahren.«

Ports Augen verengten sich zu schmalen Schlitzen. »Gut, in Gottes Namen, fahr mit ihm im Zug. Und ich hoffe, es gibt ein Unglück!« Er ging in sein Zimmer und zog sich an.

Kit klopfte an der Türe. »Entrez«, sagte Tunner mit seinem amerikanischen Akzent. »Ei, ei, welch eine Überraschung! Was ist los? Wie komme ich zu diesem unerwarteten Besuch?«

»Oh, nichts Besonderes«, sagte sie und betrachtete ihn mit einem schwachen Mißfallen, von dem sie hoffte, daß sie es gut kaschierte. »Du und ich, wir müssen allein nach Boussif mit dem Zug. Port hat eine Einladung von Freunden, die ihn im Auto mitnehmen.« Sie versuchte, ihrer Stimme keinerlei Ausdruck zu verleihen.

Er sah sie verwirrt an. »Was heißt das? Sag es noch mal, langsam. Freunde?«

»Ganz richtig. Irgendeine Engländerin und ihr Sohn. Sie haben ihn aufgefordert.«

Nach und nach fing sein Gesicht zu strahlen an. Das war kein Theater. Er war nur unwahrscheinlich langsam in seinen Reaktionen.

»Gut, gut!« sagte er wieder und grinste.

»Was für ein Stiesel!« dachte sie und beobachtete den völligen Mangel an Hemmungen in seinem Benehmen. (Die knallig Gesunden reizten sie immer zu äußerster Wut.) »Sein Gefühlsleben spielt sich immer auf freien Ebenen ab. Da gibt es weder Felsen noch Bäume zum Verstecken.«

Laut sagte sie: »Der Zug geht um sechs Uhr und kommt dort zu einer gottverlassenen Morgenstunde an. Aber es heißt, daß er immer Verspätung hat, und das ist diesmal nur angenehm.«

»Also werden wir zwei einfach losfahren, ganz allein?«

»Port wird vor uns dort sein und kann uns Zimmer besorgen. Ich muß jetzt gehen und einen Kosmetiksalon suchen, leider Gottes.«

»Wozu denn das?« protestierte Tunner. »Laß die Finger davon. Besser als die Natur kann man es gar nicht machen.«

Sie hatte keinen Sinn für Komplimente; trotzdem lächelte sie, als sie ging.

»Weil ich ein Feigling bin«, dachte sie.

Sie war sich deutlich des Wunsches bewußt, Tunners Zauberkräfte gegen die Ports auszuspielen, nachdem Port ihr Unternehmen verflucht hatte. Und sie lächelte, als sie ins Leere sagte: »Ich glaube, wir können das Unglück verhindern.«

»He?«

»Ach, nichts. Ich seh dich zum Mittagessen im Speisesaal. Um zwei.«

Tunner gehörte zu der Sorte Menschen, denen es nur selten einfiel, daß sie vielleicht ausgenützt werden könnten. Da er gewöhnt war, anderen seinen Willen aufzuzwingen, ohne auf Widerstand zu stoßen, hatte er eine stark entwickelte und sehr männliche Eitelkeit, die ihn seltsamerweise bei fast jedermann beliebt machte. Der Hauptgrund, warum er so darauf versessen gewesen war, Port und Kit auf dieser Reise zu begleiten, war zweifellos der, daß er bei ihnen wie bei niemand anderem auf einen ausgesprochenen Widerstand gegen seine unaufhörlichen Versuche, zu dominieren, stieß. Dadurch wurde er gezwungen, in ihrer Gegenwart seine Anstrengungen zu verstärken und damit unbewußt seiner Persönlichkeit das Maß an geistigem Training zu geben, das sie benötigte. Kit und Port hingegen nahmen ihm sogar übel, daß sie ein wenig auf seinen etwas zu offensichtlichen Charme reagierten. Daher wollte auch keiner von ihnen zugeben, ihn zu der gemeinsamen Reise aufgefordert zu haben. Soweit es sie betraf, war eine nicht zu kleine Portion Scham dabei, denn beide waren sich über seine Schauspielerei und das berechnende Vorgehen in seinem Benehmen im klaren und trotzdem bis zu gewissem Grad davon eingefangen. Tunner selbst war ein äußerst unkomplizierter Charakter, der unwiderstehlich angezogen wurde von allem, was außerhalb seiner geistigen Auffassungsgabe lag. Sich damit zufriedengebend, eine Idee eben nicht zu begreifen, war eine Angewohnheit, die er im Jünglingsalter erworben hatte und die ihm jetzt in verstärktem Maß zu eigen war. Wenn er einen Gedanken völlig begriffen hatte, glaubte er, es müsse deshalb ein inferiorer Gedanke sein; er mußte irgendwo unverständlich bleiben, um sein Interesse zu erwekken. Diese Beobachtung spornte ihn jedoch nicht zu weiterem Nachdenken an. Im Gegenteil, sie versah ihn lediglich mit einer gefühlsmäßigen Bewunderung für die Idee, die es ihm ermöglichte, auszuruhen und sie aus der Ferne zu bestaunen. Zu Beginn seiner Freundschaft mit Kit und Port neigte er dazu, sie mit der vorsichtigen Ehrerbietung zu behandeln, von der er glaubte, daß sie ihnen zustünde – nicht als Individuen, sondern als Wesen, die sich fast ausschließlich mit Ideologien, geheiligten Dingen, beschäftigten. Die Art, wie sie ihn entmutigt hatten, diese Taktik weiter zu verfolgen, war so kategorisch, daß er gezwungen gewesen war, eine neue anzuwenden, bei der er sich aber weniger sicher fühlte. Diese bestand aus sanften Sticheleien, einem Lächerlichmachen, das so subtil und indirekt war, daß es notfalls in Schmeichelei umgewandelt werden konnte, sowie einer Haltung, die eine amüsierte, wenn auch leicht schmerzliche Resignation ausdrückte und ihm die Rolle des Vaters von zwei unmöglichen, verwöhnten Wunderkindern zuwies.

Leichten Herzens ging er nun im Zimmer auf und ab, bei der Aussicht, Kit für sich allein zu haben, vergnügt vor sich hin pfeifend; er hatte beschlossen, daß sie ihn brauchte. Er war absolut nicht sicher, ob er sie davon überzeugen werde, daß sie ihn so brauchte, wie er es sich wünschte. Tatsächlich betrachtete er Kit als die schwierigste und für ihn aussichtsloseste aller Frauen, von denen er hoffte, daß sie eines Tages in intimere Beziehungen zu ihm treten würden. Er fing sein

Bild im Spiegel auf, wie er über einen Koffer gebeugt dastand, und lächelte sich geheimnisvoll zu; es war das gleiche Lächeln, das Kit so falsch erschien.

Um ein Uhr ging er in Ports Zimmer und fand die Türe offen; das Gepäck war fort. Zwei Zimmermädchen waren dabei, das Bett frisch zu überziehen. »Se ha marchao«, sagte die eine. Um zwei Uhr traf er Kit im Speisesaal; sie sah außergewöhnlich gepflegt und hübsch aus. Er bestellte Champagner.

»Für tausend Francs die Flasche!« protestierte sie. »Port würde der Schlag treffen!«

»Port ist nicht da«, sagte Tunner.

IX

Einige Minuten vor zwölf stand Port mit seinem gesamten Gepäck vor dem Hoteleingang. Drei arabische Hoteldiener verstauten unter dem Befehl des jungen Lyle Koffer im Fond des Wagens. Die träge dahinziehenden Wolken ließen jetzt große Flächen blauen Himmels sehen; als die Sonne durchbrach, brannte sie mit unerwarteter Kraft. In Richtung der Berge war der Himmel immer noch schwarz und drohend. Port war ungeduldig; er hoffte, sie würden abfahren, ehe Kit und Tunner auftauchten.

Punkt zwölf Uhr erschien Mrs. Lyle in der Halle und beschwerte sich über die Rechnung. Ihre Stimme hob und senkte sich in schrillen Kadenzen. Sie erschien im Türrahmen und rief laut: »Eric, willst du bitte herkommen und dem Mann sagen, daß ich gestern zum Tee kein Gebäck hatte? Sofort!«

»Sag's ihm selbst«, sagte Eric zerstreut. »Celle-là on va mettre ici en bas«, fuhr er fort, zu einem der Araber gewandt, und deutete auf einen schweren Schweinslederkoffer.

»Du Idiot!« Sie ging wieder hinein; einen Augenblick später hörte Port ihre quiekende Stimme: »Non! Non! Thé seulement! Pas gateau!«

Schließlich erschien sie wieder, rot im Gesicht, am Arm eine Handtasche schlenkernd. Port erblickend, blieb sie stehen und rief: »Eric!« Er sah auf, kam vom Wagen herüber und stellte Port seiner Mutter vor.

»Ich bin sehr froh, daß Sie mit uns fahren können. Ein zusätzlicher Schutz. Man sagt, daß es hier in den Bergen besser sei, eine Waffe bei sich zu haben. Obgleich ich sagen kann, daß ich noch nie einen Araber gesehen habe, mit dem ich nicht fertig wurde. Es sind eigentlich die greulichen Franzosen, vor denen man sich schützen muß. Dreckige Bande! Sich einzubilden, sie könnten mir weismachen, was ich gestern zum Tee hatte. Die Frechheit! Eric, du Feigling! Du überläßt mir die ganze Streiterei mit dem Portier. Wahrscheinlich hast du das Gebäck gegessen, das sie mir aufgeschrieben haben!«

»Ist doch einerlei, was?« Eric lächelte.

»Man sollte denken, du würdest dich wenigstens schämen, es zuzugeben. Mr. Moresby, sehen Sie sich diesen großen Lulatsch an. Noch keinen Tag in seinem Leben hat er gearbeitet. Ich muß seine ganzen Rechnungen zahlen.«

»Mach vorwärts, Mutter! Steig ein.« Dies in verzweifeltem Tonfall.

»Was soll das heißen, steig ein?« Ihre Stimme war sehr schrill. »So zu mir zu sprechen! Dir fehlt eine tüchtige Ohrfeige. Die würde dir helfen.« Sie setzte sich auf den Vordersitz des Wagens.

»Wir werden alle vorne sitzen«, sagte Eric. »Ist Ihnen das recht, Mr. Moresby?«

»Ausgezeichnet. Ich sitze viel lieber vorne«, sagte Port. Er war entschlossen, sich völlig außerhalb dieses Familienidylls zu halten; die beste Art, ihnen das klarzumachen, dachte er, besteht darin, keinerlei eigenen Willen zu zeigen, höflich zu sein und zuzuhören. Wahrscheinlich war dieses lächerliche Gestreite die einzige Form der Unterhaltung, die die beiden sich jemals abringen konnten.

Sie fuhren los; Eric, am Steuer, ließ den Motor anspringen. Die Hoteldiener schrien: »Bon voyage!«

»Ich habe verschiedene Personen bemerkt, die mich anstarrten, als wir abfuhren«, sagte Mrs. Lyle und lehnte sich zurück. »Diese dreckigen Araber haben hier wie überall ganze Arbeit verrichtet.«

»Arbeit? Was meinen Sie?« sagte Port.

»Nun, ihre Spitzelei. Sie spionieren einem die ganze Zeit nach, müssen Sie wissen. Das ist ihre Art, sich Geld zu verdienen. Glauben Sie, Sie könnten irgendwas unternehmen, ohne daß die es wissen?« Sie lachte unangenehm. »Innerhalb einer Stunde wissen sämtliche elenden kleinen Schlepper und Subalternbeamten auf den Konsulaten alles.«

»Sämtliche Konsulate, Polizeistellen, Banken, jedermann«, sagte sie mit Nachdruck.

Port sah Eric erwartungsvoll an. »Aber –«

»O ja«, sagte Eric, offensichtlich froh, die Behauptung seiner Mutter zu bestärken. »Es ist eine gräßliche Bescherung. Wir haben nie einen Augenblick Ruhe. Wo wir auch hingehen, halten sie unsere Post zurück, versuchen uns von den Hotels wegzuhalten, indem sie sagen, es sei kein Platz, und wenn wir Zimmer bekommen, durchsuchen sie sie, während wir ausgegangen sind, und stehlen unsere Sachen; sie weisen die Diener und Zimmermädchen an, an den Türen zu horchen –«

»Aber wer? Wer macht das alles? Und warum?«

»Die Araber!« schrie Mrs. Lyle. »Diese stinkenden Untermenschen, die nichts auf der Welt zu tun haben, als anderen nachzuspionieren. Wovon, glauben Sie, leben die sonst?«

»Es ist kaum zu glauben«, wagte Port schüchtern einzuwenden, in der Hoffnung auf weitere Ausbrüche, denn er amüsierte sich köstlich.

»Ha!« schrie sie mit triumphierender Stimme. »Ihnen erscheint das unglaubwürdig, weil Sie sie nicht kennen, aber hüten Sie sich vor ihnen. Sie hassen uns. Genau wie die Franzosen. Oh, die können uns nicht ausstehen!«

»Ich habe die Araber immer sehr hilfsbereit gefunden«, sagte Port.

»Natürlich. Weil sie servil sind, Ihnen schmeicheln und schöntun. Und sobald man den Rücken kehrt, rennen sie zum Konsulat.«

Darauf Eric: »Als wir mal in Mogador waren –« Seine Mutter schnitt ihm die Rede ab.

»Ach halt den Rand! Laß lieber andere reden. Glaubst du, daß jemand sich für deine tölpelhaften Dummheiten interessiert? Wenn du etwas schlauer wärst, hättest du dich auf diese Geschäfte nicht erst eingelassen. Was für ein Recht hattest du, nach Mogador zu fahren, während ich in Fez am Sterben war? Mr. Moresby, ich war am Sterben! Im Krankenhaus, ans Bett gefesselt, mit einer schauderhaften arabischen Krankenschwester, die nicht einmal eine anständige Spritze geben konnte –.«

»Sie konnte es!« sagte Eric mit Nachdruck. »Sie hat mir mindestens zwanzig Spritzen gegeben. Du hast dich nur infiziert, weil deine Widerstandskraft sehr schwach war.«

»Widerstandskraft!« kreischte Mrs. Lyle. »Ich weigere mich, weiterzusprechen. Mr. Moresby, sehen Sie sich die Farbe der Hügel an. Haben Sie je Infrarot bei Landschaften versucht? Ich habe ein paar außergewöhnlich gute in Rhodesien gemacht, aber ein Verleger in Johannesburg hat sie mir gestohlen.«

»Mr. Moresby photographiert nicht, Mutter.«

»Ach, sei still. Das hindert ihn doch nicht, über infrarote Photographie Bescheid zu wissen?«

»Ich habe welche gesehen«, sagte Port.

»Natürlich haben Sie. Siehst du, Eric, du weißt nie, was du redest. Das kommt alles von mangelnder Disziplin. Ich wünschte nur, du müßtest dir eines Tages dein Leben selbst verdienen. Das würde dich lehren zu denken, ehe du sprichst. In dieser Beziehung bist du nicht besser als ein Kretin.«

Ein besonders unfruchtbares Rededuell folgte nun, bei welchem Eric, offensichtlich als Benefizvorstellung für Port, eine Reihe der unglaubwürdigsten Beschäftigungen aufzählte, die er angeblich während der letzten vier Jahre ausgeübt hatte, während seine Mutter jede einzelne von ihnen widerlegte und scheinbar mit Recht als falsche Behauptung hinstellte. Bei jeder neuen Erfindung schrie sie: »Was für Lügen! Was für ein Lügner! Du weißt nicht einmal, was Wahrheit ist!« Schließlich antwortete Eric mit leidender Stimme, als kapituliere er: »Du läßt mich ja sowieso bei keiner Arbeit. Du zitterst davor, ich könnte mich unabhängig von dir machen.«

Mrs. Lyle schrie: »Schauen Sie, schauen Sie, Mr. Moresby! Dieser süße Esel! Er erinnert mich an Spanien. Wir sind vor kurzem zwei Monate dort gewesen. Ein schreckliches Land (sie sagte ›schröcklich‹), nichts wie Soldaten, Pfaffen und Juden.«

»Juden?« echote Port zweifelnd.

»Natürlich. Wußten Sie das nicht? Die Hotels sind voll von ihnen. Sie regieren das Land. Hinter den Kulissen natürlich. Genau wie überall. Nur daß sie in Spanien sehr geschickt vorgehen. Sie geben nie zu, daß sie Juden sind. In Córdoba – das wird Ihnen beweisen, wie schlau und hinterhältig sie sind –, in Córdoba ging ich durch eine Straße, die Judería hieß. Dort ist die Synagoge. Natürlich wimmelt es dort von Juden – ein typisches Getto. Aber glauben Sie, einer von ihnen würde das zugeben? Natürlich nicht! Sie fuchtelten mir mit den Händen vor dem Gesicht herum und schrien: ›Católico! Católico!‹. Stellen Sie sich das vor, Mr. Moresby, die behaupten, römisch-katholisch zu sein. Und als ich die Synagoge betrachtete, bestand der Führer auf der Behauptung, daß seit dem fünfzehnten Jahrhundert kein Gottesdienst mehr darin abgehalten worden war! Ich fürchte, ich war schrecklich unhöflich. Ich lachte ihm glatt ins Gesicht.«

»Was hat er gesagt?« fragte Port.

»Oh, er fuhr unbekümmert fort, weiter zu erklären. Er plapperte natürlich einfach aus Routine weiter. Er starrte mich an. Das tun sie alle. Aber ich glaube, er respektierte meine Furchtlosigkeit. Je unverschämter Sie sind, desto mehr werden Sie von ihnen bewundert. Ich zeigte ihm, daß ich wußte, daß er mir die tollsten Lügen erzählte. Katholiken! Ich glaube, sie denken, das gibt ihnen eine gehobene Stellung. Zu komisch, wo sie doch alle Juden waren; man brauchte sie bloß anzusehen. Oh, ich kenne die Juden. Ich hab zuviel üble Erfahrungen mit ihnen gemacht, um sie nicht zu kennen.«

Der Reiz dieser menschlichen Karikaturen begann nachzulassen. Port fing an, Erstickungsgefühle zu bekommen, so zwischen den beiden eingezwängt; ihre Komplexe deprimierten ihn. Mrs. Lyle war noch unangenehmer als ihr Sohn. Im Gegensatz zu ihm hatte sie keine Heldentaten – eingebildete oder wirkliche – zu berichten; ihre ganze Unterhaltung bestand aus detaillierten Beschreibungen der Verfolgungen, denen sie ausgesetzt gewesen zu sein glaubte und wortgetreuer Berichte über die bitteren Streitereien, in die ihre Widersacher sie verwickelt hatten. Während sie sprach, gewann er ein Bild ihres Charakters, obgleich er zu diesem Zeitpunkt bereits viel weniger Interesse für sie hatte. Ihr Leben war ohne persönliche Beziehungen gewesen, und die brauchte sie. Deshalb erfand sie welche, so gut sie konnte; jeder Streit war ein fruchtloser Versuch, eine Art menschlicher Beziehung anzuknüpfen. Sogar bei Eric hatte sie sich daran gewöhnt, Streit als die natürliche Form eines Gesprächs zu betrachten. Er fand, daß sie die einsamste Frau war, der er je begegnet war, aber es rührte ihn nicht sonderlich.

Er hörte auf, zuzuhören: Sie hatten die Stadt hinter sich gelassen, das Tal durchquert und erklommen einen großen, kahlen Hügel auf der gegenüberliegenden Seite. Als sie um eine der vielen S-Kurven bogen, erkannte er mit einem inneren Ruck, daß er gerade auf die türkische Festung sah, die, durch die große Entfernung, klein und vollkommen wie ein Spielzeug auf der anderen Seite des Tales lag. Zu ihren Füßen, über die gelbe Erde verstreut, sah man einige winzige schwarze Zelte; in welchem er gewesen war, welches von ihnen Marhnias Zelt war, konnte er nicht erkennen, denn die Treppe war von hier aus nicht sichtbar. Dort war sie also, zweifellos, irgendwo dort unten im Tal, und hielt ihren Mittagsschlaf in der luftlosen Hitze eines Zeltes, allein oder mit einem bevorzugten Araberfreund – nicht mit Smail, dachte er. Sie wechselten wieder die Richtung und stiegen diesmal noch höher; über ihnen waren Felsen. Neben der Straße standen manchmal hohe Distelsträucher, die abgestorben und mit weißem Staub überpudert waren, und aus den Sträuchern zirpten die Grillen – ein hoher, unaufhörlicher Laut, als schrie die Hitze selbst. Immer wieder kam das Tal in Sicht, jedesmal ein wenig kleiner, ein wenig weiter, ein wenig unwirklicher. Der Mercedes dröhnte wie ein Flugzeug; er hatte keinen Schalldämpfer im Auspuff. Vor ihnen waren die Berge, unter ihnen dehnte sich die Shebka. Er drehte sich um, um einen letzten Blick auf das Tal zu werfen; die Umrisse jedes einzelnen Zeltes waren immer noch zu unterscheiden, und er entdeckte, daß die Umrisse der Zelte den Gipfeln der Berge glichen, die hinter ihnen vor dem Horizont standen.

Während sich die glutüberhauchte Landschaft vor ihm ausbreitete, wandten sich seine Gedanken nach innen und blieben an seinem Traum hängen, der ihn immer noch beschäftigte. Nach kurzem Überlegen lächelte er; er hatte es. Der Zug, der immer schneller fuhr, war nichts weiter als ein Abbild des Lebens selbst. Die Unsicherheit in bezug auf die »Jas« und »Neins« war die unvermeidliche Haltung, die man einnahm, wenn man den Wert dieses Lebens überdachte, und dieses Zögern wurde automatisch ausgelöst durch eine unbewußte Ablehnung, daran teilzunehmen. Er wunderte sich, daß der Traum ihn aus der Fassung gebracht hatte; es war ein einfacher, klassischer Traum. Die Zusammenhänge waren alle ganz klar in seinem Kopf. Die besondere Bedeutung im Hinblick auf sein eigenes Leben war unwesentlich. Um sich nicht mit relativen Werten befassen zu müssen, hatte er es schon lange aufgegeben, dem Phänomen des Daseins einen Zweck zuzuschreiben – es war praktischer und tröstlicher so.

Es freute ihn, sein kleines Problem gelöst zu haben. Er sah sich in der Landschaft um; sie stiegen immer noch, aber sie waren über die erste Kuppe hinaus. Jetzt standen runde, kahle Hügel um sie herum, die keinerlei Merkmale hatten. Und auf allen Seiten die gleiche harte, unregelmäßige Linie des Horizontes, vor dem blendendweißen Himmel. Mrs. Lyle sagte gerade: »Oh, sie sind ein übler Stamm. Eine niederträchtige Gesellschaft, das kann ich Ihnen sagen.« »Ich bring das Weib noch um«, dachte er wütend. Als die Steigung nachließ und der Wagen schneller fuhr, hatte man vorübergehend die Illusion eines Lufthauches, aber als die Straße wieder kurvenreich anstieg und sie langsam berganfuhren, erkannte er, daß die Luft völlig bewegungslos war.

»Nach der Karte zu schließen, ist weiter oben eine Art Aussichtsturm«, sagte Eric. »Wir müßten eine prachtvolle Sicht haben.«

»Meinst du, wir sollten halten?« erkundigte sich Mrs. Lyle ängstlich. »Wir müssen zum Tee in Boussif sein.«

Es zeigte sich, daß der hochgelegene Punkt eine kaum wahrnehmbare Verbreiterung der Straße war, an einer Stelle, wo diese eine Haarnadelkurve machte. Einige Felsblöcke, die von den Felsen der Innenseite heruntergerollt waren, machten die Durchfahrt noch schwieriger. Der Absturz in die Tiefe war senkrecht, und der Blick ins Land hinein von sehenswerter, feindlicher Wildheit.

Eric hielt einen Augenblick an, aber niemand stieg aus. Der Rest der Fahrt führte durch steiniges Terrain, das so ausgetrocknet war, daß selbst die Grillen hier keinen Unterschlupf fanden. Trotzdem erhaschte Port hie und da in der Ferne einen Blick auf ein Lehmdorf, dessen Häuser die Farbe der Hügel hatten und das rundum von Kakteen und dornigen Sträuchern eingefaßt war. Alle drei schwiegen, und man hörte nichts als das gleichmäßige Brummen des Motors.

Als Boussif mit seinem modernen weißen Beton-Minarett in Sicht kam, sagte Mrs. Lyle: »Eric, ich wünsche, daß du dich um die Zimmer kümmerst. Ich werde sofort in die Küche gehen und anfangen, ihnen zu zeigen, wie man Tee macht.« Zu Port sagte sie, indem sie ihre Handtasche hochhob: »Ich nehme den Tee immer hier in meiner Tasche mit, wenn wir unterwegs sind. Andernfalls müßte ich Ewigkeiten warten, während dieser unselige Knabe sich um den Wagen und das Gepäck kümmert. Ich glaube, es gibt in Boussif absolut nichts zu sehen, das erspart uns, in den Straßen herumzulaufen.«

»Derb Ech Chergui«, sagte Port. Und als sie ihn erstaunt ansah, sagte er tröstend: »Ich habe nur ein Schild gelesen.« Die lange Hauptstraße war leer und kochte in der Nachmittagssonne, deren Kraft verdoppelt schien durch die Tatsache, daß über den Bergen im Süden immer noch die schweren dunklen Wolken hingen, die seit dem frühen Morgen dort gehangen hatten.

X

Es war ein sehr alter Zug. Von der Korridordecke vor ihrem Abteil hing eine Reihe Öllampen, die im wilden Unisono hin- und herschlingerten, während das alte Vehikel dahinzokkelte. Gerade ehe der Zug aus der Halle rollte, war Kit in einem Anfall von Verzweiflung, den sie immer vor jeder Bahnfahrt hatte, herausgesprungen, zum Zeitungsstand gelaufen und hatte mehrere französische Magazine gekauft. Sie konnte gerade noch aufspringen, als sie losfuhren. Nun hielt sie im undeutlichen Zwielicht aus endendem Tag und dem gelben Schein der schwachen Lampen die Hefte auf ihrem Schoß und öffnete eines nach dem anderen, um zu sehen, was sie enthielten. Das einzige, das sie überhaupt erkennen konnte, war voll von Photos: »Ciné Pour Tous«.

Sie hatten das Abteil für sich. Tunner saß ihr gegenüber.

»Du kannst bei dieser Beleuchtung nicht lesen«, sagte er.

»Ich schau nur die Bilder an.«

»Oh.«

»Du entschuldigst mich, nicht wahr? Gleich kann ich nicht mal das mehr. Züge machen mich etwas nervös.«

»Laß dich nicht stören«, sagte er.

Sie hatten sich ein kaltes Abendessen mitgenommen, das das Hotel geliefert hatte. Von Zeit zu Zeit beäugte Tunner nachdenklich den Korb. Schließlich sah sie auf und erwischte ihn dabei. »Tunner! Sag bloß nicht, daß du Hunger hast!« rief sie.

»Nur mein Bandwurm.«

»Du bist furchtbar.« Sie hob den Korb hoch, dankbar, sich mit ihren Händen beschäftigen zu können. Stück für Stück zog sie die dicken, einzeln in dünne Papierservietten eingewickelten Sandwiches heraus.

»Ich hatte ihnen gesagt, daß wir nichts von diesem scheußlichen spanischen Schinken wollen. Er ist roh, und man bekommt wirklich Würmer davon. Ich bin überzeugt, daß auf einigen trotzdem welcher drauf ist. Ich glaube, ich kann es riechen. Die meinen auch, man redet, um den Klang seiner Stimme zu hören.«

»Ich esse den Schinken, wenn welcher da ist«, sagte Tunner.

»Er schmeckt recht gut, wenn ich mich recht erinnere.«

»Er schmeckt tadellos.« Sie ergriff ein Paket harter Eier, die mit sehr öligen, schwarzen Oliven zusammengepackt waren. (Der Zug schrie kreischend auf und tauchte in einen Tunnel.) Kit legte die Eier hastig in den Korb zurück und sah besorgt nach dem Fenster. Sie konnte die Umrisse ihres Gesichtes im Glas sehen, vom schwächlichen Schein der Deckenlampe mitleidlos erleuchtet. Der Gestank des Kohlenrauches wurde mit jeder Sekunde stärker; sie fühlte, wie er ihre Lungen zusammenzog.

»Bhhrrr!« machte Tunner und hustete.

Sie saß still da und wartete. Wenn das Unglück kam, dann wahrscheinlich in einem Tunnel oder auf einer Brücke.

»Wenn ich nur sicher wäre, daß es heute nacht passiert«, dachte sie. »Dann könnte ich mich entspannen. Aber diese Unsicherheit. Man weiß nichts und wartet auf alles.«

Schließlich kamen sie aus dem Tunnel heraus und atmeten wieder durch.

Draußen, über den weiten Flächen undeutlichen, felsigen Landes, drohten tintenschwarz die Berge. Über ihren scharfen Kämmen sickerte das wenige Licht, das noch im Himmel war, zwischen schweren, drohenden Wolken hindurch.

»Was ist mit den Eiern?«

»Oh!« Sie gab ihm das ganze Paket.

»Ich will sie nicht alle!«

»Du mußt sie essen«, sagte sie und riß sich zusammen, um wach zu werden, um teilzunehmen an dem bißchen Leben, das sich innerhalb der knarrenden Holzwände des Abteils abspielte. »Ich möchte nur etwas Obst. Und ein Sandwich.«

Aber sie fand das Brot hart und trocken; sie kaute mühsam daran herum. Tunner war damit beschäftigt, einen seiner Koffer unter dem Sitz hervorzuzerren. Sie schob das ungegessene Brot in den Spalt zwischen ihrem Sitz und dem Fenster.

Er richtete sich mit triumphierendem Gesicht auf, schwang eine große dunkle Flasche und fischte einen Korkenzieher aus seiner Hosentasche.

»Was ist das?«

»Rate mal«, sagte er grinsend.

»Doch nicht – Champagner?«

»Erraten.«

In ihrer Nervosität beugte sie sich vor, nahm seinen Kopf zwischen ihre Hände und küßte ihn geräuschvoll auf die Stirne.

»Du Schatz!« rief sie. »Du bist wundervoll!«

Er drehte am Korken; es knallte. Eine hagere, schwarzgekleidete Frau ging auf dem Korridor vorbei und starrte zu ihnen hinein.

Die Flasche in der Hand, stand Tunner auf und zog die Rouleaus herunter. Kit beobachtete ihn und dachte: »Er ist ganz anders als Port. Port hätte das nie getan.«

Und als er die Thermosbecher vollschenkte, fuhr sie fort, für sich zu denken. »Es bedeutet nichts, als daß er Geld ausgegeben hat. Etwas gekauft, das ist alles. Trotzdem – er war bereit gewesen, das Geld auszugehen... und vor allem, er hat daran gedacht.«

Sie stießen miteinander an und prosteten sich zu. Nicht das gewohnte Klirren – nur ein toter, papierener Laut. »Auf Afrika«, sagte Tunner, plötzlich schüchtern. Eigentlich wollte er sagen: »Auf unsere Nacht.«

»Ja.«

Sie betrachtete die Flasche, die er auf den Boden gestellt hatte. Charakteristischerweise beschloß sie sofort, daß diese Flasche der Zaubergegenstand war, der sie errettete, daß in ihr die Kraft war, die die Katastrophe abwenden konnte. Sie leerte ihren Becher. Er füllte ihn wieder.

»Wir müssen sparsam sein«, warnte sie in plötzlicher Angst, der Zauber könne aufhören.

»Glaubst du? Warum?« Er zog den Koffer hervor und öffnete ihn wieder. »Schau.« Sie sah fünf weitere Flaschen. »Das war der Grund, weshalb ich so darauf aus war, meinen Koffer selbst zu tragen«, sagte er und lächelte, damit seine Grübchen zur Geltung kamen. »Du hast sicher gedacht, ich spinn.«

»Ich habe es gar nicht gemerkt«, sagte sie interesselos und bemerkte nicht einmal die Grübchen, die sie so heftig verabscheute. Der Anblick von soviel Zauberkraft hatte sie etwas überwältigt.

»Also trink. Schnell und heftig.«

»Nur keine Angst«, lachte sie. »Ich brauche keine Aufmunterung.«

Sie fühlte sich sinnlos glücklich – viel zu glücklich unter diesen Umständen, wie sie sich selbst sagte. Aber es war immer das Gesetz des Pendels; in einer Stunde würde sie wieder auf demselben Tiefpunkt sein, auf dem sie noch vor einer Minute war.

Der Zug hielt langsam an. Hinter dem Fenster war schwarze Nacht; nirgends war ein Licht zu sehen. Irgendwo sang eine Stimme eine seltsame, eintönige Melodie. Sie fing stets hoch an, um dann abzufallen, wenn der Atem versagte; sofort wieder von neuem auf der höchsten Note beginnend, hatte das Lied etwas vom Weinen eines Kindes.

»Ist das ein Mann?« fragte Kit erstaunt.

»Wo?« sagte Tunner und sah sich um.

»Das Singen.«

Er horchte einen Augenblick. »Schwer zu sagen. Trink aus.«

Sie trank und lächelte. Bald darauf starrte sie in die schwarze Nacht hinter dem Fenster hinaus. »Ich glaube, ich hätte niemals leben sollen«, sagte sie traurig.

Er sah sie verwirrt an. »Jetzt hör mal zu, Kit. Ich weiß, daß du nervös bist. Darum hab ich auch den Schampus mitgenommen. Aber du mußt dich beruhigen. Laß dich gehen. Nimm's nicht so schwer. Nichts ist so wichtig, weißt du. Wer hat gesagt –«

»Nein. Genau das will ich nicht«, unterbrach sie ihn. »Champagner, ja. Aber keine Philosophie. Und ich finde, du warst ganz unbeschreiblich lieb, daß du daran gedacht hast, besonders, seit ich weiß, warum.«

Er hörte auf zu kauen. Sein Gesicht wechselte den Ausdruck; seine Augen wurden hart. »Was soll das heißen?«

»Weil du begriffen hast, was für ein dummes Nervenbündel ich bei Bahnfahrten bin. Und du hättest nichts tun können, was mich mehr erfreut hätte.«

Er begann wieder zu kauen und grinste. »Ach, laß doch. Ich komme auch nicht zu kurz, wie du vielleicht bemerkt haben wirst. Auf den guten alten Mumm!« Er öffnete die zweite Flasche. Der Zug setzte sich ruckartig wieder in Bewegung.

Die Tatsache, daß sie fuhren, hob ihre Stimmung. »D'me ingrato, porqué me abandonaste, y sola me dejaste...« sang sie.

»Noch was?« Er hob die Flasche hoch.

»Claro que sï«, sagte sie, stürzte den Becher auf einmal hinunter und hielt ihn sofort wieder hin.

Der Zug zockelte dahin, hielt dann und wann, und jedesmal sah es aus, als halte er auf offener Strecke. Aber man hörte immer Stimmen, die draußen in der Finsternis im gutturalen Dialekt der Bergbewohner herumschrien. Sie beendeten ihr Abendessen; während Kit ihre letzte Feige aß, beugte sich Tunner vor, um eine neue Flasche aus dem Koffer zu holen. Ohne recht zu wissen, was sie tat, griff sie an die Stelle, wo sie ihr Sandwich versteckt hatte, zog es hervor und stopfte es in ihre Handtasche, auf die Puderdose. Er goß ihr wieder Champagner ein.

»Der Champagner ist nicht mehr so kalt wie vorhin«, sagte sie, während sie langsam trank.

»Man kann nicht alles haben.«

»Aber ich liebe ihn! Es ist mir ganz gleich, ob er warm ist. Weißt du, ich glaube, ich hab einen sitzen.«

»Bah! Doch nicht von dem bißchen, was du getrunken hast.« Er lachte.

»Oh, du kennst mich nicht! Wenn ich nervös oder verzweifelt bin, hab ich sofort einen Schwips.«

Er sah auf seine Uhr. »Nun, wir haben noch mindestens weitere acht Stunden zu fahren. Wir können uns also hineinknien. Ist es dir recht, wenn ich den Platz wechsele und mich neben dich setze?«

»Natürlich. Ich hab's dir doch schon gesagt, als wir losfuhren, damit du nicht rückwärts fahren mußt.«

»Fein.« Er stand auf, streckte sich, gähnte und setzte sich so hart neben sie, daß er sie anrempelte. »Verzeih«, sagte er. »Ich habe das Geschlingere des Vehikels unterschätzt. Mein Gott, was für ein Zug.« Sein rechter Arm legte sich um sie und er zog sie leicht an sich. »Lehn dich bei mir an. Das ist für dich bequemer. Entspann, dich! Du bist ganz steif und verkrampft«

»Eher blau, fürchte ich!« Sie lachte; ihr Lachen schien ihr wie ein Gekicher. Sie lehnte sich halb an ihn, mit dem Kopf auf seiner Schulter. »Das sollte mich eigentlich beruhigen«, dachte sie, »aber es macht alles nur noch schlimmer. Ich könnte aus der Haut fahren.«

Einige Minuten lang zwang sie sich, dazusitzen, ohne sich zu bewegen. Es war schwierig, nicht verkrampft zu sein, denn die Bewegung des Zuges schien sie immer wieder auf ihn zu werfen. Sie fühlte, wie die Muskeln seines Armes ihre Taille langsam fester umspannten. Der Zug hielt an. Sie fuhr hoch und rief: »Ich möchte zur Türe gehen und sehen, wie es draußen aussieht.«

Er stand auf, legte wieder den Arm um sie und sagte: »Du weißt ja, wie es aussieht. Nichts als schwarze Berge.«

Sie sah auf, ihm ins Gesicht. »Ich weiß. Bitte, Tunner.« Sie wand sich los und fühlte, wie er sie gehen ließ. In diesem Augenblick wurde die Abteiltüre aufgemacht und die abgerissen aussehende Frau in Schwarz tat, als wolle sie in das Abteil.

»Ah, pardon. Je me suis trompée«, sagte sie mißbilligend und ging, ohne die Türe hinter sich zu schließen.

»Was will die alte Harpyie?« sagte Tunner.

Kit ging zur Türe, stellte sich in die Öffnung und rief laut: »Sie ist eine voyeuse.« Die Frau, die schon halbwegs den Korridor hinuntergegangen war, drehte sich wütend um und funkelte sie an. Kit war entzückt. Die Befriedigung, die sie dabei empfand, daß die Frau das Wort gehört hatte, schien ihr absurd. Trotzdem war das Gefühl da. Ein starkes Frohlocken in ihrem Inneren. »Noch einen Schritt weiter, und ich werde hysterisch. Und dann wird Tunner wirklich hilflos sein!«

In normalen Situationen hatte sie immer das Gefühl, daß es Port an Verständnis fehle, aber in außergewöhnlichen Lagen konnte niemand ihn ersetzen; in wirklich schlechten Momenten verließ sie sich völlig auf ihn, nicht weil er dann ein unfehlbarer Führer war, sondern weil ein Teil ihres Bewußtseins ihn als eine Stütze betrachtete und sie sich somit teilweise mit ihm identifizierte. »Und Port ist nicht da. Also bitte keine Hysterie.« Laut sagte sie: »Ich komme gleich wieder. Laß die Hexe ja nicht herein.«

»Ich gehe mit dir«, sagte er.

»Wirklich, Tunner?« lachte sie. »Ich fürchte, wo ich hingehe, bist du etwas fehl am Platz.«

Er bemühte sich, seine Verlegenheit nicht zu zeigen. »Oh! Okay. Entschuldige.«

Der Korridor war leer. Sie versuchte, durch die Fenster zu sehen, aber die waren mit Staub und Fingerabdrücken verschmiert. Weiter vorne hörte sie das Geräusch von Stimmen. Die Türen nach draußen waren verschlossen. Sie ging in den nächsten Waggon; er war »II« bezeichnet und viel heller erleuchtet, voller und wesentlich schäbiger. Am anderen Ende traf sie Leute, die von außen in den Wagen kamen. Sie zwängte sich an ihnen vorbei, stieg aus und ging auf dem Bahnsteig am Zug entlang nach vorne. Die Vierter-Klasse-Passagiere, alles Eingeborene, Berber oder Araber, wimmelten um einen Haufen Bündel und Schachteln, die unter einer schwachen, unbeschirmten elektrischen Birne auf der schmutzigen Plattform aufgestapelt waren. Ein beißender Wind kam von den nahen Bergen herunter. Sie mischte sich schnell unter die Menschen und stieg ein.

Als sie in den Waggon kam, war ihr erster Eindruck, daß sie überhaupt nicht im Zug war. Er war nichts als ein langer Schlauch, der bis zum Bersten überfüllt war mit Männern in schwarzbraunen Burnussen, hockend, schlafend, liegend, stehend und sich zwischen einem formlosen Durcheinander von unförmigen Bündeln bewegend. Sie blieb einen Augenblick stehen, um das Bild in sich aufzunehmen; es war das erste Mal, daß sie das Gefühl hatte, in einem fremden Land zu sein. Jemand schob sie von rückwärts und zwang sie, weiter in den Wagen hineinzugehen. Sie sperrte sich, da sie keinen Platz sah, wohin sie hätte gehen können, und fiel auf einen weißbärtigen Mann, der sie streng anstarrte. Unter seinem Blick fühlte sie sich wie ein ungezogenes Kind. »Pardon, Monsieur«, sagte sie und versuchte, sich so zu drehen, daß sie dem zunehmenden Druck von hinten entging. Es war aussichtslos; trotz aller Bemühungen wurde sie weiter nach vorne geschoben und bewegte sich, über die herumliegenden Körper und aufgestapelten Gegenstände stolpernd, nach der Wagenmitte. Der Zug setzte sich schlingernd in Bewegung. Sie sah sich etwas ängstlich um. Es fiel ihr ein, daß diese Menschen Mohammedaner waren und daß der Geruch des Alkohols in ihrem Atem genauso ihren Anstoß erregen würde, als wenn sie sich plötzlich nackt ausziehen würde. Weiter über die zusammengekauerten Gestalten stolpernd, arbeitete sie sich bis zu einer der fensterlosen Wagenwände hindurch und lehnte sich dort an. Aus ihrer Handtasche zog sie eine kleine Parfümflasche und rieb sich Gesicht und Nacken ein, in der Hoffnung, das Parfüm würde den Alkoholgeruch, der sie umgab, übertönen oder sich wenigstens damit vermischen. Während sie sich einrieb, berührten ihre Finger einen kleinen weichen Gegenstand in ihrem Nacken. Sie betrachtete ihn: es war eine gelbe Laus. Sie hatte sie halb zerquetscht. Angeekelt wischte sie ihre Finger an der Wand ab. Männer betrachteten sie, aber weder mit Sympathie noch mit Abneigung. Nicht einmal mit Neugierde, dachte sie. Sie hatten den leeren und nachdenklich-vertieften Ausdruck eines Menschen, der sein Taschentuch betrachtet, nachdem er sich die Nase geputzt hat. Sie schloß einen Moment die Augen. Zu ihrer Verwunderung war sie hungrig. Sie nahm das Sandwich aus der Tasche und aß es, indem sie das Brot in kleine Stücke brach, die sie intensiv kaute. Der Mann, der neben ihr an der Wand lehnte, aß ebenfalls – kleine dunkle Dinger, die er aus der Kapuze seines Umhangs nahm und geräuschvoll zerbiß. Leise schaudernd sah sie, daß es rote Heuschrecken ohne Beine und Köpfe waren. Das unaufhörliche Geschwätz der Stimmen brach plötzlich ab. Die Menschen schienen auf etwas zu horchen. Über dem Rattern des Zuges und dem rhythmischen Stoßen der Räder konnte sie das harte gleichmäßige Trommeln des Regens auf dem Blechdach des Waggons hören. Die Männer nickten mit den Köpfen; die Unterhaltung begann aufs neue. Sie beschloß, sich wieder zur Türe durchzuzwängen, um beim nächsten Halt des Zuges aussteigen zu können. Mit leicht gesenktem Kopf schob sie sich blindlings durch die Menge. Vom Boden ertönte Stöhnen, wenn sie auf Schlafende trat, entrüstete Ausrufe, wenn ihre Ellbogen mit Gesichtern in Berührung kamen. Bei jedem Schritt rief sie: »Pardon! Pardon!« Es war ihr gelungen, sich in eine Ecke am Ende des Waggons durchzuarbeiten. Nun mußte sie nur noch die Türe erreichen. Ein wild aussehender Mann versperrte ihr den Weg. Er hielt ein abgehacktes Schafshaupt im Arm, dessen Augen wie Achatkugeln aus den Höhlen glotzten. »Oh!« stöhnte sie. Der Mann sah sie unverwandt an und machte keine Miene, sie vorbeizulassen. Indem sie all ihre Kraft zusammennahm, kämpfte sie sich an ihm vorbei; ihr Rock streifte den blutigen Halsstumpf, als sie sich durchquetschte. Erleichtert sah sie, daß die Türe zur Plattform offen war; sie mußte nur noch an den Menschen vorbei, die davorstanden. Sie fing wieder an, »Pardon!« zu rufen, und ging durch. Die Plattform war wenig voll, denn der kalte Regen fegte über sie hinweg. Diejenigen, die dort saßen, hatten ihre Köpfe mit den Kapuzen ihrer Burnusse verhüllt. Mit dem Rücken gegen den Regen hielt sie sich am Eisengeländer fest und sah direkt in das häßlichste menschliche Gesicht, das sie je gesehen hatte. Der sehr große Mann trug abgelegte europäische Kleidung und einen Sack über dem Kopf wie ein Haïk. Aber dort, wo seine Nase hätte sein sollen, war ein schwarzes, dreieckiges Loch, und die seltsamen, flachen Lippen waren weiß. Ohne jeden Grund dachte sie an eine Löwenschnauze; sie konnte ihre Augen nicht davon lösen. Der Mann schien weder sie zu sehen noch den Regen zu spüren; er stand einfach da. Während sie ihn anstarrte, überlegte sie, warum ein von Krankheit gezeichnetes Gesicht, das eigentlich nichts ausdrückte, soviel grauenhafter anzusehen war als ein Gesicht, dessen Haut gesund war, dessen Ausdruck jedoch eine innere Fäulnis widerspiegelte. Port würde sagen, das wäre in einem nicht-materialistischen Zeitalter anders. Und wahrscheinlich hatte er recht.

Sie war naß bis auf die Haut und schlotterte, aber sie hielt sich immer noch an dem kalten Eisengeländer fest und sah starr geradeaus – manchmal in das Gesicht, manchmal daran vorbei in die graue, regenschwere Nachtluft. Ein tête-à-tête, das so lange dauern würde, bis eine Station kam. Der Zug erklomm langsam und geräuschvoll einen steilen Hang. Von Zeit zu Zeit, beim Überfahren einer Brücke oder einer Baustelle, hörte man sekundenlang einen dumpfen Ton inmitten des Gepolters und Gerumpels. In solchen Augenblikken war ihr, als bewege sie sich hoch in der Luft und tief unter ihr schäume Wasser durch die felsigen Wände der Kluft. Der windgepeitschte Regen strömte weiter. Sie hatte das Gefühl, einen Alptraum zu durchleben, der niemals aufhören würde. Sie fühlte nicht, wie die Zeit verrann; im Gegenteil, sie glaubte, diese sei zum Stillstand gekommen und sie selbst hinge bewegungslos in einem Vakuum. Unbewußt ahnte sie, daß dieser Zustand zu einem bestimmten Zeitpunkt aufhören würde – aber daran wollte sie nicht denken, aus Angst, sie könne wieder zum Leben erwachen, die Zeit könne wieder in Fluß kommen und sie könne sich der Endlosigkeit der verrinnenden Sekunden bewußt werden.

Und so verharrte sie regungslos, zitternd vor Kälte und sehr gerade aufgerichtet. Als der Zug langsamer fuhr und zum Halten kam, war der löwengesichtige Mann verschwunden. Sie stieg aus und rannte durch den Regen, zurück zum Zugende. Als sie in das Zweiter-Klasse-Abteil kletterte, fiel ihr ein, daß er beiseite getreten war, um sie vorbeizulassen, wie jeder gewöhnliche Mann. Sie fing an, leise vor sich hinzulachen. Dann blieb sie stehen. Im Korridor waren Leute und redeten. Sie drehte sich um und ging zurück zur Toilette, schloß sich ein und fing an, im Licht der flackrigen Laterne ihr Gesicht zurechtzumachen, das sie in dem kleinen ovalen Spiegel über dem Waschbecken betrachtete. Sie zitterte immer noch vor Kälte, und das Wasser lief an ihren Beinen herunter auf den Boden. Als sie glaubte,

Tunner wieder ertragen zu können, ging sie auf den Korridor hinaus und hinüber in die Erste Klasse. Die Türe zu ihrem Abteil war offen. Tunner starrte trübselig aus dem Fenster. Als sie hereinkam, drehte er sich um und sprang auf.

»Mein Gott, Kit! Wo warst du?«

»In der Vierten Klasse.« Sie zitterte heftig und konnte daher nicht so gleichgültig antworten, wie sie es vorgehabt hatte.

»Aber sieh dich mal an! Komm herein.« Seine Stimme war plötzlich sehr ernst. Er zog sie energisch in das Abteil, schloß die Türe, half ihr sich zu setzen und fing sofort an, in seinem Gepäck zu suchen, Sachen herauszunehmen und sie auf den Sitz zu legen. Sie beobachtete ihn wie erstarrt. Schließlich hielt er ihr zwei Aspirintabletten und einen Becher unter die Nase.

»Nimm das«, kommandierte er. Im Becher war Champagner. Sie tat, was er ihr sagte. Dann deutete er auf den Flanellschlafrock auf dem gegenüberliegenden Sitz. »Ich gehe jetzt raus auf den Gang und möchte, daß du dich ausziehst; aber bis auf den letzten Knopf. Und dies hier anziehst. Dann klopfst du an der Türe, und ich komme herein und massiere dir die Füße. Keine Widerrede.« Er ging und zog die Türe hinter sich zu.

Sie schloß die Vorhänge an den äußeren Fenstern und tat wie ihr geheißen. Der Schlafrock war weich und warm; sie kauerte sich darin auf dem Sitz zusammen, mit untergeschlagenen Beinen, und goß sich drei weitere Becher Champagner ein, die sie rasch hintereinander trank. Dann klopfte sie leise an die Scheibe. Die Tür öffnete sich einen Spalt. »Alles in Ordnung?« sagte Tunner.

»Ja, ja. Komm rein.«

Er setzte sich ihr gegenüber. »Jetzt streck deinen Fuß aus. Ich werde ihn mit Alkohol massieren. Was ist überhaupt los mit dir? Bist du verrückt? Willst du dir eine Lungenentzündung holen? Ich bin bald aus der Haut gefahren, rannte hin und her und durch die Abteile und fragte jedermann, ob man dich gesehen hätte. Ich wußte ja nicht, wo zum Teufel du hin bist.«

»Ich habe dir doch gesagt, daß ich in der Vierten Klasse bei den Eingeborenen war. Ich konnte nicht zurück, weil keine Verbindung zwischen den Waggons ist. Das ist ein herrliches Gefühl. Du wirst dich überanstrengen.«

Er lachte und rieb noch heftiger. »Bis jetzt noch nicht.«

Als sie sich wieder warm und behaglich fühlte, griff er nach der Lampe und schraubte den Docht ganz nieder. Dann wechselte er den Platz und setzte sich neben sie. Der Arm legte sich um sie, der Druck begann wieder. Es fiel ihr nichts ein, was sie hätte sagen können, damit er aufhöre.

»Alles in Ordnung?« fragte er sanft, und seine Stimme war heiser.

»Ja«, sagte sie.

Eine Minute später flüsterte sie nervös: »Nein, nein, nein! Jemand kann die Türe aufmachen.«

»Niemand wird die Türe aufmachen.« Er küßte sie. In ihrem Kopf sangen die langsam rollenden Räder auf den Schienen unaufhörlich: Nicht jetzt nicht jetzt, nicht jetzt nicht jetzt...

Und unter sich fühlte sie die tiefen Klüfte im Regen, vom Regen angeschwollene Wasser. Sie hob die Hand und streichelte seinen Hinterkopf, aber sie schwieg.

»Liebling«, murmelte er. »Sei ganz ruhig. Ruh dich aus.«

Sie konnte nicht mehr denken, auch die Bilder in ihrem Kopf verblaßten. Sie fühlte nur noch die Weichheit des wollenen Schlafrockes auf ihrer Haut und die Nähe und Wärme eines Wesens, vor dem sie keine Angst hatte. Der Regen schlug gegen die Fensterscheiben.

XI

Am frühen Morgen war das Hoteldach, ehe die Sonne von den nahen Berghängen herunterwanderte, ein angenehmer Frühstücksplatz. Die Tische waren am Rand der Terrasse aufgestellt, mit dem Blick über das Tal. Unten im Garten bewegten sich die Feigenbäume und Papyrusstauden im frischen Morgenwind leicht hin und her. Noch weiter unten standen die größeren Bäume, in deren Kronen die Störche ihre riesigen Nester gebaut hatten, und in der Talsohle wand sich der Fluß mit zähem, rotem Wasser. Port saß da und trank seinen Kaffee und genoß die vom Regen reingewaschene Bergluft. Direkt unter ihm gaben die Störche ihren Jungen Flugunterricht; das klappernde Krächzen der älteren Vögel vermischte sich mit dem schrillen Schreien der flatternden Jungen.

Während er zusah, kam Mrs. Lyle durch die Türe von unten herauf. Sie schien ihm ungemein verstört auszusehen. Er forderte sie auf, sich zu ihm zu setzen, und sie bestellte Tee bei einem alten arabischen Kellner, der eine verschossene rosa Livree trug.

»Lieber Himmel! Was sind wir für ein malerisches Paar!« sagte sie. Port lenkte ihre Aufmerksamkeit auf die Vögel; sie beobachteten sie, bis der Tee kam. »Sagen Sie, ist Ihre Frau gut angekommen?«

»Ja, aber ich habe sie noch nicht gesehen. Sie schläft noch.«

»Das kann ich mir denken, nach der greulichen Fahrt.«

»Und Ihr Sohn? Noch im Bett?«

»Um Gottes willen, nein! Er ist irgendwo hingegangen,

um irgendeinen Caïd zu sehen. Ich glaube, dieser Junge hat Empfehlungsschreiben an Araber in jeder Stadt Nordafrikas.« Sie wurde nachdenklich. Nach einer kurzen Weile sagte sie, ihn scharf ansehend: »Ich hoffe, Sie gehen nicht in ihre Nähe.«

»Meinen Sie die Araber? Ich kenne keine persönlich. Aber es ist ziemlich schwer, ihnen auszuweichen, nachdem sie hier überall herumwimmeln.«

»Oh, ich spreche von gesellschaftlichem Verkehr mit ihnen. Eric ist ein kompletter Narr. Er wäre heute nicht krank, wenn es nicht wegen dieser dreckigen Leute wäre.«

»Krank? Er scheint mir gesund genug zu sein. Was soll ihm denn fehlen?«

»Er ist sehr krank.« Ihre Stimme klang weit weg; sie sah auf den Fluß hinunter. Dann schenkte sie sich noch Tee ein und bot Port einen Keks aus einer Büchse an, die sie von unten mit herauf gebracht hatte. Mit etwas entschiedenerer Stimme fuhr sie fort: »Sie sind alle verseucht, wie Sie natürlich wissen. Das ist es. Und ich hatte eine scheußliche Zeit, als ich versuchte, ihn dazu zu bringen, sich richtig behandeln zu lassen. Er ist ein junger Esel.«

»Ich fürchte, ich verstehe Sie nicht ganz«, sagte Port.

»Eine Infektion, eine Infektion«, sagte sie ungeduldig. »Irgendein dreckiges Schwein von einer Araberin«, fügte sie mit erstaunlicher Vehemenz hinzu.

»Ah«, sagte Port unverbindlich.

Nun klang ihre Stimme weniger selbstsicher. »Man hat mir gesagt, daß solche Ansteckungen sogar von Männern direkt übertragen werden können. Glauben Sie das, Mr. Moresby?«

»Ich weiß es wirklich nicht«, antwortete er und sah sie etwas erstaunt an. »Es wird soviel allgemeines über diese Dinge geredet. Ich denke, ein Arzt weiß am besten Bescheid.«

Sie reichte ihm wieder die Kekse. »Ich nehme es Ihnen

nicht übel, daß Sie nicht darüber sprechen möchten. Verzeihen Sie mir bitte.«

»Oh, ich habe gar nichts dagegen«, protestierte er. »Aber ich bin kein Arzt. Sie verstehen.«

Sie schien nicht zugehört zu haben. »Es ist widerlich. Sie haben ganz recht.«

Eine Hälfte der Sonne blinzelte hinter dem Kamm des Gebirges hervor; noch eine Minute, und es würde heiß werden. »Da kommt die Sonne«, sagte Port. Mrs. Lyle sammelte ihre Sachen zusammen.

»Werden Sie lange in Boussif bleiben?« fragte sie.

»Wir haben gar keine Pläne. Und Sie?«

»Oh, Eric hat einen verrückten Fahrplan ausgearbeitet. Ich glaube, wir fahren morgen nach Aïn Krorfa weiter, wenn er sich nicht entschließt, heute mittag schon zu fahren und in Sfissifa zu übernachten. Es soll dort angeblich ein recht ordentliches kleines Hotel geben. Natürlich nicht so großartig wie dieses.«

Port sah sich zwischen den verbeulten Tischen und Stühlen um und lächelte. »Ich glaube nicht, daß ich in einem noch weniger großartigen wie diesem wohnen möchte.«

»Aber mein lieber Mr. Moresby! Dies ist ausgesprochen luxuriös. Das beste Hotel, das Sie zwischen hier und dem Kongo finden werden. Nachher gibt es nichts mehr mit fließendem Wasser, müssen Sie wissen. Nun, wir werden Sie auf alle Fälle noch sehen, ehe wir abfahren. Ich werde von dieser gräßlichen Sonne geröstet. Bitte wünschen Sie Ihrer Frau einen guten Morgen von mir.« Sie erhob sich und ging hinunter.

Port hängte seine Jacke über die Stuhllehne und grübelte eine Zeitlang über das ungewöhnliche Gebaren dieser exzentrischen Frau nach. Es gelang ihm nicht, es einfach bloßer Verantwortungslosigkeit und Verrücktheit zuzuschreiben; es schien ihm eher, daß ihr Verhalten ein umständliches Verfahren war, eine Idee mitzuteilen, die sie nicht direkt auszusprechen wagte. In ihrem eigenen verdrehten Gehirn war dieser Vorgang anscheinend logisch. Alles, was er sicher wußte, war die Tatsache, daß ihr Grundmotiv Furcht war. Und das Erics war Gier; auch darüber war er sich im klaren. Aber die Verbindung, die diese beiden darstellten, war ihm weiterhin ein Rätsel. Er hatte den Eindruck, daß sich ganz leise die winzige Andeutung einer Erklärung herauszuschälen begann; was aber diese Erklärung schließlich sein würde, war ihm noch völlig schleierhaft. Jedenfalls fühlte er, daß Mutter und Sohn im Augenblick gegeneinander arbeiteten. Jeder hatte Gründe, auf seine Anwesenheit Wert zu legen, aber diese Gründe waren nicht die gleichen, sie ergänzten sich nicht einmal, dachte er.

Er sah auf seine Uhr; es war halb elf. Kit war wahrscheinlich noch nicht wach. Wenn er sie sehen würde, wollte er die Angelegenheit mit ihr besprechen, falls sie nicht mehr böse mit ihm war. Ihre Fähigkeit, die Motive anderer aufzuspüren, war beachtlich. Er beschloß, einen Gang durch die Stadt zu machen. Unterwegs ging er in sein Zimmer, ließ dort seine Jacke und holte seine Sonnenbrille. Er hatte das Zimmer gegenüber für Kit reservieren lassen. Als er durch die Halle ging, legte er sein Ohr an die Türe und horchte; von drinnen kam kein Laut.

Boussif war eine ganz moderne Stadt mit großen viereckigen Blocks und einem Marktplatz in der Mitte. Die ungepflasterten Straßen, meist von würfelförmigen, einstöckigen Häusern gesäumt, waren aus dickem rotem Lehm. Ein ständiger Strom Männer und Schafe zog durch die Hauptstraße nach dem Marktplatz. Die Männer hatten die Kapuzen ihrer Burnusse über die Köpfe gezogen, um sich gegen den feurigen Angriff der Sonne zu schützen. Nirgendwo war ein Baum zu sehen. Die Ausläufer der Seitenstraßen stiegen als kahles Brachland langsam am Fuß der Berge empor, nackten, wilden Felsen ohne Vegetation. Außer den Gesichtern fand er wenig Interessantes auf dem riesigen Marktplatz. An einer Seite war ein winziges Café, mit einem einzigen Tisch auf der Straße, unter einem Spalier aus Rohrgeflecht. Er setzte sich und klatschte zweimal in die Hände. »Ouahad atai«, rief er; soviel Arabisch konnte er noch. Während er seinen Tee schlürfte, der aus getrockneter statt aus frischer Minze gemacht war, beobachtete er, daß derselbe altersschwache Autobus, unentwegt tutend, immer wieder um das Café fuhr. Er sah ihm zu, wie er vorbeifuhr; mit Eingeborenen überfüllt, immer wieder und wieder die gleiche Tour um den Markt, mit dem Jungen auf der hinteren Plattform, der mit der Faust rhythmisch gegen die dröhnende Blechkarosserie schlug und ohne Unterlaß »Arfâ! Arfâ! Arfâ! Arfâ!« brüllte.

Er blieb dort sitzen, bis es Zeit zum Mittagessen war.

XII

Das erste, was Kit zum Bewußtsein kam, als sie erwachte, war ein böser Katzenjammer. Dann bemerkte sie die grelle Sonne, die ins Zimmer schien. Was für ein Zimmer? Es kostete sie zuviel Anstrengung, zurückzudenken. Neben ihr bewegte sich etwas auf dem Kissen. Sie drehte die Augen nach links und sah eine formlose schwarze Masse neben ihrem Kopf. Sie schrie auf und fuhr hoch, aber schon während sie das tat, wußte sie, daß es nur Tunners schwarze Haare waren. Er bewegte sich im Schlaf und streckte den Arm aus, um sie zu umarmen. Mit schmerzhaft hämmerndem Kopf sprang sie aus dem Bett, blieb stehen und starrte ihn an. »Mein Gott!« sagte sie laut. Mühsam rüttelte sie ihn wach, zwang ihn, aufzustehen und sich anzuziehen, schob ihn mitsamt seinem Gepäck gewaltsam auf den Vorplatz hinaus und schloß schnell hinter ihm die Türe ab. Dann, ehe er noch daran dachte, nach einem Boy zu fahnden, der ihm mit dem Gepäck helfen konnte, und noch schlaftrunken dastand, öffnete sie wieder die Türe und verlangte flüsternd eine Flasche Champagner. Er holte eine hervor, reichte sie ihr hinein, und sie schloß wieder die Türe. Sie setzte sich auf das Bett und trank die ganze Flasche aus. Ihr Bedürfnis zu trinken war teilweise körperlich, teilweise aber auch, weil sie fühlte, daß sie Port nicht unter die Augen treten konnte, ehe sie, nach einem inneren Zwiegespräch, einen Grund gefunden hatte, der sie von der vergangenen Nacht absolvierte. Außerdem hoffte sie, der Champagner werde sie krank machen, so daß sie einen berechtigten Grund hatte, den ganzen Tag im Bett zu bleiben. Die Wirkung war aber eine entgegengesetzte: Kaum hatte sie die Flasche ausgetrunken, war der Katzenjammer verschwunden, und sie fühlte sich leicht beschwipst, aber sehr wohl. Sie ging zum Fenster und sah in den Hof hinunter, in dem zwei Araberfrauen ihre Wäsche in einem großen Steintrog wuschen und dann zum Trocknen über die Büsche breiteten. Sie drehte sich schnell um und packte ihr Necessaire aus, dessen Inhalt sie über das Zimmer verteilte. Dann suchte sie sorgfältig nach Spuren, die Tunner hinterlassen haben könnte. Ein schwarzes Haar auf dem Kopfkissen ließ ihren Herzschlag eine Sekunde aussetzen; sie ließ es aus dem Fenster fallen. Mit peinlicher Genauigkeit machte sie das Bett und breitete die wollene Überdecke darüber. Dann rief sie das Zimmermädchen herbei und verlangte, daß der Fußboden aufgewaschen werden sollte. So würde es aussehen, falls Port bald käme, als ob das Mädchen das Zimmer bereits gemacht hätte. Sie zog sich an und ging nach unten. Die schweren Armbänder der Putzfrau klirrten, während sie die Fliesen schrubbte.

Als er zum Hotel zurückkam, klopfte Port an der Türe des Zimmers, das dem seinen gegenüberlag. Eine Männerstimme rief: »Entrez«, und er ging hinein. Tunner war halb ausgezogen und packte seine Koffer aus. Er hatte nicht daran gedacht, das Bett durcheinanderzumachen, aber Port bemerkte es nicht.

»Was zum Teufel!« sagte Port. »Sag mir bloß nicht, daß sie Kit das lausige Hinterzimmer gegeben haben, das ich für dich reserviert habe.«

»Ich fürchte, sie haben es getan. Trotzdem vielen Dank.« Tunner lachte.

»Es ist dir doch recht, zu tauschen, nicht wahr?«

»Warum? Ist das andere Zimmer so schlimm? Nein, natürlich tausche ich. Es scheint mir nur ein verdammter Blödsinn, wegen des einen Tages. Oder?«

»Kann sein, daß wir länger als einen Tag bleiben. Auf jeden Fall möchte ich Kit hier haben, mir gegenüber.«

»Natürlich. Klar. Aber sag's ihr besser auch. Sie ist vermutlich in dem anderen Zimmer und denkt in aller Unschuld, es sei das beste im ganzen Hotel.«

»Es ist kein übles Zimmer. Es ist nur nach rückwärts, das ist alles. Sie hatten gestern nichts anderes frei, als ich sie bestellte.«

»In Ordnung. Wir lassen uns einen von diesen Affen kommen, um den Umzug zu machen.«

Beim Mittagessen waren sie alle drei vereint. Kit war nervös; sie redete ununterbrochen, meistens über europäische Nachkriegs-Politik. Das Essen war schlecht, so daß keiner von ihnen in sehr guter Stimmung war.

»Europa hat die ganze Welt zerstört«, sagte Port. »Soll ich dafür dankbar sein und es bemitleiden? Ich wünschte, der ganze Kontinent würde von der Landkarte verschwinden.« Er wollte die Diskussion abbrechen und Kit für sich haben, um mit ihr allein zu reden. Ihre langen, weitschweifigen, äußerst persönlichen Unterhaltungen hoben immer seine Stimmung. Aber sie war darauf bedacht, ein solches tête-à-tête zu vermeiden.

»Warum schließt du nicht gleich die ganze Menschheit in deine frommen Wünsche ein, wenn du schon dabei bist?« fragte sie.

»Menschheit?« rief Port. »Was ist das? Wer ist die Menschheit? Ich werd's dir sagen. Die Menschheit sind alle, außer man selber. Also, was für ein Interesse kann überhaupt irgend jemand dafür haben?«

Tunner sagte langsam: »Warte, warte. Das will ich mit dir bereden. Ich würde sagen, die Menschheit, das bist du selbst, und gerade darum ist sie interessant.«

»Bravo, Tunner!« schrie Kit.

Port ärgerte sich. »Was für Unsinn!« sagte er bissig. »Du bist niemals die Menschheit; du bist nichts weiter als dein eigenes armes, hoffnungslos einsames Ich.« Kit versuchte ihn zu unterbrechen. Er fuhr mit erhobener Stimme fort. »Ich habe es nicht notwendig, mein Dasein durch so primitive Mittel zu rechtfertigen. Die Tatsache, daß ich atme, ist genug. Wenn die Menschheit das nicht als Existenzberechtigung ansieht, kann sie mir gestohlen bleiben. Ich werde nicht anfangen, Ausweispapiere für meine Daseinsberechtigung mit mir herumzutragen, um zu beweisen, daß ich das Recht habe, hier zu sein! Ich bin da! Ich bin auf der Welt! Aber meine Welt ist nicht die Welt der übrigen Menschheit. Es ist die Welt, wie *ich* sie sehe.«

»Schrei nicht so«, sagte Kit ruhig. »Wenn du es so empfindest, soll's mir recht sein. Aber du solltest helle genug sein, um zu verstehen, daß nicht alle das gleiche empfinden.«

Sie standen auf. Die Lyles lächelten aus ihrer Ecke, als das Trio den Raum verließ.

Tunner verkündete: »Ich gehe schlafen. Kein Kaffee für mich. Bis nachher.«

Als Port und Kit allein in der Halle standen, sagte er zu ihr: »Laß uns unseren Kaffee in dem kleinen Café am Marktplatz trinken.«

»O bitte!« protestierte sie. »Nach diesem tödlichen Essen? Ich könnte einfach nirgends mehr hingehen. Ich bin noch erschöpft von der Reise.«

»Also gut; dann oben in meinem Zimmer?«

Sie zögerte. »Wenn es nicht lange dauert. Ja, das wäre schön.« Ihre Stimme klang nicht begeistert. »Ich werde dann auch schlafen.«

Oben streckten sie sich beide auf dem breiten Bett aus und warteten auf den Boy, der den Kaffee bringen sollte. Die Vorhänge waren zugezogen, aber das starke Licht filterte durch sie hindurch und verlieh den Gegenständen im Zimmer ein gleichförmiges, angenehm rosiges Licht. Draußen auf der Straße war es sehr still; alle, außer der Sonne, hielten ihre Siesta.

»Was gibt's Neues?« sagte Port.

»Nichts, nur daß ich völlig fertig von der Bahnfahrt bin.«

»Du hättest mit uns im Auto fahren können. Es war eine schöne Fahrt.«

»Nein, das hätte ich nicht. Fang davon nicht wieder an. Oh, heute morgen traf ich Mr. Lyle in der Halle. Ich finde immer noch, daß er ein Monstrum ist. Er bestand darauf, mir nicht nur seinen eigenen Paß, sondern auch den seiner Mutter zu zeigen. Natürlich waren beide voll von Stempeln und Visas. Ich sagte ihm, du würdest sie sicher gerne sehen, denn dich interessierten solche Sachen mehr als mich. Sie ist 1899 in Melbourne geboren und er 1925, wo, weiß ich nicht mehr. Beides englische Pässe. So, das sind alle Auskünfte, die ich dir geben kann.«

Port sah sie bewundernd von der Seite an. »Mein Gott, wie konntest du das alles rausfinden, ohne ihn merken zu lassen, daß du neugierig bist?«

»Ich hab einfach die Seiten schnell umgeblättert. Und sie reist als Journalistin, er als Student. Ist das nicht lächerlich? Ich bin sicher, daß er nie in seinem Leben ein Buch aufgeschlagen hat.«

»Er ist ein Trottel«, sagte Port abwesend, nahm ihre Hand und streichelte sie. »Schläfrig, Baby?«

»Ja, schrecklich, und ich werde auch nur einen winzigen Schluck Kaffee trinken, weil ich nicht wach werden will. Ich möchte schlafen.«

»Ich auch, jetzt, wo ich liege. Wenn er nicht gleich kommt, gehe ich hinunter und laß die Bestellung streichen.«

Aber es klopfte an der Türe. Ehe sie antworten konnten, flog sie auf und der Boy trat ein, mit einem riesigen Kupfertablett. »Deux cafés«, sagte er grinsend.

»Schau dir den Stöpsel an«, sagte Port. »Er glaubt, er hat uns bei einer glühenden Liebesszene gestört.«

»Klar. Laß dem armen Jungen den Glauben. Irgendeinen Spaß muß er im Leben haben.«

Der Araber stellte das Tablett diskret ans Fenster, ging auf Zehenspitzen aus dem Zimmer und sah einmal über die

Schulter nach dem Bett zurück, wobei es Kit schien, als lächele er fast sehnsüchtig. Port stand auf und brachte das Tablett zum Bett. Als sie ihren Kaffee getrunken hatten, drehte er sich plötzlich zu ihr hinüber.

»Hör zu!« rief er laut, seine Stimme voller Begeisterung.

Sie betrachtete ihn und dachte: »Wie knabenhaft er ist.«

»Ja?« sagte sie und fühlte sich wie eine Mutter reiferen Alters.

»Am Marktplatz gibt es eine Bude, wo man Fahrräder leihen kann. Wenn du aufwachst, wollen wir zwei mieten und losradeln. Es ist ziemlich flach um Boussif herum.«

Irgendwie gefiel ihr der Gedanke, obgleich sie nicht wußte, warum.

»Schön!« sagte sie. »Ich bin schläfrig. Du kannst mich um fünf Uhr wecken, wenn du daran denkst.«

XIII

Sie radelten langsam die lange Straße hinunter, auf den Taleinschnitt in der niedrigen Bergkette im Süden der Stadt zu. Wo die Häuser aufhörten, begann zu beiden Seiten die Ebene, ein Meer von Steinen. Die Luft war kühl, der trokkene Wind der untergehenden Sonne wehte ihnen entgegen. Ports Fahrrad quietschte leise, während er in die Pedale trat. Sie sprachen nichts, Kit radelte etwas voraus. Hinter ihnen erscholl in der Ferne ein Trompetenstoß; der Ton war wie ein fester, heller Hieb, der die Luft zerschnitt. Selbst jetzt, eine halbe Stunde ehe sie ganz untergegangen sein würde, brannte die Sonne. Sie kamen an ein Dorf und fuhren hindurch. Die Hunde bellten wie wild, und die Frauen drehten sich um und hielten sich den Mund zu. Nur die Kinder blieben stehen, wo sie waren, und starrten ihnen in regungslosem Erstaunen nach. Hinter dem Dorf begann die Straße zu steigen. Sie bemerkten es nur, weil sie stärker treten mußten; mit den Augen war die Steigung nicht zu erkennen. Kit war bald müde. Sie hielten an und sahen über die scheinbar flache Ebene nach Boussif zurück, ein Muster aus braunen Würfeln am Fuß der Berge. Eine steife Brise sprang auf.

»Das ist die frischeste Luft, die du hier jemals spüren wirst«, sagte Port.

»Es ist herrlich«, sagte Kit. Sie war in einer verträumten, milden Stimmung und wollte sich nicht unterhalten.

»Sollen wir versuchen, über diese Höhe zu fahren?«

»Gleich. Ich will nur etwas Atem holen.«

Dann fuhren sie wieder los, entschlossen drauflostretend,

die Augen auf den Einschnitt in der Bergkette vor ihnen gerichtet. Als sie näher kamen, sahen sie bereits die endlose flache Wüste, deren Eintönigkeit hie und da durch scharfe Felskämme unterbrochen wurde; sie sahen aus wie die Rükkenflossen vieler Riesenfische, die alle in der gleichen Richtung schwammen. Die Straße war in die Bergkuppe gesprengt worden, und die zerklüfteten Felsbrocken waren zu beiden Seiten des Einschnittes heruntergerollt. Sie ließen die Fahrräder an der Straße und begannen, zwischen den riesigen Felsen nach der Bergkuppe emporzuklettern. Die Sonne stand am flachen Horizont; die Luft war mit ihrer Röte getränkt. Als sie um einen Felsen herumgingen, stießen sie unvermutet auf einen Mann, der auf der Erde saß, den Burnus bis zum Hals hochgeschoben – so daß er von den Schultern abwärts splitternackt war – und konzentriert damit beschäftigt, mit einem langen, spitzen Messer seine Schamhaare zu rasieren. Als sie vorübergingen, sah er gleichgültig zu ihnen auf, um sofort wieder mit gesenktem Kopf in seiner vorsichtigen Operation fortzufahren.

Kit ergriff Ports Hand. Sie stiegen schweigend weiter, glücklich darüber, zusammenzusein.

»Sonnenuntergang ist eine traurige Stunde«, sagte sie schließlich. »Wenn ich das Ende eines Tages erlebe – irgendeines Tages –, habe ich immer das Gefühl, es ist das Ende einer ganzen Epoche. Und der Herbst! Er könnte ebensogut das Ende von allem sein«, sagte er. »Darum hasse ich die kalten Länder und liebe die warmen, wo es keinen Winter gibt; wenn es dort Nacht wird, hat man das Gefühl, das Leben öffne seinen Kelch, statt ihn zu schließen. Fühlst du das nicht auch?«

»Ja«, sagte Kit. »Aber ich bin nicht sicher, ob ich die heißen Länder vorziehe. Ich weiß nicht, ob es nicht falsch ist, wenn man versucht, der Nacht und dem Winter zu entfliehen, und ob man nicht, wenn man es tut, irgendwo dafür bezahlen muß.«

»O Kit! Du bist wirklich verrückt.« Er half ihr auf einen niederen Felsvorsprung hinauf. Die Wüste war unmittelbar unter ihnen.

Sie antwortete nicht. Es machte sie traurig, zu fühlen, daß sie trotz der vielen gleichartigen Reaktionen, der gleichen Gefühle, nie die gleichen Schlüsse daraus zogen, weil ihre jeweiligen Lebensziele fast diametral entgegengesetzt waren.

Sie setzten sich nebeneinander auf die Felsen und sahen auf die Unermeßlichkeit, die unter ihnen ausgebreitet lag. Sie schob ihren Arm durch den seinen und legte ihren Kopf an seine Schulter. Er starrte gerade vor sich hin, seufzte und schüttelte schließlich langsam den Kopf.

Solche Orte, solche Augenblicke liebte er über alles; sie wußte es, und sie wußte auch, daß er sie noch mehr liebte, wenn er sie mit ihr zusammen erlebte. Und obgleich er spürte, daß gerade dieses Schweigen und diese Leere, die seine Seele berührten, sie mit Schaudern erfüllten, wollte er nicht daran erinnert werden. Als ob er immer wieder neue Hoffnung schöpfte, auch sie möge in derselben Weise wie er durch Einsamkeit und die Nähe des Unendlichen berührt werden. Er hatte ihr oft gesagt: »Das ist deine einzige Rettung«, und sie hatte nie ganz begriffen, was er damit meinte. Manchmal dachte sie, er meinte damit, daß es *seine* einzige Rettung war, daß er nur dann, wenn sie würde wie er, den Weg zurückfinden könnte zu ihrer Liebe, denn für Port bedeutete Liebe, sie zu lieben – jeder andere Mensch stand außer Frage. Und nun war so lange keine Liebe mehr, keine Möglichkeit dafür gewesen. Aber trotz aller Bereitschaft, zu werden, wie er sie haben wollte – das eine konnte sie nicht ändern: die Angst war immer in ihrem Inneren und auf dem Sprung, von ihr Besitz zu ergreifen. Es war sinnlos, vorzugeben, dem sei nicht so. Und ebenso, wie sie unfähig war, ihre Angst zu überwinden, war er unfähig, aus dem Käfig auszubrechen, in den er sich selber eingeschlossen hatte, den er vor langer Zeit gebaut hatte, um sich vor der Liebe zu retten.

Sie drückte seinen Arm. »Schau dort!« flüsterte sie. Nur wenige Schritte von ihnen entfernt, auf der Spitze eines Felsens, so ruhig, daß sie ihn nicht bemerkt hatten, saß ein ehrwürdiger alter Araber mit untergeschlagenen Beinen und geschlossenen Augen. Zuerst schien es, als schlafe er, trotz seiner aufrechten Haltung, denn er machte kein Zeichen, daß er ihre Gegenwart bemerkt hatte. Aber dann sahen sie, daß sich seine Lippen kaum wahrnehmbar bewegten, und wußten, daß er betete.

»Meinst du, wir sollten ihm so zusehen?« fragte sie mit gedämpfter Stimme.

»Schon recht. Wir bleiben hier ganz still sitzen.« Er legte seinen Kopf in ihren Schoß und sah in den klaren Himmel. Sie streichelte unaufhörlich, ganz zart, seine Haare. Der Wind im Tal nahm zu. Langsam verlor der Himmel seine Helligkeit. Sie sah zu dem Araber empor; er hatte sich nicht bewegt. Plötzlich wollte sie wieder fort, aber sie blieb ganz still sitzen und sah zärtlich hinunter auf den unbeweglichen Kopf unter ihrer Hand.

»Weißt du«, sagte Port, und seine Stimme klang unwirklich, wie oft Stimmen nach einer langen Pause des Schweigens an einem vollkommen ruhigen Ort, »der Himmel ist hier sehr seltsam. Wenn ich ihn so betrachte, habe ich oft das Gefühl, daß er etwas Kompaktes ist, das uns vor dem beschützt, was dahinter lauert.«

Kit schauderte leise, als sie fragte: »Vor dem, was dahinter ist?«

»Ja.«

»Aber was ist dahinter?« Ihre Stimme war sehr klein.

»Nichts, nehme ich an. Nur Finsternis. Völlige Nacht.«

»Bitte, sprich jetzt nicht darüber.« In ihrer Bitte schwang Todesangst. »Alles, was du sagst, ängstigt mich hier oben. Es wird dunkel, und der Wind bläst, und ich kann es nicht mehr aushalten.«

Er setzte sich auf, legte die Arme um ihren Hals und küßte

sie; ließ sie los, küßte sie von neuem, immer wieder. Auf ihren Backen waren Tränen. Sie lächelte verloren, als er sie mit den Zeigefingern fortwischte.

»Weißt du, was ich glaube?« sagte er mit großem Ernst. »Ich glaube, wir fürchten uns beide vor den gleichen Dingen. Und aus dem gleichen Grund. Es ist keinem von uns bisher gelungen, wirklich zu leben. Wir hängen beide am Rand des Lebens und sind überzeugt davon, beim nächsten Hindernis abgeworfen zu werden. Stimmt das nicht?«

Sie schloß einen Augenblick die Augen. Der Druck seiner Lippen auf ihrer Wange hatte ihr Schuldgefühl geweckt, und nun überschwemmte es sie in einer großen Welle und machte sie schwindlig und krank. Sie hatte ihre Siesta damit verbracht, ihr Gewissen von den Dingen, die in der Nacht vorher geschehen waren, zu reinigen; aber jetzt wurde ihr klar, daß ihr das nicht gelungen war und niemals gelingen würde. Sie legte die Hand an die Stirne und ließ sie dort liegen. Endlich sagte sie: »Aber wenn wir nicht drin sind, dann ist es sehr wahrscheinlich, daß wir – abgeworfen werden.«

Sie hatte gehofft, er habe ein Gegenargument, er werde seine eigene Behauptung als fehlerhaft darstellen, es werde vielleicht ein Trost kommen. Aber alles, was er sagte, war: »Ich weiß nicht.«

Das Licht wurde zusehends schwächer. Immer noch saß der alte Araber, tief in seine Gebete versunken, streng und statuenhaft in der sinkenden Dämmerung. Port glaubte hinter sich, draußen in der Ebene, den langgezogenen Ton der Trompete zu hören, aber er hörte nie auf. Kein Mensch konnte so lange den Atem anhalten: es war seine Einbildung. Er ergriff ihre Hand und drückte sie. »Wir müssen zurück«, flüsterte er. Sie standen rasch auf und sprangen über die Felsen, hinunter auf die Straße. Die Fahrräder standen dort, wo sie sie gelassen hatten. Sie fuhren schweigend zur Stadt zurück. Die Hunde im Dorf begannen ein wildes Gebell, als sie vorübersausten. Am Marktplatz gaben sie die Räder ab und gingen langsam durch die Straße, die zum Hotel führte, mitten in die Prozession von Männern und Schafen hinein, die sogar während der Nacht ihren steten Marsch auf die Stadt nicht unterbrach.

Während des ganzen Rückwegs war Kit ein Gedanke nicht mehr aus dem Kopf gegangen: »Irgendwie weiß Port etwas über Tunner und mich.« Gleichzeitig glaubte sie aber nicht, daß er sich dessen bewußt war. Aber im Unterbewußtsein fühlte er, was geschehen war, fühlte er die Wahrheit; dessen war sie gewiß. Als sie die dunkle Straße hinuntergingen, war sie fast versucht gewesen, ihn zu fragen, wieso er es wisse. Es reizte ihre Neugierde, zu erfahren, wie ein so rein animalisches Erfühlen bei einem so komplizierten Mann wie Port zustande kam. Aber es wäre umsonst gewesen; sobald er sich seines Wissens bewußt geworden wäre, hätte er beschlossen, rasend eifersüchtig zu werden, hätte sofort eine Szene gemacht, und all die stille Zärtlichkeit zwischen ihnen wäre wieder vergangen, um vielleicht nie mehr wiederzukommen. Und der Gedanke, nicht einmal mehr diese zarte Verbindung mit ihm zu haben, war ihr unerträglich.

Als das Abendessen vorüber war, tat Port etwas Seltsames. Er ging allein zum Marktplatz hinüber, setzte sich einige Minuten in das Café und sah beim Schein der flackernden Karbidlampen dem Strom der Männer und Schafe zu; als er später an der offenen Türe des Fahrradladens vorbeikam, trat er ein. Er fragte nach einem Rad mit einem Scheinwerfer, befahl dem Händler, zu warten, bis er zurückkäme, und fuhr rasch in der Richtung auf den Felseinschnitt davon. Dort oben bei den Felsen war es kalt, und der Nachtwind wehte stark. Es war mondlos; er konnte die Wüste, die vor ihm in der Tiefe lag, nicht sehen – nur die Sterne, deren kaltes Licht im Himmel über ihm zuckte. Er setzte sich auf den Felsen und ließ sich vom Wind auskühlen. Auf der Rückfahrt nach Boussif wurde ihm klar, daß er Kit niemals erzählen konnte, daß er dorthin zurückgeradelt war. Sie würde seinen Wunsch, ohne sie wieder hinzugehen, niemals verstehen. Oder, überlegte er, vielleicht würde sie ihn zu gut verstehen.

XIV

Zwei Nächte später nahmen sie den Autobus nach Aïn Krorfa, nachdem sie beschlossen hatten, nachts zu fahren, um der Hitze zu entgehen, die auf dieser Strecke außergewöhnlich drückend ist. Irgendwie schien der Staub auch weniger lästig, wenn man ihn nicht sehen konnte. Tagsüber, wenn der Bus durch diesen Teil der Wüste fuhr, sich durch die Hügel und Täler der kleinen Cañons windend, sieht man die Staubwolke, die hinter ihm aufsteigt und die man bei scharfen S-Kurven einatmet. Der feine Puder legt sich über jede Fläche, die nur irgendwie horizontal ist, einschließlich der Hautfalten, der Augendeckel, der Ohren und manchmal sogar in den Nabel. Und am Tag ist der Reisende, falls er nicht an diese Mengen Staub gewöhnt ist, so davon überwältigt, daß er das Unbehagen noch stärker empfindet, als es tatsächlich ist. Aber nachts, unter den hellen Sternen in einem klaren Himmel, hat er, solange er sich nicht bewegt, den Eindruck, daß es keinen Staub gibt. Das stetige Surren des Motors versetzt ihn in eine Art Trancezustand, in dem seine ganze Aufmerksamkeit auf die Straße gerichtet ist, die von den Scheinwerfern wie ein unendliches Band im Dunkel aufgerollt wird. So lange, bis er einschläft, um dann an irgendeinem dunklen, gottvergessenen Halteplatz aufgeweckt zu werden, steif und durchfroren auszusteigen und ein Glas süßen Kaffees zu trinken.

Da sie ihre Plätze im voraus reserviert hatten, war es ihnen gelungen, die besten Sitze im Wagen zu bekommen, die vorne, neben dem Fahrer. Es war hier weniger staubig, und die Hitze des Motors, obgleich sehr stark und etwas unangenehm an den Füßen, war um elf Uhr äußerst willkommen, wenn die Wärme des Tages völlig verschwunden war und einer trockenen intensiven Kälte Platz gemacht hatte, die in diesen hohen Lagen nachts üblich ist. Und so saßen sie alle drei eng zusammengepreßt neben dem Fahrer auf dem vordersten Sitz. Tunner, der an der Türe saß, schien zu schlafen. Kit, deren Kopf sich schwer an Ports Arm lehnte, bewegte sich ab und zu leise, aber ihre Augen waren geschlossen. Die Beine über der Notbremse gespreizt und den Ellbogen des steuernden Fahrers in den Rippen, hatte Port bei weitem den unbequemsten Platz und war daher hellwach. Er saß da und starrte durch die Windschutzscheibe auf die flache Straße vor ihm, die ständig auf ihn zuzukommen schien und von den Scheinwerfern verschlungen wurde. Wenn er so von Ort zu Ort reiste, konnte er sein Leben mit etwas mehr Objektivität als sonst betrachten. Sehr oft überlegte er auf Reisen viel klarer und traf Entscheidungen, die zu treffen er nicht vermochte, wenn er seßhaft war.

Seit dem Tag, an dem er und Kit zusammen die Radtour gemacht hatten, fühlte er ein ausgesprochenes Bedürfnis, das Band der Gefühle wieder fester zu knüpfen. Allmählich nahm dieses Bedürfnis außerordentliche Ausmaße an. Manchmal sagte er sich, daß dies unbewußt der Grund war, weshalb er in New York diese Expedition ins Unbekannte mit Kit geplant hatte; erst in der letzten Minute wurde Tunner gebeten, mitzukommen, und vielleicht war auch das unbewußt geschehen, aber aus Angst; denn so sehr er sich das Wieder-Näherkommen wünschte, so wußte er auch, daß er die emotionelle Verantwortung, die es in sich barg, fürchtete. Aber jetzt, hier in diesem fernen und isolierten Erdteil, war der Wunsch nach näherer Verbundenheit stärker als die Furcht. Um solch eine Bindung zu festigen, mußten sie allein sein. Die letzten zwei Tage in Boussif waren qualvoll gewesen. Es machte fast den Eindruck, als ob Tunner Ports Wunsch bemerkt habe und entschlossen war, ihn zu vereiteln. Er war den ganzen Tag und die halbe Nacht nicht von ihrer Seite gewichen, unentwegt redend und scheinbar ohne ein anderes Bedürfnis, als mit ihnen zusammenzusitzen, zusammen zu essen, spazierenzugehen, ja, sogar nachts mit in Kits Zimmer zu kommen und dort fast eine Stunde im Türrahmen zu lungern und pointenlose Unterhaltungen zu führen, während Port endlich mit ihr allein sein wollte. (Natürlich kam Port auch der Gedanke, daß Tunner immer noch Hoffnungen haben könnte, sie für sich zu gewinnen. Die übertriebene Aufmerksamkeit, die er ihr zollte, die banalen Schmeicheleien, die galant sein sollten, ließen ihm das möglich erscheinen; aber da Port glaubte, daß seine Gefühle für Kit in jeder Weise identisch waren mit denen, die sie für ihn empfand, war er überzeugt, daß sie niemals und unter keinen Umständen einem Menschen wie Tunner erliegen würde.)

Das einzige Mal, wo es ihm gelungen war, das Hotel mit Kit allein zu verlassen, war während Tunners Nachmittagsschlaf, und da waren sie kaum hundert Meter die Straße hinuntergegangen, als sie auch schon auf Eric Lyle stießen, der ihnen mitteilte, wie entzückt er sei, sie auf ihrem Spaziergang begleiten zu können. Und dies tat er auch, zu Ports versteckter Wut und Kits offensichtlichem Ekel; tatsächlich war Kit durch seine Gegenwart so verärgert, daß sie, kaum daß sie in dem Café am Marktplatz saßen, über Kopfweh klagte und ins Hotel zurückeilte, Port mit Eric allein lassend. Dieser abstoßende Jüngling sah diesmal besonders bleich und verpickelt aus, in einem schreiend bunten Hemd, das mit riesigen Tulpen bedruckt war. Er sagte, er hätte den Stoff im Kongo gekauft.

Sobald er Port für sich hatte, besaß er die Frechheit, ihn um zehntausend Francs anzupumpen. Er erklärte, seine Mutter wäre so verschroben in Geldangelegenheiten und weigere sich oft wochenlang, ihm welches zu geben.

»Kommt nicht in Frage. Tut mir leid«, hatte Port geantwortet, entschlossen, eisern zu bleiben. Die Summe wurde langsam weniger, bis er schließlich wehmütig bemerkte: »Sogar fünfhundert Francs könnten mir meine Tabakration für vierzehn Tage sichern.«

»Ich leihe niemals jemandem Geld«, erklärte Port ärgerlich.

»Aber mir werden Sie doch welches geben.« Seine Stimme war honigsüß.

»Das werde ich nicht.«

»Ich bin nicht einer von diesen dummen Engländern, die glauben, alle Amerikaner hätten einen Haufen Geld. Das ist es nicht. Aber meine Mutter ist verrückt. Sie weigert sich einfach, mir Geld zu geben. Was soll ich tun?«

»Nachdem er kein Schamgefühl hat«, dachte Port, »werde ich auch kein Mitleid haben.« So sagte er: »Der Grund, warum ich Ihnen kein Geld leihe, ist der, weil ich weiß, daß ich es nie mehr zurückbekomme, und zum Verschenken habe ich nicht genug. Verstanden? Aber ich werde Ihnen dreihundert Francs geben. Gerne. Ich sehe, Sie rauchen tabac du pays. Glücklicherweise ist der sehr billig.«

Eric hatte auf orientalische Manier sein Einverständnis durch eine Verbeugung kundgetan. Dann streckte er die Hand nach dem Geld aus. Selbst jetzt war es Port unangenehm, sich an diese Szene zu erinnern. Als er ins Hotel zurückkam, hatte er Kit und Tunner an der Bar gefunden, wo sie zusammen Bier tranken, und seitdem hatte er sie keine Minute mehr für sich gehabt, außer der letzten Nacht, als sie ihm zwischen Türe und Angel gute Nacht sagte. Daß er vermutete, sie würde ein Zusammensein unter vier Augen mit ihm vermeiden, machte es ihm nicht leichter.

»Aber wir haben ja viel Zeit«, sagte er sich. »Die Hauptsache ist, daß ich Tunner loswerde.« Er war zufrieden, endlich zu einer definitiven Entscheidung gekommen zu sein. Vielleicht würde Tunner einen Wink verstehen und aus eigenem Entschluß gehen; wenn nicht, mußten sie sich von ihm trennen. Wie dem auch war, sie mußten sich trennen, und zwar sofort, ehe sie einen Ort gefunden hatten, in dem sie so lange bleiben wollten, daß Tunner ihn als Postadresse zu benutzen begann.

Er konnte über seinem Kopf hören, wie die schweren Gepäckstücke auf dem Dach des Autobusses herumrutschten; er überlegte, ob es bei den primitiven Transportmitteln klug gewesen war, so viel mitzunehmen. Jedenfalls war es nun zu spät, etwas zu ändern. Es würde auf dieser Strecke auch keinen Ort geben, wo sie etwas einstellen konnten, denn es war wahrscheinlich, daß sie eine andere Strecke zurückfuhren, wenn sie überhaupt wieder an die Mittelmeerküste kommen würden. Er hoffte, weiter nach Süden fahren zu können; aber nachdem es unmöglich war, Transport- oder Unterkunftstermine im voraus zu fixieren, waren sie gezwungen, jeden Ort auf gut Glück aufzusuchen und zu hoffen, dort jedesmal Auskunft über die nächste Stadt zu bekommen. Die Einrichtung eines Touristendienstes war in diesem Erdteil niemals sehr weit entwickelt und nun durch den Krieg nicht nur unterbrochen, sondern völlig zerstört worden. Und bis jetzt waren auch nicht genug Touristen dagewesen, um ihn wieder neu zu organisieren. In gewisser Weise freute ihn dieser Zustand, er fühlte sich dadurch als Pionier – seinen Urgroßeltern viel näher verbunden, während er hier durch die Wüste rollte, als wenn er zu Hause saß und aus dem Fenster auf den See in Central Park sah – aber gleichzeitig überlegte er, wieweit man die Aufrufe ernst nehmen sollte, die solche Pionierversuche zu verhindern bemüht waren: »Reisende werden ausdrücklich gebeten, jetzt keine Landausflüge in das Innere von Französisch-Nordafrika, Französisch-Westafrika oder Französisch-Äquatorialafrika zu unternehmen. Sobald über die Reisebedingungen Näheres bekannt ist, werden diesbezügliche Auskünfte dem Publikum mitgeteilt werden.« Er hatte Kit keine solcher Ankündigungen gezeigt, als er zuungunsten Europas für Afrika plädierte. Gezeigt hatte er ihr eine sorgfältig zusammengestellte Auswahl von Photographien, die er von früheren Reisen mitgebracht hatte: Ansichten von Oasen und Bazaren sowie reizvolle Ausblicke von den Terrassen und Hotelgärten, die jetzt nicht mehr in Betrieb waren. In dieser Hinsicht war sie bis jetzt sehr vernünftig ge wesen – sie hatte nicht einmal gegen die Unterbringung protestiert –, aber Mrs. Lyles laute Warnungen beunruhigten ihn etwas. Auf die Dauer würde es nicht sehr lustig sein, in schmutzigen Betten zu schlafen, unverdauliche Mahlzeiten zu essen und jedesmal eine Stunde zu warten, ehe man sich die Hände waschen konnte.

Die Nacht verging sehr langsam; und doch war für Port der Anblick der endlosen Straße eher faszinierend als monoton. Wenn er nicht in eine unbekannte Gegend gefahren wäre, hätte er es unerträglich gefunden. Die Vorstellung, daß er mit jeder Umdrehung der Räder tiefer in die Sahara eindrang, daß er alle bekannten Orte und Dinge zurückließ, diese Vorstellung versetzte ihn in einen Zustand freudiger Erregung.

Kit bewegte sich von Zeit zu Zeit, hob ihren Kopf, murmelte etwas Unverständliches und ließ ihn dann wieder auf ihn zurückfallen. Einmal drehte sie sich um und ließ ihn auf der anderen Seite gegen Tunner sinken, der kein Zeichen gab, daß er wach war. Port ergiff ihren Arm und zog sie fest herum, so daß sie wieder an seiner Schulter lehnte. Etwa alle Stunde rauchten der Chauffeur und er eine Zigarette, aber sonst sprachen sie kein Wort. An einer gewissen Stelle sagte der Chauffeur, indem er mit der Hand in das Dunkel deutete: »Letztes Jahr, sagen sie, sei hier ein Löwe herumgestrichen. Das erstemal seit Jahren. Sie sagen, er habe eine Menge Schafe gefressen. Aber wahrscheinlich war es ein Panther.«

»Haben sie ihn gefangen?«

»Nein. Sie haben alle Angst vor Löwen.«

»Was wohl aus ihm geworden ist.«

Der Fahrer zuckte die Achseln und verfiel wieder in das Schweigen, das er offensichtlich einer Unterhaltung vorzog. Es freute Port, zu hören, daß das Tier nicht getötet worden war.

Kurz vor Anbruch der Dämmerung, in der kältesten Phase der Nacht, kamen sie an einen Halteplatz, der kahl und freudlos in der windigen Ebene lag.

Auf der Bank, die vor dem Raume stand, in welchem der Kaffee serviert wurde, saßen fünf Falken. Jeder mit einer schwarzen Ledermaske über dem Kopf und mit einer feinen Fußkette an einen Pflock an der Bank befestigt. Sie hockten alle in einer Reihe, unbeweglich, als wären sie von einem Präparator ausgestopft und dort aufgereiht worden. Tunner wurde ganz aufgeregt, rannte herum und erkundigte sich, ob die Vögel verkäuflich seien. Seine Fragen wurden durch höfliches Glotzen beantwortet. Schließlich kam er an den Tisch zurück, sah etwas verwirrt um sich und sagte, indem er sich hinsetzte: »Niemand scheint zu wissen, wem sie gehören.«

Port raunzte: »Du meinst, niemand hat verstanden, was du redest. Was, zum Teufel, willst du überhaupt mit ihnen anfangen?«

Tunner dachte eine Sekunde nach. Dann lachte er und sagte: »Ich weiß es nicht. Sie gefallen mir, das ist alles.«

Als sie wieder gingen, schälten sich die ersten Anzeichen von Licht aus dem Horizont hinter der Ebene. Und nun war es an Port, neben der Türe zu sitzen. Als der Rastplatz nur noch wie ein winziger weißer Würfel weit hinter ihnen lag, war er eingeschlafen. Auf diese Weise versäumte er das großartige Finale der Nacht: die wechselnden Farbstreifen, die über den Himmel spielten, als stiegen sie aus dem Rand der Erde hervor, ehe die Sonne aufging.

XV

Noch ehe Aïn Krorfa auch nur zu sehen war, machten sich schon die Fliegen bemerkbar. Als die ersten kümmerlichen Oasen auftauchten und die Straße sich zwischen den hohen Lehmmauern der Randsiedlungen durchschleuste, war der Bus mit einem Mal voll von ihnen – klein, mattgrau und beharrlich. Einige von den Arabern machten Bemerkungen über sie und bedeckten ihre Köpfe; die übrigen schienen sie nicht zu stören. Der Fahrer sagte: »Ah, les salauds! On voit bien que nous sommes à Aïn Krorfa!«

Kit und Tunner erwachten zu heftiger Aktivität, fuchtelten mit den Armen, fächelten ihre Gesichter und bliesen wie wild, um die Insekten von ihren Wangen und Nasen zu verscheuchen, aber das alles war fast sinnlos. Sie blieben mit überraschender Zähigkeit dort, wo sie saßen, und mußten fast abgelesen werden; im letzten Augenblick erst flogen sie schnell auf, um sich sofort darauf wieder an der gleichen Stelle niederzulassen.

»Wir werden angegriffen«, schrie Kit.

Tunner begann, sie mit einer Zeitung zu fächeln. Port schlief immer noch neben der Türe; seine Mundwinkel waren mit Fliegen übersät.

»Sie bleiben, solange es kühl ist«, sagte der Fahrer. »Am frühen Morgen kann man sie nicht loswerden.«

»Aber woher kommen sie?« wollte Kit wissen.

Der empörte Ton ihrer Stimme ließ ihn auflachen.

»Das ist noch gar nichts«, sagte er mit verächtlicher Handbewegung. »Sie müßten sie erst in der Stadt erleben. Wie schwarzer Schnee bedecken sie alles.«

»Wann fährt ein Bus zurück?« fragte sie.

»Meinen Sie zurück nach Boussif? Ich fahre morgen früh zurück.«

»Nein, nein! Ich meine südwärts.«

»Ach so! Das müssen Sie in Aïn Krorfa fragen. Ich kenne nur die Strecke Boussif. Ich glaube, es gibt eine Linie, die einmal wöchentlich nach Bou Noura fährt. Man kann auch immer auf einem Lastwagen nach Messad kommen.«

»Ach, da möchte ich nicht hin«, sagte Kit. Sie hatte von Port gehört, daß Messad nicht interessant sei.

»Aber ich«, unterbrach sie Tunner auf englisch mit einiger Vehemenz. »Eine Woche in so einem Ort? Mein Gott, das bringt einen ja um.«

»Reg dich nicht auf. Du hast ihn noch nicht gesehen. Vielleicht nimmt uns der Fahrer nur hoch, wie Mr. Lyle sich ausdrücken würde. Außerdem dauert es wahrscheinlich keine ganze Woche, bis ein Autobus nach Bou Noura fährt. Er kann ebensogut schon morgen fahren. Sogar schon heute, was das anlangt.«

»Nein«, beharrte Tunner eigensinnig. »Das einzige, was ich nicht ertragen kann, ist Schmutz.«

»Ja, du bist ein echter Amerikaner, ich weiß.« Sie wandte den Kopf, um ihn anzusehen, und er fühlte, daß sie ihn verspottete. Sein Gesicht wurde rot.

»Du hast verdammt recht.«

Port erwachte. Sein erster Impuls war, die Fliegen von seinem Gesicht aufzuscheuchen. Er öffnete die Augen und sah aus dem Fenster auf die zunehmende Vegetation. Hohe Palmen schossen über die Mauern empor; unter ihnen, in buntem Durcheinander, wuchsen die Orangen, Feigen und Granatäpfel. Er öffnete das Fenster und beugte sich hinaus, um die Luft einzuatmen. Sie roch nach Minze und Holzfeuern. Ein breites Flußbett lag vor ihnen; in seiner Mitte wand sich sogar ein Streifen Wasser. Und an jeder Straßenseite sowie an den Seiten aller Querstraßen waren die tiefen Gräben voll fließendem Wasser, dem Stolz von Aïn Krorfa. Er zog den Kopf wieder zurück und wünschte seinen Begleitern guten Morgen. Mechanisch fuhr er fort, die zähen Fliegen zu verjagen. Erst mehrere Minuten später bemerkte er, daß Kit und Tunner dasselbe taten. »Woher kommen all die Fliegen?« fragte er.

Kit sah Tunner an und lachte. Port fühlte, daß sie ein Geheimnis zusammen hatten. »Ich habe mir überlegt, wie lange es dauert, bis du sie entdeckst«, sagte sie.

Wieder sprachen sie über die Fliegen, wobei Tunner sich an den Fahrer wandte, damit der bestätige, wie viele es in Aïn Krorfa gab – und das war für Ports Ohren bestimmt, denn er hoffte, einen Verbündeten für die geplante Flucht nach Messad zu gewinnen – während Kit wiederholte, daß es nur logisch sei, sich die Stadt zuerst anzusehen, ehe man Entscheidungen traf. Bis jetzt, meinte sie, sei es der erste reizvoll aussehende Ort, den sie seit ihrer Ankunft in Afrika gesehen hatte.

Dieser freundliche Eindruck basierte jedoch auf dem vielen Grün, das sie hinter den Mauern entdeckte, während der Bus auf die Stadt zuraste; die Stadt selbst schien, nachdem sie endlich angekommen waren, kaum zu existieren. Sie stellte enttäuscht fest, daß sie eher Boussif glich, außer daß sie viel kleiner zu sein schien. Was sie sehen konnte, war völlig modern und geometrisch angelegt, und wären die Häuser nicht weiß, sondern braun gewesen, und wären die Gehsteige der Hauptstraßen nicht im Schatten von Arkaden gelegen, so hätte sie leicht glauben können, noch in der anderen Stadt zu sein. Ihr erster Eindruck vom Inneren des Grand Hotels warf sie fast um, aber Tunner war dabei, und sie fühlte sich verpflichtet, ihre Position zu halten: als diejenige, die ihn wegen seiner Dünkelhaftigkeit geneckt hatte.

»Lieber Himmel, was für eine Unordnung!« rief sie aus; in Wirklichkeit war diese Bezeichnung weit davon entfernt, das auszudrücken, was sie tatsächlich beim Betreten des Patio dachte. Der einfache Tunner war entsetzt. Er starrte nur, jedes Detail, auf das sein Blick fiel, in sich aufnehmend. Was Port betraf, so war er zu verschlafen, um viel zu sehen, blieb im Eingang stehen, ließ seine Arme wie Mühlenflügel kreisen und versuchte, dadurch die Fliegen von seinem Gesicht fortzuhalten.

Ursprünglich als Verwaltungsgebäude für die Kolonialregierung erbaut, war das Haus seither immer mehr heruntergekommen. Der Springbrunnen, der früher einmal aus dem Bassin in der Mitte des Hofes emporgestiegen war, war verschwunden, aber das Bassin war übriggeblieben. In ihm war ein Berg stinkender Abfälle, auf dem sich drei schreiende, nackte Kinder niedergelassen hatten, deren weiche, formlose Körper mit offenen Schwären bedeckt waren. Sie wirkten sehr menschlich in ihrer hilflosen Misere, aber irgendwie weniger menschlich als die zwei rosa Hunde, die in ihrer Nähe auf den Fliesen lagen – rosa, weil sie vor langer Zeit alle Haare verloren hatten und ihre nackte, alte Haut auf unanständige Weise den Küssen der Fliegen und der Sonne preisgaben. Einer von ihnen hob seinen Kopf mühsam wenige Zentimeter vom Boden auf und sah die Neuangekommenen mit blinden, blaßgelben Augen an; der andere rührte sich nicht. Hinter den Säulen, die auf der einen Seite eine Arkade bildeten, türmten sich einige unförmige und wertlose Möbelstücke übereinander. Ein riesiger, blauweißer Steingutkrug stand in der Nähe des Mittel-Bassins. Trotz der Menge Abfälle im Patio herrschte ein Geruch nach Latrine vor. Über dem Geschrei der Kinder erhob sich der schrille Ton von keifenden Weiberstimmen und das nasale Geräusch eines Radios, das im Hintergrund grölte. Für einen Augenblick erschien ein Weib im Türrahmen. Dann kreischte es auf und verschwand sofort wieder. Im Inneren hörte man Schreie und Gekicher; eine Frau begann zu rufen: »Yah, Mohamed!« Tunner drehte sich um und ging auf die Straße, wo er die Träger traf, denen man gesagt hatte, sie sollten draußen bei dem Gepäck warten. Port und Kit blieben ruhig stehen, bis der Mann, der Mohamed gerufen wurde, erschien: Er wickelte eine lange, rote Schärpe um seine Taille. Runde um Runde; das Ende schleifte immer noch auf dem Boden nach. Während der Verhandlung wegen der Zimmer bestand er darauf, daß sie ein Zimmer mit drei Betten nehmen sollten – für sie wäre es billiger und für die Mädchen weniger Arbeit. »Wenn ich nur schon fort von hier wäre«, dachte Kit, »ehe Port etwas mit ihm festmacht!« Aber ihr Schuldgefühl drückte sich in Loyalität aus; sie konnte nicht auf die Straße gehen, denn dort war Tunner, und es würde aussehen, als ergriffe sie seine Partei. Plötzlich wünschte auch sie, Tunner wäre nicht bei ihnen. Dann könnte sie viel freier ihre eigenen Wünsche äußern. Wie sie gefürchtet hatte, ging Port mit dem Mann nach oben und kam nach einiger Zeit wieder, um zu verkünden, daß die Zimmer gar nicht so übel seien.

Sie mieteten drei stinkende Zimmer, die alle auf einen kleinen Hof hinausgingen, dessen Wände knallblau waren. In der Mitte des Hofes stand ein abgestorbener Feigenbaum, an dessen Zweigen Massen von aufgerolltem Stacheldraht hingen. Als Kit aus dem Fenster schaute, spazierte gerade eine hungrig aussehende Katze mit winzigem Kopf und Riesenohren vorsichtig über den Hof. Sie setzte sich auf das große Messingbett, aus dem, samt einem Schakalfell davor, die ganze Einrichtung des Raumes bestand. Sie konnte es Tunner kaum übelnehmen, daß er sich zuerst geweigert hatte, die Zimmer überhaupt anzusehen. Aber, wie Port immer sagte, man gewöhnt sich schließlich an alles, und obgleich Tunner im Augenblick etwas schlechter Laune war, so würde er sich bis zum Abend wahrscheinlich an die ganze Skala unglaublicher Gerüche gewöhnt haben.

Zum Mittagessen saßen sie in einem Raum ohne Fenster, der einem Brunnenschacht ähnelte und in dem man dazu neigte, zu flüstern, da jedes laute Wort, das gesprochen wurde, von verzerrten Echos begleitet war. Die einzige Lichtquelle kam von der Türe, die in den Patio führte. Port drehte am Schalter für die elektrische Deckenbeleuchtung: nichts geschah. Die barfüßige Kellnerin kicherte: »Nix Licht«, sagte sie und stellte ihre Suppe auf den Tisch.

»Schon gut«, sagte Tunner, »wir werden im Patio essen.«

Die Kellnerin stürzte davon und kam mit Mohamed zurück, der die Stirne runzelte, aber half, den Tisch und die Stühle unter die Arkaden hinauszutragen.

»Gottlob sind hier Araber und keine Franzosen«, sagte Kit. »Sonst wäre es gegen die Regeln gewesen, draußen zu essen.«

»Wenn sie Franzosen wären, könnten wir drinnen essen«, sagte Tunner.

Sie zündeten Zigaretten an, in der Hoffnung, den Gestank, der von Zeit zu Zeit vom Bassin herüberwehte, zu übertäuben.

Die Kinder waren fort; ihre Schreie ertönten jetzt aus einem Innenraum.

Tunner hörte auf, seine Suppe zu essen, und starrte hinein. Dann schob er den Stuhl zurück und warf die Serviette auf den Tisch. »Verdammt noch mal, es kann sein, daß dies das einzige Hotel der Stadt ist, aber ich kann besseres Essen wie dieses auf dem Markt bekommen. Schaut euch die Suppe an, sie ist voller Kadaver!«

Port untersuchte seinen Teller. »Es sind Mehlwürmer. Sie müssen in den Nudeln gewesen sein.«

»Aber jetzt sind sie in der Suppe. Sie ist voll von ihnen. Ihr könnt essen, wo ihr wollt. Ich werde ein Eingeborenen-Restaurant auskundschaften.«

»Auf bald«, sagte Port. Tunner ging.

Eine Stunde später kam er zurück, weniger kriegerisch und leicht entmutigt. Port und Kit waren immer noch im Patio, Kaffee trinkend und Fliegen vertreibend.

»Wie war's? Hast du was gefunden?« fragten sie.

»Das Essen? Verdammt gut.« Er setzte sich. »Aber ich bekomme nirgends Auskunft, wie man hier fortkommt.«

Port, dessen Meinung von den französischen Sprachkenntnissen seines Freundes nie sehr hoch gewesen waren, sagte: »Oh.« Wenige Minuten später stand er auf und ging in die Stadt, um selbst Erkundigungen jeder Art einzuziehen, wie die Transportmöglichkeiten in dieser Gegend waren. Die Hitze war drückend, und er hatte nicht gut gegessen. Trotzdem pfiff er vor sich hin, als er unter den ausgestorbenen Arkaden schlenderte, denn die Vorstellung, Tunner loszuwerden, machte ihn seltsam lebendig. Schon störten ihn die Fliegen weniger.

Am späten Nachmittag fuhr ein großer Wagen vor dem Hoteleingang vor. Es war der Mercedes der Lyles.

»Sich so etwas Idiotisches auszudenken! Ein verlorenes Dorf zu suchen, von dem niemand je etwas gehört hat!« hörte man Mrs. Lyle sagen. »Fast hätte ich wegen dir meinen Tee verpaßt. Ich nehme an, das hätte dich gefreut. Jetzt jag diese Unglückswürmer weg und komm hier rein. Mosh! Mosh!« schrie sie und wandte sich plötzlich gegen eine Gruppe Eingeborenen-Kinder, die sich dem Wagen genähert hatten. »Mosh! Imshi!« Sie hob ihre Handtasche mit drohender Gebärde; die verstörten Kinder wichen langsam vor ihr zurück.

»Ich muß herausbekommen, was hier die richtige Art ist, um sie loszuwerden«, sagte Eric, sprang aus dem Wagen und schlug die Türe zu. »Es hat keinen Sinn, ihnen mit der Polizei zu drohen. Sie wissen gar nicht, was das ist.«

»Was für ein Blödsinn! Polizei, ausgerechnet! Man soll den Eingeborenen niemals mit den örtlichen Obrigkeiten drohen. Denk daran, daß wir die französische Oberhoheit hier nicht anerkennen.«

»Ach, das ist doch in Rif, Mutter. Und dort ist es die spanische Oberhoheit.«

»Eric, wirst du still sein? Glaubst du, ich weiß nicht, was

mir Madame Gautier gesagt hat? Was fällt dir überhaupt ein?« Sie hielt inne, als sie den Tisch unter den Arkaden sah, der noch voll von den schmutzigen Tellern und Gläsern war, die Port und Kit hinterlassen hatten. »Hallo! Es ist jemand außer uns angekommen«, sagte sie in einem Ton, der höchstes Interesse verriet. Sie wandte sich vorwurfsvoll an Eric. »Und sie haben draußen gegessen! Ich sagte dir ja, wir hätten draußen essen können, wenn du dich etwas mehr bemüht hättest. Der Tee ist in deinem Zimmer. Bringst du ihn mit herunter? Ich muß mich um dieses elende Feuer in der Küche kümmern. Und hol den Zucker und mach eine neue Keksdose auf.«

Als Eric mit der Teebüchse durch den Patio zurückkam, kam Port von der Straße herein.

»Mr. Moresby!« schrie er. »Was für eine erfreuliche Überraschung!«

Port versuchte seinen Schrecken zu verbergen. »Hallo«, sagte er. »Was machen Sie hier? Mir kam es so vor, als hätte ich Ihren Wagen draußen gesehen.«

»Eine Sekunde. Ich muß Mutter diesen Tee bringen. Sie ist in der Küche und wartet darauf.« Er rannte durch die Seitentüre und trat dabei auf einen der obszönen Hunde, der erschöpft dahinter im Dunkeln lag. Das Tier heulte ausgiebig. Port eilte zu Kit hinauf, um ihr die neueste schlechte Nachricht mitzuteilen. Eine Minute später schlug Eric gegen die Türe. »Hören Sie, trinken Sie doch mit uns Tee in Zimmer elf; in zehn Minuten. Wie reizend, Sie zu sehen, Mrs. Moresby.«

Zimmer elf gehörte Mrs. Lyle. Länger, aber nicht weniger kahl wie die anderen, und direkt über dem Hoteleingang. Während sie ihren Tee trank, erhob sie sich ständig vom Bett, auf dem sie alle wegen Stuhlmangels saßen, und ging zum Fenster, um »Mosh! Mosh!« auf die Straße hinauszuschreien.

Schließlich konnte Port seine Neugierde nicht mehr zurückhalten. »Was ist das für ein merkwürdiges Wort, das Sie aus dem Fenster rufen, Mrs. Lyle?«

»Ich verjage diese diebischen kleinen Nigger von meinem Wagen.«

»Aber was sagen Sie zu ihnen? Ist das Arabisch?«

»Französisch«, sagte sie, »und heißt: Macht, daß ihr fortkommt!«

»Ach so. Verstehen sie das?«

»Ich würde es ihnen raten. Noch etwas Tee, Mrs. Moresby!«

Tunner hatte sich entschuldigen lassen, er hatte genug über die Lyles gehört, durch Kits Schilderung von Eric. Nach Mrs. Lyles Auffassung war Aïn Krorfa eine reizende Stadt, besonders der Kamelmarkt, wo ein Kameljunges war, das sie unbedingt photographieren müßten. Sie selbst hatte heute morgen mehrere Aufnahmen gemacht. »Es ist so süß«, sagte sie. Eric verschlang Port mit den Augen. »Er will mehr Geld«, dachte Port. Auch Kit sah seinen seltsamen Ausdruck, aber sie deutete ihn anders.

Als der Tee zu Ende war und sie sich verabschiedeten, da alle Themen für eine Konversation erschöpft zu sein schienen, wandte sich Eric an Port. »Wenn ich Sie beim Nachtessen nicht sehe, werde ich später am Abend bei Ihnen vorbeischauen. Um welche Zeit gehen Sie zu Bett?«

Port wich aus. »Unterschiedlich. Wir werden wahrscheinlich ziemlich lange ausbleiben und uns die Stadt ansehen.«

»Geht in Ordnung«, sagte Eric und klopfte ihm liebevoll auf die Schulter, während er die Türe schloß.

Als sie wieder in Kits Zimmer waren, sah sie aus dem Fenster auf das Skelett des Feigenbaumes. »Ich wollte, wir wären nach Italien gefahren«, sagte sie. Port sah rasch auf. »Warum sagst du das? Wegen jenen, wegen dem Hotel?«

»Wegen allem.« Sie wandte sich ihm lächelnd zu. »Aber ich meine es nicht wirklich. Es ist nur gerade der richtige Moment, auszugehen. Laß es uns tun.«

Aïn Krorfa war eben im Begriff, aus seiner täglichen, sonnentrunkenen Betäubung zu erwachen. Hinter dem Fort, das sich auf einem hohen, felsigen Hügel inmitten der Stadt, in der Nähe der Moschee, erhob, wurden die Straßen primitiver, und man konnte Spuren des früheren, unregelmäßig angelegten Eingeborenenviertels erkennen. In den Verkaufsbuden, deren Lampen bereits ärgerlich im Wind zuckten und blakten, in den Straßencafés, über denen der Rauch des Haschisch in der Luft hing, ja, selbst im Staub versteckter, palmengesäumter Gäßchen hockten Männer und fächelten die Glut kleiner Feuerstellen, brachten das Wasser in den Zinngeschirren zum Kochen, bereiteten ihren Tee und tranken ihn.

»Teezeit! Eigentlich sind sie alle nur maskierte Engländer«, sagte Kit. Sie und Port gingen Hand in Hand, sehr langsam und in vollkommener Harmonie mit der sanften Dämmerung. Es war ein Abend, der eher Sehnsucht als Geheimnis in sich barg.

Sie kamen an den Fluß, an dieser Stelle nichts als eine flache Strecke weißen Sandes, die sich im Zwielicht verlor, und folgten ihm eine Weile, bis die Geräusche der Stadt sich dünn und schwebend in der Ferne auflösten. Hier draußen bellten die Hunde hinter den Mauern, aber die Mauern selbst waren weit weg vom Fluß. Vor ihnen brannte ein Feuer; daran saß ein einsamer Mann, der auf einer Flöte spielte, und hinter ihm, in den wechselnden, unruhigen Schatten, die die Flammen warfen, ruhten feierlich wiederkäuend etwa ein Dutzend Kamele. Der Mann sah zu ihnen herüber, als sie vorbeigingen, fuhr aber fort, zu spielen.

»Glaubst du, du wirst hier glücklich werden?« fragte Port mit gedämpfter Stimme.

Kit erschrak. »Glücklich? Glücklich? Wie meinst du?«

»Glaubst du, du wirst gerne hier sein?«

»Oh, ich weiß das nicht!« sagte sie, und in ihrer Stimme schwang Ärger. »Wie kann ich das sagen? Es ist unmöglich, sich in ihr Leben hineinzuversetzen und zu wissen, was sie wirklich denken.«

»Das habe ich dich gar nicht gefragt«, sagte Port gereizt.

»Du solltest aber. Es ist nämlich das, worauf es hier ankommt.«

»Keineswegs«, sagte er. »Für mich nicht. Ich habe das Gefühl, daß diese Stadt, dieser Fluß, dieser Himmel mir genauso gehören wie ihnen.«

Sie wollte sagen: »Na, dann bist du verrückt«, aber sie beherrschte sich. »Wie merkwürdig.«

Sie gingen auf einem Umweg zur Stadt zurück, indem sie einen Weg einschlugen, der zwischen Gartenmauern hindurchführte.

»Ich wollte, du würdest mich nicht solche Sachen fragen«, sagte sie plötzlich. »Ich kann darauf nicht antworten. Wie kann ich sagen: Ja, ich werde in Afrika glücklich sein? Ich mag Aïn Krorfa sehr gerne, aber ich habe keine Ahnung, ob ich einen Monat hierbleiben möchte oder morgen früh wieder abreisen.«

»Morgen kannst du nicht abreisen, selbst wenn du möchtest, es sei denn, du fährst zurück nach Boussif. Ich weiß jetzt Bescheid über die Autobuslinien. Der nach Bou Noura geht erst in vier Tagen hier weg. Und es ist jetzt verboten, sich von Lastwagen nach Messad mitnehmen zu lassen. Sie haben Soldaten eingesetzt, die unterwegs Kontrollen machen. Die Fahrer bekommen schwere Geldstrafen aufgebrummt.«

»Also sind wir im Grand Hotel gestrandet.«

»Mit Tunner«, dachte Port. Laut sagte er: »Mit den Lyles.«

»Gott schütze uns«, murmelte Kit.

»Ich möchte wissen, wie oft wir die noch treffen müssen. Ich wollte, sie würden jetzt entweder ein für allemal vorausfahren oder uns vorauslassen und dabei bliebe es.«

»Solche Dinge müssen arrangiert werden«, sagte Kit.

Auch sie dachte an Tunner. Es schien ihr sicher, daß sie sich jetzt vollkommen entspannen könnte, wenn sie ihm einmal nicht mehr bei jeder Mahlzeit gegenübersitzen mußte, und dem Augenblick leben könnte, der Ports Augenblick war. Aber es erschien ihr sinnlos, dies auch nur zu versuchen, wenn sie schon in der nächsten Stunde wieder mit dem lebenden Beweis ihrer Schuld konfrontiert wurde.

Als sie zum Hotel zurückkamen, war es vollkommen dunkel. Sie aßen ziemlich spät und gingen gleich nach dem Essen ins Bett, da keiner mehr Lust hatte, auszugehen. Die Prozedur des Schlafengehens nahm mehr Zeit in Anspruch als sonst, denn es gab nur eine Waschschüssel und einen Krug – auf dem Dach am Ende des Korridors. Die Stadt war sehr still. In einem Café spielte das Radio eine Platte von Abd-el-Wahab: ein populäres, einem Trauergesang ähnelndes Lied: »Ich weine an deinem Grab«. Port lauschte den melancholischen Tönen, während er sich wusch; sie wurden von nahem Hundegebell zerrissen.

Er war bereits im Bett, als Eric an seiner Türe klopfte. Dummerweise hatte er das Licht nicht ausgelöscht, und aus Angst, es könne unter der Türe hervorscheinen, wagte er nicht, sich schlafend zu stellen. Daß Eric auf Zehenspitzen und mit einem Verschwörerlächeln in sein Zimmer kam, mißfiel ihm sehr. Er zog seinen Bademantel an.

»Was soll das?« fragte er. »Es schläft doch niemand.«

»Hoffentlich störe ich Sie nicht, alter Junge.« Wie immer, schien er in die Zimmerecken zu sprechen.

»Nein, nein. Aber es ist gut, daß Sie jetzt gekommen sind. Eine Minute später, und ich hätte kein Licht mehr angehabt.«

»Schläft Ihre Frau schon?«

»Ich glaube, sie liest. Das tut sie gewöhnlich, ehe sie schläft. Warum?«

»Ob ich wohl den Roman haben könnte, den sie mir heute nachmittag versprochen hat?«

»Wann? Jetzt?« Er gab Eric eine Zigarette und zündete sich selber eine an.

»Oh, nicht, wenn es sie stört.«

»Morgen wäre besser, finden Sie nicht?« sagte Port und fixierte ihn.

»Sie haben recht. Warum ich eigentlich kam, war wegen des Geldes.« Er zögerte.

»Welchem?«

»Den dreihundert Francs, die Sie mir geliehen haben. Ich möchte sie Ihnen zurückgeben.«

»Ach, das ist schon erledigt.« Port lachte und sah ihn immer noch an. Einen Augenblick lang schwiegen sie.

»Aber wenn Sie es wollen«, sagte Port schließlich und überlegte, ob er den Jüngling vielleicht falsch beurteilt habe, zugleich aber mehr als je davon überzeugt, daß es nicht der Fall sei.

»Ah, großartig«, murmelte Eric und fummelte in seiner Jackentasche. »Ich hab so was nicht gerne auf meinem Gewissen.«

»Das brauchen Sie auch nicht, denn wenn Sie sich erinnern, habe ich es Ihnen so gegeben. Aber wenn Sie es lieber zurückgeben, ist mir das natürlich auch sehr recht.«

Eric hatte endlich einen zerknitterten Tausendfranc-Schein hervorgezogen und streckte ihn mit einem dünnen, versöhnlichen Lächeln hin. »Ich hoffe, Sie können das wechseln«, sagte er und sah Port endlich ins Gesicht, aber so, als koste es ihn eine große Überwindung. Port witterte, daß dies der entscheidende Augenblick war, wußte aber nicht, warum. »Ich weiß nicht«, sagte er, ohne die ihm hingehaltene Banknote zu nehmen. »Möchten Sie, daß ich nachsehe?«

»Wenn Sie können.« Seine Stimme war sehr tief. Während Port umständlich aus dem Bett stieg und an den Koffer ging, wo er sein Geld und seine Papiere aufhob, schien Eric wieder Mut zu fassen.

»Ich komme mir schrecklich lästig vor, hier mitten in der Nacht anzukommen und Sie so zu stören, aber erstens möchte ich mein Gewissen erleichtern, und außerdem brauche ich dringend Wechselgeld, und hier im Hotel scheinen sie keines zu haben, und Mutter und ich fahren morgen in aller Frühe nach Messad, und ich habe gefürchtet, Sie nicht mehr zu sehen –«

»Sie fahren? Nach Messad?« Port drehte sich um, die Brieftasche in der Hand. »Wirklich? Mein Gott! Und unser Freund, Mr. Tunner, möchte so gerne dorthin!«

»Oh?« Eric stand langsam auf. »Oh?« sagte er noch einmal. »Ich würde denken, daß wir ihn mitnehmen können.« Er sah Port an und sah, wie sich dessen Gesicht erhellte. »Aber wir fahren bei Tagesanbruch ab. Sie gehen besser sofort zu ihm und sagen ihm, daß er um sechs Uhr dreißig fertig unten ist. Wir haben den Tee für sechs Uhr bestellt. Er sollte das lieber auch tun.«

»Das werde ich machen«, sagte Port und steckte die Brieftasche ein. »Ich werde ihn auch bitten, zu wechseln, denn ich kann es anscheinend nicht.«

»Gut. Gut«, sagte Eric lächelnd und setzte sich wieder auf das Bett.

Port traf Tunner nackt an, mit einer DDT-Spritze in der Hand und verzweifelt im Zimmer umhergehend. »Komm rein«, sagte er. »Dieses Zeug taugt nichts.«

»Was hast du denn?«

»Wanzen, zunächst mal.«

»Hör zu. Willst du morgen früh um sechs Uhr dreißig nach Messad fahren?«

»Ich will lieber heute nacht um elf Uhr dreißig schon fahren. Warum?«

»Die Lyles nehmen dich mit.«

»Und was dann?«

Port improvisierte. »Sie werden in einigen Tagen wieder hierherkommen und dann direkt nach Bou Noura fahren.

Sie nehmen dich mit, und wir werden dort auf dich warten. Lyle ist gerade in meinem Zimmer. Willst du mit ihm sprechen?«

»Nein.«

Stille. Das elektrische Licht ging plötzlich aus, dann kam es wieder, ein blasser, orangefarbener Wurm im Inneren der Birne, so daß das Zimmer aussah, als betrachte man es durch dicke schwarze Gläser. Tunner sah auf sein zerwühltes Bett und zuckte die Achseln. »Um wieviel Uhr, hast du gesagt, fahren sie?«

»Sechs Uhr dreißig.«

»Sag ihm, ich werde unten vor der Türe auf ihn warten.« Er sah Port mit gerunzelter Stirne an, ein leises Mißtrauen auf dem Gesicht. »Und ihr. Warum fahrt ihr nicht?«

»Sie können nur einen mitnehmen«, log er, »und außerdem gefällt es mir hier.«

»Es wird dir nicht mehr gefallen, wenn du einmal im Bett bist«, sagte Tunner bitter.

»Die wirst du wahrscheinlich auch in Messad haben«, meinte Port. Er fühlte sich jetzt sicher.

»Nach dieser Bude nehme ich es mit jedem Hotel auf.«

»Wir schauen in einigen Tagen in Bou Noura nach dir. Spreng keinen Harem.«

Er schloß die Türe hinter sich und ging in sein Zimmer zurück. Eric saß immer noch in der gleichen Stellung auf seinem Bett, aber er hatte eine neue Zigarette angezündet.

»Mr. Tunner ist entzückt und wird um sechs Uhr dreißig unten an der Haustüre auf Sie warten. Ach, verdammt, ich habe vergessen, ihn zu fragen, ob er Ihre tausend Francs wechseln kann.« Er zögerte, im Begriff, wieder hinauszugehen.

»Machen Sie sich bitte keine Mühe. Er kann sie mir morgen unterwegs wechseln, falls ich sie wechseln muß.«

Port öffnete den Mund, um zu sagen: »Aber ich dachte, Sie wollen mir meine dreihundert zurückzahlen.« Dann besann er sich eines Besseren. Jetzt, wo alles arrangiert war, wäre es zu arg, wegen der paar Francs eine Panne zu riskieren. So lächelte er nur und sagte: »Selbstverständlich. Nun, ich hoffe, wir sehen Sie, wenn Sie zurückkommen.«

»Ja, natürlich«, lächelte Eric und sah auf den Boden. Plötzlich erhob er sich und ging zur Türe. »Gute Nacht.«

»Gute Nacht.«

Port sperrte hinter ihm ab und blieb nachdenklich stehen. Erics Benehmen war ihm außergewöhnlich verschroben vorgekommen, aber er glaubte immer noch, daß es zu erklären sei. Schläfrig drehte er das Licht aus und ging ins Bett. Die Hunde bellten im Chor, nah und in der Ferne, aber er wurde nicht von Ungeziefer belästigt.

In dieser Nacht erwachte er schluchzend. Sein Ich war ein tausend Klafter tiefer Brunnenschacht; er stieg vom Grund empor mit dem Gefühl unendlicher Trauer und Ruhe, aber ohne Erinnerung an einen Traum, außer an eine körperlose Stimme, die geflüstert hatte: »Die Seele ist der müdeste Teil des Körpers.« Die Nacht war still, bis auf einen kleinen Wind, der in den Zweigen des Feigenbaumes wehte und die Rollen Stacheldraht, die dort hingen, bewegte. Hin und her schwankten sie und knarrten leise. Nachdem er eine Weile zugehört hatte, schlief er ein.

XVI

Kit saß im Bett, das Frühstückstablett auf den Knien. Der Raum wurde von dem Widerschein der Sonne auf den blauen Kacheln draußen im Hof erhellt. Port hatte ihr das Frühstück gebracht, nachdem er das Benehmen der Diener beobachtet und entschieden hatte, daß sie unfähig seien, irgendwelche Weisungen auszuführen. Sie hatte gegessen und dachte nun darüber nach, was er ihr (mit schlecht verhohlenem Vergnügen) erzählt hatte, wie er Tunner losgeworden war. Weil auch sie sich heimlich gewünscht hatte, er möge gehen, schien es ihr eine doppelt unanständige Handlung. Aber warum? Er war aus freien Stücken gegangen. Dann machte sie sich klar, daß sie intuitiv Ports nächsten Schachzug erkannt hatte: Er würde es darauf anlegen, Tunner in Bou Noura zu verpassen. Trotz allem, was er sagte, konnte sie aus seinem Benehmen schließen, daß er nicht die Absicht hatte, ihn dort zu treffen. Deshalb war es so unfreundlich. Die List, mit der das Manöver geplant war, war zu frech; sie beschloß, nicht mitzumachen. »Auch wenn Port ihn sitzenläßt, werde ich bleiben und auf ihn warten.« Sie beugte sich vor und stellte das Tablett auf das Schakalfell; das schlecht gegerbte Fell strömte einen sauren Geruch aus. »Oder versuche ich, mich nur weiter selbst zu bestrafen, indem ich Tunner jeden Tag sehe?« überlegte sie. »Wäre es wirklich besser, ihn loszuwerden?« Wenn man nur hinter die kommenden Wochen schauen könnte und wüßte, was käme! Die Wolken über den Bergen waren ein schlechtes Zeichen gewesen, aber anders, als sie gedacht hatte. Statt dem Zugunglück hatte sie ein anderes Erlebnis gehabt, das in seinen Auswirkungen vielleicht noch katastrophaler sein würde. Wie gewöhnlich wurde sie wieder für etwas noch Schlimmeres, als sie erwartet hatte, aufgespart. Aber sie glaubte nicht, daß es mit Tunner zusammenhing, darum war es eigentlich unwichtig, wie sie sich jetzt ihm gegenüber benahm. Die anderen Vorzeichen zeigten ein viel grauenhafteres Unheil an, etwas Unausweichbares. Jede Flucht ermöglichte ihr nur ein Vordringen in eine Zone erhöhter Gefahr. »In diesem Fall«, dachte sie, »sollte man wohl besser nachgeben? Und wenn ich nachgebe, wie soll ich mich verhalten? Genauso wie jetzt.« Also hatte ein Nachgeben oder Nicht-Nachgeben nichts mit ihrem Problem zu tun. Sie stemmte sich gegen sich selbst. Alles, was sie zu tun erhoffen konnte, war essen, schlafen und vor ihrem Schicksal zu kuschen.

Sie verbrachte den größten Teil des Tages lesend im Bett und zog sich nur an, um mit Port in dem stinkenden Patio, unter den Arkaden, zu Mittag zu essen. Wieder in ihrem Zimmer, zog sie sich sofort aus. Das Zimmer war nicht aufgeräumt worden. Sie zog die Bettücher glatt und legte sich wieder hin. Die Luft war trocken, heiß und regungslos. Port war während des Vormittags in der Stadt gewesen. Sie wunderte sich, wie er die Sonne aushalten konnte, selbst mit dem Tropenhelm; sie wurde krank, auch wenn sie ihr nur fünf Minuten ausgesetzt war. Er hatte keinen widerstandsfähigen Körper, und doch war er stundenlang durch die Backofenhitze der Straßen gegangen und hatte nach seiner Rückkehr mit herzhaftem Appetit das abscheuliche Mahl gegessen. Und er hatte irgendeinen Araber aufgetan, der sie beide um sechs Uhr zum Tee erwartete. Er hatte ihr eingeschärft, daß sie unter keinen Umständen zu spät kommen dürften. Es war typisch für ihn, im Falle eines unwichtigen Ladenbesitzers in Aïn Krorfa auf Pünktlichkeit zu bestehen, während er mit ihr und seinen Freunden in äußerst nonchalanter Weise umsprang und zu seinen Verabredungen ohne jeden Skrupel eine halbe bis zwei Stunden zu spät kam.

Der Araber hieß Abdeslam ben Hadj Chaoui; sie holten ihn in seinem Ledergeschäft ab und warteten, bis er zugeschlossen und die Türe versperrt hatte. Er führte sie langsam durch die verschlungenen Straßen, als der Muezzin zum Gebet rief, und sprach die ganze Zeit in einem blumenreichen Französisch, wobei er sich hauptsächlich an Kit wandte.

»Wie glücklich bin ich! Es ist das erste Mal, daß ich die Ehre habe, eine Dame und einen Herrn aus New York einladen zu dürfen. Wie gerne würde ich New York kennenlernen! Welche Reichtümer! Überall Gold und Silber! Le grand luxe pour tout le monde, ah! Nicht wie Aïn Krorfa – sandige Straßen, ein paar Palmen, heiße Sonne, immer traurig. Es ist mir ein großes Vergnügen, eine Dame aus New York einzuladen. Und einen Herrn. New York. Welch herrliches Wort!« Sie ließen ihn weiterreden.

Der Garten war, wie alle Gärten in Aïn Krorfa, eigentlich ein Obstgarten. Unter den Orangenbäumen waren kleine Rinnsale, in denen Wasser floß, aus einem Brunnen, der auf einer künstlichen Erhöhung am einen Ende des Gartens stand. Die höchsten Palmen standen gegenüber, an der Mauer, die das Flußbett abgrenzte, und darunter war ein großer rot-weißer Wollteppich ausgebreitet. Dort saßen sie, während ein Diener das Feuer und die Geräte zur Teebereitung brachte. Die Luft war gesättigt vom Geruch der wilden Minze, die am Rande der Rinnsale wuchs.

»Wir wollen uns ein wenig unterhalten, bis das Wasser kocht«, sagte ihr Gastgeber und lächelte wohlwollend von einem zum anderen. »Wir pflanzen hier den männlichen Palmenbaum, denn er ist schöner. In Bou Noura denken sie nur an Geld. Sie pflanzen die weiblichen Bäume. Wissen Sie, wie die aussehen? Sie sind kurz und dick, sie tragen viele Datteln, aber diese Datteln sind nicht einmal gut, jedenfalls nicht in Bou Noura!« Er lachte mit stiller Genugtuung. »Jetzt wissen Sie, wie dumm die Leute in Bou Noura sind!«

Der Wind wehte, und die Stämme der Palmen bewegten sich langsam in seinem Rhythmus, während ihre luftigen Kronen in kreisförmigen Bewegungen leicht schwankten. Ein junger Mann mit gelbem Turban erschien, grüßte sie gemessen und ließ sich, etwas im Hintergrund, auf den Rand des Teppichs nieder. Aus seinem Burnus zog er eine Oud, deren Saiten er lässig zu zupfen begann, wobei er die ganze Zeit in die Bäume sah. Kit trank schweigend ihren Tee und lächelte ab und zu bei M. Chaouis Bemerkungen. Einmal bat sie Port auf englisch um eine Zigarette, aber er runzelte die Stirne, und sie begriff, daß es für die anderen ein Schock wäre, eine Dame rauchen zu sehen. Und so saß sie da, trank ihren Tee und hatte das Gefühl, daß alles, was sie sah und hörte, nicht wirklich geschah, oder daß sie, wenn es geschah, nicht wirklich selbst da sei. Das Licht verblaßte; nach und nach wurden die Kohlenbecken der natürliche Blickfang für die Augen. Immer noch ertönte die Laute, ein ornamentaler Hintergrund für das ziellose Geplauder; ihr zu lauschen, war, als träume man dem Rauch einer Zigarette nach, der sich in unbewegter Luft kräuselte und drehte. Sie hatte kein Verlangen, zu sprechen, sich zu bewegen oder auch nur zu denken. Aber auf einmal fror sie. Sie unterbrach die Unterhaltung und sagte es. M. Chaoui war nicht sehr erfreut, es zu hören; er betrachtete es als einen Akt unglaublicher Unhöflichkeit. Er lächelte und sagte: »Ah ja, Madame ist blond. Die Blonden sind wie die Kanäle ohne Wasser. Die Araber sind wie die Kanäle von Aïn Krorfa. Die Kanäle von Aïn Krorfa sind immer voll. Wir haben Blumen, Früchte, Bäume.«

»Trotzdem sagen Sie, daß Aïn Krorfa traurig ist«, sagte Port.

»Traurig?« wiederholte M. Chaoui erstaunt. »Aïn Krorfa ist niemals traurig. Es ist friedlich und voller Freude. Nicht einmal, wenn man mir zwanzig Millionen Francs anböte und einen Palast, würde ich mein Heimatland verlassen.«

»Natürlich«, pflichtete Port bei, und als er sah, daß sein Gastgeber keinen Wert darauf legte, die Unterhaltung weiter fortzusetzen, sagte er: »Nachdem Madame friert, müssen wir gehen, aber wir danken Ihnen tausendmal. Wir betrachten es als große Auszeichnung, daß es uns erlaubt war, in diesem wunderbaren Garten zu verweilen.«

M. Chaoui erhob sich nicht. Er nickte mit dem Kopf, streckte die Hand aus und sagte: »Ja, ja, gehen Sie nur, nachdem es kalt ist.«

Beide Gäste entschuldigten sich lebhaft wegen ihres Aufbruches: man konnte nicht behaupten, daß sie sehr gnädig aufgenommen wurden. »Ja, ja, ja«, sagte M. Chaoui. »Vielleicht ist es ein anderes Mal wärmer.«

Port unterdrückte den Zorn, der in ihm aufstieg und der ihn, schon während er ihn kommen fühlte, ärgerlich gegen sich selber machte.

»Au 'voir, cher monsieur«, sagte Kit plötzlich mit einer Babystimme. Port kniff sie in den Arm. M. Chaoui hatte nichts Außergewöhnliches bemerkt; im Gegenteil, er wurde gnädiger und lächelte noch einmal. Der Musikant, der noch immer seine Laute zupfte, begleitete sie zum Tor und sagte feierlich: »B'slemah«, während er es hinter ihnen schloß.

Die Straße war fast dunkel. Sie gingen schneller.

»Hoffentlich werde ich nicht getadelt«, begann Kit sich zu verteidigen.

Port legte den Arm um ihre Taille. »Dich tadeln! Warum? Wie käme ich dazu? Und was würde es nützen?«

»Natürlich würde es etwas nützen«, sagte sie. »Wenn es egal wäre, dann weiß ich nicht, warum wir überhaupt zu dem Mann gegangen sind.«

»Warum! Ich weiß auch nicht, warum. Ich dachte, es sei eine Abwechslung. Und ich finde immer noch, daß es das war; ich bin froh, daß wir dort waren.«

»Ich auch, in gewisser Weise. Es war für mich eine Gelegenheit, aus erster Hand zu erfahren, wie solche Unterhaltungen hier sein werden – wie unglaublich oberflächlich sie sein können.«

Er ließ ihre Taille los.

»Ich widerspreche. Du sagst ja auch nicht, ein Fries sei oberflächlich, nur weil er zweidimensional ist.«

»Das sage ich wohl, wenn ich an Unterhaltungen gewöhnt bin, die etwas mehr als dekorativ sind. Ich persönlich vergleiche auch eine Unterhaltung nicht mit einem Fries.«

»Ach Unsinn! Es ist einfach die andere Lebensweise, die sie hier haben, die völlig andere Weltanschauung.«

»Das weiß ich«, sagte sie und blieb stehen, um Sand aus ihrem Schuh zu schütteln. »Ich sage ja nur, daß ich niemals mit ihnen leben könnte.«

Er seufzte: Die Tee-Einladung hatte genau das Gegenteil von dem bewirkt, was er sich davon erhofft hatte. Sie erriet seine Gedanken und sagte schließlich: »Denk nicht an mich. Was immer geschieht, ich werde ganz zufrieden sein, solange ich mit dir zusammen bin. Ich fand es sehr nett heute abend. Wirklich.« Sie drückte seine Hand. Aber das war nicht ganz, was er wollte; Resignation war nicht genug. Er erwiderte ihren Händedruck mit geteilten Gefühlen.

»Und was sollte diese kleine Komödie von dir am Schluß?« fragte er einen Augenblick später.

»Ich konnte nicht anders. Er war so lächerlich.«

»Im allgemeinen ist es keine sehr gute Idee, sich über seinen Gastgeber lustig zu machen«, sagte er kühl.

»Ach was! Er fand es himmlisch, wie du vielleicht bemerkt hast. Er dachte, ich sei kleinlaut.«

Sie aßen ruhig in dem fast dunklen Patio zu Abend. Der größte Teil des Abfalls war fortgeräumt worden, aber der Latrinengestank war so stark wie immer. Nach dem Essen gingen sie auf ihre Zimmer und lasen.

Am nächsten Morgen, als er ihr das Frühstück brachte,

sagte er: »Ich hätte dich gestern nacht fast besucht. Ich konnte einfach nicht einschlafen. Aber dann hatte ich Angst, dich aufzuwecken.«

»Du hättest an die Wand klopfen sollen«, sagte sie. »Ich hätte dich sicher gehört. Wahrscheinlich war ich wach.«

Den ganzen Tag über war er von unerklärlicher Nervosität; er schrieb es den sieben Gläsern mit starkem Tee zu, die er in dem Garten getrunken hatte. Kit hatte jedoch genausoviel getrunken und schien überhaupt nicht nervös zu sein. Am Nachmittag ging er am Fluß spazieren und sah den Spahis zu, die mit ihren ganz weißen Pferden Übungen abhielten; ihre blauen Umhänge wehten hinter ihnen her im Wind. Da seine Unruhe eher stärker zu werden schien, anstatt nachzulassen, beschloß er, nach der Ursache zu forschen. Er ging vor sich hin, mit gesenktem Kopf, und sah nichts als den Sand und die schimmernden Kiesel. Tunner war fort, Kit und er waren allein. Nun hing alles von ihm ab. Er konnte die richtige oder die falsche Geste machen, aber er konnte nicht im voraus wissen, welche richtig war. Die Erfahrung hatte ihn gelehrt, daß in solchen Situationen nicht mit der Vernunft zu rechnen sei. Es gab da immer eine unbekannte Größe, geheimnisvoll und unberechenbar und nicht greifbar. Wissen mußte man nicht kombinieren. Und dieses Wissen fehlte ihm. Er sah auf; das Flußbett war sehr breit geworden, die Mauern und Gärten waren weit zurückgetreten. Hier draußen war kein Laut zu hören, nur das Sausen des Windes, der seinen Kopf streifte, auf dem Weg von einem Ende der Welt zum anderen. Immer, wenn der Faden seines Gedankens zu weit abgespult war und sich verwirrte, konnte ein wenig Einsamkeit ihn rasch wieder aufwickeln. Der Zustand von Nervosität, in dem er sich befand, war heilbar, da er nur von ihm selbst abhing: er hatte Angst vor seiner eigenen Ignoranz. Wenn er die Nervosität überwinden wollte, mußte er eine Situation schaffen, in der diese Ignoranz ohne Bedeutung war. Er mußte so tun, als sei es völlig außer Frage, daß er Kit jemals wieder besitzen würde. Dann könnte es vielleicht ganz von selbst, automatisch, einfach aus Unachtsamkeit, doch geschehen. Aber war es richtiger, daß seine Hauptsorge im Augenblick die rein egozentrische Sorge war, sich von seiner Unruhe zu befreien, oder sollte er trotz dieser Unruhe versuchen, seine ursprüngliche Aufgabe zu erreichen? »Ich überlege mir, ob ich nicht eigentlich doch ein Feigling bin?« dachte er. Die Angst meldete sich; er hörte auf sie und ließ sich von ihr überreden – die klassische Prozedur. Der Gedanke machte ihn traurig.

Nicht weit weg, auf einer leichten Anhöhe, wo der Flußlauf eine scharfe Biegung machte, stand ein kleines, verfallenes Gebäude ohne Dach. Es war so alt, daß ein Baum in seinen Innenmauern gewachsen war und nun die Fläche innerhalb der Mauern beschattete. Als er näher kam und hineinschauen konnte, sah er, daß die unteren Äste mit Hunderten von Fetzen behängt waren, gleichmäßig zerrissene Streifen Stoff, der einmal weiß gewesen war, und daß sie alle in der gleichen Windrichtung flatterten. Mit leiser Neugierde erkletterte er die Anhöhe, um nachzusehen, aber als er näher kam, entdeckte er, daß die Ruine bewohnt war: ein uralter Mann saß unter dem Baum; seine dünnen braunen Arme und Beine waren mit alten Binden umwickelt. Um den Stamm des Baumes hatte er einen Unterschlupf erbaut; es war deutlich zu sehen, daß er hier lebte. Port blieb lange Zeit stehen und betrachtete ihn, aber er hob nicht den Kopf.

Er setzte langsam seinen Spaziergang fort. Er hatte sich einige Feigen mitgenommen, die er jetzt aus der Tasche holte und gierig verschlang. Als er die ganze Flußbiegung ausgegangen war, stand er der Sonne im Westhimmel gegenüber, vor einem schmalen Tal, das zwischen zwei sanft geschwungenen, kahlen Hügeln lag. Am Ende des Tales lag ein etwas steilerer Hügel von rötlicher Farbe, in dessen einer Seite eine dunkle Öffnung war. Er liebte Höhlen und war versucht, darauf loszugehen. Aber Entfernungen waren hier trügerisch, und es konnte sein, daß er von der Dunkelheit überrascht werden würde; außerdem fühlte er nicht die nötige Energie in sich. »Morgen werde ich früher kommen und hinaufsteigen«, sagte er sich. Er blieb stehen und betrachtete ein wenig sehnsüchtig das Tal, seine Zunge suchte nach den Feigenkernen zwischen seinen Zähnen, während die kleinen, zähen Fliegen wieder und wieder zurückkamen und über sein Gesicht krochen. Und es kam ihm der Gedanke, daß ein Gang durch eine Landschaft eine Art Gegenstück zu einem Gang durch das Leben selber war. Man nahm sich nie die Zeit, Einzelheiten zu genießen; man sagte: ein anderes Mal, aber immer mit dem heimlichen Wissen, daß jeder Tag einmalig und endgültig war und daß es niemals ein Zurück, ein anderes Mal, geben würde.

Unter dem Tropenhelm fühlte er den Schweiß auf seinem Kopf. Er nahm den Helm mit dem nassen Lederband ab und ließ seine Haare für einen Augenblick von der Sonne trocknen.

Bald würde der Tag zu Ende sein, es würde dunkel werden, und er würde wieder bei Kit in dem übelriechenden Hotel sein; aber zuerst mußte er sich entscheiden, wie er sich verhalten sollte. Er drehte um und ging zur Stadt zurück. Als er sich wieder der Ruine gegenüber befand, spähte er hinein. Der alte Mann hatte sich fortbewegt; er saß nun gerade innerhalb der Stelle, wo einmal die Haustüre gewesen sein mußte.

Plötzlich durchfuhr ihn der Gedanke, daß der Mann eine Krankheit haben mußte.

Er beschleunigte seine Schritte und hielt, absurderweise, den Atem an, bis er sich eine ziemliche Strecke von der Stelle entfernt hatte. Als er den frischen Wind wieder in seine Lungen strömen ließ, wußte er, was er wollte: er wollte vorläufig die Idee, wieder zu Kit zurückzufinden, ganz aufgeben. In seinem jetzigen Zustand der Unruhe würde er nur falsche Schritte unternehmen und sie dann vielleicht für immer verlieren. Später, wenn er es am wenigsten erwartete, würde sich vielleicht alles von selber wieder einrenken. Den Rest der Strecke legte er in einem schnellen Tempo zurück, und als er wieder in den Straßen von Aïn Krorfa war, pfiff er vor sich hin.

Sie saßen beim Abendbrot. Ein Handlungsreisender, der drinnen im Speisesaal aß, hatte ein Kofferradio dabei und den Sender Oran eingeschaltet. In der Küche spielte ein stärkerer Lautsprecher ägyptische Musik.

»Du kannst das eine gewisse Zeit aushalten. Dann wirst du wahnsinnig«, sagte Kit. Sie hatte Fetzen von Fell in ihrem Kaninchenragout gefunden, und unglücklicherweise war die Beleuchtung in dieser Ecke des Patio so schwach, daß sie die Entdeckung erst gemacht hatte, als das Essen schon in ihrem Mund war.

»Ich weiß«, sagte Port zerstreut. »Ich hasse es genauso wie du.«

»Nein, das tust du nicht. Aber ich glaube, du würdest es hassen, wenn ich nicht da wäre, um statt deiner zu leiden.«

»Wie kannst du so etwas sagen? Du weißt genau, daß es nicht wahr ist.« Er spielte mit ihrer Hand: nachdem er seine Entscheidung getroffen hatte, fühlte er sich ihr gegenüber sicher. Sie jedoch erschien ihm unerwartet reizbar.

»Noch eine Stadt wie diese, und ich bin erledigt«, sagte sie. »Ich werde einfach abreisen und das erste Schiff nach Genua oder Marseille nehmen. Dieses Hotel ist ein Alptraum, ein ALPTRAUM!« Nach Tunners Abreise hatte sie vage eine Veränderung in ihrer gegenseitigen Beziehung erwartet. Den einzigen Unterschied, den seine Abwesenheit bisher bewirkt hatte, war der, daß sie jetzt ihre Meinung sagen konnte, ohne zu befürchten, man könne glauben, sie sei parteiisch. Aber ehe sie auch nur die leiseste Anstrengung machte, eine noch so kleine Spannung zwischen ihnen zu beheben, beschloß sie im Gegenteil, allem gegenüber kompromißlos zu bleiben. Sie konnte heute oder morgen kommen, diese lang erwartete Versöhnung, aber sie mußte von ihm ausgehen. Da weder sie noch Port jemals ein auch nur irgendwie diszipliniertes Leben geführt hatten, waren sie beide dem fatalen Irrtum unterworfen, den Begriff Zeit als nicht existent zu betrachten. Ein Jahr war wie das andere. Einmal würde alles geschehen.

XVII

Die Nacht darauf, am Vorabend ihrer Abreise nach Bou Noura, aßen sie frühzeitig, und dann ging Kit in ihr Zimmer, um zu packen. Port blieb an dem dunklen Tisch unter den Arkaden sitzen, bis die anderen Gäste im Speisesaal mit dem Essen fertig waren. Er ging hinein, wanderte planlos umher und betrachtete die stolzen Wahrzeichen der Zivilisation: die lackierten Tische, die mit Papierbogen statt mit Tischtüchern bedeckt waren, die plumpen gläsernen Salzfässer und die halbvollen Weinflaschen, um deren Hälse zur Kennzeichnung Servietten gebunden waren. Einer der rosa Hunde kam von der Küche hereingeschlichen und ging, nachdem er Port gesehen hatte, in den Patio, wo er sich mit einem tiefen Seufzer hinlegte. Port ging durch die Türe in die Küche. In der Mitte des Raumes, unter der einzigen schwachen Glühbirne, stand Mohamed, ein großes Schlächtermesser in der Hand, dessen Spitze in der Tischplatte steckte. Er hatte eine Küchenschabe aufgespießt, deren Beine noch leise zuckten. Mohamed studierte interessiert das Insekt. Er sah auf und grinste.

»Fertig?« fragte er.

»Womit?« sagte Port.

»Fertig mit dem Essen?«

»O ja.«

»Dann will ich den Speisesaal zuschließen.« Er ging und trug Ports Tisch in das Zimmer zurück, drehte die Lichter aus und verschloß beide Türen. Dann löschte er das Licht in der Küche. Port ging in den Patio. »Gehst du nach Hause schlafen?« erkundigte er sich.

Mohamed lachte. »Was glauben Sie, warum ich arbeite den ganzen Tag? Nur um nach Hause schlafen zu gehen? Kommen Sie mit mir. Ich zeige Ihnen bestes Haus in ganz Aïn Krorfa.«

Port ging mit ihm auf die Straße, wo sie sich einige Minuten besprachen, dann gingen sie zusammen die Straße hinunter.

Das Haus bestand eigentlich aus mehreren Häusern, die alle den gleichen Eingang durch einen weiten, gekachelten Hof hatten. Und jedes Haus bestand aus mehreren Räumen, alle sehr klein und, mit Ausnahme derjenigen im Erdgeschoß, alle in verschiedener Höhe. Während er im Hof stand, in der schwachen Beleuchtung, die sich aus dem Schein einer Karbidlampe und dem Sternenlicht zusammensetzte, wirkten die vielen kleinen, hellerleuchteten Innenräume wie Ofenlöcher, die in der Luft hingen. Die meisten hatten die Fenster oder Türen geöffnet und waren berstend voll von Männern und Mädchen in wallenden weißen Gewändern. Es wirkte festlich und stimmte ihn freudig, während er so dastand und sie betrachtete; auf keinen Fall hatte er das Gefühl, an einem Ort des Lasters zu sein, auch wenn er sich zuerst ehrlich bemüht hatte, es so zu empfinden.

Sie gingen zur Türe eines Zimmers gegenüber dem Eingang; Mohamed sah hinein und grüßte einige Männer, die drinnen längs der Wand auf Diwans saßen. Er trat ein und winkte Port, ihm zu folgen. Man machte ihnen Platz, und sie setzten sich zu den Männern. Ein Junge nahm ihre Tee-Bestellung entgegen und rannte schnell aus dem Zimmer und über den Hof. Mohamed war bald in ein Gespräch mit einem Mann in seiner Nähe verwickelt. Port lehnte sich zurück und beobachtete die Mädchen, die Tee tranken und mit den Männern schwatzten, wobei sie ihnen gegenüber auf dem Boden saßen; er wartete auf eine obszöne Bewegung, wenigstens auf die Andeutung eines aufreizenden Blickes. Nichts dergleichen geschah.

Aus einem ihm unerklärlichen Grund rannte eine stattliche Anzahl kleiner Kinder durch das Etablissement. Sie verhielten sich wohlerzogen und still, während sie in dem düsteren Hof spielten, genau als wären sie in einer Schule und nicht in einem Bordell. Einige von ihnen liefen in das Zimmer, wo die Männer sie auf den Schoß nahmen und mit großer Zärtlichkeit behandelten, ihre Wangen tätschelten und sie gelegentlich an ihren Zigaretten ziehen ließen. Ihre durchweg gutartige Veranlagung war, so dachte er, sicher eine Folge des unverbindlichen Wohlwollens der Erwachsenen. Wenn eines der Kleineren zu weinen anfing, lachten die Männer und jagten es fort; es hörte dann schnell wieder auf.

Ein fetter schwarzer Polizeihund watschelte herein und wieder hinaus und beschnüffelte die Schuhe; er war der Gegenstand allgemeiner Bewunderung. »Der schönste Hund von Aïn Krorfa«, sagte Mohamed, als das Tier asthmatisch schnaufend neben ihnen im Türrahmen erschien. »Er gehört Oberst Lefilleul; der muß heute abend hier sein.«

Als der Junge mit dem Tee erschien, war er von einem zweiten begleitet, kaum älter als zehn Jahre, aber mit einem alten, sanften Gesicht. Port deutete auf ihn und flüsterte Mohamed zu, das Kind müsse krank sein.

»O nein, er ist ein Sänger.« Er winkte dem Knaben, der anfing, in synkopischen Rhythmen in die Hände zu klatschen und einen langen, sich wiederholenden Klagegesang auszustoßen, der auf drei Noten aufgebaut war. Port erschien es äußerst widersinnig und fast skandalös, diesen jüngsten Vertreter der Menschheit eine so unkindliche und traurige Musik hervorbringen zu hören. Während er noch sang, kamen zwei Mädchen zu ihnen herüber und begrüßten Mohamed. Ohne jede Formalität hieß er sie sich setzen und den Tee ausschenken. Die eine war mager, mit einer spitzen Nase, die andere, etwas jüngere, hatte die Apfelbakken eines Bauernmädchens; beide trugen blaue Tätowierungen auf Stirne und Kinn. Wie bei allen Frauen, wurden ihre schweren Gewänder durch ein Sortiment noch schwereren Silberschmuckes zusammengehalten. Ohne besonderen Grund war keine von ihnen nach Ports Geschmack. Sie hatten beide etwas Alltägliches an sich; sie waren so sehr wirklich. Erst jetzt konnte er ermessen, was für ein Fund Marhnia gewesen war, ungeachtet ihres Verrates. Er hatte hier bis jetzt niemanden gesehen, der ihre Schönheit oder Haltung gehabt hätte. Als das Kind zu singen aufhörte, gab ihm Mohamed ein paar Münzen; es sah auch Port erwartungsvoll an, aber Mohamed schrie es an, und es rannte fort. Im Nebenzimmer war Musik: die schrillen hohlen Töne einer rhaita, untermalt von trockenen Trommeln. Da ihn die beiden Mädchen langweilten, entschuldigte sich Port und ging über den Hof, um zu lauschen.

Vor den Musikern, im Zentrum des Raumes, tanzte ein Mädchen, soweit man die Bewegungen, die es machte, wirklich als Tanz bezeichnen konnte. Sie hielt mit beiden Händen einen Stock hinter ihren Kopf, und ihre Bewegungen beschränkten sich auf den beweglichen Hals und die Schultern. Diese Bewegungen, graziös und von einer Herausforderung, die an Clownerie grenzte, waren eine vollkommene Übersetzung der knarzenden, hämischen Klänge der Musik ins Bildhafte. Was ihn jedoch so bewegte, war nicht so sehr der Tanz selbst, als der seltsam abwesende, somnambule Ausdruck des Mädchens. Ihr Lächeln wie ihre Gedanken schienen auf einen Gegenstand gerichtet zu sein, der so jenseits von allem war, daß nur sie von seiner Existenz wußte. In den blicklosen Augen und der Krümmung der gelassen lächelnden Lippen war ein erhaben-unpersönlicher Ausdruck von Verachtung. Je länger er zusah, desto faszinierender schien ihm das Gesicht; es war wie eine Maske von vollkommenen Proportionen, dessen Schönheit weniger von der Gestaltung der Züge herrührte, als von dem Wissen, das in seinem Ausdruck lag – oder einem Zurückhalten dieses Wissens. Denn welche Gefühle sich hinter diesem Gesicht verbargen, konnte man nicht deuten. Es war, als würde sie sagen: »Ein Tanz wird getanzt; aber nicht ich tanze, denn ich bin gar nicht hier. Und trotzdem ist es mein Tanz.« Als das Stück zu Ende ging und die Musik aufhörte, stand sie einen Augenblick bewegungslos da, dann nahm sie langsam den Stock hinter ihrem Kopf hervor, stieß ihn ein paar Mal unsicher auf den Boden, drehte sich um und sprach mit einem der Musikanten. Ihr ungewöhnlicher Ausdruck hatte sich in keiner Weise geändert. Der Spieler erhob sich und machte ihr neben sich am Boden Platz. Die Art, wie er ihr half, sich zu setzen, erschien Port seltsam, und plötzlich durchfuhr ihn der Gedanke, daß das Mädchen blind sein mußte. Diese Erkenntnis traf ihn wie ein elektrischer Schlag; er fühlte, wie ihm das Herz im Hals schlug und das Blut in den Kopf strömte.

Schnell ging er in das andere Zimmer zurück und sagte Mohamed, er müsse ihn allein sprechen. Er hoffte, ihn in den Hof hinaus zu bekommen, um nicht in Gegenwart der Mädchen sein Anliegen vorzubringen, obwohl diese ja kein Französisch sprachen. Aber Mohamed hatte keine Lust, seinen Platz zu verlassen. »Setze dich, mein Freund«, sagte er und zog Port am Ärmel. Port jedoch war viel zu ängstlich, daß ihm seine Beute entgehen könnte, als daß er sich bemühte, höflich zu sein. »Non, non, non!« rief er. »Viens vite!« Mohamed zuckte entschuldigend die Achseln gegen die zwei Mädchen, stand auf und begleitete ihn in den Hof, wo sie an der Wand, unter der Lampe, stehenblieben. Port erkundigte sich zuerst, ob die Tanzmädchen zu haben seien, und war sehr enttäuscht, als Mohamed ihm sagte, daß viele von ihnen Liebhaber hätten und daß sie in diesem Fall nur als eingetragene Prostituierte im Hause lebten, es zwar als Heim betrachtend, aber ohne das Gewerbe auszuüben. Natürlich machte jedermann um diese Tanzmädchen, die in festen Händen waren, einen weiten Bogen. »Bsif! Forcément! Dafür wird einem der Hals aufgeschlitzt«, er lachte, und sein leuchtendrotes Zahnfleisch glänzte in der Dunkelheit wie das Wachsmodell eines Zahnarztes. Dies war eine Erwägung, die Port noch nicht in Betracht gezogen hatte. Trotzdem schien ihm der Fall besonderer Anstrengung wert. Er zog Mohamed zur Türe des anstoßenden Zimmers, in dem sie saß, und zeigte sie ihm. »Erkundige dich über die da«, sagte er. »Kennst du sie?« Mohamed sah hinüber. »Nein«, sagte er schließlich. »Ich will mich erkundigen. Wenn es sich machen läßt, werde ich die Sache für dich arrangieren und du zahlst mir tausend Francs. Das ist dann für sie, und genug für mich, um Kaffee und Frühstück davon zu bezahlen.«

Der Preis war für Aïn Krorfa zu hoch, und Port wußte es. Aber der Augenblick erschien ihm ungünstig, um zu handeln, er erklärte sich einverstanden und ging, wie Mohamed ihm riet, wieder in das Zimmer zu den zwei langweiligen Mädchen zurück. Sie waren jetzt in eine sehr ernste Unterhaltung vertieft und beachteten ihn kaum. Der Raum summte von Gesprächen und Gelächter; er lehnte sich zurück und hörte zu. Obwohl er kein Wort von dem verstand, was gesprochen wurde, lauschte er gern dem Klang der Sprache.

Mohamed blieb ziemlich lange aus. Es fing an, spät zu werden, die Zahl der Leute, die herumsaßen, nahm langsam ab, als die Gäste entweder in den Innengemächern verschwanden oder nach Hause gingen. Die beiden Mädchen blieben sitzen, plaudernd und hie und da in Lachkrämpfe ausbrechend, wobei sie sich aneinander festhielten. Er überlegte, ob er auf die Suche nach Mohamed gehen sollte. Er versuchte, ruhig sitzenzubleiben und teilzuhaben an der Zeitlosigkeit des Ortes, aber es war nicht der richtige Augenblick für solche Phantasiespiele. Als er schließlich doch in den Hof ging, um ihn zu suchen, sah er ihn sofort mit ein paar Freunden in einem der gegenüberliegenden Räume auf einem Diwan liegen und eine Haschischpfeife rauchen. Er ging hinüber und rief ihn, blieb aber außerhalb des Raumes, da er die Sitten in Haschisch-Zimmern nicht kannte. Es schien jedoch, daß es keine Vorschriften gab. »Komm herein«, sagte Mohamed aus einer Wolke durchdringend riechenden Rauches. »Rauch auch eine.«

Er ging hinein, begrüßte die anderen und sagte mit gedämpfter Stimme zu Mohamed: »Und das Mädchen?«

Mohamed sah ihn verständnislos an. Dann lachte er: »Ach die? Du hast Pech, mein Freund. Weißt du, was mit der ist? Sie ist blind, das arme Ding.«

»Ich weiß, ich weiß«, sagte er ungeduldig mit steigender Unruhe.

»Na, dann willst du sie doch nicht, was? Sie ist blind!«

Port vergaß sich. »Mais bien sûr que je la veux!« rief er laut. »Natürlich will ich sie! Wo ist sie?«

Mohamed stützte sich auf den Ellbogen auf. »Ah!« knurrte er. »Jetzt muß ich mich aber wundern! Setz dich her und nimm eine Pfeife. Unter Freunden.«

Port drehte sich wütend auf dem Absatz um und ging in den Hof hinaus, von wo aus er die Zimmer von einem Ende des Einganges zum anderen systematisch absuchte. Aber das Mädchen war fort. Wütend vor Enttäuschung ging er durch das Tor auf die Straße. Ein arabischer Soldat und ein Mädchen standen unter dem Eingang und unterhielten sich leise. Als er an ihnen vorbeiging, starrte er sie intensiv an. Der Soldat fixierte ihn drohend, aber das war alles. Als er die schlechtbeleuchtete Straße entlang sah, konnte er rechts und links zwei oder drei weißgekleidete Gestalten in der Ferne sehen. Er fing an zu laufen, wobei er zornig Steine aus dem Weg kickte. Jetzt, wo er sie verloren hatte, war er überzeugt, daß er nicht nur um ein Vergnügen geprellt worden war, sondern daß er die Liebe selbst verloren hatte. Er stieg auf den Hügel und setzte sich neben das Fort, mit dem Rükken gegen die kalte Mauer. Unter ihm waren die wenigen Lichter der Stadt und dahinter der unvermeidliche Horizont der Wüste. Sie würde ihre Hände auf seine Jackenreverse gelegt haben, zögernd sein Gesicht betastet und mit ihren feinnervigen Fingern langsam über seine Lippen gestreichelt haben. Sie würde an der Brillantine in seinen Haaren geschnuppert und seine Kleider sorgfältig befühlt haben. Und im Bett, ohne Augen, die über das Bett hinaus schauen konnten, wäre sie ganz für ihn da gewesen, eine Gefangene. Er dachte an die kleinen Spiele, die er mit ihr gespielt haben würde, er hätte vorgegeben, fort zu sein, wenn er in Wirklichkeit noch da war; er dachte an die ungezählten Möglichkeiten, wie er sie sich hätte zu Dank verpflichten können. Und zusammen mit seinen Phantasien sah er immer das undurchdringliche, leise fragende Gesicht in seiner maskenhaften Symmetrie. Er verspürte einen plötzlichen Schauer von Selbstbemitleidung, der fast angenehm war, denn er war ein so treffender Ausdruck seiner Stimmung. Ein körperliches Erschauern; er war einsam, verlassen, verloren, ohne Hoffnung, kalt. Besonders kalt – eine tiefe, innere Kälte, die durch nichts geändert werden konnte. Obgleich sie der Ausgangspunkt seiner Depression war, diese gletscherartige Erstarrung, würde er sich immer an ihr festklammern, denn sie war der Urkern seines Wesens; sein ganzes Sein war darauf aufgebaut.

Aber im Augenblick fühlte er sich auch körperlich kalt, und das war seltsam, denn er war gerade sehr schnell den Hügel hinaufgestiegen und keuchte immer noch etwas. Von plötzlicher Angst gepackt, ähnlich dem Kind, das im Finsteren an einen nicht identifizierbaren Gegenstand streift, sprang er auf und rannte die Anhöhe entlang, bis er zu dem Weg kam, der hinunter zum Marktplatz führte. Das rasche Laufen beruhigte seine Ängste, aber wenn er stehenblieb und auf den Lichterkranz hinunterschaute, der den Marktplatz umgab, fühlte er immer noch die Kälte wie ein Stück Metall in seinem Innern. Er rannte den Hügel hinab, beschloß, zum Hotel zu laufen und den Whisky aus seinem

Zimmer zu holen, ihn, da die Hotelküche geschlossen war, in das Bordell mit zurückzunehmen, wo er sich mit etwas heißem Tee einen Grog brauen konnte. Als er in den Patio ging, mußte er über den Nachtwächter steigen, der vor der Türschwelle lag. Der Mann richtete sich etwas auf und rief: »Echkoun? Qui?«

»Numéro vingt!« schrie er und rannte durch die stinkenden Gerüche. Unter Kits Türe schimmerte kein Licht hervor. In seinem Zimmer nahm er die Whiskyflasche und sah auf die Uhr, die er aus Vorsicht auf dem Nachttisch zurückgelassen hatte. Es war drei Uhr dreißig. Er überlegte, daß er um halb fünf wieder in seinem Zimmer sein konnte, es sei denn, die Feuer im Bordell wären inzwischen ausgegangen.

Der Nachtwächter schnarchte, als er wieder auf die Straße ging. Er zwang sich, solche Schritte zu machen, daß seine Beinmuskeln fast streikten, aber auch diese Gewaltübung konnte die Kälte, die er im ganzen Körper fühlte, nicht abschwächen. Die ganze Stadt schien fest zu schlafen. Musik war nicht mehr zu hören, als er sich dem Hauseingang näherte. Der Hof war vollkommen dunkel, ebenso die meisten Zimmer. Einige jedoch waren noch geöffnet und hatten Licht. Mohamed war da, ausgestreckt und mit seinen Freunden plaudernd.

»Na, hast du sie gefunden?« sagte er, als Port den Raum betrat. »Was hast du da in der Hand?« Port hielt die Flasche hoch und lächelte schwach.

Mohamed runzelte die Stirne. »Das brauchst du nicht, mein Freund. Das ist sehr schlecht. Es verdreht dir den Kopf.« Er machte mit seiner Hand spiralförmige Bewegungen und versuchte mit der anderen, Port die Flasche zu entwinden. »Rauch eine Pfeife mit mir«, drängte er. »Das ist viel besser. Setz dich.«

»Ich hätte gerne noch Tee«, sagte Port.

»Zu spät«, sagte Mohamed mit Nachdruck.

»Warum?« fragte Port verständnislos.

»Zu spät. Kein Feuer«, verkündete Mohamed mit einer gewissen Befriedigung. »Nach einer Pfeife vergißt du, daß du je Tee gewollt hast. Du hast außerdem schon Tee getrunken.«

Port lief in den Hof hinaus und klatschte laut in die Hände. Nichts rührte sich. Er steckte seinen Kopf in eines der Zimmer, in dem er eine Frau sitzen sah, und fragte auf französisch nach Tee. Sie starrte ihn an. Er fragte in seinem stockenden Arabisch. Sie antwortete, es sei zu spät. Er sagte: »Hundert Francs.« Die Männer murmelten untereinander, daß einhundert Francs ein interessantes und vernünftiges Angebot wäre, aber die Frau, eine plumpe, ältliche Matrone, sagte: »Nein.« Port verdoppelte sein Angebot. Die Frau stand auf und bedeutete ihm, mitzukommen. Er ging hinter ihr drein, unter einem Vorhang durch, der die Rückwand des Zimmers abteilte, durch eine Flucht winziger, dunkler Zimmer, bis sie schließlich draußen unter dem Sternhimmel waren. Sie blieb stehen und bedeutete ihm, sich auf den Boden zu setzen und auf sie zu warten. Wenige Schritte von ihm entfernt verschwand sie in einer alleinstehenden Hütte, wo er sie herumgehen hörte. Noch näher schlief irgendein Tier im Dunklen; es atmete schwer und bewegte sich von Zeit zu Zeit. Der Boden war kalt, und er begann zu frösteln. Durch die Risse in der Wand sah er einen Lichtschein aufzucken. Die Frau hatte eine Kerze entzündet und brach Zweige. Schließlich hörte er Flammen knistern, während sie das Feuer anfachte.

Der erste Hahn krähte, als sie endlich aus dem Schuppen kam, in der Hand ein Kohlenbecken. Sie führte ihn in eines der dunklen Zimmer, durch das sie gegangen waren, wobei die Funken aus dem Kohlenbecken wie eine Schleppe hinter ihr herschleiften, stellte das Becken hin und ließ das Wasser kochen. Es brannte kein Licht außer dem roten Schein der brennenden Holzkohlen. Er hockte sich vor das Feuer und spreizte die Hände aus, um sie zu wärmen. Als der Tee fertig war, stieß sie ihn sanft zurück, bis er gegen eine Matratze lehnte. Er setzte sich darauf; das war wärmer als der Boden. Sie reichte ihm ein Glas. »Meziane, shkoun b'zef«, krächzte sie und blinzelte ihn in dem allmählich schwächer werdenden Licht an. Er trank sein Glas halb aus und füllte es dann bis oben hin mit Whisky nach. Nachdem er das zweimal gemacht hatte, fühlte er sich besser. Er entspannte sich etwas und ließ sich neu einschenken. Dann sagte er, aus Angst, er würde zu schwitzen beginnen, »Baraka«, und sie gingen zurück in das Zimmer, wo die Männer lagen und rauchten.

Mohamed lachte, als er sie kommen sah. »Was habt denn ihr getrieben?« sagte er vorwurfsvoll. Er rollte seine Augen nach der Frau hin. Port fühlte sich jetzt schläfrig und hatte nur den Wunsch, zurück zum Hotel und in sein Bett zu kommen. Er schüttelte den Kopf. »Ja, ja«, insistierte Mohamed, der auf seinem Witz bestand. »Ich weiß! Der junge Engländer, der nach Messad abgereist ist, der war wie du. Er hat immer so getan, als wüßte er von nichts. Er hat mir vorgemacht, die Frau sei seine Mutter, daß er sie nicht anrühren würde, aber ich hab sie zusammen erwischt.«

Port antwortete nicht gleich. Dann sprang er auf und schrie: »Was!«

»Natürlich! Ich hab die Türe von Nummer elf aufgemacht, und da lagen sie im Bett. Natürlich. Und du hast ihm geglaubt, als er sagte, es sei seine Mutter?« fügte er hinzu, als er Ports ungläubig entsetzten Ausdruck sah. »Du hättest sehen sollen, was ich sah, als ich die Türe öffnete. Dann hättest du gewußt, was der für ein Lügner ist! Bloß weil die Dame alt ist, hindert sie das nicht. Nein, nein, nein! Ihn genausowenig. Darum frage ich, was hast du mit ihr gemacht. Ja?« Er lachte weiter.

Port lächelte und bezahlte die Frau, indem er zu Mohamed sagte: »Schau her. Du siehst, ich zahle nur die zweihundert Francs, die ich ihr für den Tee versprochen habe. Siehst du?«

Mohamed lachte noch lauter. »Zweihundert Francs für den Tee! Zuviel für solch alten Tee! Hoffentlich hast du zwei Gläser davon gehabt, mein Freund.«

»Gute Nacht«, sagte Port zu den Anwesenden im allgemeinen und ging auf die Straße hinaus.

Zweites Buch

DER SCHARFE RAND DER ERDE

»›Lebe wohl‹, sagt der Sterbende zu dem Spiegel, den sie ihm hinhalten. ›Wir werden einander niemals wiedersehen.‹«

Paul Valéry

XVIII

Als Kommandeur der Militärdienststelle von Bou Noura fand Leutnant d'Armagnac die Tage dort ausgefüllt, aber etwas eintönig. Zuerst war noch der Reiz seines neuen Hauses dagewesen; seine Bücher und Möbel waren ihm von der Familie aus Bordeaux nachgeschickt worden, und er hatte das freudige Erlebnis gehabt, sie in neuer und unwirklicher Umgebung wiederzusehen. Dann gab es die Eingeborenen. Der Leutnant war intelligent genug, sich keine snobistische Einstellung zu den Einwohnern des Landes zu gestatten. Er betrachtete die Leute von Bou Noura als Teil eines großen, geheimnisvollen Völkerstammes, von dem die Franzosen sehr viel lernen könnten, wenn sie sich die Mühe machen würden, es zu tun. Und da er ein gebildeter Mann war, nahmen ihm die anderen Soldaten der Dienststelle, die die Eingeborenen mit Freude hinter Stacheldraht gesperrt und dort in der Sonne hätten verrecken lassen (»... comme on a fait en Tripolitaine«), diese anomale Gutmütigkeit nicht weiter übel. Sie begnügten sich damit, einander zu sagen, daß er eines Tages zu Sinnen kommen und erkennen würde, was für ein wertloser Abschaum diese Menschen wirklich seien. Der ehrliche Enthusiasmus des Leutnants für die Eingeborenen hatte drei Jahre gedauert. Als er dann seines halben Dutzends Oulad Naïl-Mätressen überdrüssig war, ging die Periode seiner großen Aufopferung für die Araber zu Ende. Nicht, daß er weniger objektiv in seiner Beurteilung oder ungerecht wurde; es war vielmehr so, daß er plötzlich aufhörte, über sie nachzudenken, und sie als etwas Gegebenes hinnahm.

Im gleichen Jahr war er für einen sechswöchigen Urlaub nach Bordeaux zurückgefahren. Dort erneuerte er die Bekanntschaft mit einer jungen Dame, die er seit seiner Jugend kannte; aber sie erweckte ein plötzliches und besonderes Interesse in ihm, indem sie erklärte, sie könne sich nichts Schöneres und Begehrenswerteres denken, als den Rest ihres Daseins in der Sahara zu verbringen, und betrachte ihn als den glücklichsten Mann der Welt, weil er auf dem Wege dorthin sei. Dies war kurz bevor er wieder nach Nordafrika zurückfuhr, um seine Pflichten wieder aufzunehmen. Es folgte ein Briefwechsel zwischen Bordeaux und Bou Noura. Knapp ein Jahr später fuhr er nach Algier und holte sie am Schiff ab. Die Flitterwochen verbrachten sie in einer kleinen, mit Bougainvillaea bewachsenen Villa oben in Mustapha-Supérieur (es regnete täglich), dann kehrten sie zusammen in die sonnendurchglühte Kahlheit von Bou Noura zurück.

Es war dem Leutnant unmöglich, festzustellen, wieweit ihre vorgefaßte Meinung über den Ort mit dem übereinstimmte, was sie in Wirklichkeit vorfand; er wußte nicht, ob sie ihn liebgewinnen würde oder nicht. Im Augenblick war sie bereits wieder in Frankreich und erwartete dort die Geburt ihres ersten Kindes. Bald würde sie wiederkommen, und sie würden weitersehen.

Zur Zeit langweilte er sich. Nachdem Madame Armagnac abgereist war, hatte der Leutnant versucht, sein altes Leben wieder da aufzunehmen, wo er es abgebrochen hatte, aber er fand die Freudenmädchen von Bou Noura verzweifelt unkompliziert nach der etwas verfeinerten Erotik, an die er sich in letzter Zeit gewöhnt hatte. So hatte er sich damit beschäftigt, einen zusätzlichen Raum an sein Haus anzubauen, um seine Frau bei ihrer Rückkehr damit zu überraschen. Es sollte ein arabischer Salon werden. Der Kaffeetisch und die Diwans waren bereits in Auftrag gegeben, und er hatte einen wundervollen cremefarbenen Wollteppich als

Wandbehang und zwei Schaffelle für den Boden gekauft. Während der vierzehn Tage, in denen er dieses Zimmer einrichtete, begann das Unheil.

Anfangs noch nichts wirklich Schlimmes, hatte es immerhin seine Arbeit unterbrochen, eine Tatsache, die nicht zu übersehen war. Überdies war er, als aktiver Mann, immer verärgert, wenn er ans Bett gefesselt war, und dies war seit mehreren Tagen der Fall.

Es war tatsächlich Pech gewesen; wenn es jemand anderem passiert wäre – zum Beispiel einem Eingeborenen oder sogar einem seiner Untergebenen –, hätte er der Sache nicht solche Aufmerksamkeit schenken müssen. Aber er hatte das Unglück, es eines Morgens selber zu entdecken, während einer seiner halbwöchentlichen Inspektionstouren in den Dörfern. Dadurch wurde es offiziell und von Wichtigkeit. Unmittelbar vor Igherm, das er immer gleich nach Folfa besuchte, nachdem er am Friedhof vorbei war und auf den Hügel stieg; von dem großen Tor von Igherm aus konnte er das Tal übersehen, wo ein Soldat der Dienststelle mit einem Wagen auf ihn wartete, um ihn nach Beni Isguen zu bringen, weil der Weg dorthin zu weit war. Als er im Begriff stand, durch das Tor ins Dorf zu gehen, wurde seine Aufmerksamkeit durch etwas erregt, was eigentlich völlig normal aussehen sollte: Ein Hund rannte vorüber und trug etwas im Maul; etwas Großes, verdächtig rosa aussehendes, wovon ein Teil am Boden schleifte. Er hatte auf den Gegenstand gestarrt.

Dann hatte er einen kurzen Gang entlang der Mauer unternommen und war zwei weiteren Hunden begegnet, die mit ähnlichen Trophäen auf ihn zu kamen. Endlich sah er, was er suchte: Es war nur ein Säugling und aller Wahrscheinlichkeit nach an diesem Morgen erst getötet worden. In die Seiten einiger alter Nummern des »L'Echo d'Alger« gewickelt, war er in einen seichten Wassergraben geworfen worden. Nachdem er mehrere Leute, die an diesem Morgen außerhalb des Tores gewesen waren, verhört hatte, gelang es ihm, festzustellen, daß eine gewisse Yamina ben Rhaissa kurz nach Sonnenaufgang durch das Tor gegangen war und daß dies sonst nicht zu geschehen pflegte. Er hatte keinerlei Schwierigkeiten, Yamina zu finden; sie lebte mit ihrer Mutter ganz in der Nähe. Zuerst hatte sie hysterisch jedes Wissen um das Verbrechen abgeleugnet, aber als er sie allein zum Dorfrand mitgenommen und außerhalb des Hauses fünf Minuten mit ihr in einer – wie er es nannte – vernünftigen Weise gesprochen hatte, hatte sie ihm völlig ruhig die ganze Geschichte erzählt. Nicht zuletzt erstaunte ihn, daß sie ihre Schwangerschaft vor ihrer Mutter verbergen konnte. Jedenfalls sagte sie es. Der Leutnant hatte dazu geneigt, es nicht zu glauben, bis er an die Unzahl von Unterkleidern dachte, die die Frauen dieser Gegend trugen; dann beschloß er, ihr zu glauben. Durch strategische Maßnahmen war es ihr gelungen, die ältere Frau aus dem Hause zu schicken, hatte das Kind geboren, erwürgt und es, in Zeitungspapier gewickelt, am Tor deponiert. Als ihre Mutter zurückkam, wusch sie bereits den Fußboden auf.

Am meisten lag Yamina daran, durch den Leutnant zu erfahren, wie die Personen hießen, die es ihm ermöglicht hatten, sie zu finden. Die rasche Entdeckung ihrer Tat erstaunte sie, und sie sagte es ihm auch. Diese primitive Gleichgültigkeit belustigte ihn, und er erlaubte es sich, fast eine Viertelstunde lang darüber nachzudenken, wie er es am besten einrichten könne, die Nacht mit ihr zu verbringen. Aber als er dann mit ihr den Hügel hinunter und auf die Straße gegangen war, wo der Wagen auf ihn wartete, sah er mit Erstaunen auf seine Gedankengänge zurück. Er gab den Besuch von Beni Isguen auf und nahm das Mädchen direkt zu seiner Dienststelle mit. Dann erinnerte er sich an den Säugling. Nachdem er sich vergewissert hatte, daß Yamina sicher eingesperrt war, eilte er mit einem Soldaten zu der Stelle zurück und sammelte, was von dem Körper noch übrig war, als Beweismaterial auf. Auf Grund dieser paar Fleischstückchen kam Yamina in das örtliche Gefängnis, um auf ihren Abtransport nach Algier zum Verhör zu warten. Aber diese Verhandlung fand niemals statt. Während der dritten Nacht ihrer Haft entdeckte ein grauer Skorpion auf seinem Weg entlang des Lehmfußbodens ihrer Zelle in einer Ecke eine unerwartete und willkommene Wärme, bei der er Zuflucht suchte. Yamina bewegte sich im Schlaf – und das Unausbleibliche geschah. Der Stich ging in die Halsbeuge; sie kam gar nicht mehr zu Bewußtsein. Die Nachricht von ihrem Tod verbreitete sich rasch in der ganzen Stadt, die Episode von dem Skorpion fehlte in der Geschichte, so daß die endgültige und sozusagen offizielle Version der Eingeborenen die war, das Mädchen sei von der gesamten Garnison, einschließlich des Leutnants, vergewaltigt und danach praktischerweise gleich ermordet worden. Natürlich schenkten nicht alle diesem Märchen Glauben, aber es blieb die unleugbare Tatsache, daß das Mädchen gestorben war, während es sich in französischem Gewahrsam befand. Was immer auch die Eingeborenen glaubten – das Prestige des Leutnants ging entschieden in die Brüche.

Die plötzliche Unpopularität des Leutnants zeitigte sofort Resultate: Die Arbeiter erschienen nicht mehr in seinem Haus, um den neuen Salon fertigzumachen. Um genau zu sein: Der Maurer erschien, aber nur, um den ganzen Vormittag mit Ahmed, dem Hausboy, im Garten zu sitzen und zu versuchen (und das mit Erfolg), ihn dazu zu überreden, nicht einen Tag länger im Dienst eines solchen Unholdes zu bleiben. Und der Leutnant hatte den völlig richtigen Eindruck, daß man auf der Straße Umwege machte, um ihm nicht zu begegnen. Besonders die Frauen schienen seine Nähe zu fürchten. Wenn sich die Nachricht verbreitete, er sei in der Nähe, waren die Straßen wie leergefegt; alles, was er im Vorübergehen hörte, war das Verriegeln von Türen. Wenn ihm die Männer begegneten, wandten sie die Augen ab. Diese Tatsachen waren ein Schlag für sein Prestige als Administrator, aber sie berührten ihn weniger als die Entdeckung, die er gerade an dem Tag machte, als er sich mit einem Gemisch von Krämpfen, Übelkeit und Schwindelgefühl ins Bett legen mußte: Sein Koch, der aus irgendeinem Grund bei ihm geblieben war, war ein Vetter ersten Grades der verstorbenen Yamina.

Die Ankunft eines Briefes von seinem Vorgesetzten in Algier machte ihn auch nicht glücklicher. Es bestehe kein Zweifel darüber, stand da zu lesen, daß seine Maßnahmen gerechtfertigt gewesen seien: das Beweismaterial war in einem Glas mit Formaldehyd beim Gericht in Bou Noura, und das Mädchen hatte gestanden. Aber der Brief kritisierte die Nachlässigkeit des Leutnants, und, was ihm noch schmerzlicher war, er erhob die Frage, ob er befähigt sei, »Eingeborenenpsychologie« zu treiben.

Er lag in seinem Bett und starrte an die Decke; er fühlte sich schwach und unglücklich. Es war bald Zeit für Jaqueline, ihm seine Mittagsbouillon zu bereiten. (Nach seinem ersten Krampfanfall hatte er den Koch sofort entlassen; soviel jedenfalls verstand er von der Psyche der Eingeborenen.) Jaqueline war in Bou Noura zur Welt gekommen, als Kind eines arabischen Vaters – so hieß es, und ihre Züge und ihre Hautfarbe machten es glaubhaft – und einer französischen Mutter, die kurz nach der Geburt starb. Was die Französin allein in Bou Noura machte, hatte niemand je erfahren können. Aber das alles lag in weiter Ferne; Jaqueline war von den Weißen Vätern aufgenommen und in der Mission erzogen worden. Sie konnte all die Liedchen, die die Patres mit solcher Mühe den Kindern beizubringen versuchten – in der Tat, sie war die einzige, die sie wirklich konnte. Außer Singen und Lernen hatte sie auch das Kochen gelernt, und dieses Talent erwies sich als ein wahrer Segen für die Mission, da die unglücklichen Patres viele Jahre lang von der einheimischen Küche leben mußten und alle leberkrank waren. Als Pater Lebrun von der Zwangslage des Leutnants erfahren hatte, erbot er sich sogleich, Jaqueline als Ersatz für den Koch zu schicken, damit sie ihm täglich zwei einfache Mahlzeiten koche. Am ersten Tag war der Pater selber gekommen und beschloß, nachdem er sich den Leutnant besehen hatte, daß es ungefährlich sei, sie für die paar Tage zu ihm zu lassen. Er vertraute Jaqueline, daß sie ihm über die Fortschritte, die der Patient machte, Bericht erstattete, denn sobald der Leutnant auf dem Weg der Gesundung war, konnte man sich auf sein Benehmen nicht mehr verlassen. Indem er auf ihn, der in seinem zerwühlten Bett lag, hinuntersah, sagte er: »Ich lasse sie in Ihrer Hand und Sie in der Hand Gottes.« Der Leutnant verstand, was er meinte, und versuchte zu lächeln, aber er war zu krank dazu. Trotzdem lächelte er jetzt, als er wieder daran dachte, denn für ihn war Jaqueline ein elendes, zaundürres Ding, das niemand zweimal anschaute.

An diesem Mittag war sie spät dran, und als sie kam, war sie außer Atem, denn Feldwebel Dupeyrier hatte sie in der Nähe der Zaouia angehalten und ihr eine sehr wichtige Nachricht für ihn mitgegeben. Es handelte sich um einen Ausländer, einen Amerikaner, der seinen Paß verloren hatte.

»Ein Amerikaner?« echote der Leutnant. »In Bou Noura?« »Ja«, sagte Jaqueline. Er war mit seiner Frau hier, sie wohnten in der Pension von Abdelkader (der einzige Ort, wo sie sein konnten, da es das einzige Hotel des ganzen Bezirkes war), und sie waren bereits seit mehreren Tagen in Bou Noura. Sie hatte den Herrn sogar gesehen: ein junger Mann.

»Schön«, sagte der Leutnant, »ich habe Hunger. Wie wäre es mit etwas Reis heute? Hast du Zeit, ihn zu kochen?«

»O ja, Monsieur. Aber er hat mir gesagt, es sei wichtig, Sie sehen den Amerikaner heute noch.«

»Was redest du? Warum muß ich ihn sehen? Ich kann seinen Paß nicht wiederfinden. Wenn du wieder zur Mission gehst, so schau bei der Kommandantur vorbei und sag Feldwebel Dupeyrier, er soll dem Amerikaner sagen, daß er nach Algier zu seinem Konsul muß. Wenn er das nicht selbst schon weiß«, fügte er hinzu.

»Ah, ce n'est pas pour ça! Es ist deshalb, weil er Monsieur Abdelkader bezichtigt, er habe den Paß gestohlen.«

»Was?« brüllte der Leutnant und setzte sich im Bett auf.

»Ja, er kam gestern, um Klage zu erheben. Und Monsieur Abdelkader sagt, Sie könnten ihm einen Gefallen tun, wenn Sie sie zurückziehen lassen. Deshalb müssen Sie ihn heute sehen.« Jaqueline, offensichtlich entzückt von der Heftigkeit seiner Reaktion, ging in die Küche und begann laut mit den Töpfen zu klappern. Die Vorstellung ihrer Wichtigkeit erhob sie.

Der Leutnant ließ sich ins Bett zurückfallen und versank in Grübeln. Es war von äußerster Wichtigkeit, daß der Amerikaner überredet werden konnte, seine Anklage zurückzuziehen, denn nicht nur war Abdelkader ein alter Freund von ihm und ganz unfähig, überhaupt irgend etwas zu stehlen, sondern er war vor allem einer der bekanntesten und angesehensten Männer von Bou Noura.

Als Besitzer des Gasthauses war er eng befreundet mit den Chauffeuren sämtlicher Autobusse und Lastwagen, die durch dieses Gebiet fuhren; in der Sahara sind das wichtige Leute.

Bestimmt gab es nicht einen unter ihnen, der nicht das eine oder andere Mal Abdelkader um eine freie Mahlzeit oder ein Bett gebeten und dieses auch bekommen hatte; die meisten hatten sogar Geld bei ihm geliehen. Für einen Araber war er erstaunlich zutraulich und leichtherzig, was Geld anbetraf, sowohl gegen Europäer wie gegen seine Landsleute, und jedermann mochte ihn deshalb gerne leiden. Nicht nur war es undenkbar, daß er den Paß gestohlen haben sollte – es war ebenso undenkbar, daß er dessen offiziell angeklagt würde. In diesem Sinne hatte der Feldwebel recht. Die Klage mußte unverzüglich zurückgezogen werden.

»Eine neue Pechsträhne«, dachte er. »Warum muß es auch ein Amerikaner sein?« Bei einem Franzosen hätte er gewußt, wie er ihn bereden könnte, zu widerrufen, ohne daß es zu Unannehmlichkeiten gekommen wäre. Aber bei einem Amerikaner!

Er sah ihn schon: ein gorillaähnliches Ungeheuer, mit furchterregendem Gesicht, einem Zigarrenstummel im Mundwinkel und einem Revolver in der Hüfttasche. Zweifellos würde kein vollständiger Satz zwischen ihnen gesprochen werden, denn keiner von ihnen würde die Sprache des anderen genügend verstehen können. Er versuchte, sich seines Englischs zu erinnern: »Sir, I must to you, to pray that you will –.« »My dear Sir, please I would make to you remark –.« Dann erinnerte er sich, gehört zu haben, daß Amerikaner sowieso kein Englisch sprachen, daß sie einen Slang hatten, der nur ihnen selber verständlich war.

Das Unangenehmste an der ganzen Sache war ihm, daß er im Bett liegen würde, während der Amerikaner frei im Zimmer herumgehen konnte und alle körperlichen und moralischen Vorzüge genoß.

Er stöhnte ein wenig, als er sich aufrichtete, um die Suppe zu essen, die ihm Jaqueline gekocht hatte. Draußen ging ein heftiger Wind, und die Hunde der Nomadensiedlung, die etwas weiter die Straße hinauf lag, bellten; wenn die Sonne nicht so hell geschienen hätte, daß die sich bewegenden Palmblätter vor dem Fenster wie Glas glänzten, hätte er einen Augenblick meinen können, es sei mitten in der Nacht – das Geräusch des Windes und der Hunde wäre genau das gleiche gewesen. Er aß sein Mittagessen; als Jaqueline im Begriff war zu gehen, sagte er ihr: »Du wirst jetzt zur Kommandantur gehen und Feldwebel Dupeyrier sagen, er solle den Amerikaner um drei Uhr hierher bringen. Er selbst soll ihn bringen, merk dir das.«

»Oui, oui«, sagte sie, immer noch in einem Zustand großer Freude. Wenn sie es schon verpaßt hatte, bei der Kindestötung im Haus gewesen zu sein – den neuen Skandal erlebte sie wenigstens von Anfang an mit.

XIX

Punkt drei Uhr führte Feldwebel Dupeyrier den Amerikaner in den Salon des Leutnants. Das Haus lag in tiefer Stille. »Un moment«, sagte der Feldwebel und ging zur Schlafzimmertüre. Er klopfte, öffnete sie, der Leutnant machte ihm ein Zeichen mit der Hand, und der Feldwebel gab diesen Befehl an den Amerikaner weiter, der darauf in das Schlafzimmer ging. Der Leutnant sah einen etwas hageren Jüngling und beschloß sofort, daß dieser nicht ganz normal sein mußte, da er trotz der Hitze einen dicken Rollkragenpullover und eine Wolljacke anhatte.

Der Amerikaner trat an das Bett heran und begrüßte ihn mit ausgestreckter Hand in tadellosem Französisch. Das anfängliche Staunen des Leutnants über seine Erscheinung verwandelte sich in Entzücken. Er befahl dem Feldwebel, einen Stuhl für den Gast zu bringen, und bat diesen, sich zu setzen. Dann schlug er dem Feldwebel vor, er solle zur Kommandantur zurückgehen; er entschied, daß er mit dem Amerikaner selbst fertig werden würde. Als sie allein waren, bot er ihm eine Zigarette an und sagte: »Es scheint, daß Sie Ihren Paß verloren haben.«

»Ganz richtig«, erwiderte Port.

»Und Sie glauben, er sei gestohlen worden – nicht verloren?«

»Ich weiß, daß er gestohlen wurde. Er war in einem Koffer, den ich immer abgeschlossen habe.«

»Wie kann er dann daraus gestohlen werden?« sagte der Leutnant und lachte mit triumphierender Miene. »Immer dürfte wohl nicht das richtige Wort sein.«

»Es war deshalb möglich«, fuhr Port geduldig fort, »weil ich den Koffer gestern eine Minute lang offen gelassen hatte, als ich aus meinem Zimmer in das Bad ging. Es war dumm von mir, aber ich habe es getan. Und als ich wieder an meine Tür kam, stand der Besitzer davor. Er behauptete, geklopft zu haben, weil das Mittagessen serviert sei. Er war aber bisher niemals selber gekommen; immer einer der Boys. Der Grund, weshalb ich überzeugt bin, daß es der Besitzer war, ist der, daß ich gestern das einzige Mal den Koffer aufließ, während ich aus dem Zimmer ging. Was ich sonst nie, auch nicht für einen Augenblick, getan habe. Der Fall scheint mir ganz klar.«

»Pardon. Mir nicht. Absolut nicht. Sollen wir einen Kriminalroman daraus machen? Wann haben Sie Ihren Paß zuletzt in der Hand gehabt?«

Port dachte einen Moment nach. »Als ich in Aïn Krorfa ankam«, sagte er schließlich.

»Aha«, rief der Leutnant. »In Aïn Krorfa! Und trotzdem beschuldigen Sie, ohne zu zögern, Monsieur Abdelkader des Diebstahls. Wie erklären Sie das?«

»Ja, ich beschuldige ihn«, sagte Port eigensinnig, durch die Stimme des Leutnants gereizt. »Ich beschuldige ihn, weil mir meine Logik ihn als den einzig in Frage kommenden Dieb zeigt. Er ist der einzige Eingeborene, der Zugang zu dem Paß hatte, der einzige, dem es technisch möglich war, in seinen Besitz zu gelangen.«

Leutnant d'Armagnac richtete sich im Bett auf. »Und warum muß es ausgerechnet ein Eingeborener sein?«

Port lächelte ein wenig. »Muß man nicht vernunftgemäß annehmen, daß es ein Eingeborener war? Abgesehen von der Tatsache, daß niemand sonst Gelegenheit hatte, ihn zu nehmen, ist es nicht ganz das, was man von einem Eingeborenen erwarten kann – so reizend sie auch sein können?«

»Nein, Monsieur. Für mich ist es genau das, was ein Eingeborener nicht getan haben würde.«

Port sah ihn erstaunt an. »Ach wirklich?« sagte er. »Warum? Warum sagen Sie das?«

Der Leutnant sagte: »Ich lebe seit mehreren Jahren mit den Arabern. Natürlich stehlen sie. Und die Franzosen stehlen. Und in Amerika haben Sie, glaube ich, Gangster?« Er lächelte verschmitzt.

Port reagierte nicht darauf: »Die Ära der Gangster ist lange vorüber«, sagte er. Aber der Leutnant ließ sich nicht beirren. »Ja, überall gibt es Menschen, die stehlen. Und hier auch. Der Eingeborene hier«, er sprach langsamer und betonte jedes Wort, »nimmt nur Geld oder einen Gegenstand, den er für sich haben will. Er würde niemals etwas so Kompliziertes wie einen Paß stehlen.«

Port sagte: »Ich fahnde nicht nach Motiven. Weiß Gott, warum er ihn genommen hat.« Sein Gastgeber schnitt ihm das Wort ab. »Aber ich suche das Motiv!« rief er laut. »Und ich sehe keinen Grund, warum sich ein Eingeborener die Mühe gemacht haben sollte, Ihren Paß zu stehlen. Bestimmt nicht in Bou Noura. Und ich zweifle auch sehr, ob in Aïn Krorfa. Eines kann ich Ihnen versichern: Monsieur Abdelkader hat ihn nicht genommen. Das können Sie mir glauben.«

»Ach?« sagte Port ohne Überzeugung.

»Ausgeschlossen. Ich kenne ihn seit Jahren –«

»Aber Sie haben genausowenig Beweise, daß er es nicht getan hat, wie ich, daß er es getan hat!« rief Port ärgerlich aus. Er schlug den Jackenkragen hoch und kauerte sich in seinem Stuhl zusammen.

»Ich hoffe, Sie frieren nicht?« sagte der Leutnant überrascht.

»Ich friere seit Tagen«, antwortete Port und rieb sich die Hände.

Der Leutnant sah ihn einen Augenblick prüfend an. Dann fuhr er fort: »Wollen Sie mir einen Gefallen tun, wenn ich Ihnen auch einen tue?«

»Ich nehme es an. Was denn?«

»Ich wäre Ihnen sehr verpflichtet, wenn Sie Ihre Klage gegen Monsieur Abdelkader sofort zurückziehen würden – heute noch. Und ich werde einen Versuch machen, Ihren Paß wiederzubekommen. On ne sait jamais. Vielleicht habe ich Erfolg. Wenn Ihr Paß, wie Sie sagen, gestohlen worden ist, dann ist der einzige Ort, wo er jetzt logischerweise sein kann, Messad. Ich werde nach Messad telegraphieren, um eine gründliche Durchsuchung der Fremdenlegions-Kasernen zu veranlassen.«

Port saß ganz regungslos da und sah starr vor sich hin. »Messad«, sagte er.

»Dort waren Sie doch nicht – oder?«

»Nein, nein!« Eine Stille trat ein.

»Also, Sie tun mir den Gefallen? Ich werde Sie benachrichtigen, sobald die Durchsuchung beendet ist.«

»Ja«, sagte Port. »Ich werde heute nachmittag hingehen. Sagen Sie: Es gibt also in Messad einen Markt für solche Sachen?«

»Aber klar. Pässe werden in Legions-Garnisonen hoch bezahlt. Besonders amerikanische Pässe! Oh, là là!« Die Stimmung des Leutnants stieg: er hatte erreicht, was er wollte; dies konnte, wenigstens teilweise, den Schaden, den der Fall Yamina seinem Prestige zugefügt hatte, wieder beheben. »Tenez«, sagte er und deutete auf ein Schränkchen in der Ecke, »Sie frieren. Möchten Sie mir bitte die Kognakflasche da drüben geben? Wir wollen jeder einen Schluck trinken.« Es war absolut nicht das, was Port wollte, aber er hatte das Gefühl, er könne diese freundliche Geste kaum zurückweisen.

Übrigens, was wollte er überhaupt? Er wußte es nicht, aber vielleicht war es nichts anderes, als in einem warmen, ruhigen Zimmer lange Zeit still sitzen zu dürfen. Die Sonne machte ihn nur noch kälter, ließ ihm seinen glühenden Kopf riesenhaft und übergewichtig erscheinen. Hätte er nicht seinen normalen Appetit gehabt, so wäre ihm der Verdacht gekommen, er sei vielleicht krank. Er schlürfte den Kognak und überlegte, ob der ihm vielleicht helfen würde oder ob er es bedauern würde, ihn getrunken zu haben, wegen des Brennens, das er manchmal bei ihm hervorrief.

Der Leutnant schien seine Gedanken erraten zu haben, denn er sagte auf einmal: »Es ist guter alter Kognak, der wird Ihnen nicht schaden.«

»Er ist hervorragend«, antwortete er und ignorierte den letzten Teil der Bemerkung.

Der Eindruck des Leutnants, daß es sich hier um einen jungen Mann handele, der sich in ungesunder Weise mit sich selbst beschäftigte, wurde durch Ports nächste Worte bestätigt: »Es ist merkwürdig«, sagte er mit einem hilfesuchenden Lächeln, »wie ich mich nur noch halb am Leben fühle, seit ich entdeckt habe, daß mein Paß fort ist. Aber wissen Sie, es ist ein sehr deprimierender Zustand, in einem Ort wie diesem keinen Beweis zu haben, wer man ist.«

Der Leutnant streckte ihm die Flasche hin, aber Port dankte. »Vielleicht werden Sie nach meiner kleinen Recherche in Messad Ihre Identität wiederfinden«, lachte er. Wenn der Amerikaner ihm vertrauliche Mitteilungen machen wollte, so war er durchaus gewillt, für den Augenblick sein Beichtvater zu sein.

»Sie sind mit Ihrer Frau hier?« fragte der Leutnant. Port bestätigte es abwesend. »Das ist es«, dachte der Leutnant, »er hat Unannehmlichkeiten mit seiner Frau. Armer Teufel!« Es kam ihm der Gedanke, sie könnten zusammen in das Bordellviertel gehen. Es machte ihm Freude, es Fremden vorzuführen. Aber gerade, als er sagen wollte: »Glücklicherweise ist meine Frau in Frankreich –«, fiel ihm ein, daß Port kein Franzose war; in diesem Fall wäre es nicht ratsam, das zu tun.

Während dieser Überlegung erhob sich Port und nahm höflich Abschied – etwas plötzlich, das stimmte, aber man konnte kaum erwarten, daß er den ganzen Nachmittag hier am Bettrand sitzen würde. Im übrigen hatte er ja versprochen, auf dem Heimweg die Klage gegen Abdelkader zurückzuziehen.

Als er die heiße Straße entlangging, auf die Mauern von Bou Noura zu, hielt er den Kopf gesenkt und sah nichts als den Staub und die tausend scharfen kleinen Steine. Er blickte nicht auf, denn er wußte, wie sinnlos die Landschaft aussehen würde. Es gehörte Energie dazu, das Leben mit einem Inhalt zu füllen, und diese Energie fehlte ihm zur Zeit. Er wußte, wie nackt die Dinge aussehen konnten, wenn ihre Substanz wie durch eine unheilvolle Zentrifugalkraft aus ihnen herausgezogen und rundum, weit hinter den Horizont, geschleudert zu sein schien. Er wollte den mit Spannung geladenen Himmel, der unwirklich blau über seinem Kopf stand, nicht sehen, noch die wie rosa Bänder an allen Seiten der Ebene schimmernden Wände des Cañons, die Stadt selber, die sich pyramidenförmig auf ihren Felsen türmte, oder die dunklen Flecken der Oase darunter. Da waren sie und hätten sein Auge erfreuen sollen, aber er hatte nicht die Kraft, sie in Beziehung zu sich selber oder zueinander zu bringen; es gelang ihm nicht, sie überhaupt von einem anderen Gesichtspunkt als dem rein visuellen zu sehen. Darum wollte er sie überhaupt nicht sehen.

Bei seiner Rückkehr in die Pension ging er in das kleine Zimmer, das als Büro diente, und fand Abdelkader in einer dunklen Ecke auf dem Diwan sitzend und mit einem beturbanten Individuum Domino spielen. »Guten Tag, Monsieur«, sagte Port. »Ich war bei den Behörden und habe die Anklage zurückgezogen.«

»Ah, mein Leutnant hat es geregelt«, murmelte Abdelkader.

»Ja«, sagte Port, obgleich er verblüfft war, daß ihm kein Verdienst dafür zugebilligt wurde, daß er Leutnant d'Armagnacs Wünschen nachgekommen war.

»Bon, merci.« Abdelkader sah nicht mehr von seinem Spiel auf, und Port ging nach oben, in Kits Zimmer.

Dort stellte er fest, daß sie das ganze Gepäck hatte heraufbringen lassen und es auspackte. Das Zimmer sah aus wie ein Bazar: Reihen von Schuhen standen auf dem Bett, Abendkleider waren über das Fußende gebreitet wie in einer Schaufensterauslage, und Parfüm- und Kosmetikflaschen garnierten den Nachttisch.

»Was um Himmels willen tust du?« rief er.

»Ich sehe meine Sachen an«, sagte sie voller Unschuld. »Ich habe sie lange nicht mehr gesehen. Seit wir vom Schiff gekommen sind, habe ich aus einer Tasche gelebt. Es hängt mir zum Hals heraus. Und als ich nach dem Mittagessen aus diesem Fenster sah«, sie wurde lebhafter, als sie auf das Fenster deutete, das nach der kahlen Wüste hinausging, »hatte ich das Gefühl, ich würde sterben, wenn ich nicht bald etwas Zivilisiertes sehen würde. Nicht nur das. Ich habe mir einen Whisky bestellt und werde jetzt meine letzte Packung Players anbrechen.«

»Du mußt in einer sehr schlechten Verfassung sein«, sagte er.

»Ganz und gar nicht«, erwiderte sie, aber mit etwas zuviel Emphase. »Es wäre anomal, wenn ich mich diesem allen hier zu schnell anpassen könnte. Ich bin, trotz allem, immer noch eine Amerikanerin. Und ich versuche nicht einmal, etwas anderes zu sein.«

»Whisky!« sagte Port und sprach laut aus, was er dachte. »In Boussif gibt es kein Eis. Und auch kein Soda, möchte ich wetten.«

»Ich will ihn pur.« Sie zog ein rückenloses Abendkleid aus blaßblauem Satin über und ging, um sich zu schminken, zu dem Spiegel, der an der Innenseite der Schranktür hing. Er fand, daß man ihr nachgeben müsse; auf jeden Fall amüsierte es ihn, zuzusehen, wie sie ihre armselige kleine Welt westlicher Kultur hier in der Wildnis aufbaute. Er setzte sich mitten auf den Fußboden und beobachtete mit Vergnügen, wie sie hin- und herschoß, ihre Abendschuhe aussuchte und Armbänder anprobierte. Als der Diener klopfte, ging Port selbst zur Türe und nahm ihm das Tablett in der Halle ab.

»Warum hast du ihn nicht hereingelassen?« fragte Kit, als er die Türe hinter sich geschlossen hatte.

»Weil ich nicht wollte, daß er mit den letzten Neuigkeiten nach unten rennen würde«, sagte er und stellte das Tablett auf den Boden, wohin er sich auch wieder setzte.

»Was für Neuigkeiten?«

Er antwortete unbestimmt. »Oh, daß du kostbare Kleider und Schmuck in deinen Koffern hast. Diese Art von Neuigkeiten laufen uns dann hier voraus, wo wir auch hingehen würden. Außerdem«, er lächelte ihr zu, »wäre es mir lieber, sie würden nicht sehen, wie hübsch du aussehen kannst.«

»Also wirklich, Port! Entschließe dich. Willst du mich beschützen, oder glaubst du, sie schlagen unten zehn Francs auf die Rechnung drauf?«

»Komm her und trinke deinen lausigen französischen Whisky. Ich will dir eine Mitteilung machen.«

»Das werde ich nicht tun. Du wirst ihn mir wie ein Herr servieren.« Sie machte Platz zwischen den Gegenständen auf dem Bett und setzte sich.

»Gut.« Er goß einen ordentlichen Schluck ein und brachte ihn ihr.

»Trinkst du nichts?« sagte sie.

»Nein. Ich habe etwas Kognak bei dem Leutnant getrunken, und er ist mir nicht bekommen. Ich fröstele noch genauso wie vorher. Aber ich habe dir eine Neuigkeit mitzuteilen: Es besteht kaum Zweifel, daß Eric Lyle meinen Paß gestohlen hat.«

Er erzählte ihr von dem Schwarzmarkt für Pässe in Messad. Im Autobus hatte er ihr bereits von Mohameds Entdekkung erzählt. Sie, ohne Erstaunen zu zeigen, hatte wiederholt, sie habe die Pässe gesehen, so daß kein Zweifel darüber bestand, daß die beiden Mutter und Sohn waren. Auch jetzt war sie nicht überrascht. »Nachdem ich ihre Pässe gesehen hatte, glaubte er wohl ein Recht zu haben, den deinen zu sehen«, sagte sie. »Aber wie konnte er ihn nehmen? Wann konnte er ihn nehmen?«

»Ich weiß genau, wann. In der Nacht in Aïn Krorfa, als er in mein Zimmer kam und mir die Francs, die ich ihm geliehen hatte, zurückgeben wollte. Ich ließ meinen Koffer offen und ihn allein damit im Zimmer, während ich zu Tunner ging. Meine Brieftasche hatte ich ja bei mir, und der Gedanke, daß der Kerl hinter meinem Paß her war, kam mir nicht. Aber zweifellos ist es so gewesen. Je mehr ich darüber nachdenke, desto mehr bin ich überzeugt, daß es Lyle war. Ich glaube, er hatte bereits vor, ihn zu stehlen, als er mich zum ersten Mal sah. Warum eigentlich auch nicht? Leichtverdientes Geld, und seine Mutter gibt ihm nie welches.«

»Ich glaube doch«, sagte Kit, »unter bestimmten Bedingungen. Und ich denke mir, er haßt das alles und wartet nur auf eine Chance, fortzulaufen, und hängt sich an jeden und macht alles lieber als das. Und meiner Ansicht nach weiß sie das ganz genau und zittert davor, daß er geht, und wird alles versuchen, um zu verhindern, daß er mit anderen Menschen intim wird. Erinnere dich, was sie dir gesagt hat über sein ›Angestecktsein‹.«

Port schwieg. »Mein Gott! In welch eine Situation hab ich Tunner gebracht!« sagte er nach einer Weile.

Kit lachte. »Was soll das heißen? Er wird die Sache schon schaukeln. Es wird ihm ganz guttun. Außerdem kann ich mir nicht vorstellen, daß er mit einem von den beiden sehr freundlich sein wird.«

»Nein.« Er schenkte sich ein Glas voll. »Das sollte ich nicht tun«, sagte er. »Es wird mir übel werden, mit dem Kognak im Bauch. Aber ich kann dich nicht hier sitzen und allein blau werden sehen.«

»Du weißt, daß ich rasend gern Gesellschaft beim Trinken habe, aber wirst du nicht krank werden?«

»Ich fühl mich schon längst krank«, rief er aus. »Ich kann nicht die ganze Zeit Vorbeugungsmaßnahmen treffen, bloß weil ich dauernd friere. Auf alle Fälle glaube ich, daß es mir besser sein wird, sobald wir nach El Ga'a kommen. Weißt du, dort ist es viel heißer.«

»Schon wieder fort? Wir sind doch gerade erst hier angekommen.«

»Aber du kannst nicht leugnen, daß es hier nachts sehr kalt ist.«

»Das leugne ich allerdings. Aber es macht nichts. Wenn wir nach El Ga'a müssen, dann laß uns bitte ja gehen, aber bald, und dann eine Zeitlang bleiben.«

»Es ist eine der großen Wüstenstädte«, sagte er, als hielte er ihr die Stadt zur Ansicht hin.

»Du brauchst sie mir nicht zum Kauf anzubieten«, sagte sie. »Und selbst wenn es nötig wäre, ist es nicht die richtige Art. Du weißt, daß mir das alles nichts sagt. El Ga'a, Timbuktu – für mich ist das alles mehr oder weniger das gleiche; alles recht interessant, aber nichts, worüber ich in Begeisterung ausbreche. Aber wenn du dort glücklicher sein wirst – ich meine gesünder –, dann sollten wir hinfahren.« Sie machte eine nervöse Handbewegung, in der Hoffnung, damit eine hartnäckige Fliege zu verscheuchen.

»Oh, du glaubst, meine Beschwerden sind seelischer Art. Du hast gesagt: glücklicher.«

»Ich denke gar nichts, weil ich nichts weiß. Aber es scheint mir äußerst merkwürdig, daß jemand im September in der Wüste Sahara ununterbrochen friert.«

»Nun, so wirkt es eben merkwürdig«, sagte er ärgerlich. Dann rief er plötzlich aus: »Diese Fliegen haben Krallen! Sie genügen, um einen total aus der Fassung zu bringen. Was wollen sie eigentlich, wenn sie einem am Hals herunterkriechen?«

Er stöhnte und stand auf; sie sah ihn erwartungsvoll an. »Ich werde etwas arrangieren, daß wir vor ihnen Ruhe haben. Steh auf.«

Er wühlte in einem Koffer und zog schließlich ein zusammengefaltetes Moskitonetz heraus. Auf diese Aufforderung hin räumte Kit die Kleider vom Bett. Er breitete das Netz über das Kopf- und Fußende und bemerkte, es gäbe keinen Grund, weshalb ein Moskitonetz nicht auch ein brauchbares Fliegennetz abgeben sollte. Als es gut befestigt war, schlüpften sie mit der Flasche darunter und lagen still da, während der Nachmittag langsam verrann. Bis zur Dämmerung waren sie angenehm betrunken und nicht geneigt, sich aus ihrem Zelt fortzubewegen. Vielleicht war es die plötzliche Anwesenheit der Sterne, die durch das Himmelsviereck im Fenster hervorbrachen, die ihre Unterhaltung bestimmte. Während die Färbung des Himmels tiefer wurde, kamen in jedem Augenblick mehr Sterne hervor und füllten die bis dahin leere Fläche. Kit strich ihr Kleid an den Hüften glatt und sagte: »Als ich jung war –«

»Wie jung?«

»Ich meine, ehe ich zwanzig war, glaubte ich, das Leben sei etwas, das immer mehr an Antrieb gewönne. Es würde jedes Jahr reicher und tiefer werden. Man würde immer mehr lernen, klüger werden, mehr Einsicht bekommen und die Wahrheit tiefer erkennen –« sie zögerte.

Port lachte abrupt. »Und jetzt weißt du, daß dem nicht so ist. Nicht wahr? Es ist eher, als ob man eine Zigarette rauchte. Die ersten paar Züge schmeckt sie herrlich, und man glaubt, sie könnte nie zu Ende gehen. Dann fängt man an, es für selbstverständlich zu nehmen. Plötzlich aber erkennt man, daß sie fast zu Ende gebrannt ist. Und das ist der Moment, wo man sich des bitteren Geschmackes bewußt wird.«

»Aber ich bin mir immer des unangenehmen Geschmakkes und des nahenden Endes bewußt«, sagte sie.

»Dann solltest du das Rauchen aufgeben.«

»Wie gemein du bist!«

»Ich bin nicht gemein!« protestierte er und warf fast sein Glas um, während er sich auf dem Ellbogen aufrichtete, um zu trinken. »Es scheint mir nur logisch, nicht wahr? Ich vermute, Leben ist eine Angewohnheit wie Rauchen. Man sagt immer, man gibt es auf, aber man macht doch weiter.«

»Du drohst nicht einmal damit, aufzuhören, soweit ich es sehen kann«, sagte sie anklagend.

»Warum sollte ich? Ich will ja weitermachen.«

»Aber du beklagst dich die ganze Zeit.«

»Ach, nicht über das Leben. Über die Menschen.«

»Man kann die beiden nicht getrennt beurteilen.«

»Freilich kann man das. Es bedarf lediglich einer kleinen Anstrengung. Mühe, Mühe! Warum will sich niemand welche geben? Ich könnte mir eine völlig andere Welt vorstellen. Nur ein paar falsch aufgesetzte Akzente.«

»Das hab ich alles schon seit Jahren gehört«, sagte Kit. Sie setzte sich in der fast völligen Dunkelheit auf, legte den Kopf auf die Seite und sagte: »Horch!«

Irgendwo draußen, nicht weit fort, vielleicht am Marktplatz, spielte ein Orchester, das aus Trommeln bestand. Nach und nach sammelte es die losen Fetzen rhythmischer Kräfte zu einem festen Muster zusammen, das sich bereits drehte wie ein noch unvollkommenes Rad aus schweren Tönen und der Nacht entgegenrollte. Port verhielt sich eine Zeitlang schweigend und flüsterte dann: »Zum Beispiel dieses.«

»Ich weiß nicht«, sagte Kit. Sie war ungeduldig. »Ich weiß, daß mir diese Trommeln dort draußen nichts sagen, so sehr ich auch die Musik bewundere, die sie machen. Und ich sehe auch gar keinen Grund, warum ich mir wünschen sollte, etwas für sie zu empfinden.« Sie dachte, daß eine so klare und offene Erklärung der Diskussion ein rasches Ende bereiten würde, aber Port war an diesem Abend eigensinnig. »Ich weiß, du willst nie eine ernsthafte Unterhaltung«, sagte er, »aber es würde dir diesmal nichts schaden.«

Sie lächelte zornig, denn sie empfand diese Art von nichtssagenden Allgemeinheiten als die schlimmste Form von frivolem Geschwätz – nichts weiter als ein Ventil für seine Gefühle. Was sie anging, so war es ihr in diesen Momenten gleichgültig, was er meinte oder nicht meinte, da er gar nicht wußte, was er sprach.

Darum sagte sie spöttisch: »Wie heißt die Währungseinheit in dieser anderen Welt, die du meinst?«

Er zögerte nicht. »Die Träne.«

»Das ist nicht recht«, protestierte sie. »Manche Menschen müssen für eine Träne sehr hart arbeiten. Andere können sie durch bloßes Denken bekommen.«

»Welches Tauschsystem ist denn gerecht?« schrie er, und seine Stimme klang, als sei er wirklich betrunken. »Und wer hat überhaupt die Maxime der Gerechtigkeit aufgestellt? Wäre nicht alles einfacher, wenn man den Gedanken des Rechtes überhaupt abschaffen würde? Du glaubst, daß das Maß der Freude, der Grad des Leidens bei allen Menschen gleich ist? Daß am Schluß alles irgendwie aufgeht? Das glaubst du? Wenn es wirklich aufgeht, dann nur, weil die Endsumme Null ist.«

»Ich nehme an, das ist dir ein Trost«, sagte sie und fühlte, daß sie, wenn diese Unterhaltung weiterginge, wirklich böse werden würde.

»Überhaupt kein Trost. Bist du verrückt? Ich habe keinerlei Interesse, die Endziffer kennenzulernen. Aber dieser ganze komplizierte Vorgang interessiert mich, der es ermöglicht, unausweichlich dieses Resultat zu bekommen, ganz gleich, wie hoch die ursprüngliche Ziffer war.«

»Der Rest der Flasche«, murmelte sie. »Vielleicht ist eine vollkommene Null auch etwas Erstrebenswertes.«

»Alles ausgetrunken? Schweinerei. Aber wir werden es nicht erreichen. Es erreicht uns. Das ist nicht das gleiche.«

»Er ist betrunkener als ich«, dachte sie. »Nein, das ist es nicht«, pflichtete sie bei.

Und als er sagte: »Du hast verdammt recht«, und sich heftig herumwarf, um auf dem Bauch zu liegen, fuhr sie fort, darüber nachzudenken, was für ein Verschleiß von Energie dieses ganze Gerede war, und überlegte, wie sie es verhindern konnte, daß er sich in einen Erregungszustand steigerte.

»Ach, ich bin angeekelt und unglücklich!« schrie er in einem plötzlichen Wutanfall. »Ich sollte nie mehr einen Tropfen trinken, es schmeißt mich um. Aber bei mir ist es keine Schwäche wie bei dir. Absolut nicht. Es kostet mich mehr Willenskraft zu saufen, als dich, es nicht zu tun. Ich hasse die Folgen und bin mir immer bewußt, wie sie sein werden.«

»Warum tust du's denn dann? Niemand verlangt es von dir.«

»Ich hab dir gesagt, daß ich bei dir sein wollte. Und außerdem bilde ich mir immer ein, daß es mir irgendwie gelingen wird, einmal in das Innerste von etwas vorzustoßen. Gewöhnlich erreiche ich nur die Außenbezirke und verliere mich dort. Ich glaube nicht, daß es überhaupt noch ein Innerstes gibt, in das man eindringen kann. Ich glaube, ihr Trinker seid alle Opfer einer Massenhalluzination.«

»Ich weigere mich, darüber zu diskutieren«, sagte Kit hochmütig, kletterte vom Bett herunter und kämpfte sich durch die am Boden hängenden Falten des Netzes hindurch.

Er rollte sich herum und setzte sich auf.

»Ich weiß, warum mir so übel ist«, rief er hinter ihr her. »Es ist von etwas, was ich gegessen habe. Vor zehn Jahren.«

»Ich weiß nicht, wovon du sprichst. Leg dich wieder hin und schlafe«, sagte sie und ging aus dem Zimmer.

»Ich weiß es«, stammelte er. Er kroch aus dem Bett und ging zum Fenster, wo er stehenblieb. Die trockene Wüstenluft nahm die Nachtkühle auf, und die Trommeln tönten noch immer. Die Wände des Cañons waren jetzt schwarz und die verstreuten Gruppen der Palmen unsichtbar geworden. Nirgends sah man Lichter; das Zimmer lag der Stadt entgegengesetzt. Und das war es, was er meinte. Er umklammerte das Fensterbrett und beugte sich hinaus. »Sie weiß nicht, was ich sagen will. Es ist etwas, was ich vor zehn Jahren gegessen habe. Vor zwanzig Jahren.« Die Landschaft lag vor ihm, und mehr denn je fühlte er, daß sie unerreichbar für ihn war. Die Felsen und der Himmel waren überall, bereit, ihn zu erlösen, aber wie immer trug er das Hindernis in seinem Inneren. Es war, als ob der Himmel und die Felsen aufhörten, sie selbst zu sein, während er sie betrachtete, als ob sie, indem sie in sein Bewußtsein übergingen, unrein würden. Es war nur ein geringer Trost, sich zu sagen: »Ich bin stärker als sie.« Als er sich wieder ins Zimmer zurückwandte, zog etwas Helles sein Auge zu dem Spiegel in der offenen Schranktüre. Es war der junge Mond, der durch das andere Fenster hereinschien. Er setzte sich auf das Bett und fing an zu lachen.

XX

Port verbrachte die nächsten zwei Tage mit eifrigen Versuchen, Informationen über El Ga'a einzuholen. Es war erstaunlich, wie wenig die Leute von Bou Noura über den Ort wußten. Jedermann schien zu wissen, daß es eine große Stadt war – immer wurde mit einem gewissen Respekt von ihr gesprochen –, daß sie weit entfernt war, daß das Klima wärmer und die Preise hoch waren. Darüber hinaus schien niemand in der Lage zu sein, irgendeine Beschreibung zu geben, nicht einmal die Männer, die dort gewesen waren, wie der Autobusfahrer und der Koch, mit denen er sprach. Eine Person, die ihm etwas umfassendere Auskünfte hätte geben können, war Abdelkader, aber der Verkehr zwischen ihm und Port war bis auf bloße Grunzlaute der Begrüßung reduziert. Wenn er es genau bedachte, so erkannte er, daß es zu seiner Stimmung paßte, ohne irgendeinen Beweis seiner Identität in eine versteckte Wüstenstadt zu fahren, über die ihm niemand eine Auskunft geben konnte. So war er nicht so erregt, wie er es hätte sein können, als er auf der Straße Feldwebel Dupeyrier traf und dieser ihm, als er El Ga'a erwähnte, sagte: »Aber Leutnant d'Armangnac hat viele Monate dort verbracht. Er kann Ihnen über alles, was Sie wissen wollen, Auskunft geben.« Erst da verstand er, daß er in Wirklichkeit gar nichts über El Ga'a wissen wollte, außer daß es abgelegen war und wenig besucht würde, daß es genau so war, wie er es haben wollte.

Er war entschlossen, die Stadt dem Leutnant gegenüber nicht zu erwähnen, aus Angst, daß seine vorgefaßte Meinung über sie zerstört wurde.

Am gleichen Nachmittag erschien Ahmed, der sich wieder in die Dienste des Leutnants begeben hatte, in der Pension und fragte nach Port. Kit, die im Bett lag und las, befahl dem Diener, den Jungen in das Türkische Bad zu schicken, wohin Port gegangen war, um im Heißluftraum zu schwitzen, in der Hoffnung, seine Kälte ein für allemal loszuwerden. Er lag, fast schlafend, im Dunkeln auf einer heißen, schlüpfrigen Steinpritsche, als ein Angestellter kam und ihn weckte. Mit einem nassen Handtuch um den Körper ging er zur Eingangstüre. Dort stand Ahmed mit finsterem Blick; er war ein helläugiger Araberjunge aus dem Ereg, und sein Gesicht zeigte die verräterischen, feuerroten Flecken auf jeder Wange, die die Ausschweifungen in die weiche Haut derer malt, die zu jung sind, um Falten und Tränensäcke zu bekommen.

»Der Leutnant wünscht Sie sofort zu sprechen«, sagte Ahmed.

»Sag ihm, in einer Stunde«, antwortete Port und blinzelte im grellen Tageslicht.

»Sofort«, wiederholte Ahmed stur. »Ich warte hier.«

»Oh, er erteilt Befehle!« Er ging wieder hinein und ließ sich einen Kübel kaltes Wasser übergießen – er hätte gerne mehr davon gehabt, aber Wasser war hier kostbar, und jeder Eimer mußte extra bezahlt werden – und ließ sich kurz massieren, ehe er sich anzog. Als er auf die Straße trat, schien es ihm, als fühle er sich etwas besser. Ahmed lehnte an der Mauer und unterhielt sich mit einem Freund, aber er stand stramm, als Port erschien, und hielt den ganzen Weg bis zum Haus des Leutnants einige Schritte Entfernung.

Der Leutnant saß in einem häßlichen Morgenrock aus weinroter Kunstseide in seinem Salon und rauchte.

»Sie werden verzeihen, wenn ich sitzen bleibe«, sagte er. »Es geht mir viel besser, aber ich fühle mich am wohlsten, wenn ich mich so wenig wie möglich bewege. Setzen Sie sich. Nehmen Sie Sherry, Kognak oder Kaffee?«

Port murmelte, daß er am liebsten Kaffee hätte. Ahmed wurde fortgeschickt, ihn zu bereiten.

»Ich habe nicht die Absicht, Ihre Zeit zu stehlen, Monsieur, aber ich habe Nachrichten für Sie. Ihr Paß ist gefunden worden. Dank einem Ihrer Landsleute, der ebenfalls den Verlust seines Passes entdeckt hatte, war bereits eine Durchsuchung angeordnet worden, ehe ich Kontakt mit Messad bekam. Beide Urkunden waren an Legionäre verkauft worden. Aber glücklicherweise konnten beide wieder gefunden werden.« Er suchte in seiner Tasche und zog einen Zettel hervor. »Dieser Amerikaner, dessen Name Tunner ist, sagt, daß er Sie kennt und hierher, nach Bou Noura, kommt. Er bietet sich an, Ihren Paß mitzubringen, aber ich muß Ihre Einwilligung haben. Kennen Sie diesen Herrn Tunner?«

»Ja, ja«, sagte Port abwesend. Der Gedanke entsetzte ihn: Jetzt, vor die Tatsache von Tunners Rückkehr gestellt, ging ihm auf, daß er niemals wirklich damit gerechnet hatte, ihn je wiederzusehen.

»Wann kommt er?«

»Ich nehme an, sofort. Sie sind doch nicht in Eile, Bou Noura zu verlassen?«

»Nein«, sagte Port, während seine Gedanken wie ein in die Enge getriebenes Tier hin- und hersprangen und versuchten, sich zu erinnern, wann der Bus nach Süden abging, wie lange Tunner brauchte, um von Messad herzukommen. »Nein, nein, ich habe Zeit.«

Die Worte klangen lächerlich, während er sie aussprach. Ahmed kam leise mit einem Tablett herein, auf dem zwei kleine Blechtöpfe standen, aus denen Dampf aufstieg. Der Leutnant schenkte aus jedem ein Glas ein und reichte eines davon Port, der einen Schluck trank und sich in seinem Stuhl zurücklehnte.

»Aber ich hoffe, gelegentlich nach El Ga'a zu fahren«, fuhr er gegen seinen Willen fort.

»Ah, El Ga'a. Sie werden es sehr eindrucksvoll finden, sehr malerisch und sehr heiß. Es war mein erster Posten in der Sahara. Ich kenne jede Gasse. Es ist eine weitausgedehnte Stadt, vollkommen eben, nicht zu schmutzig, aber ziemlich düster, denn die Straßen sind wie Tunnels durch die Häuser gebaut. Man ist dort ganz sicher. Sie und Ihre Frau können hingehen, wohin Sie wollen. Es ist die letzte größere Stadt auf dieser Seite des Sudans. Und das ist sehr weit fort von hier, der Sudan. Oh, là, là!«

»Ich nehme an, daß es in El Ga'a ein Hotel gibt?«

»Hotel? Eine Art Hotel«, lachte der Leutnant. »Sie werden Zimmer mit Betten finden, und vielleicht sind sie sauber. Es ist nicht so dreckig in der Sahara, wie die Leute sagen. Die Sonne ist ein wirksames Reinigungsmittel. Mit einem Minimum an Hygiene könnten die Menschen hier gesund sein. Aber dieses Minimum gibt es natürlich nicht. Bedauerlich für uns, d'ailleurs.«

»Nein. Ja, leider«, sagte Port. Er konnte sich nicht auf das Zimmer und die Unterhaltung zurückkonzentrieren. Er war sich gerade klar geworden, daß der Bus noch diese Nacht abfuhr und daß es dann eine Woche lang keinen mehr geben würde. Bis dahin würde Tunner hier sein. Mit dieser Erkenntnis schien sein Entschluß automatisch gereift zu sein. Sicherlich war er sich nicht bewußt, ihn gefaßt zu haben, aber einen Augenblick später entspannte er sich und fing an, den Leutnant über Einzelheiten seines täglichen Lebens in Bou Noura auszufragen. Der Leutnant sah erfreut aus: Eine nach der anderen kamen die unvermeidlichen Kolonialanekdoten, die alle mit den Gegensätzen – manchmal tragisch, manchmal heiter, aber meistens lächerlich – dieser beiden verschiedenen und unvergleichbaren Kulturen zu tun hatten. Endlich erhob sich Port. »Es ist zu dumm«, sagte er mit einem Anflug von Ehrlichkeit in der Stimme, »daß ich nicht länger hierbleiben werde.«

»Aber Sie werden noch einige Tage hier sein. Ich rechne

fest damit, Sie und Madame vor Ihrer Abreise bei mir zu sehen. Noch zwei, drei Tage, und ich bin wieder völlig gesund. Ahmed wird Ihnen den Tag sagen und Sie abholen. Jetzt werde ich Messad benachrichtigen, daß Ihr Paß Monsieur Tunner ausgehändigt wird.« Er stand auf und streckte die Hand aus; Port ging.

Er ging durch den kleinen Garten, der mit gestutzten Palmen bepflanzt war, und durch das Tor auf die staubige Straße. Die Sonne war untergegangen, und der Himmel kühlte rasch ab. Er blieb einen Augenblick lang stehen und sah hinauf, fast erwartete er, den Himmel unter dem Druck der Nachtkälte, die von außen dagegen preßte, knacken zu hören. Hinter ihm, in der Nomadensiedlung, bellten die Hunde im Chor. Er fing an, rasch zu gehen, um so schnell wie möglich aus ihrer Hörweite zu kommen. Der Kaffee hatte seinen Puls ungewöhnlich beschleunigt, oder vielleicht war es auch die Nervosität, den Bus nach El Ga'a zu versäumen. Als er durch das Stadttor trat, bog er sofort nach links ab und ging die leere Straße nach den Büros der Transports Généraux hinunter.

Das Büro war muffig und unbeleuchtet. Im Zwielicht hinter der Theke saß, halb schlafend, ein Araber auf einem Haufen Hanfsäcke. Port sagte sofort: »Um wieviel Uhr fährt der Autobus nach El Ga'a ab?«

»Um acht Uhr, Monsieur.«

»Gibt es noch Plätze?«

»O nein. Die sind seit drei Tagen ausverkauft.«

»Ah, mon dieu!« schrie Port; seine Eingeweide schienen schwer zu werden. Er hielt sich an der Theke fest.

»Sind Sie krank?« sagte der Araber und betrachtete ihn; sein Gesicht zeigte ein schwaches Interesse.

»Krank«, dachte Port. Und er sagte: »Nein, aber meine Frau ist sehr krank. Sie muß noch morgen nach El Ga'a.« Er beobachtete scharf das Gesicht des Arabers, um festzustellen, ob dieser eine so offensichtliche Lüge glaubte. Augenscheinlich war es hierzulande für einen kranken Menschen logischer, aus dem Bereich der Zivilisation und ärztlichen Pflege fortzugehen als umgekehrt, denn der Gesichtsausdruck des Arabers verwandelte sich in Sympathie und Verständnis. Trotzdem hob er die Hände in einer Geste von Hilflosigkeit.

Aber schon hatte Port einen Tausendfrancs-Schein hervorgezogen und entschlossen auf die Theke gelegt.

»Sie müssen uns für heute nacht zwei Sitze geben«, sagte er bestimmt. »Das ist für Sie. Sie werden irgend jemand anderen überreden, erst nächste Woche zu fahren.« Aus Höflichkeit schlug er nicht vor, daß die Überredungskunst an zwei Eingeborenen verwendet werden sollte, obgleich es der Fall sein würde. »Wieviel kostet die Fahrt nach El Ga'a?«

Er zog noch mehr Geld hervor.

Der Araber erhob sich und blieb stehen, indem er bedächtig seinen Turban kratzte. »Vierhundertfünfzig Francs pro Person«, antwortete er. »Aber ich weiß nicht –«

Port legte nochmals zwölfhundert Francs vor ihn hin und sagte: »Das macht neunhundert. Und zwölfhundertfünfzig für Sie, nachdem Sie die Karten abgezogen haben.« Er sah, daß sich der Mann entschlossen hatte. »Ich werde die Dame um acht Uhr hierher bringen.«

»Halb acht«, sagte der Araber, »wird das Gepäck verladen.«

Wieder in der Pension, rannte er in seiner Aufregung ohne anzuklopfen in Kits Zimmer. Sie war beim Anziehen und weinte vor Empörung.

»Hast du den Verstand verloren?«

»Absolut nicht«, sagte er. »Ich hoffe nur, du kannst in diesem Kleid reisen.«

»Was meinst du?«

»Wir haben Plätze für den Autobus heute abend um acht Uhr.«

»O nein! Ach du lieber Gott! Wohin? El Ga'a?« Er nickte,

und dann folgte eine Stille. »Na, schön«, sagte sie schließlich, »mir ist es einerlei. Du mußt wissen, was du willst. Aber es ist jetzt sechs Uhr. All diese Koffer –«

»Ich helf dir.« Es war eine fieberhafte Bereitschaft in seinem Wesen, die sie nicht übersehen konnte. Sie beobachtete ihn, wie er ihre Kleider aus dem Schrank nahm und sie in rasender Eile von den Bügeln nahm; sein Benehmen schien ihr seltsam, aber sie sagte nichts. Nachdem er in ihrem Zimmer alles, was möglich war, getan hatte, ging er in sein eigenes, wo er innerhalb von zehn Minuten die Koffer packte und sie selbst auf den Gang hinaus schleifte. Dann rannte er hinunter, und sie hörte ihn aufgeregt mit den Boys sprechen. Um dreiviertel sieben setzten sie sich zum Abendessen. In kürzester Zeit war er mit seiner Suppe fertig.

»Iß nicht so hastig. Du bekommst eine Magenverstimmung«, warnte ihn Kit.

»Wir müssen um sieben Uhr dreißig im Autobus-Büro sein«, sagte er und klatschte in die Hände, damit der nächste Gang gebracht würde.

»Wir schaffen's, oder sie warten auf uns.«

»Nein, nein. Es wird Schwierigkeiten wegen der Plätze geben.«

Während sie noch ihre cornes de gazelle aßen, verlangte er die Hotelrechnung und beglich sie.

»Hast du Leutnant d'Armagnac getroffen?« fragte sie, während er auf sein Wechselgeld wartete.

»Ja«.

»Aber noch keinen Paß?«

»Noch nicht«, sagte er und fügte hinzu: »Ich glaube nicht, daß sie ihn jemals finden werden. Wie sollten sie auch? Er ist jetzt sicherlich schon längst nach Algier oder Tunis weitergeschickt worden.«

»Ich finde immer noch, du hättest dem Konsul von hier aus telegraphieren sollen.«

»Ich kann von El Ga'a demselben Autobus, in dem wir fahren, einen Brief mitgeben, wenn er die Rückfahrt antritt. Dann kommt er nur zwei oder drei Tage später an.«

»Ich verstehe dich nicht«, sagte Kit.

»Warum?« fragte er unschuldig.

»Ich verstehe überhaupt nichts. Deine plötzliche Gleichgültigkeit. Sogar heute morgen warst du noch in einer fürchterlichen Aufregung, weil du deinen Paß nicht hast. Jedermann konnte glauben, du könntest keinen Tag länger ohne ihn leben. Und jetzt machen ein paar Tage mehr keinen Unterschied. Du mußt zugeben, daß hier die logischen Zusammenhänge fehlen.«

»Und du wirst zugeben, daß ein paar Tage nicht viel ausmachen.«

»Das finde ich nicht. Sie könnten leicht etwas ausmachen. Und das meine ich auch nicht. Absolut nicht«, sagte sie, »und du weißt es auch.«

»Die Hauptsache ist, daß wir jetzt den Autobus erreichen.« Er sprang auf und rannte hinaus, wo Abdelkader immer noch versuchte, das Geld für ihn zu wechseln. Kit folgte ihm einen Moment später. Im Schein der winzigen Karbidlampen, die an langen Drähten von der Decke schaukelten, brachten die Boys das Gepäck hinunter. Es war wie eine Prozession im Stiegenhaus; sechs Boys, alle mit Koffern beladen. Ein kleines Heer von Dorfbuben hatte sich vor der Türe versammelt, in der heimlichen Hoffnung, auch etwas bis zur Bus-Haltestelle tragen zu dürfen.

Abdelkader sagte: »Hoffentlich gefällt Ihnen El Ga'a.«

»Ja, ja«, antwortete Port und verstaute das Kleingeld in seinen verschiedenen Taschen. »Ich hoffe, ich habe Ihnen mit meinen Geschichten nicht zuviel Kummer bereitet.«

Abdelkader sah von ihm weg. »Ach das«, sagte er. »Es ist besser, wir sprechen nicht davon.« Die Entschuldigung war zu lau; er konnte sie nicht annehmen.

Der Nachtwind hatte sich erhoben. Türen und Fensterläden schlugen, die Lampen schwangen hin und her.

»Vielleicht sehen wir Sie bei unserer Rückreise«, beharrte Port. Abdelkader hätte antworten müssen: »Incha' allah.« Doch er sah Port nur an, traurig, aber verständnisvoll. Einen Augenblick lang schien es, als würde er etwas sagen; dann drehte er den Kopf weg.

»Vielleicht«, sagte er freundlich, und als er sich wieder umdrehte, war ein starres Lächeln auf seinen Lippen – ein Lächeln, von dem Port fühlte, daß es nicht ihm galt, daß er sich seiner Gegenwart nicht einmal bewußt war. Sie gaben sich die Hand, und er eilte zu Kit, die unter dem schaukelnden Licht bei der Tür stand und sich sorgfältig schminkte, während die neugierigen jungen Gesichter draußen zu ihr emporgerichtet waren und jeder Bewegung folgten, mit der ihre Finger den Lippenstift handhabten.

»Komm endlich!« schrie er. »Dafür ist jetzt keine Zeit.«

»Ich bin fertig«, sagte sie und drehte sich rasch um, damit er sie nicht stoßen konnte, während sie ihre Arbeit beendete. Sie warf den Lippenstift in die Handtasche und ließ sie zuschnappen.

Sie gingen hinaus. Der Weg zur Autobus-Haltestelle war dunkel; der Neumond gab kein Licht. Hinter ihnen hüpften noch immer einige der Gassenbuben hoffnungsvoll einher; die meisten hatten es aufgegeben, nachdem sie gesehen hatten, daß die gesamte Belegschaft der Pensions-Boys die Reisenden begleitete.

»Zu dumm, daß es windig ist«, sagte Port. »Das bedeutet Staub.« Kit war der Staub gleichgültig. Sie antwortete nicht. Aber der ungewöhnliche Klang seiner Stimme fiel ihr auf; er war seltsam exaltiert.

»Ich hoffe nur, daß wir über keine Bergpässe müssen«, sagte sie zu sich selbst und wünschte wieder, aber noch heftiger, sie wären nach Italien gefahren oder in ein anderes kleines Land, wo die Dörfer Kirchen hatten und man in einem Wagen oder Taxi zum Bahnhof fuhr und bei Tageslicht reisen konnte. Und wo man nicht jedesmal, wenn man sich aus dem Hotel fortbewegte, ein unvermeidliches Schauspiel abgab.

»Ach du lieber Gott«, rief Port, »ich habe vergessen, daß du eine schwerkranke Frau bist.« Und er erklärte ihr, wie er die Sitze bekommen hatte. »Wir sind fast da. Laß mich meinen Arm um deine Taille legen. Geh, als ob du Schmerzen hättest. Zieh ein bißchen die Füße nach.«

»Das ist doch zu albern«, sagte sie wütend. »Was werden unsere Boys denken?«

»Die sind viel zu sehr beschäftigt. Du hast eben deinen Knöchel verknackst. Los, mach schon. Schleif den Fuß ein bißchen nach. Nichts ist leichter.« Er zog sie an sich, während sie weitergingen.

»Und was ist mit den Leuten, denen wir die Plätze weggenommen haben?«

»Was bedeutet denen eine Woche? Zeit spielt für die gar keine Rolle.«

Der Autobus stand da, von schreienden Männern und Boys umlagert.

Die beiden gingen in das Büro, wobei Kit mit einer gewissen echten Mühe ging, denn Port preßte sie gewaltsam an sich. »Du tust mir weh. Laß ein bißchen nach«, flüsterte sie. Aber er fuhr fort, ihre Taille fest zusammenzupressen, und sie kamen an die Theke. Der Araber, der ihm die Karten verkauft hatte, sagte: »Sie haben die Plätze Nummer zweiundzwanzig und dreiundzwanzig. Steigen Sie ein und belegen Sie sie schnell. Die andern möchten sie nämlich nicht hergeben.«

Die Plätze waren im rückwärtigen Teil des Wagens. Sie sahen sich ängstlich an; es war das erstemal, daß sie nicht vorne neben dem Fahrer saßen.

»Glaubst du, du kannst es aushalten?« fragte er sie.

»Wenn du es aushältst«, sagte sie.

Und als er einen älteren Mann mit grauem Bart und hohem gelbem Turban mit einem ihm vorwurfsvoll erscheinenden Gesichtsausdruck durch die Scheibe blicken sah, sagte er: »Bitte, leg dich hin und markiere die Erschöpfte! Du mußt diese Rolle jetzt durchhalten.«

»Ich hasse solche Schwindeleien«, sagte sie mit Nachdruck. Dann schloß sie plötzlich die Augen und sah ganz krank aus. Sie dachte an Tunner. Trotz ihres festen in Aïn Krorfa gemachten Entschlusses, zurückzubleiben und auf ihn zu warten, ließ sie sich von Port nach El Ga'a entführen, ohne auch nur einen entschuldigenden oder erklärenden Zettel zu hinterlassen. Jetzt, da es zu spät war, ihr Verhalten zu ändern, schien es ihr plötzlich unglaublich, daß sie sich das herausgenommen hatte. Aber eine Sekunde später sagte sie sich, wenn es schon ein unverzeihlicher Akt des Verrates Tunner gegenüber war: um wieviel schwerwiegender war dann der Betrug an Port, dem sie immer noch nichts von ihrer Untreue gesagt hatte. Sofort fühlte sie sich völlig im Recht, abzureisen; nichts, was Port in dieser Hinsicht von ihr verlangte, konnte sie ihm verweigern. Sie ließ zerknirscht ihren Kopf nach vorne fallen.

»So ist's recht«, sagte Port ermunternd und zwickte sie in den Arm. Er kletterte über die eben im Gang aufgestapelten Bündel und ging nach draußen, um nachzusehen, ob auch das ganze Gepäck auf dem Dach verstaut war. Als er wieder zurück in den Wagen kam, saß Kit noch immer in der gleichen Stellung da.

Es verlief alles reibungslos. Als der Motor startete, sah Port hinaus und erblickte den älteren Mann neben einem jüngeren. Sie waren beide nahe am Fenster und sahen sehnsüchtig hinein. »Wie zwei Kinder«, dachte er, »die nicht mit zum Familienausflug dürfen.«

Als sich der Wagen in Bewegung setzte, richtete sich Kit auf und begann zu pfeifen. Port stieß sie an.

»Jetzt ist ja alles gewonnen«, sagte sie. »Ich hoffe, du bildest dir nicht ein, daß ich die ganze Fahrt über die Kranke markiere? Außerdem bist du verrückt. Kein Mensch schenkt uns die geringste Aufmerksamkeit.« Das stimmte. Der Wagen war voll von lebhafter Unterhaltung; ihre Gegenwart schien gänzlich unbemerkt zu bleiben. Die Straße wurde fast sofort schlecht. Bei jedem Stoß rutschte Port tiefer in seinen Sitz. Als sie bemerkte, daß er keinerlei Anstrengung machte, nicht zu rutschen, sagte Kit schließlich: »Wohin willst du? Auf den Boden?« Als er antwortete, sagte er nur: »Was?«, und seine Stimme klang so seltsam, daß sie sich ruckartig umdrehte und versuchte, in sein Gesicht zu sehen. Das Licht war zu schwach. Sie konnte nicht feststellen, wie er aussah.

»Schläfst du?« fragte sie.

»Nein.«

»Fehlt dir etwas? Ist dir kalt? Warum deckst du dich nicht mit deinem Mantel zu?«

Diesmal gab er keine Antwort.

»Dann friere eben«, sagte sie und sah hinaus auf den schmalen Mond, der tief am Himmel hing.

Einige Zeit später begann der Autobus, langsam und mühselig eine Steigung zu nehmen. Die Auspuffgase wurden immer deutlicher und stechender; zusammen mit dem intensiven Geräusch des dröhnenden Motors und der immer stärker werdenden Kälte, schreckten sie Kit aus der Lähmung auf, in die sie verfallen war. Die Passagiere schienen alle zu schlafen; sie lagen in unwahrscheinlichen Verkrümmungen auf ihren Sitzen und so in ihre Burnusse gehüllt, daß nicht einmal ein Finger oder eine Nasenspitze hervorsah. Eine leichte Bewegung an ihrer Seite ließ sie auf Port niedersehen, der in seinem Sitz so weit heruntergerutscht war, daß er jetzt auf den mittleren Rückenwirbeln saß. Sie beschloß, ihn zu zwingen, sich aufzusetzen, und klopfte ihn heftig auf die Schulter. Seine einzige Reaktion war ein leises Stöhnen.

»Setz dich gerade«, sagte sie und klopfte ihn wieder. »Du wirst dir den Rücken ruinieren.«

Diesmal stöhnte er lauter: »Oh-h-h!«

»Port, um Himmels willen, setz dich gerade«, sagte sie nervös. Sie fing an, an seinem Kopf zu ziehen, in der Hoffnung, ihn so weit aufzuwecken, daß er sich selber bemühen würde.

»Ach Gott!« sagte er und rutschte mühsam wieder den Sitz hinauf.

»Ach Gott!« wiederholte er, als er endlich aufrecht saß. Jetzt, wo sein Kopf in ihrer Nähe war, bemerkte sie, daß er mit den Zähnen klapperte.

»Du hast eine Erkältung!« sagte sie wütend, obgleich sie eher auf sich wütend war als auf ihn. »Ich hab dir gesagt, du sollst dich zudecken, und du bist bloß wie ein Idiot dagesessen!«

Er gab keine Antwort, saß nur ganz still da, mit nach vorne hängendem Kopf, der ihm durch das Stoßen des Autobus rhythmisch gegen die Brust schlug. Sie beugte sich über ihn und angelte nach seinem Mantel, den er auf den Sitz geworfen hatte, und nach und nach gelang es ihr auch, ihn unter ihm hervorzuziehen. Dann deckte sie ihn damit zu und stopfte ihn mit wenigen, widerwilligen Bewegungen an den Seiten herunter. In ihrem Kopf hingen die Worte: »Typisch für ihn, den Toten zu spielen, während ich hellwach bin und mich langweile.« Aber diese Worte waren nur ein Schirm, hinter dem sie ihre Angst verbarg – die Angst, er könnte wirklich krank sein. Sie sah hinaus auf die winddurchfegte Leere. Der Neumond war hinter den scharfen Rand der Erde geglitten. Hier, in der Wüste, hatte sie, noch stärker als auf See, das Gefühl, daß sie sich auf einer riesigen Tischplatte befände, daß der Horizont der Rand des Erdraumes war. Sie stellte sich einen würfelförmigen Planeten vor, der irgendwo zwischen der Erde und dem Mond lag und auf den sie irgendwie versetzt worden waren. Das Licht würde dort hart und unwirklich wie hier sein, die Luft von der gleichen gespannten Trockenheit, und die Konturen der Landschaft würden genau so der beruhigenden, erdgebundenen Kurven entbehren, wie sie es in diesem ganzen weiten Landstrich taten. Und die Stille wäre die tiefste Stille, in der nur noch das Rauschen der vorüberwehenden Lüfte Raum hatte. Sie berührte die Fensterscheibe; sie war eisig kalt. Der Autobus stieß und schleuderte, während er weiter durch die Hochebene fuhr.

XXI

Es war eine lange Nacht. Sie kamen an ein Rasthaus, das in eine Felswand eingebaut war. Das Deckenlicht wurde eingeschaltet. Ein junger Araber, der vor Kit saß, drehte sich um und lächelte, während er die Kapuze seines Burnusses abnahm, mehrmals auf die Erde deutete und »Hass Inifel!« sagte.

»Merci«, sagte sie und gab das Lächeln zurück. Sie hatte den Wunsch, auszusteigen, und wandte sich an Port. Er kauerte unter seinem Mantel; sein Gesicht war gerötet.

»Port«, begann sie und war erstaunt, daß er sofort antwortete.

»Ja?« Seine Stimme klang hellwach.

»Laß uns aussteigen und etwas Heißes trinken. Du hast stundenlang geschlafen.«

Er setzte sich langsam auf. »Ich habe überhaupt nicht geschlafen, falls dich das interessiert.«

Sie glaubte ihm nicht. »Ach so«, sagte sie. »Nun, möchtest du reingehen? Ich gehe.«

»Wenn ich kann. Ich fühle mich schauderhaft. Ich glaube, ich habe Grippe oder so etwas.«

»Ach, Unsinn! Woher denn? Du hast wahrscheinlich eine Magenverstimmung, weil du dein Essen so verschlungen hast.«

»Geh du nur. Mir ist es wohler, wenn ich mich nicht bewege.«

Sie kletterte aus dem Wagen und stand einen Augenblick auf dem Felsen im Wind und atmete tief. Die Dämmerung war noch nirgends zu sehen.

In einem der Räume am Eingang des Rasthauses saßen Männer zusammen, die sangen und in raschen, eigenwilligen Rhythmen in ihre Hände klatschten. Sie entdeckte den Kaffee in einem kleineren Raum in der Nähe, setzte sich auf den Boden und wärmte ihre Hände über einem Tontopf mit Holzkohlen. »Er darf hier nicht krank werden«, dachte sie. »Keiner von uns kann sich das leisten.« Man mußte sich weigern, krank zu werden, wenn man einmal so weit von der Welt entfernt war. Sie ging wieder nach draußen und sah durch die hinteren Scheiben des Autobus. Die meisten Passagiere schliefen, in ihre Burnusse gehüllt. Sie fand Port und klopfte an die Scheibe. »Port!« rief sie. »Heißer Kaffee!« Er rührte sich nicht.

»Verflucht noch mal!« dachte sie. »Er versucht, Aufmerksamkeit auf sich zu lenken. Er will einfach krank sein!« Sie kletterte in den Wagen und arbeitete sich bis zu dem Platz durch, wo er regungslos lag.

»Port! Bitte komm jetzt und trink etwas Kaffee. Mir zuliebe.« Sie legte den Kopf auf die Seite und sah ihm ins Gesicht. Während sie ihm über die Haare strich, fragte sie: »Fühlst du dich krank?«

Er nuschelte in seinen Mantel. »Ich will gar nichts. Bitte. Ich will mich nicht bewegen.«

Sie wollte ihm nicht seinen Willen lassen; wenn sie ihn bedienen würde, würde sie vielleicht nur seinen Launen nachgeben. Aber wenn er wirklich ausgefroren war, sollte er etwas Heißes trinken. Sie beschloß, den Kaffee irgendwie in ihn hineinzubekommen. Daher sagte sie: »Wirst du ihn trinken, wenn ich ihn dir bringe?«

Es dauerte lange Zeit, bis eine Antwort kam, aber schließlich sagte er: »Ja.«

Der Chauffeur, ein Araber, der eine Kappe mit Schild statt eines Turbans trug, war bereits im Begriff, das Rasthaus zu verlassen, als sie hineineilte. »Warte!« rief sie ihm zu. Er blieb stehen, drehte sich um und betrachtete sie nachdenklich von oben bis unten. Er hatte niemanden, mit dem er hätte Bemerkungen über sie austauschen können, da keine anderen Europäer anwesend und die Araber nicht aus der Stadt und daher völlig unfähig waren, seine obszönen Bemerkungen zu verstehen.

Port setzte sich auf und trank den Kaffee; zwischen den einzelnen Schlucken seufzte er.

»Fertig? Ich muß das Glas zurückgeben.«

»Ja.« Das Glas wurde durch den Wagen nach vorne gereicht, wo ein Kind darauf wartete, ängstliche Blicke nach dem Fahrer werfend, ob der Bus abfahren werde, ehe es das Glas in der Hand hatte.

Sie rollten langsam über die Hochebene. Jetzt, nachdem die Türen offen gewesen waren, war es innen kälter.

»Ich glaube, das hat mir geholfen«, sagte Port. »Dank dir tausendmal. Ich fürchte nur, etwas ist mit mir nicht in Ordnung. Gott weiß, daß ich mich noch nie in meinem Leben so gefühlt habe. Wenn ich nur flach im Bett liegen könnte, dann, glaube ich, würde es wieder gut.«

»Aber was, glaubst du, kann es sein?« fragte sie und fühlte plötzlich mit aller Macht die Ängste, die sie seit Tagen zurückgedrängt hatte.

»Das frage ich dich. Wir kommen nicht vor Mittag an, nicht wahr? Was für eine Schweinerei!«

»Versuch zu schlafen, Liebling.« So hatte sie ihn seit fast einem Jahr nicht mehr genannt. »Lehn dich an, so, leg deinen Kopf hierher. Ist dir warm genug?« Einige Minuten lang versuchte sie das Stoßen des Autobusses abzuschwächen, indem sie ihren Körper gegen die Lehne des Sitzes stemmte. Aber ihre Muskeln ermüdeten bald; sie lehnte sich zurück, entspannte sich und ließ seinen Kopf auf ihrer Brust auf- und abhüpfen. Seine Hand, die in ihrem Schoß lag, suchte die ihre, fand sie, hielt sie zuerst fest und dann lose. Sie nahm an, daß er eingeschlafen war, machte die Augen zu und dachte: »Jetzt gibt es kein Entweichen mehr. Ich bin mittendrin.«

Im Morgengrauen erreichten sie ein weiteres Rasthaus, das auf einem völlig flachen Stück Land stand. Der Autobus fuhr durch das Eingangstor in einen Hof, in dem mehrere Zelte standen. Ein Kamel äugte hochmütig durch das Fenster, hinter dem Kit saß. Diesmal stiegen alle aus. Sie weckte Port. »Willst du etwas frühstücken?« sagte sie.

»Ob du's glaubst oder nicht – ich habe Hunger.«

»Warum auch nicht?« erwiderte sie fröhlich. »Es ist fast sechs Uhr.«

Sie tranken wieder süßen, schwarzen Kaffee, aßen ein paar harte Eier und Datteln. Der junge Araber, der ihr den Namen des vorhergehenden Rasthauses gesagt hatte, ging vorbei, als sie auf dem Fußboden saßen und aßen. Kit konnte nicht umhin, festzustellen, wie ungewöhnlich hochgewachsen er war und welch eine prachtvolle Figur er in seinem wallenden weißen Gewand abgab. Um ihr Schuldgefühl, überhaupt über ihn nachgedacht zu haben, wieder auszulöschen, machte sie Port auf ihn aufmerksam.

»Sieht der nicht fabelhaft aus?« hörte sie sich sagen, als der Araber den Raum verließ. Der Satz war nicht von ihr und klang in ihrem Mund ganz lächerlich; sie erwartete unsicher, wie Port reagieren werde. Aber Port hielt sich mit der Hand den Unterleib; sein Gesicht war weiß.

»Was ist los?« rief sie.

»Paß auf, daß der Bus nicht abfährt«, sagte er. Er erhob sich taumelnd und ging hastig aus dem Raum. Von einem Boy begleitet, stolperte er über den Hof, an den Zelten vorüber, vor denen Feuer brannten und Babys schrien. Er ging zusammengekrümmt, mit einer Hand seinen Kopf, mit der anderen seinen Leib haltend.

In der entferntesten Ecke war ein kleines steinernes Gebäude, ähnlich einem Schießturm. Der Boy deutete darauf. »Daoua«, sagte er. Port ging die Stufen hinauf, trat ein und warf die Holztüre hinter sich zu. Drinnen stank es und war dunkel. Er lehnte sich gegen die kalte Steinmauer und hörte, wie die Spinnweben rissen, als sein Kopf sie berührte. Der Schmerz war zwiefach: ein heftiger Krampf und ein aufsteigender Brechreiz, beides zu gleicher Zeit. Er verhielt sich eine Zeitlang ganz still, schluckte heftig und atmete tief ein. Was an schwachem Licht in dem Raum war, kam durch das viereckige Loch im Boden. Etwas huschte über seinen Nakken. Er ging fort von der Mauer und beugte sich über das Loch, indem er sich mit den Händen gegen die gegenüberliegende Wand stemmte. Unter ihm war die faulige Erde und die kotbespritzten Steine, übersät von Fliegen. Er schloß die Augen und verharrte einige Minuten in dieser abwartenden Haltung; von Zeit zu Zeit stöhnte er. Der Fahrer des Autobus fing an zu hupen, und aus irgendeinem Grund verstärkte dieses Geräusch seine Qual. »Mein Gott, hör schon auf!« schrie er laut und stöhnte sofort danach wieder. Aber das Hupen ertönte weiter, kurz, mit langen Signalen abwechselnd. Endlich kam der Augenblick, wo der Schmerz nachzulassen schien. Er öffnete seine Augen und machte mit dem Kopf einen unbewußten Ruck nach oben, denn einen Moment lang vermeinte er, Flammen zu sehen. Es war die rote, aufgehende Sonne, die auf die Steine und den Kot unter ihm schien. Als er die Türe öffnete, standen Kit und der junge Araber davor; sie halfen ihm gemeinsam, den wartenden Autobus zu erreichen.

Im Laufe des Morgens nahm die Landschaft ein weiches und fröhliches Gepräge an, das sich von allem, was Kit je gesehen hatte, unterschied. Plötzlich wurde ihr bewußt, daß das daher kam, weil die Felsen zum größten Teil durch Sand ersetzt wurden. Und Bäume mit gefiederten Blättern wuchsen hier und dort, besonders da, wo mehrere Hütten standen, und diese Stellen wurden immer häufiger. Mehrmals trafen sie auf Gruppen dunkler Männer, die auf Reitkamelen saßen. Sie hielten stolz ihre Tiere im Zaum, und ihre mit Kholschminke umränderten Augen funkelten über den indigofarbenen Schleiern, die ihre Gesichter verhüllten.

Zum erstenmal verspürte sie einen leichten Schauer von Erregung. »Es ist schon sehr wunderbar«, dachte sie, »im Atomzeitalter an solchen Menschen vorüberzufahren.«

Port lehnte in seinem Sitz und hatte die Augen geschlossen. »Vergiß, daß ich da bin«, hatte er gesagt, als sie das Rasthaus verließen. »Dann gelingt es mir leichter, das gleiche zu tun. Nur noch wenige Stunden – dann ins Bett, Gott sei Dank.«

Der junge Araber sprach gerade genug Französisch, um sich durch die offensichtliche Unmöglichkeit einer wirklichen Unterhaltung mit Kit nicht abschrecken zu lassen. Es schien, als genüge ihm ein Vokal oder ein Verb, das mit Gefühl ausgesprochen wurde, und sie schien der gleichen Ansicht zu sein. Mit dem Arabern eigenen Talent, aus einem Bericht eine Legende zu machen, erzählte er ihr von El Ga'a und seinen hohen Mauern mit den Toren, die bei Sonnenuntergang geschlossen wurden, den stillen, dunklen Straßen und dem großen Marktplatz, wo vieles zum Kauf angeboten wurde, das aus dem Sudan oder von noch weiter her kam: Salzbarren, Straußenfedern, Goldstaub – er zählte sie in langer Reihe auf und benutzte unbesorgt das arabische Wort, wenn ihm das französische fehlte. Sie hörte ihm voller Aufmerksamkeit zu, hypnotisiert durch den außergewöhnlichen Charme seines Gesichtes und seiner Stimme, und ebenso fasziniert durch das Fremdartige seiner Erzählung und die seltsame Art, in der er sprach.

Das Terrain bestand jetzt aus sandigem Ödland, in dem hie und da einige verkrüppelte, staudenartige Bäume standen, die sich vor dem gnadenlosen Licht der Sonne eng an den Boden drückten. Vor ihr verfärbte sich der Horizont von Blau zu einem grellen Weiß, das blendender war als alles, was sie sich bisher hatte vorstellen können: es war der Schein über der Stadt. Ehe sie sich umsah, fuhren sie schon zwischen grauen Lehmmauern hindurch. Die Kinder schrien, als der Autobus vorüberfuhr, und ihre Stimmen zerstachen die Luft wie Stahlnadeln. Ports Augen waren immer noch zu; sie beschloß, ihn nicht zu stören, ehe sie angekommen waren. Sie bogen scharf nach links ab, wirbelten eine Staubwolke auf und fuhren durch ein großes Tor auf einen riesenhaften, quadratischen Platz – eine Art Vorzimmer der Innenstadt, an dessen Ende ein noch größeres Tor war. Dahinter verschwanden Menschen und Tiere in der Dunkelheit. Der Autobus stoppte abrupt, und der Fahrer stieg aus und verschwand mit einer Miene, als wünsche er nichts mehr weiter damit zu tun zu haben. Die Passagiere schliefen zum Teil noch, oder sie gähnten und fingen an, nach ihren Sachen zu suchen, von denen die meisten nicht mehr an der Stelle waren, an der sie sie die Nacht zuvor verstaut hatten.

Kit zeigte durch eine Geste an, daß Port und sie bleiben würden, wo sie waren, bis die übrigen Reisenden den Wagen verlassen hätten. Der junge Araber sagte, er wolle dasselbe tun, denn sie werde seine Hilfe benötigen, um Port in das Hotel zu bringen. Während sie da saßen und warteten, bis die trödelnden Passagiere ausgestiegen waren, erklärte er ihr, das Hotel liege am anderen Ende der Stadt, bei der Festung, da es ausschließlich für die wenigen Offiziere, die keine Wohnungen hatten, aufgehalten wurde und es selten vorkam, daß jemand, der mit dem Autobus ankam, ein Hotel benötigte.

»Sie sind sehr freundlich«, sagte sie und setzte sich in ihrem Sitz zurück.

»Ja, Madame.« Sein Gesicht drückte nichts als liebenswürdige Besorgnis aus, und sie vertraute ihm.

Als der Bus endlich leer war, bis auf die Granatapfelschalen und Dattelkerne auf dem Boden und auf den Sitzen, stieg er aus und rief einige Männer herbei, das Gepäck zu tragen.

»Wir sind da«, sagte Kit mit lauter Stimme. Port bewegte sich, schlug die Augen auf und sagte: »Zum Schluß habe ich geschlafen. Was für eine teuflische Reise. Wo ist das Hotel?«

»Es ist irgendwo hier in der Nähe«, sagte sie ungewiß; sie wollte ihm nicht sagen, daß es am anderen Ende der Stadt war.

Er setzte sich langsam auf. »Lieber Gott, ich hoffe, daß es nah ist. Ich glaube nicht, daß ich es schaffe, wenn es weit weg ist. Ich fühle mich saumäßig. Ich fühle mich wirklich saumäßig.«

»Hier ist ein Araber, der uns hilft. Er bringt uns hin. Es scheint, daß es nicht ganz in der Nähe der Bushaltestelle ist.« Sie fühlte sich wohler, wenn er die Wahrheit über das Hotel durch den Araber erfuhr; auf diese Weise hielt sie sich aus der Sache heraus, und was immer Port an Ressentiments empfinden könnte, sie würden sich nicht gegen sie richten.

Draußen, im Staub, herrschte afrikanisches Durcheinander, aber zum erstenmal ohne ein sichtbares Zeichen europäischen Einflusses, und so hatte die ganze Szene eine Originalität, die den anderen Städten gefehlt hatte. Eine unerwartete Vollkommenheit, die das Gefühl des Chaotischen wieder auflöste. Sogar Port bemerkte den unverfälschten Charakter dieses Bildes. »Es ist wundervoll hier, jedenfalls soweit ich es jetzt sehen kann.«

»Soweit du es sehen kannst!« echote Kit. »Stimmt etwas nicht mit deinen Augen?«

»Ich bin schwindlig. Ich habe Fieber. Soviel weiß ich.«

Sie befühlte seine Stirne und sagte nichts weiter als: »Laß uns aus der Sonne gehen.«

Der junge Araber ging rechts, Kit links von ihm; jeder stützte ihn mit einem Arm. Die Träger waren vorausgegangen.

»Der erste anständige Ort«, sagte Port bitter, »und ich muß mich so elend fühlen.«

»Du bleibst im Bett, bis du wieder völlig in Ordnung bist. Wir haben nachher noch Zeit genug, um alles auszukundschaften.«

Er antwortete nicht. Sie gingen durch das innere Stadttor und tauchten direkt in einen langen, gewundenen Tunnel. An den Seitenwänden, an denen Menschen saßen, erhoben sich gedämpfte Stimmen im Singsang langer, eintöniger Sätze. Bald waren sie wieder in der Sonne, und dann kam ein neues Stück Dunkelheit, als die Straße sich durch die dicken Mauern der Häuser schlängelte.

»Hat er dir denn nicht gesagt, wo es ist? Lange kann ich das nicht mehr mitmachen«, sagte Port. Er hatte den jungen Araber nicht einmal direkt angesprochen.

»Zehn, fünfzehn Minuten«, sagte der Araber.

Er ignorierte ihn immer noch. »Das ist völlig unmöglich«, erklärte er Kit und keuchte.

»Mein lieber Junge, du mußt gehen. Du kannst dich doch nicht einfach hier auf die Straße setzen.«

»Was ist los?« sagte der Araber, der ihre Gesichter beobachtet hatte. Und nachdem man ihm erklärt hatte, um was es sich handelte, hielt er einen vorübergehenden Fremden an und sprach kurz mit ihm. »Hier in der Nähe ist ein ›fondouk‹.« Er deutete in die Richtung. »Er kann –« Er markierte die Bewegung des Schlafens, indem er die Hand an die Backe legte. »Dann gehen wir ins Hotel und holen Männer und rfed, très bien!« Er machte eine Bewegung, als wolle er Port aufheben und in seinen Armen forttragen.

»Nein, nein!« schrie Kit, die glaubte, er wolle ihn wirklich aufheben.

Er lachte und sagte zu Port: »Möchten Sie dort hingehen?«

»Ja.«

Sie drehten um und gingen durch einen Teil des labyrinthartigen Tunnels zurück. Wieder sprach der junge Araber mit jemandem auf der Straße. Er drehte sich lächelnd zu den beiden um. »Das Ende. Der nächste dunkle Platz.«

Das fondouk war eine kleine, schmutzige und dunkle Abart der Rasthäuser, die sie während der letzten Wochen kennengelernt hatten, mit dem einzigen Unterschied, daß der Hof mit einem Rohrgeflecht überdeckt war. Es war mit Landvolk und Kamelen überfüllt, die alle zusammen am Boden ausruhten. Sie gingen hinein, und der Araber sprach mit einem der Aufseher, der einen Stall räumte und in einer Ecke frisches Stroh aufschüttete, damit Port sich hinlegen konnte. Die Träger setzten sich auf die Koffer im Hof.

»Ich kann dich hier nicht allein lassen«, sagte Kit und sah sich in dem schmutzstarrenden Loch um. »Tu deine Hand weg!« Sie lag auf Kameldung, aber er ließ sie liegen. »Geh jetzt, gleich«, sagte er. »Ich halte schon durch, bis du zurückkommst. Aber eil dich. Eil dich!«

Sie warf einen letzten ängstlichen Blick auf ihn und ging in den Hof hinaus. Der Araber folgte ihr. Es war ihr eine Erleichterung, auf der Straße schnell gehen zu können.

»Vite! Vite!« rief sie ihm immer wieder zu, wie ein Automat. Sie keuchten, während sie sich durch die langsam dahinziehende Menge in das Herz der Innenstadt durchkämpften und dann wieder auf die andere Stadtseite hinaus, bis sie vor sich den Hügel mit der Festung sahen. Diese Seite der Stadt war freier als die andere und bestand zum größten Teil aus Gärten, die durch hohe Mauern von der Straße abgetrennt waren. Manchmal erhoben sich mächtige Zypressen über die Mauern. Am Ende einer langen Gasse war ein fast unleserliches Holzschild mit der Aufschrift »Hôtel du Ksar« und einem Pfeil, der nach links zeigte. »Ah!« rief Kit. Selbst hier, am Rande der Stadt, herrschte Wirrnis; die Straßen waren so angelegt, daß jede vor einer Mauer, in einer Sackgasse, zu enden schien. Dreimal mußten sie umkehren und die Richtung ändern. Es gab weder Türen noch Ställe, nicht einmal einen einzigen Fußgänger – nichts als die starren rosa Mauern, die in der zitternden Sonnenglut kochten.

Endlich kamen sie an eine winzige, festverrammelte Türe in einer riesigen Mauer. »Entrée d'Hôtel« kündete das Schild darüber an. Der Araber klopfte laut.

Lange Zeit verrann, aber niemand antwortete. Kits Hals war schmerzhaft ausgetrocknet; ihr Herz klopfte immer noch sehr schnell. Sie schloß die Augen und lauschte. Sie hörte nichts.

»Klopfen Sie noch mal«, sagte sie und hob die Hand, um es selbst zu tun. Aber seine Hand war noch auf dem Klopfer, und er schlug mit noch größerer Energie wie vorher. Diesmal begann irgendwo hinten im Garten ein Hund zu bellen, und als der Laut langsam näher kam, vermischte er sich mit beschwichtigenden Zurufen. »Askout!« schrie eine Frau ärgerlich, aber das Tier bellte weiter. Dann kam eine Pause, während der man Steine auf den Boden fallen hörte, und der Hund verstummte. In ihrer Ungeduld stieß Kit die Hand des Arabers vom Türklopfer und begann selbst ununterbrochen zu klopfen, ohne aufzuhören, bis die Stimme der Frau an der anderen Seite der Tür schrie: »Echkoun? Echkoun?«

Der junge Araber und die Frau begannen eine lange Verhandlung, während der er unter wildem Gefuchtel verlangte, sie solle öffnen, und sie sich weigerte, die Türe zu berühren. Endlich ging sie wieder fort. Sie hörten, wie ihre Füße in Schlappen den Weg entlang schlurften, dann begann wieder das Gebell des Hundes, das Schimpfen der Frau, gefolgt vom Winseln, als sie ihn schlug, und dann hörten sie nichts mehr.

»Was ist los?« rief Kit verzweifelt aus. »Pourquoi on ne nous laisse pas entrer?«

Er lächelte und zuckte die Achseln. »Madame kommt«, antwortete er.

»O lieber Gott!« sagte sie auf englisch. Sie ergriff den Klopfer und hämmerte wie wild, während sie gleichzeitig mit aller Wucht gegen die Türe trat. Sie rührte sich nicht. Immer noch lächelnd, schüttelte der Araber langsam den Kopf. »Peut pas«, erklärte er ihr. Aber sie fuhr fort, zu hämmern. Obwohl sie wußte, daß sie keinerlei Grund hatte, auf ihn böse zu sein, war sie es doch, weil er es nicht fertiggebracht hatte, daß die Frau die Türe öffnete. Nach einer Weile hörte sie auf, da sie das Gefühl hatte, ohnmächtig zu werden. Sie zitterte vor Erschöpfung, und ihr Mund und Hals fühlten sich an, als seien sie aus Blech. Die Sonne sengte die kahle Erde; es gab keinen Zentimeter Schatten, außer zu ihren Füßen. Ihre Gedanken wanderten zurück zu den vielen Malen, wo sie ein Vergrößerungsglas über ein hilfloses Insekt gehalten hatte und es bei seinen verzweifelten Versuchen, zu entfliehen, mit dem immer mehr zunehmenden Brennpunkt der Linse verfolgte, bis sie es schließlich direkt mit der blendenden Lichtspitze traf, worauf es wie durch ein Wunder zu laufen aufhörte, langsam zusammenschrumpfte und sich in Rauch auflöste. Sie hatte das Gefühl, wenn sie jetzt aufblicken würde, dann wäre die Sonne ins Gigantische vergrößert. Sie lehnte sich gegen die Mauer und wartete.

Schließlich hörte man Schritte im Garten. Sie hörte, wie ihr Geräusch an Umfang und Klarheit zunahm, bis sie direkt vor der Türe ankamen. Ohne auch nur den Kopf zu drehen, wartete sie, bis diese geöffnet wurde; aber das geschah nicht.

»Qui est là?« sagte eine Frauenstimme.

Aus Angst, der junge Araber könne antworten und es werde ihm vielleicht der Eintritt verweigert, weil er ein Eingeborener war, nahm Kit all ihre Kraft zusammen und schrie: »Vous êtes la propriétaire?«

Es folgte eine kurze Stille. Dann begann die Frau in einem korsischen oder italienischen Akzent eine wortreiche Beschwörung: »Ah, madame, allez vous en, je vous en supplie!... Vous ne pouvez pas entrer içi! Ich bedaure! Es ist sinnlos, darauf zu bestehen. Ich kann Sie nicht hereinlassen! Niemand hat dieses Hotel betreten oder verlassen, seit über einer Woche! Es tut mir leid.«

»Aber Madame«, schrie Kit, fast weinend, »mein Mann ist schwer krank!«

»Aie!« Die Frauenstimme gellte auf, und Kit hatte den Eindruck, daß sie sich einige Schritte weiter in den Garten zurückgezogen hatte; der nächste Satz, nun von etwas weiter her, bestätigte das.

»Ah, mon dieu! Gehen Sie weg! Ich kann Ihnen nicht helfen!«

»Aber wohin?« schrie Kit. »Wohin kann ich gehen?«

Die Frau war bereits auf dem Rückweg durch den Garten. Sie blieb stehen, um zu rufen: »Fort von El Ga'a! Verlassen Sie die Stadt! Sie können nicht von mir verlangen, daß ich Sie hereinlasse. Bis jetzt sind wir hier im Hotel von der Epidemie verschont geblieben.«

Der junge Araber versuchte, Kit fortzuziehen. Er hatte nichts verstanden, außer, daß man sie nicht hineinließ. »Kommen Sie. Wir suchen fondouk«, sagte er. Sie schüttelte ihn ab, legte die Hände an den Mund und rief: »Madame, was für eine Epidemie?«

Die Stimme kam von noch weiter weg. »Meningitis, natürlich. Wußten Sie das denn nicht? Mais oui, Madame! Partez! Partez!« Der Klang ihrer eiligen Schritte wurde schwächer und verlor sich.

Um die Ecke des Durchgangs kam ein Blinder in Sicht, der sich ihnen langsam näherte, indem er sich an der Wand entlangtastete. Kit sah den jungen Araber an; ihre Augen waren weit aufgerissen. Sie sagte sich: »Das ist ein Wendepunkt. Es gibt im Leben nur eine bestimmte Anzahl. Ich muß ganz ruhig bleiben und überlegen.« Er, der nur ihre aufgerissenen Augen sah und noch immer nicht verstand, um was es sich handelte, legte seine Hand beruhigend auf ihre Schulter und sagte: »Kommen Sie.« Sie hörte ihn nicht, aber sie ließ sich von ihm von der Mauer fortziehen, gerade als der Blinde sie erreichte. Und er führte sie den ganzen Weg zur Stadt zurück, während sie unaufhörlich dachte: »Dies ist ein Wendepunkt.« Die plötzliche Dunkelheit eines Tunnels unterbrach ihre Selbsthypnose. »Wohin gehen wir?« sagte sie zu ihm. Die Frage erfreute ihn aufs höchste; er erblickte darin eine Anerkennung seiner Autorität. »Fondouk«, antwortete er, aber in seiner Stimme mußte etwas von seinem Triumph geklungen haben, denn sie blieb stehen und trat einen Schritt beiseite. »Balak!« rief eine Stimme neben ihr, und sie wurde von einem Mann, der ein Bündel trug, angerempelt. Der junge Araber griff nach ihr und zog sie wieder sanft an sich. »Das fondouk«, erwiderte sie unsicher. »Ach ja«. Sie begannen, wieder zu gehen.

Port schien in seinem lauten Stall zu schlafen. Seine Hand lag immer noch auf dem Kameldung – er hatte sich nicht bewegt. Trotzdem hörte er sie hereinkommen und bewegte sich etwas, um ihnen zu zeigen, daß er sich ihrer Gegenwart bewußt war. Kit kauerte sich neben ihn auf das Stroh und glättete sein Haar. Sie hatte keinerlei Ahnung, was sie ihm sagen sollte, noch weniger, was sie nun tun würden, aber es beruhigte sie, ihm so nahe zu sein. Sie hockte lange Zeit so da, bis die Stellung zu schmerzhaft wurde. Dann stand sie auf. Der junge Araber hockte vor der Türe auf dem Boden. »Port hat kein Wort gesprochen«, dachte sie, »aber er wartete auf die Männer vom Hotel, die ihn dorthin tragen werden.« In diesem Augenblick war der schwerste Teil ihrer Aufgabe, ihm zu sagen, daß es für ihn in El Ga'a kein Unterkommen gebe; sie beschloß, es zu verschweigen. Gleichzeitig war in ihr ein Plan gereift, und sie wußte genau, was sie zu tun hatte.

Und alles wickelte sich sehr schnell ab. Sie schickte den jungen Araber auf den Markt. Jeder Personen- oder Lastwagen, jeder Autobus sei recht, gleich, was es koste, erklärte sie ihm. Ihm letzteres zu sagen, war sinnlos, denn er verbrachte fast eine Stunde damit, wegen des Preisangebotes von drei Personen zu feilschen, die den Verladeraum eines Lieferwagens anboten, der heute nachmittag nach einem Ort fuhr, der Sbâ hieß. Aber als er zurückkam, war alles geregelt. Sobald der Wagen geladen hatte, würde der Fahrer am Neuen Tor – das war das Tor, das dem fondouk am nächsten lag – auf sie warten, seinen Mechaniker schicken, um sie zu benachrichtigen, und die nötigen Männer organisieren, die Port durch die Stadt zum Wagen tragen würden. »Wir haben Glück«, sagte der junge Araber. »Sie fahren nur zweimal im Monat nach Sbâ«. Kit dankte ihm. Während der ganzen Zeit seiner Abwesenheit hatte Port sich nicht gerührt, und sie hatte es nicht gewagt, ihn zu wecken. Nun kniete sie neben ihn nieder und flüsterte, mit dem Mund nahe seinem Ohr, immerzu seinen Namen. »Ja, Kit«, sagte er endlich, und seine Stimme war sehr schwach. »Wie fühlst du dich?« flüsterte sie.

Er antwortete erst nach längerer Pause. »Schläfrig.«

Sie tätschelte seinen Kopf. »Schlaf noch ein bißchen. Die Männer werden bald kommen.«

Aber sie kamen erst, als die Sonne schon untergehen wollte. In der Zwischenzeit hatte der junge Araber eine Schüssel mit Essen für Kit geholt. Selbst mit ihrem Heißhunger fiel es ihr schwer, hinunterzuwürgen, was er ihr gebracht hatte: das Fleisch bestand aus verschiedenen inneren Organen, in schwimmendem Fett gebacken, und einigen sehr harten, halbierten Quitten, die in Öl gedünstet waren. Es gab auch Brot, und davon aß sie am meisten. Als das Licht bereits schwächer wurde und die Leute draußen im Hof anfingen, ihre Abendmahlzeit vorzubereiten, erschien der Mechaniker mit drei verwegen aussehenden Negern. Keiner von ihnen sprach Französisch. Der junge Araber deutete auf Port, und sie hoben ihn ohne Umstände von seinem Strohlager auf und trugen ihn auf die Straße hinaus. Kit ging, so nah sie konnte, neben seinem Kopf, um aufzupassen, daß sie ihn nicht herunterhängen ließen. Sie gingen rasch durch die immer dunkler werdenden Durchgänge und über den Kamel- und Ziegenmarkt, auf dem es völlig ruhig war, bis auf das leise Läuten der Glocken, die die Tiere um den Hals trugen. Bald waren sie außerhalb der Stadtmauern, und vor dem dunklen Hintergrund der Wüste leuchteten die Scheinwerfer des wartenden Wagens.

»Hinten. Er kommt hinten rein«, erklärte ihr der junge Araber, als die drei ihre Last auf die Kartoffelsäcke fallen ließen. Sie gab ihm etwas Geld und bat ihn, damit die Sudanneger und die Träger zu bezahlen. Es reichte nicht; sie mußte ihm mehr geben. Dann gingen die Leute. Der Chauffeur ließ den Motor anspringen, der Mechaniker schwang sich vorne neben ihm auf den Sitz und warf die Türe zu. Der junge Araber half ihr hinten beim Einsteigen, und sie blieb oben stehen, beugte sich über einen Stapel Weinkisten und sah zu ihm hinunter. Er machte eine Bewegung, als wolle er zu ihr steigen, aber in diesem Augenblick machte der Wagen einen Satz und fuhr an. Der junge Araber rannte ihm nach, sicher erwartete er, daß Kit dem Fahrer zurufen würde, er solle halten, denn er wollte sie unbedingt begleiten. Sobald sie aber ihre Balance wieder hatte, kauerte sie sich absichtlich nieder und legte sich auf die Kartoffelsäcke neben Port. Sie sah nicht mehr hinaus, bis sie kilometerweit in die Wüste gefahren waren. Dann sah sie voller Angst auf, als erwarte sie, ihn dort draußen durch das kalte Ödland laufen zu sehen, der Spur des Wagens nach, ihr nach.

Der Wagen fuhr viel ruhiger, als sie gedacht hatte, vielleicht weil der Boden glatt war und es nur wenig Kurven gab; die Straße schien durch ein endloses gerades Tal zu führen, zu dessen beiden Seiten hohe Sanddünen lagen. Sie sah zum Mond empor, der immer noch sehr klein, aber wesentlich breiter war als in der vergangenen Nacht. Und sie zitterte ein wenig und legte sich ihre Handtasche auf die Brust. Es bereitete ihr ein momentanes Vergnügen, sich diese dunkle kleine Welt, diese nach Leder und Kosmetika riechende Tasche, vorzustellen, die zwischen ihrem Körper und der feindlichen Außenluft lag. Nichts hatte sich darin verändert; die gleichen Gegenstände fielen in dem gleichen engen Chaos durcheinander und hatten die gleichen Namen und repräsentierten die altvertrauten Dinge: Mark Cross, Caron, Helena Rubinstein. »Helena Rubinstein«, sagte sie laut und mußte über den Namen lachen. »Noch eine Minute, und ich werde hysterisch«, sagte sie zu sich selbst. Sie klammerte sich an Ports regungslos daliegende Hand und preßte seine Finger, so fest sie konnte, zusammen. Dann setzte sie sich auf und widmete ihre ganze Aufmerksamkeit der Massage dieser Hand, in der Hoffnung, daß sie sich unter ihrem Kneten und Drücken erwärmen werde. Plötzliche Panik überfiel sie. Sie legte ihre Hand auf seine Brust. Natürlich, sein Herz schlug. Aber er schien ihr sehr kalt zu sein. Indem sie all ihre Kraft zusammennahm, wälzte sie seinen Körper auf die Seite und streckte sich hinter ihm aus, wobei sie versuchte, ihn an so vielen Stellen wie möglich zu berühren und ihn auf diese Weise warm zu bekommen. Als sie sich etwas entspannte, entdeckte sie, daß sie selbst gefroren hatte und sich jetzt viel wohler fühlte. Sie überlegte, ob ihr Wunsch, neben Port zu liegen, unbewußt aus dem Gefühl kam, sich selbst erwärmen zu wollen. »Wahrscheinlich, sonst wäre ich nicht auf die Idee gekommen.« Sie schlief ein wenig.

Mit einem Ruck wachte sie auf. Es war klar, daß jetzt, wo ihr Gehirn unbeschäftigt war, irgendein Grauen kommen mußte. Sie versuchte, nicht darüber nachzudenken, was es war. Port war es nicht. Dieses Problem gab es nun schon seit langer Zeit. Ein neues Grauen, das zusammenhing mit Sonne, Staub... Mit aller Kraft versuchte sie, den nächsten Gedanken auszuschalten, als sie fühlte, wie ihr Gefühl immer näher auf die Lösung hinsteuerte. Der Bruchteil einer Sekunde, und es würde nicht mehr möglich sein, sich der Erkenntnis zu entziehen... Da! Meningitis!

In El Ga'a herrschte die Epidemie, und sie hatte sich ihr ausgesetzt. In den heißen Tunnels der Straßen hatte sie die verpestete Luft eingeatmet, hatte im verseuchten Stroh des fondouk gekauert. Sicherlich hatte sich der Bazillus schon bei ihr eingenistet und sich vermehrt. Bei dem Gedanken fühlte sie ihren Nacken steif werden. Aber Port konnte nicht an Meningitis erkrankt sein; er fror bereits seit Aïn Krorfa und hatte wahrscheinlich schon seit den ersten Tagen in Bou Noura Fieber. Wenn sie nur beide klug genug gewesen wären, es zu merken. Sie versuchte, sich zu erinnern, wie die Symptome waren – nicht nur bei Meningitis, sondern auch bei den anderen ansteckenden Krankheiten. Diphtherie fing mit Halsweh an, Cholera mit Durchfall; aber Typhus, Paratyphus, Pest, Malaria, gelbes Fieber, kala azar – soweit sie informiert war, begannen sie alle mit Fieber und irgendwelchem Unbehagen. Sie war ratlos. »Vielleicht ist es Amöbenruhr, zusammen mit einem Malaria-Rückfall«, überlegte sie. »Aber was ich auch tu oder nicht tu, kann nichts mehr ändern, denn die Krankheit ist bereits in ihm.« Sie wollte in keiner Weise dafür verantwortlich sein; das wäre zu diesem Zeitpunkt über ihre Kraft gegangen. Soweit hatte sie das Gefühl, sich recht gut zu halten. Sie dachte an Schauergeschichten aus dem Krieg, Geschichten, deren Moral immer darauf hinausging: »Man kennt einen Menschen erst in der Gefahr; dann stellt sich oft heraus, daß der Schüchternste der Tapferste ist.« Sie überlegte, ob sie tapfer oder nur resigniert war. Oder feige, fügte sie leise für sich hinzu. Auch das war möglich, man konnte es nicht genau wissen. Port hatte sie nie darüber aufklären können, da er es selber nicht wußte. Wenn sie ihn pflegen und wieder gesund bekommen würde, so würde er ihr zweifellos sagen, sie sei tapfer, eine Märtyrerin, und viele andere schöne Dinge, aber das nur aus Dankbarkeit. Und dann überlegte sie, warum sie es überhaupt wissen wollte – es erschien ihr in dieser Situation eher ein frivoler Wunsch.

Der Lastwagen dröhnte ohne Pause. Glücklicherweise war er hinten völlig offen, so daß sie durch die Auspuffgase nicht belästigt wurden. So erwischte sie nur hie und da einen scharfen Geruch, der aber in der nächsten Sekunde wieder von der kalten Nachtluft verjagt wurde. Der Mond ging unter, die Sterne schienen, und sie hatte keine Ahnung, wie spät es war. Das Geräusch des Motors verschlang jeden Laut, den sie von der Unterhaltung, die vielleicht zwischen dem Fahrer und dem Mechaniker stattfand, hätte hören können, und machte es ihr unmöglich, sich mit ihnen zu verständigen. Sie schlang ihre Arme um Ports Hüfte und zog ihn näher an sich, um wärmer zu werden. »Was immer er auch hat, er atmet in die mir entgegengesetzte Richtung«, dachte sie. In den Momenten, in denen sie schlief, grub sie sich mit den Beinen unter die Kartoffelsäcke, um nach Wärme zu suchen; manchmal wurde sie durch das Gewicht aufgeweckt, aber sie zog den Druck der Kälte vor. Einige leere Säcke hatte sie über Ports Beine gelegt. Es war eine lange Nacht.

XXII

Während er hinten im Lastwagen lag, durch Kit etwas gegen die Kälte geschützt, fühlte er ab und zu die gerade Straße unter sich. Die gewundenen Straßen der vergangenen Wochen wurden fremd und verblaßten in seiner Erinnerung; sie wurden alle zu einem einzigen geraden unausweichlichen Weg von der Küste bis in die Wüste, und nun war er bereits fast im Zentrum.

Wie oft hatten seine Freunde, die sein Leben beneideten, zu ihm gesagt: »Dein Leben ist so einfach.« »Dein Leben scheint immer in einer geraden Linie zu verlaufen.« Wann immer er diese Worte hörte, hörte er einen unausgesprochenen Vorwurf darin: es ist nicht schwer, eine gerade Straße auf einem baumlosen Terrain zu bauen. Er fühlte, daß sie eigentlich sagen wollten: »Du hast dir das leichteste Terrain ausgesucht.« Aber wenn sie es vorzogen, sich ihren eigenen Weg mit Hindernissen zu verbauen – und das taten sie sichtlich, indem sie sich mit allen möglichen unnötigen Verpflichtungen belasteten –, so war das kein Grund, weshalb sie sich darüber aufregten, daß er sein Leben vereinfacht hatte. Daher pflegte er mit einem gewissen Ärger zu sagen: »Jedermann richtet sich das Leben so ein, wie er es haben möchte. Oder nicht?«, als ob das Thema damit erledigt wäre.

Bei seiner Einreise waren die Einwanderungsbehörden nicht damit zufrieden gewesen, die Rubrik »Beruf« frei zu lassen, wie es in seinem Paß der Fall war. (Dieser Paß, das offizielle Dokument seines Daseins, das irgendwo in der Wüste hinter ihm herraste!) Sie hatten gesagt: »Monsieur muß aber doch irgend etwas tun.« Und Kit, die witterte, daß er anfangen würde, sich über diesen Punkt zu streiten, hatte schnell geantwortet: »O ja, Monsieur ist ein Schriftsteller, aber er ist sehr bescheiden!« Sie hatten gelacht und das Wort »écrivain« in die leere Rubrik geschrieben und hinzugefügt, sie hofften, die Sahara würde ihn inspirieren. Eine Zeitlang war er wütend gewesen über ihren Starrsinn, ihm ein Etikett geben zu wollen, einen état civile. Dann hatte ihn einige Stunden die Idee, ein Buch zu schreiben, amüsiert. Ein Tagebuch, in das er jeden Abend die Gedanken des Tages eintragen würde, sorgfältig mit Lokalkolorit gefärbt, und in das er gleich zu Beginn die absolute Wahrheit seiner Theorie – daß nämlich die Differenz zwischen Etwas und Nichts Nichts ergibt – deutlich bewiesen werden sollte. Er hatte diese Idee Kit gegenüber nicht einmal erwähnt; sie hätte sie sofort mit ihrem Enthusiasmus getötet. Seit dem Tod seines Vaters hatte er nie mehr etwas gearbeitet, weil er es nicht nötig gehabt hatte, aber Kit hatte immer gehofft, er würde wieder zu schreiben beginnen – ganz gleich, was oder worüber, solange er nur überhaupt an etwas arbeitete. »Er ist etwas weniger unausstehlich, wenn er arbeitet«, hatte sie anderen gegenüber erklärt, und das keineswegs nur im Scherz. Und wenn er seine Mutter sah, was selten vorkam, so pflegte auch sie zu fragen: »Hast du gearbeitet?« und ihn mit großen, traurigen Augen angesehen. Er pflegte zu antworten: »Nee«, und ihren Blick auf unverschämte Weise zu erwidern. Selbst als sie im Taxi zu dem Hotel fuhren und Tunner beim Anblick der elenden Straßen sagte: »Was für ein teuflischer Ort«, hatte er überlegt, wie entzückt Kit bei der Aussicht sein würde; es müßte heimlich geschehen – denn das war die einzige Form, in der er es durchführen konnte. Aber als er dann in dem Hotel installiert war und sie ihre tägliche Tour von Caféhausleben im »Eckmühl« begonnen hatten, gab es nichts, worüber man hätte schreiben können – es gelang ihm nicht, einen Zusammenhang zwischen den albernen Trivialitäten, die seinen Tag ausfüllten, und der ernsten Beschäftigung, Worte zu Papier zu bringen, zu finden. Er nahm an, es sei wahrscheinlich Tunner, der ihn hinderte, seine Hemmungen zu verlieren. Tunners Gegenwart schuf eine Situation, die, wenn auch kaum spürbar, ihn dennoch hinderte, in jenes Stadium von Konzentration zu kommen, das er für erforderlich hielt. Solange er sein Leben lebte, konnte er nicht darüber schreiben. Wo man aufhörte, fing der andere an, und das Vorhandensein von Umständen, die von ihm auch nur ein Minimum an Teilnahme erforderten, war genug, um die Idee des Schreibens aus dem Bereich der Möglichkeit zu stellen. Aber das war ganz in Ordnung. Er würde nicht gut geschrieben und daher auch keine Freude daran gehabt haben. Und selbst wenn das, was er geschrieben haben würde, gut gewesen wäre, wie viele Menschen hätten es gelesen? Es war ganz richtig, mit voller Geschwindigkeit in die Wüste hineinzufahren und keine Spuren zu hinterlassen.

Plötzlich fiel ihm ein, daß sie auf dem Weg ins Hotel in El Ga'a waren. Es war schon wieder Nacht, und sie waren immer noch nicht angekommen; irgendwo stimmte da etwas nicht, das wußte er, aber er hatte nicht die Energie, es zu untersuchen. Manchmal fühlte er, wie das Fieber in ihm tobte, eine Macht für sich; es erweckte in ihm die Vorstellung von einem Baseballspieler, der im Begriff war zu werfen. Und er war der Ball. Er wurde um und um geschleudert und dann in den Raum geworfen, wo er sich im Flug auflöste.

Sie standen über ihn gebeugt. Vorher war ein langer Kampf gewesen, und er war müde. Kit war die eine; der andere war ein Soldat. Sie sprachen zusammen, aber ihre Worte sagten ihm nichts. Er ließ sie stehen, wo sie standen, und ging dorthin zurück, von wo er aufgetaucht war.

»Er ist hier genausogut aufgehoben wie sonstwo außerhalb Sidi-bel-Abbès«, sagte der Soldat. »Bei Typhus kann man nichts anderes tun, als das Fieber so niedrig wie möglich zu halten und abzuwarten. Wir haben hier in Sbâ nicht viel Medikamente, aber dies hier«, er deutete auf eine Röhre mit Tabletten, die auf einer umgestülpten Kiste neben dem Bett stand, »wird das Fieber senken, und das ist schon sehr viel.«

Kit sah ihn nicht an. »Und Peritonitis?« sagte sie mit leiser Stimme.

Hauptmann Broussard runzelte die Stirne. »Suchen Sie nicht noch nach Komplikationen, Madame«, sagte er streng. »Es ist ohne solche schon genug. Ja, natürlich, Peritonitis, Lungenentzündung, Herzschwäche, wer weiß? Und Sie selbst können vielleicht die berühmte El-Ga'a-Meningitis schon in sich haben, vor der Madame Luccioni Sie so freundlich gewarnt hat. Bien sûr. Und vielleicht haben wir hier in Sbâ fünfzig Cholera-Fälle. Ich würde es Ihnen nicht sagen, auch wenn wir sie hätten.«

»Warum nicht?« sagte sie und sah endlich auf.

»Es wäre völlig sinnlos; und außerdem würde es nicht zur Hebung Ihrer Moral beitragen. Nein, nein. Ich würde die Kranken isolieren und Maßnahmen treffen, damit die Krankheit sich nicht ausbreitet. Das ist alles. Was wir tatsächlich haben, genügt vollkommen. Wir haben hier einen Mann mit Typhus. Wir müssen seine Temperatur herunterbekommen. Das ist alles. Und diese Geschichten von Peritonitis für ihn und Meningitis für Sie interessieren mich überhaupt nicht. Sie müssen realistisch sein, Madame. Wenn Sie das nicht sind, schaden Sie Ihrer Umgebung. Sie brauchen ihm nur alle zwei Stunden die Tabletten zu geben und zu versuchen, ihm so viel Suppe wie nur möglich einzulöffeln. Die Köchin heißt Zina. Es wäre ratsam, hie und da in die Küche zu gehen und nachzusehen, ob ein Feuer brennt und ständig heiße Suppe da ist. Zina ist großartig; sie kocht seit zwölf Jahren für uns. Aber alle Eingeborenen müssen ständig bewacht werden. Sie vergessen Dinge. Und nun, Madame, bitte ich Sie, mich zu entschuldigen, denn ich muß wieder an meine Arbeit zurück. Heute nachmittag wird einer der Männer Ihnen die Matratze aus meinem Haus bringen, die ich Ihnen versprochen habe. Sie wird nicht sehr bequem sein, aber was kann man schon erwarten – Sie sind in Sbâ und nicht in Paris.« Er drehte sich in der Türe um. »Enfin, madame, soyez courageuse!« sagte er, wieder stirnrunzelnd, und ging hinaus.

Kit blieb regungslos stehen und sah sich in dem kahlen kleinen Zimmer um, an dessen einer Wand eine Türe, an der anderen ein Fenster war. Port lag auf dem wackeligen Bett, gegen die Wand gedreht, das Leintuch über den Kopf gezogen, und atmete regelmäßig. Dieses Zimmer war das Hospital von Sbâ; es besaß das einzige Bett, das in der ganzen Stadt zu haben war, mit echten Leintüchern und Decken, und Port lag nur deshalb darin, weil zufällig niemand von den Streitkräften krank war. Eine Lehmmauer reichte bis zur halben Fensterhöhe, aber darüber strömte das qualvolle Licht des Himmels in das Zimmer hinein. Sie nahm das Extraleintuch, das ihr der Hauptmann für sie selbst gegeben hatte, faltete es in ein schmales Viereck von der Größe eines Fensters, nahm eine Schachtel Reißnägel aus Ports Koffer und hängte die Fläche zu. Selbst als sie am Fenster stand, traf die Stille des Ortes sie wie ein Schlag. Man hätte glauben können, daß innerhalb von tausend Kilometern kein lebendes Wesen zu finden sei. Die berühmte Stille der Sahara. Sie überlegte, ob im Laufe der Zeit jeder Atemzug noch immer so laut klingen würde wie jetzt, ob sie sich jemals an das lächerliche Geräusch gewöhnen würde, das ihr Speichel beim Schlucken machte, und ob sie immer so oft schlucken mußte wie jetzt, wo sie sich dieses Geräusches bewußt war.

»Port«, sagte sie ganz leise. Er rührte sich nicht. Sie ging aus dem Zimmer in das blendende Licht des Hofes mit seinem Sandboden. Es war kein Mensch ringsum zu sehen. Nichts als die glühenden, weißen Mauern, der starre Sand zu ihren Füßen und die blauen Tiefen des Himmels über ihrem Kopf. Sie ging ein paar Schritte, drehte sich dann mit einem Schwindelgefühl wieder um und ging in das Zimmer zurück. Es gab keinen Stuhl zum Sitzen – nur das Bett und die umgestülpte Kiste daneben. Sie setzte sich auf einen der Koffer. Ein Anhängezettel baumelte neben ihrer Hand am Griff. »Wanted on Voyage« stand darauf. Der Raum hatte das trostlos unpersönliche Aussehen eines Lagerraumes. Durch das ganze Gepäck, das über den Fußboden ausgebreitet war, war kein Platz mehr für die Matratze, die gebracht werden sollte; die Koffer würde man in einer Ecke aufstapeln müssen. Sie betrachtete ihre Hände, ihre Füße in den Eidechsenschuhen. Es war kein Spiegel im Zimmer; sie griff nach einem anderen Koffer und holte ihre Handtasche, aus der sie Puderdose und Lippenstift zog. Als sie die Puderdose öffnete, entdeckte sie, daß das Licht im Zimmer nicht für den kleinen Spiegel ausreichte und sie ihr Gesicht nicht sehen konnte. Sie stellte sich in den Türrahmen und schminkte sich langsam und sorgfältig.

»Port«, rief sie wieder, leise wie vorher. Er fuhr fort zu atmen. Sie schloß ihre Handtasche in einen Koffer, sah auf ihre Armbanduhr und trat wieder auf den Hof hinaus, diesmal mit einer dunklen Brille vor den Augen.

Hoch über der Stadt war das Fort auf einen steilen Sandhügel gebaut; eine Gruppe verstreuter Gebäude, die durch eine unregelmäßige Außenmauer eingeschlossen waren. Es wirkte wie eine Stadt für sich, nicht im Einklang mit der Landschaft und von streng militärischem Charakter. Die Eingeborenen-Wachen am Tor betrachteten sie neugierig, als sie an ihnen vorbeiging. Unter ihr breitete sich die sandfarbene Stadt mit ihren einstöckigen, flachgedeckten Häusern. Sie bog in die entgegengesetzte Richtung, umging die Mauer und kletterte ein Stück, bis sie auf der Spitze des Hügels war. Die Hitze und das Licht verursachten ihr leichten Schwindel, und der Sand lief ihr in die Schuhe. Von hier aus konnte sie die klaren hohen Töne der Stadt, die zu ihren Füßen lag, hören: Kinderstimmen und Hundegebell. Überall, wo Himmel und Erde sich trafen, war ein schwacher, rasch pulsierender Dunst.

»Sbâ«, sagte sie laut. Das Wort hatte keinerlei Bedeutung für sie; es verkörperte ihr nicht einmal die wahllose Ansammlung formloser Hütten dort unten. Als sie wieder in das Zimmer zurückkam, hatte jemand einen riesenhaften weißen Porzellan-Nachttopf in die Mitte des Fußbodens gestellt. Port lag auf dem Rücken, starrte an die Decke und hatte die Bettücher von sich gestoßen.

Sie eilte zum Bett und zog sie wieder über ihn. Es war nicht möglich, sie festzustecken. Sie maß seine Temperatur: sie war etwas heruntergegangen.

»Dieses Bett bereitet mir Rückenschmerzen«, sagte er unvermittelt, leise nach Luft schnappend. Sie trat zurück und untersuchte das Bett: zwischen dem Kopf- und dem Fußende hing es beträchtlich auf den Boden.

»Das werden wir sehr bald richten«, sagte sie. »Sei jetzt brav und bleib zugedeckt.«

Er sah sie vorwurfsvoll an. »Du brauchst mit mir nicht wie mit einem Kind zu reden«, sagte er. »Ich habe mich nicht verändert.«

»Ich glaube, das tut man unwillkürlich, wenn Menschen krank sind«, antwortete sie und lachte gekünstelt. »Verzeih.«

Er sah sie immer noch an. »Du brauchst mir in keiner Weise schöntun«, sagte er langsam. Dann schloß er die Augen und seufzte tief.

Als die Matratze kam, bat sie den Araber, der sie brachte, zu gehen und noch einen Mann zu holen. Sie hoben zusammen Port vom Bett und legten ihn auf die Matratze am Boden. Dann ließ sie einen Teil des Gepäcks auf dem Bett aufstapeln. Die Araber gingen wieder.

»Wo wirst du schlafen?« fragte Port.

»Hier auf dem Boden, neben dir«, sagte sie.

Er fragte nichts weiter. Sie gab ihm seine Tabletten und sagte: »Schlaf jetzt.« Dann ging sie zum Tor und versuchte, mit den Wachen zu sprechen; sie verstanden kein Französisch und sagten in einem fort: »Non m'si.« Während sie noch mit ihnen herumgestikulierte, erschien Hauptmann Broussard in einer nahgelegenen Türe und sah sie mit mißtrauischen Blicken an. »Wünschen Sie etwas, Madame?« sagte er.

»Ich möchte, daß mich jemand zum Markt begleitet und mir beim Einkauf von Decken behilflich ist«, sagte Kit.

»Ah, je regrette, madame«, sagte er. »Es gibt niemanden hier, der Ihnen diesen Dienst erweisen könnte, und ich kann Ihnen nur abraten, allein zu gehen. Aber wenn Sie wünschen, werde ich Ihnen Decken aus meiner Wohnung schikken.«

Kit bedankte sich überschwenglich. Sie ging in den Innenhof zurück und blieb einen Augenblick vor der Türe ihres Zimmers stehen; sie zögerte, einzutreten. »Das ist mein Gefängnis«, dachte sie. »Ich bin eine Gefangene hier, und wie lange? Gott allein weiß es.« Sie ging hinein, setzte sich auf einen Koffer nahe der Türe und starrte auf den Fußboden. Dann stand sie wieder auf, öffnete eine Handtasche und zog einen umfangreichen französischen Roman hervor, den sie sich vor der Abreise nach Boussif gekauft hatte. Sie versuchte zu lesen. Als sie bei der fünften Seite angelangt war, hörte sie jemanden durch den Hof kommen. Es war ein junger französischer Soldat, der drei Kamelhaardecken trug. Sie stand auf und trat beiseite, damit er hereinkommen konnte, und sagte: »Ah, merci. Comme vous êtes aimable!« Aber er blieb außerhalb der Türe stehen und streckte ihr seinen Arm entgegen, damit sie ihm die Decken abnehmen sollte. Sie nahm sie und legte sie auf den Boden zu ihren Füßen. Als sie wieder aufsah, ging er gerade fort. Sie starrte ihm einen Augenblick leise erstaunt nach und begann dann unter ihren Sachen verschiedene Kleidungsstücke zusammenzusuchen, um sie als Unterlage für die Decken zu verwenden. Schließlich richtete sie sich ihr Bett, legte sich darauf nieder und war angenehm überrascht, es bequem zu finden. Mit einem Mal überkam sie eine überwältigende Sehnsucht nach Schlaf. Es war noch eineinhalb Stunden Zeit, bis Port wieder seine Medizin einnehmen mußte. Sie schloß die Augen und war für einen Augenblick wieder im Lastwagen, auf dem Weg von El Ga'a nach Sbâ. Das Gefühl des Fahrens wiegte sie ein, und sie verfiel sofort in Schlaf.

Sie wachte davon auf, daß etwas an ihrem Gesicht vorbeistreifte. Sie setzte sich auf, sah, daß es dunkel war und jemand sich im Zimmer bewegte. »Port!« rief sie. Eine Frauenstimme sagte: »Voiçi mangi, madame.« Sie stand unmittelbar neben ihr. Jemand kam leise durch den Hof und trug eine Karbidlampe. Es war ein kleiner Junge, der zur Türe ging, seinen Arm hineinstreckte und das Licht auf den Boden stellte. Sie sah auf und erblickte eine grobknochige alte Frau mit immer noch sehr schönen Augen. »Das ist Zina«, dachte sie und rief ihren Namen. Die Frau lächelte, beugte sich nieder und stellte das Tablett auf den Boden neben Kits Bett. Dann ging sie hinaus.

Es war schwierig, Port zu füttern; viel Suppe rann dabei über sein Gesicht und den Nacken hinunter. »Vielleicht kannst du dich morgen zum Essen schon aufsetzen«, sagte sie, während sie seinen Mund mit einem Taschentuch abwischte. »Vielleicht«, sagte er schwach.

»Ach du lieber Gott!« rief sie aus. Sie hatte verschlafen; die Tabletten waren längst überfällig. Sie gab sie ihm und zwang ihn, sie mit einem Schluck lauwarmen Wassers hinunterzuschlucken. Er verzog das Gesicht. »Das Wasser«, sagte er. Sie roch an der Karaffe. Sie stank nach Chlor. Sie hatte aus Versehen zweimal Halazone-Tabletten hineingetan. »Es wird dir nichts schaden«, sagte sie.

Sie aß ihr Essen mit Appetit; Zina war eine recht gute Köchin. Während sie noch aß, blickte sie zu Port hinüber und sah, daß er bereits wieder schlief. Die Tabletten schienen jedesmal diese Wirkung zu haben. Sie dachte daran, einen kurzen Spaziergang nach dem Essen zu machen, hatte aber Angst, daß Hauptmann Broussard den Wachen Order gegeben hatte, sie nicht vorbeizulassen. Sie ging in den Hof hinaus und spazierte ein paarmal rundherum, wobei sie zu den Sternen emporsah. Irgendwo, auf der anderen Seite des Forts, spielte jemand auf einer Ziehharmonika; man hörte die Töne nur ganz schwach. Sie ging ins Zimmer zurück, sperrte die Türe ab, zog sich aus und legte sich auf die Dekken, neben Ports Matratze; dann rückte sie die Lampe näher, damit sie lesen konnte. Aber das Licht war zu schwach und bewegte sich so sehr, daß ihre Augen zu schmerzen anfingen, und von dem Geruch wurde ihr übel. Widerstrebend blies sie die Flamme aus, und der Raum versank wieder in tiefste Dunkelheit. Sie hatte sich kaum hingelegt, als sie auch schon wieder aufsprang und mit der Hand den Boden nach Streichhölzern abtastete. Sie zündete die Lampe an, die jetzt, seit sie sie ausgelöscht hatte, noch stärker zu riechen schien, und sagte zu sich selbst, indem sie die Lippen bewegte: »Alle zwei Stunden. Alle zwei Stunden.«

Mitten in der Nacht erwachte sie niesend. Zuerst glaubte sie, es käme vom Geruch der Lampe, aber dann fuhr sie mit der Hand über ihr Gesicht und bemerkte Sandkörnchen auf ihrer Haut. Sie tastete mit den Fingern über das Kopfkissen: es war mit einer Staubschicht bedeckt. Dann drang das Geräusch des Windes draußen in ihr Bewußtsein. Es war wie das Brausen des Meeres. Aus Angst, Port aufzuwecken, versuchte sie, das Niesen zu unterdrücken; ihre Bemühung war umsonst. Sie stand auf. Das Zimmer erschien ihr kalt. Sie breitete Ports Bademantel über ihn aus. Dann holte sie zwei große Taschentücher aus einem Necessaire und band sich eins wie eine Banditenmaske vor das Gesicht. Das andere wollte sie Port vorbinden, wenn sie ihn aufweckte, um ihm die Tabletten zu geben. Bis dahin waren es nur noch zwanzig Minuten. Sie legte sich wieder hin und mußte noch einmal niesen, durch den Staub, den sie durch das Aufheben der Decken aufgewirbelt hatte. Sie lag vollkommen ruhig da und lauschte dem Toben des Sturmes, der vor der Türe vorüberbrauste.

»Hier liege ich, im Mittelpunkt des Grauens«, dachte sie, indem sie versuchte, die Situation noch zu übertreiben, denn sie hoffte, sich damit einzureden, daß das Schlimmste bereits überstanden war. Aber es gelang ihr nicht. Der plötzliche Ausbruch des Sturmes war ein neues Vorzeichen, das nur mit dem Kommenden zusammenhing. Der Sturm begann, ein merkwürdiges Geräusch wie einen Tierlaut vor der Türe zu machen. Wenn sie nur nachgeben, entspannen und sich damit abfinden konnte, daß es keine Hoffnung mehr gab. Aber es gab keine Gewißheit – in keiner Weise; die Zeit, die vor ihr lag, hatte viele Möglichkeiten in sich verborgen. Man konnte also nicht einmal die Hoffnung aufgeben. Der Sturm würde tosen, der Sand auf sie niederfallen und die Zeit in einer jetzt noch unvorhersehbaren Weise eine Änderung bringen, die nur grauenhaft sein konnte, denn sie würde keine Fortsetzung der Gegenwart mehr sein.

Den Rest der Nacht über blieb sie wach, gab Port regelmäßig seine Tabletten und versuchte in den Zwischenpausen auszuruhen. Jedesmal, wenn sie ihn aufweckte, nahm er gehorsam seine Tablette und schluckte das Wasser, ohne ein Wort zu sprechen oder auch nur seine Augen zu öffnen. Im blassen, kränklichen Licht des Morgens hörte sie, wie er zu weinen begann. Wie elektrisiert fuhr sie auf und starrte in die Ecke, wo sein Kopf lag. Ihr Herz schlug sehr rasch, durch eine seltsame, ihr unerklärliche Erregung beschleunigt. Sie horchte eine Weile, entschied dann, daß es Mitleid war, das sie bewegte, und beugte sich über ihn. Das Schluchzen stieg mechanisch auf, wie Schluckauf oder Rülpser. Allmählich ließ ihre Aufregung nach, aber sie blieb sitzen und lauschte angestrengt den beiden Geräuschen: dem Schluchzen im

Raum und dem Sturm draußen. Zwei unpersönliche Naturlaute. Nach einer plötzlichen, kurzen Stille hörte sie ihn deutlich sagen: »Kit, Kit.« Sie riß die Augen weit auf und sagte: »Ja?« Aber er antwortete nicht. Nach langer Zeit schlüpfte sie heimlich wieder unter die Decken und schlief ein. Als sie aufwachte, war der Morgen wirklich da. Die flammenden Pfeile einer fernen Sonne schossen vom Himmel, vermischt mit den feinen Staubteilchen der Luft; aber der unaufhörliche Wind schien alles fortzublasen, was an schwachen Lichtfetzen vorhanden war.

Sie stand auf, bewegte sich, steif vor Kälte, vorsichtig im Zimmer herum und versuchte, während ihrer Toilette so wenig Staub wie möglich aufzuwirbeln. Aber der Staub lag in dichten Schichten über allem. Sie wurde sich eines Defektes in ihrem Denkapparat bewußt – es war, als sei ein ganzer Teil ihres Gehirns lahmgelegt. Sie fühlte genau, wo es fehlte: eine riesige leere Stelle in ihrem Inneren – aber sie konnte sie nicht lokalisieren. Und sie beobachtete, wie aus weiter Ferne, die blinden Bewegungen ihrer Hände, wie sie mit Gegenständen und Kleidern in Berührung kamen. »Das muß aufhören«, sagte sie sich. »Das muß aufhören.« Aber sie wußte nicht genau, was sie damit meinte. Nichts konnte aufhören; alles ging immerzu weiter.

Zina kam, völlig eingehüllt in ein großes weißes Tuch, schlug die Türe hinter sich zu, um den Sturm auszusperren, und zog aus den Falten ihres Umhangs ein kleines Tablett mit einem Teetopf und einem Glas hervor. »Bon jour, madame. R'mleh bzef«, sagte sie mit einer Bewegung gegen den Himmel und stellte das Tablett neben die Matratze.

Der heiße Tee gab ihr ein wenig Kraft; sie trank ihn ganz aus, blieb eine Weile sitzen und lauschte dem Sturm. Plötzlich fiel ihr ein, daß nichts für Port da war. Tee würde nicht genug sein für ihn. Sie beschloß, auf die Suche nach Zina zu gehen, um etwas Milch für ihn zu bekommen. Sie ging hinaus, stellte sich in den Hof und rief: »Zina! Zina!« mit einer

Stimme, die der Wind zerriß, und der Sand knirschte zwischen ihren Zähnen, als sie einatmete.

Niemand erschien. Nachdem sie in verschiedene leere, nischenartige Zimmer gegangen war, entdeckte sie einen Durchgang, der zur Küche führte. Dort hockte Zina am Boden, aber es war Kit nicht möglich, ihr verständlich zu machen, was sie wollte. Die alte Frau deutete ihr durch Gesten an, sie werde sogleich Hauptmann Broussard holen und ihn in ihr Zimmer schicken. Wieder zurück, im Halbdunkel ihres Zimmers, legte sie sich auf die Decken, hustete und rieb sich den Sand, der sich auf ihrem Gesicht angesammelt hatte, aus den Augen. Port schlief noch immer.

Sie selbst war fast eingeschlafen, als der Hauptmann erschien. Er entfernte die Kapuze seines Kamelhaar-Burnusses von seinem Gesicht und schüttelte sie aus, dann schloß er hinter sich die Türe und blinzelte in die Dunkelheit. Kit stand auf. Die üblichen Fragen und Antworten über das Befinden des Patienten wurden ausgetauscht. Aber als sie ihn um die Milch bat, sah er sie nur mitleidig an. Alle Kondensmilch war rationiert und nur für Frauen mit Kindern bestimmt. »Und die Schafsmilch ist immer sauer und in jedem Fall ungenießbar«, fügte er hinzu. Es schien Kit, daß er, sobald er sie nur ansah, glaubte, sie habe geheime und tadelnswerte Motive. Das Ressentiment, das sie bei diesen anklagenden Blicken empfand, half ihr, ihren Wirklichkeitssinn etwas zurückzugewinnen. »Ich bin sicher, daß er nicht alle Menschen so ansieht«, dachte sie. »Warum denn mich? Der Teufel soll ihn holen!« Aber sie fühlte sich dem Mann zu sehr ausgeliefert, um sich zu erlauben, ihn etwas von ihren Gefühlen merken zu lassen. Sie stand da, versuchte verloren und hilflos auszusehen, hielt ihre rechte Hand in einer mitleiderregenden Geste über Ports Kopf und hoffte, daß sich das Herz des Hauptmannes erweichen lassen würde; sie war überzeugt, daß er ihr sämtliche Kondensmilch, die sie brauchte, verschaffen könnte, wenn er das wollte.

»Milch ist in jedem Fall für Ihren Gatten total ungeeignet, Madame«, sagte er trocken. »Die Suppe, die ich beordert habe, ist völlig ausreichend und viel verdaulicher. Ich werde Zina sagen, daß sie sofort eine Schüssel voll bringt.« Er ging hinaus. Der mit Sand geladene Wind tobte noch immer.

Kit verbrachte den Tag mit Lesen und versorgte Port mit Medizin und Nahrung. Er lehnte es vollkommen ab, zu sprechen; vielleicht hatte er nicht die Kraft dazu. Während sie las, vergaß sie zeitweise das Zimmer, ihre Lage, die ganze Situation, in der sie sich befand, und jedesmal, wenn sie den Kopf vom Buch hob und sich wieder erinnerte, war es wie ein Schlag ins Gesicht. Einmal lachte sie beinahe, so lächerlich unwahrscheinlich kam ihr alles vor. »Sbâ«, sagte sie und dehnte das Wort derart, daß es wie das Blöken eines Schafes klang.

Am späten Nachmittag wurde sie des Lesens überdrüssig und streckte sich auf ihrem Lager aus, vorsichtig darauf bedacht, Port nicht zu stören. Als sie zu ihm hinübersah, bemerkte sie mit einem unangenehmen Schock, daß seine Augen geöffnet waren und sie über die Bettücher hinweg anstarrten. Dieses Gefühl war derart unangenehm, daß sie aufsprang und ihn fixierte, wobei sie in einem forciert besorgten Ton sagte: »Glaubst du, daß dir die Tabletten helfen? Sie scheinen jedenfalls das Fieber etwas herunterzudrücken.« Und nun antwortete er überraschenderweise mit leiser, aber klarer Stimme. »Ich bin sehr krank«, sagte er langsam. »Ich weiß nicht, ob ich wieder hochkommen werde.«

»Wieder hochkommen?« sagte sie töricht. Dann tätschelte sie seine heiße Stirne und fühlte Ekel vor sich selbst, während sie die Worte stammelte: »Du bist bald wieder in Ordnung.«

Mit einem Mal beschloß sie, das Zimmer zu verlassen, ehe es dunkel würde – wenn auch nur für ein paar Minuten. Sie wartete, bis er die Augen wieder geschlossen hatte. Dann stand sie eilig auf und ging, aus Angst, er könne sie wieder öffnen, ohne sich noch einmal nach ihm umzudrehen, in den Sturm hinaus. Der schien sich etwas gedreht zu haben, und es war weniger Sand in der Luft. Aber auch so fühlte sie das Prickeln der Körnchen auf ihren Wangen. Sie ging mit raschen Schritten unter dem Lehmportal hindurch, ohne die Wachen anzusehen, ohne anzuhalten, als sie die Straße erreichte, immer weiter, bis sie an die Kreuzung kam, die zum Marktplatz führte. Hier unten war der Sturm weniger zu merken. Abgesehen von einigen reglosen Figuren, die völlig in ihre Burnusse gehüllt herumlagen, traf sie keinen Menschen. Während sie durch den weichen Sand der Straße ging, sank die ferne Sonne rasch hinter der flachen hammada vor ihr, und die Mauern und Bögen färbten sich mit dem rosigen Licht der Dämmerung. Sie schämte sich ein wenig der nervösen Unruhe, die sie aus dem Zimmer getrieben hatte, aber dann tröstete sie sich mit dem Gedanken, daß Krankenschwestern genau wie jeder andere Mensch manchmal ausruhen müssen.

Sie erreichte den Markt, einen weiten, viereckigen, offenen Platz, der an allen vier Seiten durch weißgetünchte Arkaden eingefaßt war, deren ungezählte Bögen ein monotones Muster zeichneten, ganz gleich, von wo aus sie den Platz betrachtete. Ein paar Kamele lagerten in seiner Mitte, wenige Feuer aus Palmblättern flackerten, aber die Händler und ihre Waren waren schon fort. Dann hörte sie von drei verschiedenen Stellen der Stadt den Muezzin rufen und sah, wie die Männer, die noch da waren, anfingen, ihr abendliches Gebet zu verrichten. Sie überquerte den Marktplatz und wanderte in eine Seitenstraße, deren Lehmhäuser orangefarben in der Abendglut leuchteten. Die Ladentüren waren geschlossen, bis auf eine, vor der sie kurz stehenblieb und unsicher hineinsah. Ein Mann, der eine Baskenmütze trug, hockte über einem kleinen Feuer, das mitten auf dem Fußboden brannte, und hielt seine Hände fächerförmig über den Flammen gespreizt. Er sah auf, erblickte sie, erhob sich und ging zur Türe. »Entrez, madame«, sagte er mit einer einladenden Handbewegung. Da sie sonst nichts zu tun hatte, folgte sie ihm. Es war ein winziger Laden. Im Dämmer konnte sie einige wenige Ballen weißen Tuches auf den Regalen liegen sehen. Er schraubte eine Karbidlampe zusammen, hielt ein Streichholz daran und beobachtete, wie die scharfe Flamme heraussprang. »Daoud Zozeph«, sagte er und streckte ihr die Hand entgegen. Sie war etwas erstaunt: aus irgendeinem Grund hatte sie geglaubt, er sei Franzose. Bestimmt war er kein Eingeborener aus Sbâ. Sie setzte sich auf den Stuhl, den er ihr anbot, und sie unterhielten sich eine Weile. Sein Französisch war ganz gut, und er sprach es langsam und mit einem dunklen Unterton von Vorwurf in der Stimme. Plötzlich erkannte sie, daß er Jude war. Sie fragte ihn; er schien über ihre Frage erstaunt und amüsiert. »Natürlich«, sagte er. »Ich habe während der Gebetsstunden geöffnet. Danach habe ich immer ein paar Kunden.« Sie sprachen über die Schwierigkeiten, die ein Jude hier in Sbâ hatte, und dann ertappte sie sich dabei, wie sie ihm von ihrer unglücklichen Lage erzählte, von Port, der droben in der Poste Militaire lag. Er beugte sich zu ihr über den Ladentisch, und es schien ihr, als leuchte in seinen dunklen Augen Mitleid auf. Selbst dieser schwache, unbestätigte Eindruck ließ sie zum erstenmal erfahren, wie grausam dieses Gefühl den Menschen hier fehlte und wie akut sie es vermißt hatte, ohne sich dessen bewußt zu sein. Und so redete und redete sie und erzählte ihm sogar von ihren Omen. Sie hielt plötzlich inne, sah ihn ein wenig ängstlich an und lachte. Aber er war völlig ernst; er schien sie sehr gut zu verstehen. »Ja, ja«, sagte er und strich sich nachdenklich über sein bartloses Kinn. »Sie haben ganz recht, mit allem, was Sie sagen.«

Logischerweise hätte sie diese Feststellung nicht gerade beruhigend finden sollen, aber die Tatsache, daß er sie verstand, empfand sie als köstlichen Trost. Er fuhr jedoch fort: »Der Fehler, den Sie machen, ist Ihre Angst. Das ist ein großer Fehler. Diese Warnungen werden uns zu unserem Besten gegeben, nicht zu unserem Schaden. Aber wenn Sie Angst haben, deuten Sie sie falsch und machen Dinge schlecht, die gut gemeint waren.«

»Aber ich habe Angst«, widersprach Kit. »Wie kann ich das ändern? Das ist unmöglich.«

Er betrachtete sie und schüttelte den Kopf. »Das ist nicht die richtige Art zu leben«, sagte er.

»Ich weiß«, antwortete sie traurig.

Ein Araber betrat den Laden, grüßte sie und kaufte ein Paket Zigaretten. Als er den Laden verließ, drehte er sich in der Türe um und spuckte auf den Fußboden. Dann warf er seinen Burnus mit einem verächtlichen Ruck über die Schulter und schritt von dannen. Kit sah Daoud Zozeph an.

»Hat er mit Absicht gespuckt?« fragte sie ihn.

Er lachte. »Ja. Nein. Wer weiß? Ich bin so viele tausendmal bespuckt worden, daß ich es schon gar nicht mehr sehe. Sehen Sie! Sie sollten Jude in Sbâ sein, dann würden Sie lernen, sich nicht zu fürchten! Wenigstens würden Sie lernen, sich vor Gott nicht zu fürchten. Sie würden erkennen, daß Gott, auch wenn er am furchtbarsten ist, niemals grausam ist wie die Menschen.«

Plötzlich erschien ihr das, was er sagte, lächerlich. Sie erhob sich, glättete ihren Rock und sagte, daß sie gehen müsse.

»Einen Augenblick«, sagte er und verschwand hinter einem Vorhang in einem Nebenraum. Nach einiger Zeit kam er mit einem kleinen Paket wieder. Hinter dem Ladentisch nahm er die anonyme Haltung eines Geschäftsinhabers an. Er reichte ihr das Paket und sagte ruhig: »Sie sagten, Sie wollten Ihrem Mann Milch geben. Hier sind zwei Dosen. Sie waren die Ration unseres Babys.« Er hob die Hand, als sie ihn unterbrechen wollte. »Aber es ist die letzte Woche tot zur

Welt gekommen, eine Frühgeburt. Wenn wir nächstes Jahr wieder ein Baby haben, bekommen wir mehr.«

Als er Kits ängstliches Gesicht sah, lachte er: »Ich verspreche Ihnen, daß ich, sobald meine Frau die Gewißheit hat, die Coupons beantragen werde. Es wird keinerlei Schwierigkeiten geben. Allons! Vor was haben Sie jetzt Angst?« Und als sie ihn immer noch anstarrte, hob er das Paket in die Höhe und überreichte es ihr mit solcher Entschlossenheit, daß sie es schließlich automatisch annahm. »Das ist einer von den Momenten, in denen man gar nicht den Versuch macht, zu sagen, was man fühlt«, sagte sie zu sich selbst. Sie dankte ihm und sagte, daß ihr Mann sehr glücklich sein würde, und daß sie hoffte, sie würden sich bald wiedersehen. Dann ging sie. Mit dem Anbruch der Nacht hatte sich der Wind verstärkt. Sie fröstelte, als sie den Hügel zum Fort hinaufkletterte.

Das erste, was sie bei ihrer Rückkehr in das Zimmer tat, war, die Lampe anzuzünden. Dann maß sie Ports Temperatur: sie war entsetzt, feststellen zu müssen, daß sie gestiegen war. Die Tabletten hatten aufgehört zu wirken. Er sah sie mit einem ihr unbekannten Ausdruck in seinen glänzenden Augen an.

»Heute ist mein Geburtstag«, murmelte er.

»Nein, das stimmt nicht«, sagte sie scharf; dann überlegte sie einen Augenblick und fragte mit gekünsteltem Interesse: »Stimmt das wirklich?«

»Ja. Es ist derjenige, auf den ich gewartet habe.« Sie fragte nicht, was er damit meinte. Er fuhr fort: »Ist es schön draußen?«

»Nein.«

»Ich wünschte, du hättest ja gesagt.«

»Warum?«

»Ich hätte gerne gehabt, daß es draußen schön ist.«

»Ich vermute, du hättest es schön gefunden, aber ich finde es nicht so angenehm, um auszugehen.«

»Ach so, wir sind aber nicht draußen.«

Dieser ruhige Dialog machte den plötzlichen Schmerzausbruch, den er eine Sekunde später hatte, noch grauenhafter. »Was hast du?« schrie sie voller Angst. Aber er konnte sie nicht hören. Sie kniete auf ihrer Matratze nieder, sah ihn an und wußte nicht, was sie tun sollte. Nach und nach wurde er ruhiger, aber er öffnete die Augen nicht. Eine Weile beobachtete sie den regungslosen Körper, der dort zwischen den Decken lag, die sich unter seinem stoßweisen Atem leise hoben und senkten. »Er hat aufgehört, menschlich zu sein«, sagte sie sich. Krankheit reduziert den Menschen auf seinen Urzustand: eine Kloake, in der die chemischen Prozesse weitergehen. Sie unterdrückte einen Anflug von momentanem Brechreiz.

Es klopfte an der Türe: Zina kam mit Ports Suppe und einem Teller Kuskus für sie. Kit bedeutete ihr, daß sie den Kranken füttern solle; die alte Frau schien erfreut und fing an, ihm zuzureden, er solle sich aufsetzen. Es erfolgte keine Reaktion, nur der Atem wurde rascher. Sie war ausdauernd und geduldig, aber ohne Erfolg. Kit bat sie, die Suppe wieder mitzunehmen, und beschloß, ihm später, wenn er essen wollte, Milch mit heißem Wasser vermischt einzuflößen.

Der Wind hatte zugenommen, aber er kam ohne Stärke und aus der entgegengesetzten Richtung. Er stöhnte krampfhaft in den Fensterritzen, und das zusammengefaltete Tuch bewegte sich hin und wieder etwas. Kit starrte in die zischende weiße Flamme der Lampe und versuchte, ein mächtiges Bedürfnis, aus dem Zimmer zu laufen, zu überwinden. Es war nicht mehr die altbekannte Angst, die sie empfand, es war ein ständig zunehmendes Gefühl von Fliehenwollen.

Aber sie lag völlig ruhig da, beschuldigte sich selbst und dachte: »Wenn ich schon kein Pflichtgefühl ihm gegenüber empfinde, so muß ich wenigstens so tun, als hätte ich welches.« Zur gleichen Zeit war eine gewisse Selbst-Kasteiung in ihrer Unbeweglichkeit. »Du darfst deinen Fuß nicht einmal dann bewegen, wenn er dir einschläft, und ich hoffe, er tut dir weh.« Die Zeit verrann, sie hörte es am dumpfen Brüllen des Windes, der versuchte, in das Zimmer einzudringen, ein Brüllen, das an Lautstärke wechselte, aber niemals aufhörte. Ganz unerwartet seufzte Port tief auf und änderte seine Lage auf der Matratze. Und das Unwahrscheinliche trat ein – er fing an zu sprechen.

»Kit.« Seine Stimme war schwach, aber keineswegs verändert. Sie hielt den Atem an, vor Angst, der dünne Faden, der ihn mit der Wirklichkeit verband, könne reißen, wenn sie sich bewegte.

»Kit.«

»Ja.«

»Ich habe versucht, zurückzufinden. Hierher zurück.« Er hielt seine Augen geschlossen.

»Ja –«

»Und jetzt bin ich hier.«

»Ja!«

»Ich möchte mit dir sprechen. Sind wir allein?«

»Ja, ja!«

»Ist die Türe abgesperrt?«

»Ich weiß nicht«, sagte sie. Sie sprang auf, schloß ab und kehrte auf ihr Lager zurück – alles in einer Bewegung. »Ja, es ist abgeschlossen.«

»Ich wollte mit dir reden.«

Sie wußte nicht, was sie antworten sollte. Sie sagte: »Ich bin froh darüber.«

»Es gibt so viele Dinge, über die ich mit dir sprechen wollte. Jetzt weiß ich sie nicht mehr. Ich habe sie alle vergessen.«

Sie tätschelte zart seine Hand. »Das ist immer so.« Er lag einen Moment schweigend da.

»Möchtest du nicht ein bißchen warme Milch?« sagte sie aufmunternd.

Er schien verstört. »Ich glaube nicht, daß dafür Zeit ist. Ich weiß nicht.«

»Ich werde sie dir machen«, verkündete sie und sprang auf, froh darüber, loszukommen.

»Bitte bleib hier.«

Sie legte sich wieder hin und murmelte: »Ich bin so froh, daß du dich besser fühlst. Du kannst dir nicht vorstellen, was es für mich ausmacht, wenn ich dich sprechen höre. Ich bin hier fast wahnsinnig geworden. Keine Menschenseele in der Nähe –« Sie brach ab, weil sie einen hysterischen Ausbruch im Hintergrund lauern fühlte. Aber Port schien ihr nicht zugehört zu haben.

»Bitte bleibe hier«, wiederholte er und bewegte seine Hand unsicher über das Bettuch. Sie wußte, daß er nach der ihren suchte, aber sie brachte es nicht fertig, hinüberzulangen und sie zu ergreifen. Im gleichen Augenblick wurde sie sich ihrer Weigerung bewußt, und die Tränen stiegen ihr in die Augen – Tränen des Mitleids für Port. Trotzdem rührte sie sich nicht.

Wieder seufzte er. »Ich fühle mich sehr krank. Ich fühle mich schauderhaft. Es ist kein Anlaß zur Besorgnis, aber ich habe doch Angst. Manchmal bin ich gar nicht da, und das ist mir unheimlich. Denn dann bin ich weit fort und ganz allein. Niemand kann je dort hinzufinden. Es ist zu weit. Und dort bin ich allein.«

Sie wollte ihn unterbrechen, aber hinter dem Fluß ruhiger Worte hörte sie die Beschwörung von vorhin: »Bitte bleib hier.« Und sie hatte nicht die Kraft, ihn zu unterbrechen, außer wenn sie aufstand und herumging. Aber seine Worte machten sie unglücklich; es war wie die Erzählung eines seiner Träume – eher noch schlimmer.

»So einsam, daß ich mich nicht einmal erinnern kann, wie es ist, nicht allein zu sein«, sagte er. Sein Fieber schien zu steigen. »Ich kann mir überhaupt nicht vorstellen, daß es dort noch jemand anderen geben könnte. Wenn ich dort bin, kann ich mich nicht erinnern, daß ich auch hier bin; ich habe einfach nur Angst. Aber hier kann ich fühlen, daß ich da bin. Ich wollte, ich könnte aufhören, mich dessen zu erinnern. Es ist fürchterlich, wenn man auf einmal ein Doppelwesen ist. Das weißt du, nicht wahr?« Seine Hand suchte verzweifelt nach der ihren. »Nicht wahr, du weißt es? Du verstehst, wie furchtbar das ist? Du mußt es verstehen.« Sie überließ ihm ihre Hand, die er an seinen Mund zog. Seine ausgetrockneten Lippen fuhren mit einer schrecklichen Gier, die sie erschreckte, darüber hin; gleichzeitig fühlte sie, wie ihr die Haare am Hinterkopf zu Berge standen. Sie beobachtete, wie sich seine Lippen über ihren Knöcheln öffneten und schlossen und fühlte seinen heißen Atem auf ihren Fingern.

»Kit, Kit. Ich habe Angst, aber es ist nicht nur das. Kit! All die Jahre habe ich nur für dich gelebt. Ich wußte es nicht, aber jetzt weiß ich es. Ich weiß es wirklich! Aber jetzt gehst du fort von mir.« Er versuchte, sich herumzuwälzen und auf ihrem Arm zu liegen; er preßte ihre Hand immer noch fester.

»Ich gehe ja nicht!« rief sie.

Seine Beine zuckten krampfartig.

»Ich bin ja hier!« rief sie noch lauter und versuchte sich vorzustellen, wie ihre Stimme für ihn klingen würde, wie sie durch die dunklen Hallen seines Inneren dem Chaos entgegenwirbelte. Und als er eine Zeitlang still dalag, heftig atmend, begann sie zu denken: »Er sagt, es sei mehr als bloße Angst. Aber das stimmt nicht. Er hat nie für mich gelebt. Nie. Nie!« Sie klammerte sich mit einer Intensität an diesen Gedanken, daß er schließlich aus ihrem Denken vertrieben wurde und sie steif und in jedem Muskel gespannt dalag, mit leerem Kopf, und dem sinnlosen Monolog des Windes lauschte. Das ging eine Weile so weiter; sie entspannte sich nicht. Dann versuchte sie, vorsichtig ihre Hand aus Ports verzweifelter Umklammerung zu lösen. Eine plötzliche heftige Bewegung neben ihr veranlaßte sie, sich umzudrehen, und sie sah, daß er sich halb aufgerichtet hatte.

»Port!« schrie sie, fuhr auf und legte ihre Hände auf seine Schultern. »Du mußt liegenbleiben!« Sie nahm all ihre Kraft zusammen; er rührte sich nicht. Seine Augen waren aufgerissen, und er starrte sie an. »Port!« rief sie wieder, mit veränderter Stimme. Er hob eine Hand auf und packte ihren Arm.

»Aber Kit«, sagte er sanft. Sie sahen einander an. Sie machte eine leichte Bewegung mit dem Kopf und ließ ihn dann auf seine Brust fallen. Schon als er zu ihr herabsah, stieg das erste Schluchzen aus ihr auf, der Wegbereiter für einen Strom von Tränen. Er schloß wieder die Augen und hatte sekundenlang das Gefühl, die Welt zu umarmen – eine warme Welt, die ganz aus Tropen bestand und von einem heißen Sturm gepeitscht war. »Nein, nein, nein, nein, nein, nein«, sagte er. Mehr zu sagen, fehlte ihm die Kraft. Aber auch wenn er mehr hätte sagen können, so würde er doch nur: »Nein, nein, nein« gesagt haben.

Es war nicht ein ganzes Leben, um das sie hier in seinen Armen weinte, aber es war ein großer Teil eines Lebens; vor allem war es ein Teil, dessen Umgrenzung ihr genau bekannt war, und dieses Wissen erhöhte die Bitternis. Und zugleich schälte sich aus ihrem Innersten, tiefer als das Weinen um die vergeudeten Jahre, eine grauenhafte Furcht heraus, die schon fertig geprägt und ständig wachsend vor ihr aufstand. Sie hob ihren Kopf und sah mit Zärtlichkeit und panischer Angst zu ihm auf. Sein Kopf war auf eine Seite gefallen, die Augen geschlossen. Sie legte die Arme um seinen Nacken und küßte wieder und wieder seine Stirne. Dann brachte sie ihn, halb bettelnd, halb ihn ziehend, dazu, sich wieder hinzulegen und zuzudecken. Sie gab ihm seine Tablette, zog sich aus und legte sich hin, das Gesicht ihm zugewandt, die Lampe brennend, so daß sie ihn sehen konnte, während sie einschlief. Der Wind vor dem Fenster feierte ihre dumpfe Erkenntnis, daß sie eine neue Tiefe von Einsamkeit erreicht hatte.

XXIII

Mehr Holz« schrie der Leutnant und sah in den Kamin, in dem die Flammen heruntergebrannt waren. Aber Ahmed weigerte sich, Holz zu vergeuden, und brachte wieder einen Arm voll elender, verkrüppelter Zweiglein herein. Er erinnerte sich der frühen Morgen voll bitterer Kälte, an denen seine Mutter und Schwester lange vor der Dämmerung aufgebrochen waren, um über die hohen Dünen nach Hassi Mokthar zu gehen; er erinnerte sich ihrer Rückkehr bei Sonnenuntergang und der Erschöpfung auf ihren Gesichtern, als sie unter der Last ihrer Bürde gebeugt in den Hof kamen. Der Leutnant warf so viel Holz auf einmal in den Kamin, wie seine Schwester an einem ganzen Tag gesammelt hatte. Aber er würde es nicht tun; er brachte stets nur eine spärliche Menge herbei. Dem Leutnant war völlig klar, daß es sich hier um bloße Widerspenstigkeit handelte, er empfand sie als eine sinnlose, aber nicht zu ändernde Marotte.

»Er ist ein verrückter Bursche«, sagte Leutnant d'Armagnac und schlürfte seinen Vermouth-Cassis, »aber ehrlich und ergeben. Das sind die Haupttugenden, auf die man bei einem Dienstboten sehen muß. Selbst Dummheit und Trotz kann man in Kauf nehmen, wenn diese Eigenschaften vorhanden sind. Nicht, daß Ahmed dumm wäre, in keiner Weise. Manchmal hat er mehr Einfühlungsvermögen als ich. Zum Beispiel im Falle Ihres Freundes. Als er das letzte Mal hier in meinem Haus war, hatte ich ihn und seine Frau zum Abendessen eingeladen. Ich hatte ihm gesagt, ich würde Ahmed schicken, um ihm den genauen Termin zu sagen. Ich war damals krank. Ich glaube, mein Koch hatte versucht, mich zu vergiften. Sie verstehen alles, was ich sage, Monsieur?«

»Oui, oui«, sagte Tunner, dem es leichter war, zu verstehen, als zu sprechen. Er konnte der Unterhaltung des Leutnants ohne große Schwierigkeiten folgen.

»Nachdem Ihr Freund gegangen war, sagte Ahmed zu mir: ›Der kommt nie wieder.‹ Ich sagte: ›Unsinn. Natürlich kommt er, und zwar mit seiner Frau.‹ – ›Nein‹, sagte Ahmed, ›ich sehe es an seinem Gesicht. Er hat nicht die Absicht, wiederzukommen.‹ Und Sie sehen, er hat recht behalten. An diesem Tag noch sind sie nach El Ga'a abgereist. Ich habe es erst am nächsten Tag erfahren. Erstaunlich, was?«

»Oui«, sagte Tunner wieder; er beugte sich auf seinem Stuhl vor, die Hände auf den Knien, und sah sehr ernst aus.

»Ah, ja«, gähnte sein Gastgeber und stand auf, um mehr Holz auf das Feuer zu werfen. »Die Araber sind erstaunliche Menschen. Natürlich sind sie stark mit Sudannegern vermischt, aus der Zeit der Sklaverei –«

»Aber Sie sagen, sie sind jetzt nicht mehr in El Ga'a?«

»Ihre Freunde? Nein. Sie sind nach Sbâ gefahren, wie ich Ihnen schon sagte. Der Militärkommandeur dort ist Hauptmann Broussard; das ist der, der mir über die Typhuserkrankung telegraphiert hat. Sie werden ihn etwas kurz angebunden finden, aber er ist ein feiner Mann. Nur die Sahara bekommt ihm nicht. Manchem bekommt sie, manchem nicht. Ich zum Beispiel fühle mich hier in meinem Element.«

Wieder unterbrach ihn Tunner. »Wie schnell, glauben Sie, kann ich in Sbâ sein?«

Der Leutnant lachte nachsichtig. »Vous êtes bien pressé! Aber bei Typhus ist keine Eile. Es wird noch einige Wochen dauern, ehe Ihr Freund überhaupt in der Lage ist, von Ihnen Notiz zu nehmen. Und diesen Paß wird er inzwischen auch nicht brauchen! Sie können sich also Zeit lassen.« Er hatte diesem Amerikaner gegenüber, der ihm viel mehr lag als der erste, ein warmes Gefühl. Der erste war nicht offen gewesen und hatte ihn irgendwie unsicher gemacht (aber vielleicht kam das durch seine eigene schlechte Verfassung). Jedenfalls fand er in Tunner trotz dessen offensichtlicher Eile, Bou Noura zu verlassen, einen angenehmen Gefährten und hoffte, er könne ihn noch ein wenig zum Bleiben überreden.

»Sie bleiben doch zum Abendessen?« sagte der Leutnant.

»Oh«, sagte Tunner zerstreut. »Schönen Dank.«

Vor allen Dingen war da das Zimmer. Nichts konnte die starre, kleine Schale seines Daseins ändern; seine weißgetünchten Wände und die leicht gewölbte Decke, den Zementboden und das Fenster, vor das ein vielfach gefaltetes Tuch geheftet war, um das Licht abzublenden. Nichts konnte sich ändern, denn das und die Matratze, auf der er lag, war alles, was da war. Wenn ab und zu eine plötzliche Welle von Klarheit über ihn kam, er die Augen öffnete und sah, was tatsächlich um ihn herum war, wo er sich befand, grub er sich die Wände, die Decke und den Fußboden ins Gedächtnis, damit er sich das nächste Mal wieder darin zurechtfinden konnte. Denn es gab so viele andere Teile der Erde, so viele andere Augenblicke, die er noch aufsuchen mußte; er war nie sicher, daß er wirklich wieder hierher zurückkehren würde. Es war unmöglich, zu zählen. Wie viele Stunden er schon so gelegen hatte auf dieser brennenden Matratze, wie oft er Kit neben sich auf dem Boden ausgestreckt gesehen hatte, wie sie sich umdrehte, aufstand, auf ihn zukam, um ihm Wasser zu geben – das alles hätte er nicht sagen können, auch dann nicht, wenn er sich selbst darüber befragt hätte. Seine Gedanken waren mit ganz anderen Problemen beschäftigt. Manchmal sprach er laut vor sich hin, aber das befriedigte ihn nicht; es schien eher die natürliche Entwicklung seiner Gedanken zu vergrößern. Sie strömten dann aus seinem Mund, und er war nie sicher, ob sie in richtige Worte gefaßt waren. Worte waren jetzt viel lebendiger, und es war viel schwieriger, mit ihnen umzugehen; so schwierig, daß Kit nicht zu verstehen schien, wenn er sie anwandte. Sie drangen in sein Gehirn wie ein Windstoß in ein Zimmer und verlöschten die schwache Flamme eines Gedankens, der sich dort im Dunkeln zu formen begann. Er benutzte sie bei seinen Überlegungen immer weniger. Der ganze Vorgang wurde beweglicher; er folgte einem Gedankenlauf, weil er an ihm angebunden war. Oft war der Weg schwindelerregend, aber er ließ nicht aus. Nie wiederholte sich die Landschaft; immer war er in neuen Gebieten, und die Gefahren nahmen ständig zu. Langsam und unbarmherzig verminderten sich die Dimensionen. Es gab immer weniger Richtungen, in denen man sich bewegen konnte. Es war kein klarer Vorgang, nichts Definitives, wo er hätte sagen können: »Nun ist das Oben verschwunden.« Doch hatte er Momente erlebt, wo zwei verschiedene Dimensionen vorsätzlich und boshaft ihre Identität vertauscht hatten, als wollten sie ihn fragen: »Nun versuche und sag uns, wer wer ist.« Seine Reaktion war immer die gleiche: ein Gefühl, als ob die Außenbezirke seines Seins nach innen fliehen würden, um dort Schutz zu suchen. Die gleiche Bewegung, die man manchmal in Kaleidoskopen verfolgen kann, wenn man sie sehr langsam dreht, wobei dann die einzelnen Teile des Musters im Zentrum zusammenstürzen. Aber das Zentrum! Manchmal war es von gigantischen Ausmaßen, schmerzhaft, roh und falsch und reichte von einer Grenze der Schöpfung bis zur anderen, ohne daß man hätte sagen können, wo es lag. Und dann wieder war es verschwunden, und das andere Zentrum, das wirkliche, ein winziger, glühender, schwarzer Punkt, trat an seine Stelle und war reglos und unwahrscheinlich scharf, hart und fern. Und jedes dieser Zentren nannte er »das«. Er konnte sie voneinander unterscheiden und wußte auch, welches das wirkliche war, denn wenn er manchmal minutenweise tatsächlich wieder im Zimmer war und es sehen konnte und Kit sehen konnte und sich sagte: »Ich bin in Sbâ«, dann erinnerte er sich der beiden Zentren und unterschied sie, obwohl er sie beide haßte, und er wußte, daß dasjenige, das nur »dort« war, das wirkliche war, während das andere falsch, falsch, falsch war.

Es war ein Daseinszustand, der ein Ausgestoßensein aus der Welt bedeutete. Nie sah er ein menschliches Gesicht oder eine menschliche Figur oder auch nur ein Tier; es gab keine vertrauten Gegenstände auf seinem Weg, keinen Boden unter den Füßen, keinen Himmel über seinem Haupt – und doch war der Raum voll von Dingen. Manchmal sah er sie und wußte gleichzeitig, daß man sie eigentlich nur hören konnte. Manchmal waren sie völlig starr wie das gedruckte Wort, und er erfühlte ihre furchtbare, unsichtbare, unterbewußte Lebendigkeit und deren üble Vorbedeutung für ihn in seiner Einsamkeit. Manchmal konnte er sie mit seinen Fingern berühren, und gleichzeitig strömten sie durch seinen geöffneten Mund ein. Es war alles tiefvertraut und vollkommen grauenhaft – Dasein, das unabänderlich war, von stummer Ausweglosigkeit, und das ertragen werden mußte. Nie würde ihm der Gedanke kommen, aufzuschreien.

Am anderen Morgen brannte die Lampe noch immer, und der Wind war verstummt. Es war ihr nicht gelungen, ihn aufzuwecken, um ihm seine Medizin zu geben, aber sie hatte in seinem halbgeöffneten Mund seine Temperatur gemessen: sie war erheblich gestiegen. Dann war sie fortgelaufen, zu Hauptmann Broussard, und hatte ihn an das Krankenbett geholt, wo er unverbindlich dastand und versuchte, sie zu trösten, ohne ihr die geringste Hoffnung zu machen. Sie verbrachte den Tag damit, am Rande ihres Lagers zu hokken, in einer Haltung letzter Verzweiflung, und Port zu betrachten, seinem mühsamen Atmen zu lauschen und zuzusehen, wie er sich unter den Umklammerungen innerer Peinigung krümmte. Auch Zina konnte sie nicht zum Essen verlocken.

Als die Nacht anbrach und Zina berichtete, daß die amerikanische Dame immer noch nicht essen wollte, entschloß sich Hauptmann Broussard zu einer einfachen, aber wirksamen Handlung. Er ging zu dem Zimmer und klopfte an die Türe. Nach kurzer Pause hörte er Kit sagen: »Qui est là?« Dann öffnete sie die Türe. Sie hatte die Lampe nicht angezündet; der Raum hinter ihr lag in Dunkelheit.

»Sind Sie es, Madame?« Er versuchte seiner Stimme einen freundlichen Klang zu geben.

»Ja.«

»Haben Sie einen Augenblick für mich Zeit? Ich möchte gerne mit Ihnen sprechen.«

Sie folgte ihm durch mehrere Höfe und in einen hellerleuchteten Raum, an dessen einer Wand ein Kamin brannte. Eine Unzahl von Eingeborenen-Teppichen bedeckte die Wände, die Diwans und den Boden. Im Hintergrund war eine kleine Bar, an der ein sehr schwarzer Sudanneger in einer weißen Jacke und einem Turban stand. Der Hauptmann deutete lässig dorthin.

»Nehmen Sie einen Drink?«

»O nein. Danke vielmals.«

»Einen kleinen Apéritif.«

Kit blinzelte noch immer in dem starken Licht. »Es ist mir unmöglich«, sagte sie.

»Sie werden jetzt einen Cinzano mit mir trinken.« Er winkte dem Mixer. »Deux Cinzanos. Kommen Sie, kommen Sie, setzen Sie sich. Ich bitte Sie darum. Ich werde Sie nicht lange aufhalten.«

Kit folgte und nahm das Glas von dem ihr angebotenen Tablett. Der Geschmack des Weines freute sie, aber sie wollte sich nicht freuen, wollte nicht aus ihrer Apathie herausgerissen werden. Außerdem war sie sich immer noch des seltsamen Ausdrucks von Verdacht bewußt, der jedesmal, wenn er sie ansah, in seinen Augen aufglomm. Er saß da und studierte ihr Gesicht, während sie den Drink nahm: er war im Begriff, sich dafür zu entscheiden, daß sie doch nicht ganz das war, wofür er sie zuerst gehalten hatte, sondern vielleicht wirklich die Frau des kranken Mannes.

»Als Kommandeur der Dienststelle«, begann er, »bin ich mehr oder minder verpflichtet, die Identität der Leute, die durch Sbâ reisen, festzustellen. Natürlich sind diese Ankünfte äußerst selten. Ich bedaure es außerordentlich, daß ich Sie gerade jetzt damit belästigen muß. Es handelt sich aber nur darum, Ihre Pässe einzusehen. Ali!« Der Mixer trat leise an ihre Stühle und füllte die Gläser wieder auf. Kit antwortete einen Moment nicht. Der Apéritif hatte sie rasend hungrig gemacht.

»Ich habe meinen Paß hier.«

»Ausgezeichnet. Morgen werde ich beide Pässe abholen lassen und sie innerhalb einer Stunde wieder zurücksenden.«

»Mein Mann hat seinen Paß verloren. Ich kann Ihnen nur den meinigen geben.«

»Ah ça!« rief der Hauptmann aus. Es war also doch so, wie er gedacht hatte. Er war wütend; gleichzeitig fühlte er eine gewisse Genugtuung bei dem Gedanken, daß sein erster Eindruck richtig gewesen war. Und wie recht hatte er gehabt, daß er seinen jungen Offizieren verboten hatte, mit ihr zu verkehren. Genau so etwas hatte er erwartet, nur daß in solchen Fällen meistens die Papiere der Frau statt die des Mannes nicht auffindbar waren.

»Madame«, sagte er und beugte sich in seinem Sessel vor, »bitte verstehen Sie mich richtig: Ich habe keinerlei Interesse, in Angelegenheiten zu schnüffeln, die ich als rein persönlich betrachte. Es handelt sich hier um eine reine Formalität, aber die muß beachtet werden. Ich muß beide Pässe sehen. Die Namen sind mir völlig egal. Aber zwei Personen, zwei Pässe, nicht wahr? Es sei denn, Sie haben beide einen gemeinsamen Paß.«

Kit dachte, er hätte sie nicht richtig verstanden. »Der Paß meines Mannes wurde ihm in Aïn Krorfa gestohlen.«

Der Hauptmann zögerte. »Das muß ich natürlich melden. Dem Kommandanten dieses Gebietes.« Er stand auf. »Sie hätten es selbst melden müssen, sobald Sie den Verlust bemerkten.« Er hatte den Diener angewiesen, ein Gedeck für Kit aufzulegen, aber jetzt hatte er keine Lust mehr, mit ihr zu essen.

»Aber das haben wir ja getan. Leutnant d'Armagnac in Bou Noura weiß über alles Bescheid«, sagte Kit und trank ihr Glas aus.

»Kann ich bitte eine Zigarette haben?« Er bot ihr eine Chesterfield an, gab ihr Feuer und beobachtete, wie sie den Rauch inhalierte. »Meine Zigaretten sind alle zu Ende.« Sie lächelte und sah dabei auf die Packung in seiner Hand. Sie fühlte sich besser, aber der Hunger schlug seine Pranken jede Minute tiefer in ihre Eingeweide. Der Hauptmann schwieg. Sie fuhr fort: »Leutnant d'Armagnac hat alles getan, was er konnte, um den Paß meines Mannes aus Messad wiederzubekommen.«

Der Hauptmann glaubte kein Wort, was sie sagte; er hielt alles für ein bewundernswertes Lügengespinst. Jetzt war er davon überzeugt, daß sie nicht nur eine Abenteurerin, sondern ein wirklich verdächtiger Charakter war. »Ich verstehe«, sagte er und studierte das Teppichmuster zu seinen Füßen. »Nun schön, Madame. Ich will Sie nicht länger aufhalten.«

Sie erhob sich.

»Morgen geben Sie mir Ihren Paß, ich werde meinen Bericht machen, und wir werden sehen, was dabei herauskommt.« Er begleitete sie zu ihrem Zimmer zurück, dann begann er sein einsames Mahl, im höchsten Grad darüber aufgebracht, daß sie so hartnäckig versucht hatte, ihn zu belügen. Kit stand eine Sekunde im dunklen Raum, dann öffnete sie nochmals die Türe und sah zu, wie der Schein seiner Taschenlampe auf dem Sandboden verschwunden war. Dann suchte sie nach Zina, die ihr in der Küche zu essen gab.

Als sie fertig gegessen hatte, ging sie in das Zimmer und zündete die Lampe an. Ports Körper wand sich, und sein Gesicht zuckte bei dem plötzlichen Licht. Sie stellte die Lampe in die Ecke, hinter einige Koffer, und blieb, ohne etwas zu denken, eine Weile mitten im Zimmer stehen. Dann nahm sie ihren Mantel und ging in den Hof hinaus.

Das Dach der Festung war eine große, flache, unregelmäßig geformte Lehmterrasse, deren verschiedene Nivellierung wie eine Wiederholung des unebenen Bodens unter ihr aussah. Die Rampen und Treppen zwischen den verschiedenen Flügeln waren in der Dunkelheit nicht zu sehen. Und obgleich eine niedrige Mauer am Außenrand entlangführte, waren die ungezählten Innenhöfe doch wie offene Brunnenschächte, die mit Vorsicht umgangen werden mußten. Die Sterne waren hell genug, um sie vor Fehltritten zu schützen. Sie atmete tief und hatte das Gefühl, sie befände sich auf einem Schiff. Die Stadt zu ihren Füßen war unsichtbar – kein einziges Licht war zu sehen –, aber im Norden schimmerte die weiße Wüste, das unendliche Sandmeer, mit seinen erstarrten, gerippten Hügeln und seiner regungslosen Stille. Sie drehte sich langsam um und beobachtete den Horizont. Die Luft, die jetzt, nachdem sich der Wind gelegt hatte, vollkommen ruhig war, wirkte wie gelähmt. Wohin sie auch blickte, die nächtliche Landschaft bedeutete für sie immer das gleiche: eine Verneinung jeder Bewegung, ein Aufhören jeder Kontinuität. Aber als sie dort oben stand und für den Augenblick ein Teil der Leere war, die sie selbst geschaffen hatte, kam ihr – erst nur als schwacher Verdacht, dann aber mit Sicherheit – das Gefühl, daß ein Teil dieser Landschaft sich bewegte. Sie sah auf und schnitt eine Grimasse. Der ganze ungeheuerliche, sternenübersäte Himmel drehte sich vor ihren Augen seitwärts. Er sah völlig tot aus, und doch bewegte er sich. Jede Sekunde stieg ein unsichtbarer Stern über der einen Seite des Erdrandes auf, fiel ein anderer, auf der gegenüberliegenden Seite, in den Abgrund. Sie hüstelte verlegen und nahm ihre Wanderung wieder auf, wobei sie versuchte, sich zu erinnern, wie unangenehm ihr Hauptmann Broussard war. Er hatte ihr nicht einmal ein Paket Zigaretten angeboten, trotz ihrer Bemerkung. »O Gott«, sagte sie laut und wünschte, sie hätte ihre letzten »Players« nicht in Bou Noura aufgeraucht.

Er öffnete die Augen. Der Raum starrte ihm feindselig entgegen. Er war leer. »Nun ist der Augenblick gekommen, wo ich gegen dieses Zimmer kämpfen muß.« Aber dann hatte er einen Moment schwindelnder Erleuchtung. Er war an der Grenze eines Reiches angekommen, wo jeder Gedanke, jedes Bild für sich allein stand und wo die Verbindung zwischen den Dingen untereinander abgeschnitten war. Während er sich bemühte, das Wesentliche dieser Erkenntnis zu begreifen, fing er schon wieder an, in ihre Grenzen zurückzugleiten, ohne zu bedenken, daß er nun nicht mehr außerhalb stand und daher auch nicht in der Lage war, etwas aus der Distanz zu beurteilen. Es schien ihm, als gebe es eine Unzahl noch nie ausprobierter Möglichkeiten des Denkens, bei denen eine Beziehung zum Leben nicht notwendig war. »Der Gedanke an sich«, sagte er – ein willkürlicher Faktor wie ein abstraktes Gemälde. Da kamen sie wieder, fingen an, ihn wie Blitze zu umzucken. Er versuchte, einen von ihnen festzuhalten, er glaubte, er habe ihn. »Aber worüber ist dieser Gedanke? Was stellt er dar?« Aber schon wurde er von den kommenden, die hinter ihm standen, fortgeschoben. Während er kämpfend ihrer Übermacht unterlag, öffnete er hilfesuchend die Augen. »Das Zimmer! Das Zimmer! Da war es immer noch!« Nun verlegte er die feindlichen Mächte in die Stille des Zimmers; gerade die Tatsache, daß ihn die regungslose Bereitschaft des Raumes auf allen Seiten umgab, machte ihn mißtrauisch. Außerhalb seines eigenen Ichs war dieser Raum alles, was existierte. Er betrachtete die Linie, die durch das Zusammentreffen von Wand und Boden entstand, und versuchte, sie in sein Gedächtnis einzuprägen, damit er etwas hätte, an das er sich klammern konnte, wenn er die Augen wieder schließen würde. Es war eine furchtbare Diskrepanz zwischen dem Tempo, in dem er sich bewegte, und der starren Unbeweglichkeit dieser Linie, aber er ließ nicht los. Um nicht fortgerissen zu werden. Um hier zu bleiben. Um überzugehen in die Dinge, die hier bleiben würden, um in ihnen Wurzeln zu schlagen. Ein Tausendfüßler kann das, auch wenn er in Stücke geschnitten ist. Jedes Teil kann selbständig laufen. Mehr noch – jedes Bein zuckt noch für sich, wenn es allein auf dem Boden liegt.

In jedem seiner Ohren gellte ein Schrei, und der Unterschied zwischen den beiden Tönen war so gering, daß die Vibration nicht stärker war, als wenn man mit dem Fingernagel über den Rand eines frischgeprägten Geldstückes fährt. Vor seinen Augen sprangen Klumpen runder Kreise auf; wie die Punkte in stark vergrößerten Photographien auf Zeitungsreproduktionen. Lockere Anhäufungen, dunklere Massen, hie und da kleine, unausgefüllte Flächen. Jeder Punkt wurde langsam dreidimensional. Er versuchte, vor den sich ausbreitenden Kügelchen aus undefinierbarer Materie zurückzuweichen. Schrie er auf? Konnte er sich bewegen?

Die schmale Grenze zwischen den beiden hohen Schreien begann sich zu verwischen, sie verschmolzen fast zu einem einzigen Schrei; jetzt war die Trennungslinie wie die Schneide eines Rasiermessers, das gegen die Spitzen eines jeden seiner Finger gehalten wurde. Die Finger sollten der Länge nach aufgeschlitzt werden.

Ein Diener folgte den Schreien bis in das Zimmer, in dem der Amerikaner lag. Hauptmann Broussard wurde gerufen. Er ging rasch zur Türe, hämmerte dagegen, und nachdem er nichts hörte als das ununterbrochene Schreien, ging er hinein. Mit Hilfe eines Dieners gelang es ihm, Port ruhig genug zu halten, um ihm eine Morphiumspritze zu geben. Als er fertig war, blickte er sich wütend im Raume um. »Und diese Frau!« schrie er. »Wo, in drei Teufels Namen, ist die?«

»Ich weiß es nicht, Herr Hauptmann«, sagte der Diener, der glaubte, die Frage gelte ihm.

»Bleib hier. Stell dich vor die Türe«, knurrte der Hauptmann. Er war entschlossen, Kit zu finden und ihr, wenn er sie erwischt hatte, die Meinung zu sagen. Wenn nötig, würde er eine Wache vor die Türe stellen und sie zwingen, im Zimmer zu bleiben und auf den Kranken aufzupassen. Er ging zuerst zum Haupt-Tor, das nachts zugesperrt wurde und vor dem deshalb keine Wache stand. Es war offen. »Ah, ça, par exemple!« schrie er, außer sich vor Wut. Er ging hinaus und sah nichts als die Nacht ringsum. Da ging er wieder hinein, schlug das hohe Tor zu und versperrte es zornig. Dann ging er in das Zimmer zurück, wartete, bis der Diener die Decke gebracht hatte, die er aus seinem Zimmer hatte holen lassen, und befahl ihm, bis zum Morgen zu bleiben. Er kehrte in seine Räume zurück und trank, ehe er versuchte einzuschlafen, ein Glas Kognak, um seine Wut zu besänftigen.

Während sie auf dem Dach auf und ab spazierte, geschahen gleichzeitig zwei Dinge auf einmal. Zu ihrer einen Seite stieg eilig der riesige Mond über dem Erdrand empor, auf der anderen Seite erhob sich ein kaum vernehmbarer, summender Laut, verlor sich wieder und wurde aufs neue vernehmbar. Und so ging das lange Zeit weiter: kam und verschwand, und jedesmal war er ein wenig näher. Jetzt, obwohl noch weit fort, war der Laut deutlich als Motorengeräusch erkennbar. Sie konnte das Wechseln der Gänge unterscheiden, als die Steigung kam, und dann wieder, als es flach wurde. Man hatte ihr gesagt, daß man von hier aus auf zwanzig Kilometer Entfernung einen Lastwagen hören konnte. Sie wartete. Endlich, als sie glaubte, das Fahrzeug müsse bereits in der Stadt sein, sah sie einen kleinen Felsausschnitt, der weit draußen in der hammada vom Licht des

Scheinwerfers gestreift wurde, als der Wagen beim Einbiegen in die Oase eine Kurve nahm. Einen Augenblick später sah sie die beiden Lichtkegel. Eine Weile verloren sie sich hinter den Felsen, aber das Motorengeräusch wurde lauter. Mit dem minütlich zunehmenden Mondlicht und dem Lastwagen, der Menschen in die Stadt brachte – auch wenn es nur anonyme Gestalten in weißen Gewändern waren –, drehte sich die Welt wieder in den Bereich der Wirklichkeit zurück. Plötzlich verspürte sie ein heftiges Verlangen, bei der Ankunft des Wagens auf dem Marktplatz zu sein. Sie eilte nach unten, ging auf den Zehenspitzen durch die Höfe, brachte es fertig, das schwere Tor zu öffnen, und rannte hügelabwärts nach der Stadt zu. Der Lastwagen donnerte laut zwischen den hohen Mauern der Oase hindurch; als sie gegenüber der Moschee war, kam er mit dem Kühler gerade über den letzten Hügel vor der Einfahrt in die Stadt. Ein paar zerlumpte Männer standen am Eingang zum Marktplatz. Als das große Fahrzeug hereinbrauste und hielt, dauerte die folgende Stille nur wenige Sekunden, ehe das aufgeregte Geschwätz wieder begann; alle sprachen auf einmal.

Sie stand im Hintergrund und sah dem umständlichen Aussteigen der Eingeborenen zu und wie sie langsam ihre Besitztümer abluden: Kamel-Sättel, die im Mondlicht glänzten, große unförmige Bündel, die in gestreifte Decken geknüpft waren, Koffer und Säcke, und zwei riesige Weiber, die so fett waren, daß sie kaum gehen konnten, und deren unförmige Brüste, Arme und Beine mit pfundschwerem massiven Silberschmuck überladen waren. Und all dieser Besitz verschwand samt seinen Eigentümern sogleich hinter den dunklen Arkaden und außer Hörweite. Sie ging um den Wagen herum zum Kühler, wo der Chauffeur, der Mechaniker und ein paar Männer im Licht der Scheinwerfer standen und sich unterhielten. Sie hörte französische Brokken – schlechtes Französisch – und Arabisch. Der Chauffeur griff an das Armaturenbrett und schaltete die Scheinwerfer aus; die Männer gingen langsam über den Marktplatz. Keiner von ihnen schien sie bemerkt zu haben. Sie blieb einen Augenblick stehen und lauschte.

Dann schrie sie: »Tunner!«

Eine der Figuren blieb stehen und rannte zurück. Während sie rannte, schrie sie: »Kit!« Sie lief ein paar Schritte, sah, wie sich die andere umdrehte und erstickte fast in Tunners Burnus, als er sie an sich preßte. Sie hatte das Gefühl, er würde sie nie mehr frei lassen, aber er tat es und sagte: »Also, du bist wirklich hier!« Zwei der Männer kamen auf sie zu. »Ist das die Dame, nach der Sie gesucht haben?« fragte der eine. »Oui, oui!« rief Tunner, und sie verabschiedeten sich.

Sie standen allein auf dem Marktplatz. »Aber, das ist wirklich wie ein Wunder, Kit!« sagte er. Sie wollte sprechen, aber sie fühlte, daß beim ersten Versuch ihre Worte nur ein Schluchzen sein würden; deshalb nickte sie mit dem Kopf und zog ihn automatisch mit sich fort, nach dem kleinen öffentlichen Garten bei der Moschee. Sie fühlte sich schwach; sie mußte sich setzen.

»Mein Zeug ist über Nacht im Lastwagen eingesperrt. Ich wußte ja nicht, wo ich schlafen würde. Mein Gott, was war das für eine Fahrt von Bou Noura hierher! Drei Reifenpannen, und diese Affen haben die Vorstellung, daß ein Reifenwechsel eine Affäre von mindestens einigen Stunden sein muß.« Er erging sich in Einzelheiten. Sie waren am Eingang des Gartens angekommen. Der Mond leuchtete wie eine eisige weiße Sonne; die Schatten der Palmzweige lagen wie schwarze Speere im Sand und zeichneten ein scharfumrissenes, monotones Ornament auf die Gartenwege.

»Aber laß dich anschauen!« rief er und drehte sie herum, so daß das Mondlicht ihr Gesicht traf. »Oh, meine arme Kit! Es muß die Hölle gewesen sein!« murmelte er, als sie in die Helligkeit blinzelte, ihre Züge von einem unmittelbar bevorstehenden Weinkrampf verzerrt.

Sie setzten sich auf eine Betonbank, und sie weinte lange, das Gesicht in seinem Schoß vergraben, und die rauhe Wolle des Burnusses kratzte ihre Haut. Von Zeit zu Zeit flüsterte er ihr kleine Trostworte zu, und als er bemerkte, daß sie zitterte, umfing er sie mit seinem einen, weiten Mantelflügel. Sie haßte das beißende Gefühl ihrer salzigen Tränen und noch mehr die Würdelosigkeit ihrer Situation, ihres Trost-Suchens bei Tunner. Aber sie konnte und konnte nicht aufhören; je länger sie weinte, desto klarer wurde ihr bewußt, daß sie sich in einer Lage befand, die außerhalb ihrer Kontrolle war. Sie war unfähig, sich aufzusetzen und ihre Tränen zu trocknen und den Versuch zu unternehmen, sich aus dem Netz von Verwicklungen zu lösen, das sich mehr und mehr um sie zusammenzog. Sie wollte keine neuen Komplikationen: das Schuldgefühl war noch zu stark in ihrem Gedächtnis. Und gleichzeitig sah sie keine andere Aussicht, als Tunners Willen, der darauf wartete, von ihr das Zeichen zu bekommen, die Sache in die Hand zu nehmen. Und sie würde dieses Zeichen geben. Selbst als sie sich dessen erst bewußt wurde, hatte sie schon ein Gefühl der Erleichterung, gegen das anzukämpfen völlig undenkbar war. Was für eine Erlösung, keine Verantwortung mehr zu haben – nicht mehr entscheiden zu müssen, was geschehen sollte! Zu wissen, selbst dann, wenn keine Hoffnung mehr war, daß nichts, was man tun oder lassen würde, den Lauf der Dinge mehr ändern konnte; daß man keine Fehler mehr machen konnte, und daß es dadurch unmöglich war, ein Bedauern oder, was wichtiger war, ein Schuldgefühl zu empfinden. Sie begriff das Absurde ihrer Hoffnung, einen solchen Zustand für dauernd zu erreichen, aber trotzdem wollte sie diese Hoffnung nicht aufgeben.

Die Straße führte einen steilen Hügel hinauf, auf dem die heiße Sonne noch schien. Die Trottoirs waren mit Fußgängern überfüllt, die die Schaufenster betrachteten. Er hatte das Gefühl, daß in den Seitenstraßen Verkehr war, aber sie lagen in dunklen Schatten. Ein Gefühl der Erwartung wuchs in der Menge; sie warteten auf etwas. Auf was, wußte er nicht. Der ganze Nachmittag war gespannt, unheilschwanger und explosiv. Am Anfang der Straße erschien plötzlich ein Automobil, das im Sonnenlicht glänzte. Es kam in schnellem Tempo über die Hügelkette und raste, wild von einem Randstein zum anderen schleudernd, die Straße hinunter. Ein gewaltiger Schrei brach aus der Menge. Er drehte sich um und suchte eilig nach einer Türe. An der Straßenecke war eine Konditorei, deren Fenster voller Kuchen und Meringuen waren. Er tastete sich an der Mauer entlang. Wenn er die Türe erreichen könnte... Er drehte sich um sich selbst und blieb wie erstarrt stehen. In der ungeheuren Blendung der Sonne, die von dem splitternden Glas reflektiert wurde, sah er, wie das Metall ihn in den Boden bohrte. Er hörte seinen eigenen, lächerlichen Aufschrei und fühlte, wie das Eisen in seine Eingeweide drang. Als er versuchte, umzufallen und das Bewußtsein zu verlieren, befand sich sein Gesicht wenige Zentimeter von einer Reihe Kuchen entfernt, die, immer noch intakt, auf ihrem papierbedeckten Regal standen.

Sie wurden zu einer Reihe von verschlammten Brunnen in der Wüste. Aber wie weit waren sie von ihm entfernt? Er konnte es nicht sagen: die Trümmer hielten ihn am Boden fest. Das einzige, was in diesem Augenblick existierte, war der Schmerz. Alle Energie, die er aufzubringen vermochte, konnte ihn nicht von der Stelle bewegen, wo er lag, angepflockt, die blutenden Eingeweide gegen den Himmel geöffnet. Er erwartete einen imaginären Feind, der kommen würde, um in seinen offenen Bauch zu treten. Er stellte sich vor, er würde aufstehen und durch die gewundenen Gassen zwischen den Mauern laufen. Stundenlang, in allen Richtungen durch die Gassen laufen und niemals eine Türe, niemals den endgültigen Ausgang finden. Es würde dunkeln, sie würden näher kommen, sein Atem würde versagen. Und wenn er es sich stark genug wünschte, so würde das Tor doch auftauchen, aber schon, während er keuchend hindurchrasen würde, würde er den furchtbaren Irrtum erkennen.

Zu spät! Da war nichts als die endlose schwarze Mauer, die sich vor ihm auftürmte, die wackelige Eisentreppe, die er erklimmen mußte, in dem Bewußtsein, daß oben auf der Mauer die Verfolger warteten, die den Stein schon über ihren Köpfen schwangen, um ihn auf ihn zu schleudern, sobald er nahe genug war. Und wenn er dann fast am Ende der Treppe war, dann käme er geflogen und träfe ihn mit der Wucht des Erdballes. Er schrie wieder auf, als er getroffen wurde, und hielt die Hände über seinen Unterleib, um das klaffende Loch dort zu schützen. Er hörte auf, Bilder zu sehen, und lag ganz still unter den Trümmern. Der Schmerz konnte nun nicht mehr weitergehen. Er öffnete die Augen, schloß sie wieder und sah nichts als den zerbrechlich dünnen Himmel, der schützend über ihm ausgespannt war. Langsam würde er aufbrechen, würde sich öffnen, und er würde das, woran er nie gezweifelt hatte, dahinter liegen sehen, und es würde mit der Schnelligkeit von Millionen Winden auf ihn zukommen. Sein Schrei war ein von ihm getrenntes Etwas neben ihm in der Wüste. Er ging weiter, immer weiter.

Der Mond hatte den Zenit erreicht, als sie am Fort ankamen und das Tor verschlossen fanden. Tunners Hand umklammernd, sah Kit zu ihm auf. »Was sollen wir tun?«

Er zögerte und deutete auf den Sandhügel neben dem Fort. Langsam kletterten sie über die Dünen hinauf. Der kalte Sand füllte ihre Schuhe: sie zogen sie aus und gingen weiter. Hier oben war die Helligkeit überstark; jedes Sandkorn reflektierte das kalte Polarlicht des Himmels wider. Sie konnten nicht nebeneinander gehen – der Kamm der höchsten Düne war zu schmal. Tunner legte seinen Burnus um Kits Schultern und ging voran. Die Hügelkuppe war wesentlich höher und weiter entfernt, als sie gedacht hatten. Als sie sie endlich erreicht hatten, lag die Wüste wie ein Meer mit erstarrten Wellen zu ihren Füßen. Sie blieben nicht stehen, um sie anzuschauen: Vollkommene Stille ist zu überwältigend; wenn man sich ihr auch nur einen Augenblick anvertraut, dann ist ihr Zauber zu schwer zu brechen.

»Hier hinunter!« sagte Tunner.

Sie ließen sich in eine weite, mit Mondlicht gefüllte Mulde gleiten. Kit fiel hin, und der Burnus glitt ihr von den Schultern. Er mußte sich in den Sand graben und ihm wieder nachklettern. Er versuchte, ihn zusammenzufalten und ihn ihr, halb scherzhaft, zuzuwerfen, aber er traf nicht. Sie ließ sich bis zum Grund rollen und blieb dort abwartend liegen. Als er kam, breitete er das weite, weiße Gewand im Sand aus. Sie legten sich nebeneinander darauf nieder und zogen die Ecken über sich. Was drunten im Garten an Unterhaltung stattgefunden hatte, hatte sich um Port gedreht. Jetzt sah Tunner den Mond an. Er ergriff ihre Hand.

»Erinnerst du dich an unsere Nacht im Zug?« sagte er. Als sie nicht antwortete, fürchtete er, einen taktischen Fehler gemacht zu haben, und fuhr rasch fort: »Ich glaube, seitdem ist nicht ein Tropfen Regen auf diesem ganzen gottverdammten Kontinent gefallen.«

Kit antwortete immer noch nicht. Seine Erwähnung der Nachtfahrt nach Boussif hatte die falschen Erinnerungen in ihr wachgerufen. Sie sah, wie die fahlen Lampen hin- und herschwankten, roch den Kohlengeruch und hörte den Regen gegen die Scheiben trommeln. Sie erinnerte sich des verängstigten Durcheinanders in dem Güterwagen voller Eingeborenen; ihr Gedächtnis weigerte sich weiterzugehen.

»Kit. Was ist mit dir?«

»Nichts. Du weißt, wie ich bin. Es ist wirklich nichts.« Sie drückte seine Hand.

Seine Stimme bekam einen leicht väterlichen Ton. »Es wird schon wieder, Kit. Aber du mußt auch etwas dafür tun, weißt du? Du mußt in Form bleiben, um ihm zu helfen. Siehst du das nicht? Und wie kannst du ihm helfen, wenn du krank wirst?«

»Ich weiß, ich weiß«, sagte sie.

»Dann hätte ich zwei Patienten am Hals –«

Sie setzte sich auf. »Was sind wir beide für Heuchler!« schrie sie. »Du weißt genau, daß ich über zwei Stunden nicht in seiner Nähe war. Woher wissen wir, ob er nicht schon tot ist? Er könnte dort ganz allein sterben! Wir werden es nie erfahren. Wer könnte es verhindern?«

Er ergriff ihren Arm und hielt ihn fest. »Moment mal, warte mal! Ich frage dich nur aus rein sachlichen Gründen: Wer könnte es verhindern, auch wenn wir beide neben ihm säßen? Wer?« Er machte eine Pause. »Wenn du schon alles so pessimistisch betrachtest, dann könntest du es wenigstens mit Logik tun, Mädchen. Aber er wird nicht sterben. Du solltest das nicht einmal denken. Es ist wahnsinnig.« Er schüttelte langsam ihren Arm, wie man es bei einem Menschen macht, den man aus tiefem Schlaf aufwecken will. »Sei nur vernünftig. Du kannst nicht zu ihm bis morgen früh. Also entspann dich. Versuch etwas zu schlafen. Komm, sei lieb.«

Während er ihr so zuredete, brach sie wieder in Tränen aus und warf beide Arme verzweifelt um seinen Hals. »O Tunner! Ich liebe ihn so!« schluchzte sie und klammerte sich noch fester an ihn.

»Ich liebe ihn! Ich liebe ihn!«

Er lächelte im Mondlicht.

Sein Schrei gellte bis in das letzte Bild: die Flecken frischen hellen Blutes auf der Erde. Blut auf Kot. Der erlösende Augenblick, hoch über der Wüste, wo die beiden Elemente, Blut und Kot, lange getrennt, ineinander verschmelzen. Ein schwarzer Stern geht auf, ein dunkler Punkt in der Helle des Nachthimmels. Dunkler Punkt, Tor zur Ruhe. Greif aus, durchstoße das zarte Netz des schützenden Himmels, ruhe aus.

XXIV

Sie öffnete die Türe. Port lag in einer seltsamen Stellung da; seine Beine waren fest in die Bettücher eingewickelt. Diese Ecke des Zimmers wirkte wie ein Standfoto, das mitten in die bewegten Bilder eines Filmes auf die Leinwand projiziert wird. Sie schloß leise die Türe, sperrte ab, drehte sich wieder zu der Ecke und ging langsam auf die Matratze zu. Sie hielt den Atem an, beugte sich vor und sah in die ausdruckslosen Augen. Aber sie wußte es bereits, noch ehe sie mit der Hand zuckend nach der nackten Brust griff, ehe sie gleich danach dem reglosen Torso einen heftigen Stoß versetzte. Als ihre Hände sich automatisch über ihr Gesicht legten, schrie sie: »Nein!«, ein einziges Mal – dann nicht mehr. Sie blieb lange, lange Zeit vollkommen ruhig stehen, mit erhobenem Kopf die Wand ansehend. Nichts rührte sich in ihr; nichts drang von außen oder innen in ihr Bewußtsein. Wenn Zina jetzt an die Türe gekommen wäre, dann wäre es zweifelhaft gewesen, ob sie das Klopfen gehört hätte. Aber es kam niemand. Drunten in der Stadt brach eine Karawane nach Atar auf, verließ den Marktplatz, ritt schwankend durch die Oase, die Kamele bockten, die schwarzbärtigen Männer schwiegen und dachten an die zwanzig Tage und Nächte, die vor ihnen lagen, ehe sich die Mauern von Atar über den Felsen erheben würden. Wenige hundert Meter entfernt las Hauptmann Broussard in seinem Schlafzimmer eine Kurzgeschichte in einem Magazin, das an diesem Morgen mit der Post gekommen war, die der Lastwagen gestern nacht gebracht hatte. Innerhalb des Zimmers aber rührte sich nichts.

Viel später am Vormittag begann sie, wahrscheinlich vor Erschöpfung, in der Mitte des Zimmers auf und ab zu gehen. Ein paar Schritte in einer Richtung, ein paar Schritte in der anderen. Lautes Klopfen an der Türe störte sie auf. Sie blieb stehen und starrte auf die Türe. Das Klopfen wiederholte sich. Tunners vorsichtig gedämpfte Stimme sagte: »Kit?« Wieder erhoben sich ihre Hände, um ihr Gesicht zu bedekken, und in dieser Stellung blieb sie die ganze Zeit über, während er vor der Türe war, einmal leise klopfend, dann wieder schnell und nervös, dann wild dagegenhämmernd. Als kein Laut mehr von draußen kam, setzte sie sich eine Weile auf ihr Lager und legte sich schließlich flach nieder, mit dem Kopf auf das Kissen, als wolle sie schlafen. Aber ihre Augen blieben offen und starrten fast so leblos an die Decke wie die Augen neben ihr. Dieses waren die ersten Augenblicke eines neuen Daseins, eines fremden, seltsamen Daseins, von dem sie bereits ahnte, daß es sie mit einem Element von Zeitlosigkeit umgeben würde. Der Mensch, der verzweifelt die Sekunden gezählt hat, um einen Zug zu erreichen, und dann keuchend in dem Augenblick ankommt, als er in der Ferne verschwindet, wissend, daß der nächste erst in vielen Stunden abfährt, hat ein ähnliches Gefühl von plötzlicher Übersättigung mit Zeit, ein Gefühl, in einem Element, das plötzlich zu üppig geworden ist, zu ertrinken, das zu viel ist, um verbraucht zu werden und daher sinnlos und vergeudet. Als die Minuten verrannen, fühlte sie kein Bedürfnis, sich zu bewegen; kein Gedanke formte sich. Nun konnte sie sich keiner Unterhaltung über den Tod mehr erinnern, vielleicht, weil keine Vorstellung des Todes etwas mit seiner tatsächlichen Gegenwart zu tun hat. Sie erinnerte sich nicht mehr, daß sie darin übereinstimmten, daß man nicht tot sein konnte, daß »tot« und »sein« ein unvereinbarer Begriff sei. Noch kam ihr der Gedanke, daß sie einmal gedacht hatte, wenn Port vor ihr stürbe, sie nicht wirklich an seinen Tod glauben würde, sondern vielmehr denken, daß er auf irgendeine Weise wieder in sich selbst zurückgekehrt sei und dort bleiben und sie niemals wieder erkennen würde; so daß in Wirklichkeit sie diejenige wäre, die aufgehört hätte, zu sein, jedenfalls in einem sehr großen Ausmaß. Sie würde diejenige sein, die teilweise in das Totenreich eingegangen war, während er weiter existierte, eine Qual in ihrem Inneren, eine verschlossene Türe, eine unwiederbringlich verlorene Chance. Sie hatte jenen Nachmittag im August, der nur ein wenig mehr als ein Jahr zurücklag, völlig vergessen, als sie beide unter den Platanen saßen und dem Gewitter zusahen, das über dem Tal tobte, und sich über den Tod unterhielten. Und Port hatte gesagt: »Der Tod ist immer unterwegs, aber die Tatsache, daß man nicht weiß, wann er einem begegnet, scheint die Begrenzung des Daseins aufzuheben. Es ist diese furchtbare Genauigkeit, die wir hassen. Aber weil wir nichts wissen, glauben wir, das Leben sei ein unerschöpflicher Quell. Und doch geschieht alles nur in einer begrenzten Folge von Wiederholungen. Einer sehr kleinen Folge. Wie oft erinnerst du dich eines gewissen Nachmittages in der Kindheit, eines Nachmittages, der so sehr Teil deines Wesens ist, daß du dir dein Leben ohne ihn nicht vorstellen kannst? Vielleicht vier- oder fünfmal. Vielleicht nicht einmal das. Wie oft wirst du noch den Vollmond aufgehen sehen? Vielleicht zwanzigmal. Und doch scheint alles unbegrenzt.« Sie hatte damals nicht zugehört, weil die Vorstellung sie deprimierte; hätte sie sich jetzt daran erinnert, wäre ihr das Gespräch pointenlos erschienen. Es war ihr unmöglich, jetzt über den Tod nachzudenken, und da der Tod neben ihr war, dachte sie überhaupt nichts.

Und doch mußte irgendwo, in einem dunklen und tiefinneren Teil ihres Seins, tiefer als in den leeren Bezirken ihres Bewußtseins, schon ein Gedanke geboren worden sein, denn als Tunner am Nachmittag wiederkam und gegen die Türe hämmerte, sagte sie, indem sie aufstand und die Hand auf den Türgriff legte: »Bist du's, Tunner?«

»Wo, um Himmels willen, warst du heute früh?« rief er.

»Ich treffe dich heute abend um acht Uhr im Garten«, sagte sie und sprach möglichst leise.

»Geht es ihm gut?«

»Ja, genau wie immer.«

»Gut. Ich seh dich um acht.«

Er ging.

Sie sah auf ihre Uhr: Es war Viertel vor fünf. Sie ging zu ihrem Wochenendköfferchen und entfernte alle Einsätze; nacheinander lagen Bürsten, Flaschen und Maniküretuis auf dem Boden. Mit äußerster Genauigkeit leerte sie ihre anderen Koffer und wählte hier und dort ein Kleidungsstück oder einen Gegenstand aus, den sie in den kleinen Koffer packte. Manchmal hielt sie in ihrer Beschäftigung inne und lauschte: Das einzige Geräusch, das zu hören war, war ihr eigener, regelmäßiger Atem. Jedesmal, wenn sie so lauschte, schien sie beruhigt zu sein und fing sofort wieder mit ihrer planvollen Packerei an. In die Außentaschen des Koffers tat sie ihren Paß, ihr Scheckbuch und das Bargeld, das sie noch hatte. Gleich darauf ging sie an Ports Koffer und suchte zwischen seinen Sachen, bis sie zu ihrem eigenen Gepäckstück zurückkehrte, um mehrere Tausend-Francs-Scheine reicher, die sie hineinstopfte.

Das Kofferpacken nahm über eine Stunde Zeit in Anspruch. Als sie fertig war, schloß sie den Koffer, drehte das Kombinationsschloß und ging zur Türe. Sie zögerte einen Augenblick, ehe sie öffnete. Mit dem Schlüssel in der einen Hand und dem Koffer in der anderen ging sie durch die offene Türe in den Hof und sperrte hinter sich zu. Sie ging in die Küche, wo sie den Jungen, der die Lampen versorgte, rauchend in einer Ecke sitzen sah.

»Kannst du eine Besorgung für mich machen?« sagte sie.

Er sprang lächelnd auf. Sie gab ihm den Koffer und sagte, er solle ihn in Daoud Zozephs Laden tragen und sagen, er sei von der amerikanischen Dame.

Wieder im Zimmer, schloß sie hinter sich ab und stellte sich an das kleine Fenster. Mit einem einzigen Ruck riß sie das Tuch, mit dem sie es verhängt hatte, ab. Die Mauern draußen färbten sich rosa im Licht der untergehenden Sonne; der rosa Schein füllte den Raum. Während der ganzen Packerei hatte sie nicht einmal nach der Ecke gesehen. Jetzt kniete sie nieder und sah Port ins Gesicht, wie sie es nie zuvor getan hatte. Mit unendlicher Zartheit strich sie ihm mit der Hand über die Stirne. Sie beugte sich noch weiter vor und legte ihre Lippen auf die glatte Stirne. Eine Zeitlang verharrte sie in dieser Stellung. Der Raum erglomm in rotem Licht. Sie legte leise ihre Wange auf das Kopfkissen und streichelte sein Haar. Keine Träne floß; es war ein schweigender Abschied. Ein seltsames intensives Summen in ihrer Nähe ließ sie die Augen öffnen. Fasziniert beobachtete sie zwei Fliegen bei ihrem kurzen, heftigen Begattungsakt, der sich auf Ports Unterlippe abspielte.

Dann erhob sie sich, zog ihren Mantel über, nahm den Burnus, den Tunner ihr gelassen hatte, und ging, ohne sich noch einmal umzudrehen, aus dem Zimmer. Sie sperrte hinter sich zu und legte den Schlüssel in ihre Handtasche. Am großen Tor glaubte sie, der Wachtposten wollte sie aufhalten. Sie sagte guten Abend und ging an ihm vorbei. Sofort danach hörte sie, wie er einem anderen Mann in einem nahen Innenraum etwas zurief. Sie atmete tief ein und ging weiter, bergab, der Stadt zu. Die Sonne war untergegangen; die Erde sah aus wie ein einziges Stückchen Glut, das allein auf dem Rost liegengeblieben war und nun rasch auskühlen und schwarz werden würde. Aus der Oase stiegen die Töne einer Trommel auf. Wahrscheinlich würde später in den Gärten getanzt werden. Die Zeit der Feste hatte begonnen. Rasch ging sie den Hügel hinunter und ohne sich einmal umzublicken auf Daoud Zozephs Laden zu.

Sie trat ein. Daoud Zozeph stand im schwindenden Licht hinter dem Ladentisch. Er streckte ihr die Hand entgegen.

»Guten Abend, Madame.«

»Guten Abend.«

»Ihr Koffer ist da. Soll ich einen Jungen holen, der ihn trägt?«

»Nein, nein«, sagte sie. »Jedenfalls nicht jetzt. Ich bin gekommen, um mit Ihnen zu sprechen.« Sie sah sich nach der Türe um; er bemerkte es nicht.

»Ich bin entzückt«, sagte er. »Einen Augenblick, ich werde Ihnen einen Stuhl holen, Madame.«

Er brachte einen kleinen Klappstuhl hinter dem Ladentisch hervor und stellte ihn neben sie.

»Danke schön«, sagte sie, blieb aber stehen. »Ich wollte Sie nach Autobussen fragen, die von Sbâ abfahren.«

»Ah, nach El Ga'a. Wir haben keinen regelmäßigen Verkehr. Einer kam gestern nacht und fuhr heute nachmittag wieder weiter. Wir wissen nie, wann der nächste kommt. Aber Hauptmann Broussard wird immer mindestens einen Tag vorher unterrichtet. Er kann Ihnen das besser als sonst jemand sagen.«

»Hauptmann Broussard. Aha.«

»Und Ihr Gatte. Geht es ihm besser? Hat er sich über die Milch gefreut?«

»Die Milch. Ja, er hat sich gefreut«, sagte sie langsam und wunderte sich, daß ihre Worte so natürlich klingen konnten.

»Ich hoffe, er wird bald wieder gesund sein.«

»Er ist schon wieder gesund.«

»Ah, hamdoul'lah!«

»Ja.« Und sie machte einen neuen Ansatz und sagte: »Monsieur Daoud Zozeph, ich habe eine große Bitte an Sie.«

»Sie ist bereits gewährt, Madame«, sagte er galant. Sie hatte das Gefühl, daß er sich in der Dunkelheit verneigt hatte.

»Eine große Bitte«, warnte sie.

Daoud Zozeph, der glaubte, sie wolle vielleicht Geld von ihm leihen, fing an mit Gegenständen auf dem Ladentisch zu klappern und sagte: »Aber wir unterhalten uns hier im Finstern. Warten Sie. Ich werde eine Lampe holen.«

»Nein! Bitte nicht!« rief Kit aus.

»Aber wir sehen uns ja nicht!« protestierte er.

Sie legte ihre Hand auf seinen Arm. »Ich weiß, aber bitte zünden Sie kein Licht an, bitte. Ich möchte Sie jetzt sofort um diesen Gefallen bitten. Darf ich heute nacht hier bei Ihrer Frau und Ihnen sein?«

Daoud Zozeph war völlig aus der Fassung – zugleich erstaunt und erleichtert. »Heute nacht?« sagte er.

»Ja.«

Kurze Stille.

»Sie müssen das richtig verstehen, Madame, es wäre uns eine Ehre, Sie in unserem Haus zu haben. Aber Sie werden es nicht komfortabel finden. Wissen Sie, das Haus armer Leute ist nicht wie ein Hotel oder eine Militärkommandantur...«

»Aber nachdem ich Sie frage«, sagte sie vorwurfsvoll, »bedeutet das, daß es mir nichts ausmacht. Sie glauben, das stört mich? Ich habe hier in Sbâ auf dem Boden geschlafen.«

»Ah, das brauchen Sie in meinem Haus nicht«, sagte Daoud Zozeph mit Nachdruck.

»Ich würde mit Vergnügen auf dem Boden schlafen. Irgendwo. Es ist völlig egal.«

»Ah, nein, Madame! Nein! Nicht auf dem Boden! Quand-même!« protestierte er. Und als er ein Streichholz anbrannte, um die Lampe zu entzünden, berührte sie wieder seinen Arm.

»Ecoutez, monsieur«, sagte sie, und ihre Stimme sank zu einem Verschwörer-Flüstern, »mein Mann sucht mich, und ich möchte nicht, daß er mich findet. Wir hatten ein Mißverständnis. Ich möchte ihn heute nacht nicht sehen. Es ist ganz einfach. Ich denke, Ihre Frau wird es verstehen.«

Daoud Zozeph lachte. »Natürlich! Natürlich!« Immer noch lachend, schloß er die Türe nach der Straße, schob den

Riegel vor und zündete ein Streichholz an, das er hoch in die Luft hielt. Ununterbrochen Streichhölzer abbrennend, führte er sie durch einen dunklen Innenraum und über einen kleinen Hof. Über ihnen waren die Sterne. Er blieb vor einer Türe stehen. »Sie können hier schlafen.« Er öffnete die Türe und trat ein. Wieder leuchtete ein Streichholz auf: sie sah einen unordentlichen kleinen Raum, dessen durchgelegenes Eisenbett mit einer Matratze bedeckt war, aus der die Füllung herausquoll.

»Ich hoffe, dies ist nicht Ihr Zimmer?« fragte sie, als das Streichholz wieder ausging.

»O nein! Wir haben noch ein Bett in unserem Zimmer, meine Frau und ich«, antwortete er mit stolzer Stimme. »Hier schläft mein Bruder, wenn er von Colomb-Béchar kommt. Einmal im Jahr besucht er mich auf einen Monat. Manchmal auch länger. Warten Sie, ich werde eine Lampe holen.« Er ging, und sie hörte ihn in einem anderen Zimmer reden. Gleich darauf kehrte er mit einer Öllampe und einem Blecheimer Wasser wieder.

Durch das Licht bekam das Zimmer ein noch mitleiderregenderes Aussehen. Sie hatte das Gefühl, daß der Boden seit dem Tag, an dem der Maurer die Lehmwände errichtet hatte, nicht mehr gefegt worden war. Der ewige Lehm, der trocknete, abbröckelte und Tag und Nacht wie ein feiner Puder niederrieselte... Sie sah lächelnd zu ihm auf.

»Meine Frau läßt fragen, ob Sie gerne Nudeln essen«, sagte Daoud Zozeph.

»Ja, natürlich«, sagte sie und versuchte in den abblätternden Spiegel über dem Waschtisch zu schauen. Sie konnte überhaupt nichts erkennen.

»Bien. Sie müssen wissen, daß meine Frau kein Französisch kann.«

»Wirklich? Sie müssen dann mein Dolmetscher sein.«

Vom Laden draußen ertönte ein dumpfes Klopfen. Daoud Zozeph entschuldigte sich und ging über den Hof. Sie schloß die Türe, sah, daß es keinen Schlüssel gab, und blieb abwartend stehen. Es wäre so leicht gewesen, wenn einer der Wachen des Forts ihr hätte folgen wollen. Aber sie zweifelte, daß sie rechtzeitig daran gedacht hatten. Sie setzte sich auf das gräßliche Bett und starrte die gegenüberliegende Wand an. Aus der Lampe stieg eine beißende Rauchsäule auf.

Das Abendessen bei den Daoud Zozephs war unbeschreiblich schlecht. Sie würgte die unförmigen Klumpen von in Fett gebackenem Teig hinunter, die kalt serviert wurden, die Stücke knorpeligen Fleisches und das klitschige Brot und murmelte unbestimmte Komplimente, die erfreut zur Kenntnis genommen wurden, aber den Erfolg hatten, daß ihre Gastgeber ihr noch mehr Essen aufnötigten. Während der Mahlzeit sah sie mehrmals auf die Uhr. Jetzt würde Tunner in den öffentlichen Gärten auf sie warten, und dann würde er zum Fort hinaufgehen. In diesem Augenblick würden die Schwierigkeiten beginnen; Daoud Zozeph gestikulierte heftig zu Kit hinüber, damit diese weiteressen sollte; die glänzenden Augen seiner Frau waren auf den Teller des Gastes geheftet. Kit sah zu ihr hinüber und lächelte.

»Sagen Sie Madame, daß ich keinen Appetit habe, weil ich gerade etwas durcheinander bin«, sagte sie zu Daoud Zozeph, »aber daß ich gerne etwas mit in mein Zimmer nehmen möchte, um es später zu essen. Etwas Brot wäre mir am liebsten.«

»Aber selbstverständlich. Selbstverständlich«, sagte er.

Als sie in ihrem Zimmer war, brachte ihr Madame Daoud Zozeph einen Teller, der mit Brotschnitten beladen war. Sie dankte ihr und sagte gute Nacht, aber ihre Gastgeberin machte keine Miene zu gehen, sondern ließ merken, daß sie daran interessiert war, das Innere der Reisetasche zu sehen. Kit war fest entschlossen, sie nicht in ihrer Gegenwart zu öffnen: die Tausend-Francs-Scheine würden rasch eine Legende in Sbâ bilden. Sie tat, als verstünde sie nicht, klopfte auf die Tasche und nickte lachend. Dann wandte sie sich wieder dem Brotteller zu und wiederholte ihren Dank. Aber Madame Daoud Zozephs Augen konnten sich nicht von dem Gepäckstück trennen. Draußen im Hof hörte man Schreien und Flügelschlagen. Daoud Zozeph erschien und trug eine fette Henne, die er mitten auf den Fußboden setzte.

»Gegen das Ungeziefer«, erklärte er und deutete auf die Henne.

»Ungeziefer?« echote Kit.

»Wenn ein Skorpion sich irgendwo nur zeigt, Tak! – schon ist er gefressen!«

»Ah!« Sie brachte ein künstliches Gähnen hervor.

»Ich weiß, Madame ist nervös. Mit unserem Freund hier wird sie sich wohler fühlen.«

»Ich bin heute abend so müde«, sagte sie, »daß mich nichts nervös machen kann.«

Sie schüttelten sich feierlich die Hand. Daoud Zozeph schob seine Frau aus dem Zimmer und schloß die Türe. Die Henne scharrte eine Minute im Staub, dann flatterte sie auf den Handtuchständer, wo sie regungslos sitzenblieb. Kit saß auf dem Bett und sah in die unregelmäßige Flamme der Lampe; das Zimmer war voller Rauch. Sie war ohne Furcht – sie fühlte nichts als einen überwältigenden Wunsch, diese ganze makabre Dekoration bald einzureißen, aus ihrer Erinnerung auszutilgen. Sie stand auf und legte das Ohr an die Türe. Sie hörte Stimmen und hin und wieder entfernte Laute. Sie zog ihren Mantel an, stopfte sich die Taschen mit Brot voll und setzte sich wieder hin, um zu warten.

Von Zeit zu Zeit seufzte sie tief. Einmal stand sie auf, um den Docht der Lampe herunterzuschrauben. Als es auf ihrer Uhr zehn war, ging sie wieder zur Türe und horchte. Sie öffnete: Der Hof schwamm im Mondlicht. Sie trat zurück ins Zimmer, nahm Tunners Burnus und warf ihn unter das Bett. Die auffliegende Staubwolke zwang sie beinahe zum Niesen. Sie ergriff ihre Handtasche und den Koffer und ging hinaus; die Türe machte sie vorsichtig hinter sich zu.

Das Mondlicht war überstark – der Gang durch die weiße Straße war wie ein Gang in der Sonne. »Jeder kann mich sehen.« Aber es war niemand da. Sie ging direkt auf den Rand der Stadt zu, wo die Oase bis in die Höfe der Häuser reichte. Drunten, aus der schwarzen breiten Masse, die durch die Wipfel der Palmen entstand, ertönten immer noch die Trommeln. Der Klang kam aus der Richtung des ksar, der Negersiedlung in der Mitte der Oase.

Sie bog in eine lange, gerade Gasse ein, die von hohen Mauern eingefaßt war. Hinter den Mauern raschelten die Palmen, und man hörte das Gurgeln von fließendem Wasser. Manchmal war ein Haufen weißer, getrockneter Palmwedel an der Mauer aufgeschichtet, und jedesmal dachte sie, ein Mensch säße da im Mondlicht. Die Gasse führte sie näher zu den Trommeln, und sie kam auf einen Platz, von dem aus eine Menge kleiner Wasserläufe in alle Richtungen liefen; das Ganze wirkte wie die Schienen einer Spielzeugeisenbahn. Von hier aus führten mehrere Wege in die Oase. Sie wählte den schmalsten, in der Hoffnung, daß er die Negersiedlung eher umgehen würde als darauf hinführen, und ging weiter zwischen den Mauern entlang. Der Pfad schlängelte sich mal hier, mal dort hin.

Der Klang der Trommeln wurde stärker: nun konnte sie Stimmen erkennen, die einen rhythmischen Refrain immer wieder von neuem sangen. Es waren Männerstimmen, und es schien eine große Anzahl zu sein. Manchmal, wenn sie die schweren Schatten erreichte, blieb sie lauschend stehen, ein rätselhaftes Lächeln auf den Lippen.

Der kleine Koffer wurde immer schwerer. Immer häufiger wechselte sie von einer Hand zur anderen. Aber sie wollte nicht stehenbleiben und rasten. Jeden Augenblick war sie bereit, umzudrehen und einen neuen Weg zu suchen, falls sie plötzlich aus dem Bereich der Mauern gelangen und mitten im ksar ankommen würde. Manchmal war die Musik ganz nah, aber es war unmöglich, festzustellen, wo – bei all den gewundenen Mauern und den Bäumen, die dazwischen standen. Es gab Momente, da klang sie direkt an ihrem Ohr, als trennte sie nur noch eine einzige Mauer oder ein paar hundert Meter Garten von dem Platz, wo gespielt wurde; dann wieder verschwand sie so weit in der Ferne, daß sie fast vom trockenen Säuseln des Windes in den Palmblättern übertönt wurde.

Und der feuchte Klang der Flüßchen rechts und links hatte auch eine Wirkung, deren sie sich nicht bewußt war: Sie fühlte sich plötzlich wie ausgedörrt. Das kühle Mondlicht und die sich leise bewegenden Schatten, zwischen denen sie hindurchging, trugen viel dazu bei, erst dieses Gefühl zu zerstreuen, aber sie glaubte doch, sie würde erst völlig glücklich sein, wenn sie nur Wasser rings um sich herum hätte. Plötzlich sah sie, durch einen weiten Riß in einer Mauer, in einen Garten; von den Ufern eines großen Teiches erhoben sich die schlanken Stämme der Palmen hoch in die Luft. Sie blieb stehen und starrte auf die ruhige dunkle Fläche des Wassers; es war ihr in diesem Augenblick unmöglich, zu sagen, ob sie vor oder nach dem Anblick des Teiches daran gedacht hatte, zu baden. Wie dem auch war, hier war der Teich. Sie langte durch die Öffnung in der abbröckelnden Mauer und stellte den Koffer hinein, ehe sie über den Schmutzhaufen kletterte, der ihr den Weg versperrte. Im Garten ertappte sie sich dabei, wie sie ihre Kleider auszog. Sie empfand ein vages Erstaunen, daß ihre Handlungen ihrem Bewußtsein so weit vorauseilten. Jede ihrer Bewegungen drückte vollkommene Anmut und Leichtigkeit aus. »Sieh dich vor«, warnte ein Teil ihres Inneren. »Übereile nichts.« Aber das war dieselbe Stimme, die sie warnte, wenn sie zuviel trank. In diesem Augenblick war sie sinnlos. »Gewohnheit«, dachte sie. »Immer, wenn ich beginne glücklich zu werden, halte ich mich zurück, anstatt mich gehenzulassen.« Sie schlenkerte die Sandalen von den Füßen und stand nackt in den Schatten. Sie fühlte, wie eine seltsame Intensität in ihr wach wurde. Während sie sich in dem schweigenden Garten umsah, hatte sie den Eindruck, zum erstenmal seit ihrer Kindheit Dinge klar zu erkennen. Plötzlich war das Leben da, und sie stand mitten darin und betrachtete es nicht nur durch eine Scheibe. Das Gefühl von Würde, das sie empfand, weil sie ein Teil seiner Macht und Größe war, war ihr nicht unbekannt, aber es waren Jahre vergangen, seit sie dieses Gefühl zum letzten Mal gehabt hatte. Sie trat in das Mondlicht und watete langsam bis zur Mitte des Teiches. Sein Grund war schlüpfrig vom Lehm; in der Mitte reichte ihr das Wasser bis zur Hüfte. Während sie sich völlig hineingleiten ließ, kam ihr der Gedanke: »Ich werde nie wieder hysterisch sein.« Dieses Ausmaß an Spannung, an Egozentrizität, würde sie nie mehr in ihrem Leben erreichen. Dessen war sie gewiß.

Sie badete ausgiebig; das kühle Wasser auf ihrer Haut erweckte in ihr den Wunsch, zu singen. Jedesmal, wenn sie sich niederbeugte, um das Wasser in ihren hohlen Händen zu schöpfen, brach ein wortloser Freudengesang aus ihr hervor. Plötzlich blieb sie stehen und horchte. Die Trommeln waren verstummt – sie hörte nichts als die Wassertropfen, die von ihrem Körper in den Teich fielen. Sie beendete schweigend ihr Bad, der Höhepunkt ihrer Stimmung war vorbei; aber das Leben zog sich nicht aus ihr zurück. »Es kam, um zu bleiben«, murmelte sie laut vor sich hin, während sie auf das Ufer zuging. Sie benutzte ihren Mantel als Badetuch und hüpfte vor Kälte auf und ab, während sie sich abtrocknete. Beim Anziehen pfiff sie leise vor sich hin. Immer wieder unterbrach sie sich, um eine Sekunde zu horchen, ob man die Trommeln oder Stimmen wieder hören konnte. Ein Windstoß fuhr durch die Wipfel der Palmen, und irgendwo in der Nähe hörte man leises Plätschern von Wasser. Sonst nichts. Mit einem Mal kam ihr der Verdacht, daß etwas hinter ihrem Rücken geschehen war, daß die Zeit ihr einen Streich gespielt hatte: Sie hatte Stunden, statt Minuten, im Teich verbracht und es nicht bemerkt. Die Festlichkeiten im ksar waren längst beendet, die Menschen hatten sich verlaufen, und das Verstummen der Trommeln war nicht einmal in ihr Bewußtsein gedrungen. Solche absurde Dinge passierten manchmal. Sie bückte sich, um ihre Armbanduhr von dem Stein aufzuheben, auf den sie sie gelegt hatte. Sie war verschwunden, und sie konnte nicht feststellen, wieviel Uhr es war. Sie suchte ein wenig, war aber schon überzeugt, daß sie sie nicht finden würde: ihr Verschwinden war ein Teil des Tricks. Sie ging leichten Schrittes wieder zu der Mauer, nahm ihren Koffer, warf den Mantel über den Arm und sagte laut in den Garten: »Glaubst du, das kann mich aus der Ruhe bringen?« Und lachte, ehe sie wieder über die geborstene Mauer kletterte.

Sie schritt rasch aus und konzentrierte sich auf das neugefundene Glücksgefühl. Sie hatte immer gewußt, daß es da war, direkt hinter den Dingen, aber sie hatte sich auch lange schon damit abgefunden, es nicht als eine der gegebenen Tatsachen des Lebens anzusehen. Nachdem sie sie aber jetzt wiedergefunden hatte, diese Freude am Dasein, war sie entschlossen, sie festzuhalten, gleichgültig welche Anstrengung es sie auch kosten würde. Sie zog ein Stück Brot aus der Tasche und verschlang es gierig.

Der Weg verbreiterte sich, und die Mauern traten zurück und folgten der Vegetationsgrenze. Sie hatte den oued erreicht, der an dieser Stelle ein flaches, offenes Tal war, mit kleinen Dünen übersät. Hier und dort lag ein weinender Tamariskenbaum wie grauer Rauch über dem Sand. Ohne zu zögern, ging sie auf den nächsten dieser Bäume zu und stellte ihren Koffer ab. Die gefiederten Zweige fegten den Sand auf allen Seiten des Stammes. Es war, als bildeten sie ein Zelt. Sie zog ihren Mantel an, kroch hinein und zog den Koffer nach sich. In wenigen Sekunden war sie eingeschlafen.

XXV

Leutnant d'Armagnac stand in seinem Garten und überwachte Ahmed und mehrere Eingeborene, die die hohe Gartenmauer mit Stücken zerbrochenen Glases krönten. Hundertmal hatte seine Frau ihm vorgeschlagen, das Haus auf diese Weise noch mehr zu schützen, und er, wie alle guten Kolonialbeamten, hatte alles versprochen und nichts gehalten; aber jetzt, wenn sie aus Frankreich zurückkam, sollte sie es als eine weitere angenehme Überraschung vorfinden. Alles versprach nach Wunsch zu gehen: Das Baby war gesund, Mme. d'Armagnac war glücklich, und er würde Ende des Monats nach Algier fahren, um sie abzuholen. Zu gleicher Zeit würden sie ein paar glückliche Tage in einem netten kleinen Hotel dort verbringen – eine Art zweite Flitterwochen –, ehe sie wieder nach Bou Noura zurückkehrten.

Zugegeben: nur in seinem eigenen kleinen Kosmos standen die Dinge so günstig; er bemitleidete Hauptmann Broussard, drunten in Sbâ, und dachte mit innerlichem Schaudern daran, nur Gottes Güte habe es verhindert, daß diese Scherereien ihn befallen hatten. Er hatte die Reisenden sogar gedrängt, in Bou Noura zu bleiben; in dieser Hinsicht fühlte er sich wenigstens schuldlos. Er hatte nicht gewußt, daß der Amerikaner krank war, so daß es nicht seine Schuld war, daß der Mann fortgefahren und in Broussards Territorium gestorben war. Aber natürlich war ein tödlicher Typhusfall etwas anderes als das Verschwinden einer weißen Frau in der Wüste; letzteres war die Ursache allen Ärgers. Das Gebiet um Sbâ war nicht gerade günstig für Suchaktionen in Jeeps; außerdem gab es nur zwei solcher Fahrzeuge in der Gegend, und die Expeditionen waren wegen der dringenden Angelegenheit mit dem toten Amerikaner im Fort nicht sofort gestartet. Und jedermann hatte gedacht, daß sie irgendwo in der Stadt gefunden werden würde. Er bedauerte, die Frau nicht kennengelernt zu haben. Der Schilderung nach schien sie amüsant zu sein – das typische temperamentvolle amerikanische Girl. Nur eine Amerikanerin konnte etwas so Ausgefallenes tun, ihren kranken Mann in ein Zimmer einzusperren und ihn alleine seinem Schicksal zu überlassen, während sie selbst in die Wüste lief. Natürlich war es unentschuldbar, aber er konnte sich nicht so darüber entsetzen, wie Broussard es scheinbar getan hatte. Aber Broussard war ein Puritaner. Er war rasch schockiert und peinlich unantastbar in seinem eigenen Benehmen. Wahrscheinlich hatte er die Frau gehaßt, weil sie reizvoll war und ihn in seiner Ruhe erschüttert hatte; das war etwas, das Broussard schwer verzeihen konnte.

Wieder wünschte er, er hätte das Mädchen gesehen, ehe es so erfolgreich von der Erdoberfläche verschwunden war. Gleichzeitig waren seine Gefühle betreffs der Rückkehr des dritten Amerikaners nach Bou Noura gemischt: persönlich war ihm der Mann sympathisch, aber er wünschte nicht in die Angelegenheit verwickelt zu werden. Vor allem betete er, daß die Frau nicht in seinem Gebiet auftauchen würde, jetzt, wo sie fast eine cause célèbre war. Es war anzunehmen, daß auch sie krank war, und die Neugier, sie zu sehen, wurde von der Angst vor Komplikationen und auszuarbeitenden Rapports überboten. »Pourvu qu'ils la trouvent là-bas!« dachte er mit Nachdruck.

Es klopfte am Tor. Ahmed stieß es auf. Der Amerikaner stand davor; er kam täglich, in der Hoffnung, Nachricht zu erhalten, und jeden Tag war er verzweifelter, wenn er erfuhr, daß keine Nachricht eingetroffen war. »Ich wußte doch, daß der andere ein Problem mit seiner Frau hatte, und das war das Problem«, sagte sich der Leutnant, als er aufsah und sein Blick auf Tunners unglückliches Gesicht fiel.

»Bonjour, Monsieur«, sagte er freundlich und ging auf seinen Gast zu. »Immer das gleiche. Aber so kann es ja nicht weitergehen.«

Tunner begrüßte ihn und nickte bestätigend mit dem Kopf, als er gehört hatte, was zu hören er erwartete. Der Leutnant ließ einen der Situation angepaßten Moment des Schweigens vorübergehen, dann schlug er vor, daß sie sich in den Salon, zu ihrem üblichen Kognak, zurückziehen wollten. Während der kurzen Zeitspanne, die Tunner hier in Bou Noura verwartet hatte, waren ihm die täglichen Morgenbesuche im Hause des Leutnants zu einem notwendigen Aufputschmittel für seine Gemütsverfassung geworden. Der Leutnant war von Natur ein Sanguiniker, seine Gesprächsthemen waren harmlos und sein Vokabular leicht verständlich. Es war angenehm, in dem bunten Salon zu sitzen, und der Kognak verschmolz die oben erwähnten Eigenschaften zu einer angenehmen Mischung, deren regelmäßige Aufnahme sein Gemüt davor bewahrte, in einen Abgrund von Verzweiflung zu stürzen.

Sein Gastgeber rief Ahmed und ging voran ins Haus. Sie saßen sich gegenüber.

»Noch zwei Wochen, und ich bin wieder ein verheirateter Mann«, sagte der Leutnant strahlend und überlegte, ob es ihm vielleicht doch noch gelingen würde, die Oulad Naïl-Mädchen einem Amerikaner vorzuführen.

»Sehr schön, sehr schön.« Tunner war zerstreut. Gott helfe der armen Madame d'Armagnac, wenn sie hier den Rest ihres Daseins verbringen muß. Seit Ports Tod und Kits Verschwinden haßte er die Wüste: dunkel fühlte er, daß sie ihm seine Freunde geraubt hatte. Sie war eine zu mächtige Einheit, als daß man sie nicht persönlich nehmen mußte. Die Wüste – gerade ihre Stille – war wie eine schweigende Bestätigung der heimlichen Dinge, die sie in sich verbarg.

(Hauptmann Broussard hatte ihm eines Abends in einem gesprächigen Augenblick erzählt, daß sogar die Franzosen, die einen Eingeborenentrupp in die Wildnis begleitet hatten, es fertiggebracht hatten, djnoun zu sehen, wenn sie auch zu stolz waren, daran zu glauben.) Und was sollte das anderes bedeuten, als daß solche Vorkommnisse eine primitive Art waren, durch die die menschliche Vorstellungskraft sich die Gegenwart dieser Dinge erklärte.

Ahmed brachte die Flasche und Gläser herein. Einen Augenblick lang tranken sie schweigend; dann bemerkte der Leutnant, sowohl um die Stille zu brechen als auch nur, um etwas zu sagen: »Ach ja, das Leben ist erstaunlich. Nichts geschieht je so, wie man es sich vorgestellt hat. Das erkennt man hier sehr deutlich; all unsere philosophischen Doktrinen fallen in sich zusammen. Hinter jeder Ecke wartet das Unerwartete. Als Ihr Freund hierherkam und den armen Abdelkader des Paßdiebstahls bezichtigte, wer hätte da gedacht, daß ihm kurz darauf so etwas zustoßen würde?« Dann fügte er aus Angst, daß diese Logik mißverstanden werden könnte, hinzu: »Abdelkader war sehr betrübt, von seinem Tod zu hören. Er trug ihm nämlich nichts nach, müssen Sie wissen.«

Tunner schien nicht zuzuhören. Die Gedanken des Leutnants nahmen eine andere Richtung. »Sagen Sie«, sagte er, und die Neugierde schwang in seiner Stimme, »ist es Ihnen je gelungen, Hauptmann Broussard davon zu überzeugen, daß sein Verdacht hinsichtlich der Dame unbegründet war? Oder glaubt er immer noch, sie wären nicht verheiratet gewesen? In seinem Brief an mich sagte er einige sehr unfreundliche Dinge über sie. Sie haben ihm doch Monsieur Moresbys Paß gezeigt?«

»Was?« sagte Tunner und wußte, daß er Schwierigkeiten mit seinem Französisch haben würde. »Oh, ja. Ich gab ihn ihm, damit er ihn mit seinem Bericht an den Konsul nach Algier schicken konnte. Aber er hat nie geglaubt, daß sie verheiratet waren, weil Mrs. Moresby ihm versprochen hatte, sie würde ihm ihren Paß geben, und statt dessen fortlief. Deshalb hatte er keine Ahnung, wer sie eigentlich war.«

»Aber sie waren doch ein Ehepaar«, fuhr der Leutnant leise insistierend fort.

»Selbstverständlich. Selbstverständlich«, sagte Tunner ungeduldig und hatte das Gefühl, daß es für ihn schon unloyal war, einer solchen Unterhaltung überhaupt zuzuhören.

»Und selbst, wenn sie es nicht waren, was macht das für einen Unterschied?« Er goß jedem noch ein Glas ein, und nachdem er sah, daß sein Gast nicht willens war, die Unterhaltung fortzusetzen, sprang er auf ein Thema über, das weniger peinvolle Assoziationen erweckte. Tunner jedoch folgte auch diesem mit genausowenig Enthusiasmus. In seinem Kopf erlebte er wieder den Tag der Beerdigung in Sbâ. Ports Tod war bisher der einzige wirklich unbegreifliche Vorfall in seinem Leben gewesen. Selbst heute wußte er schon, daß er sehr viel verloren hatte, daß Port wirklich sein bester Freund gewesen war (wie kam es, daß er das vorher nicht erkannt hatte?), aber er fühlte auch, daß er den ganzen Umfang seines Verlustes erst später, wenn er diesen Tod ganz verarbeitet hatte, begreifen würde.

Tunner war sentimental, und infolge dieser Eigenschaft quälte ihn sein Gewissen, daß er Hauptmann Broussard nicht mehr Widerstand geboten hatte, als dieser auf einer gewissen Wahrung des religiösen Begräbniszeremoniells bestanden hatte. Er hatte das Gefühl, in diesem Punkt feige gewesen zu sein; er war überzeugt, daß Port die Einbeziehung solchen Blödsinns bei dieser Gelegenheit gehaßt und sich darauf verlassen hätte, daß sein Freund die Ausführung verhindern werde. Selbstverständlich hatte er gleich protestiert, da Port kein Katholik war – genaugenommen nicht einmal Christ – und daher das Recht hatte, sich solche Praktiken bei seinem eigenen Begräbnis zu verbitten. Aber

Hauptmann Broussard hatte hitzig geantwortet: »Sie haben keine Beweise für das, was Sie sagen, Monsieur. Und Sie waren nicht bei ihm, als er starb. Sie haben keinerlei Ahnung, was seine letzten Gedanken waren, was seine letzten Wünsche gewesen sein könnten. Selbst wenn Sie die ungeheuerliche Verantwortung auf sich nehmen würden, so etwas zu entscheiden, könnte ich es nicht zulassen. Ich bin Katholik, Monsieur, und ich habe hier zu befehlen.« Und Tunner hatte nachgegeben. So daß Port, anstatt schweigend und anonym draußen in der hammada oder in der Wüste beerdigt zu werden, eine offizielle Ruhestätte auf dem winzigen christlichen Friedhof hinter dem Fort bekommen hatte, während lateinische Sätze über ihm gemurmelt wurden. Tunners sentimentaler Seele war das als grobe Ungerechtigkeit erschienen, aber er hatte keine Möglichkeit gesehen, es zu verhindern. Nun hatte er das Gefühl, schwach und irgendwie treulos gehandelt zu haben. Nachts, während er wach lag und darüber nachdachte, war ihm sogar der Gedanke gekommen, daß er den ganzen Weg nach Sbâ zurückfahren und, den rechten Augenblick abwartend, in den Friedhof einbrechen und das alberne kleine Kreuz, das sie dort auf das Grab getan hatten, zerstören könnte. Eine solche Geste hätte ihn glücklicher gemacht, aber er wußte auch, daß er sie niemals ausführen würde.

Statt dessen, so sagte er sich, wollte er lieber real denken; das wichtigste war jetzt, Kit zu finden und sie nach New York zurückzubringen. Anfangs hatte er das Gefühl gehabt, daß die ganze Geschichte ihres Verschwindens ein scheußlicher Spuk war und daß sie innerhalb einer Woche sicherlich wieder auftauchen würde, genau wie sie auf der Bahnfahrt nach Boussif wiedergekommen war. Jetzt aber, wo eine gewisse Zeit vorbei und immer noch nichts von ihr zu sehen war, wurde ihm klar, daß er viel länger auf sie warten würde – wenn nötig unbegrenzte Zeit.

Er stellte sein Glas auf den Teetisch neben sich. Seine Gedanken laut aussprechend, sagte er: »Ich werde hierbleiben, bis Mrs. Moresby gefunden worden ist.« Und er fragte sich, warum er so eigensinnig darauf beharrte, warum der Gedanke an Kits Rückkehr ihn so völlig beherrschte. Bestimmt war er nicht in das arme Ding verliebt. Seine Plänkeleien ihr gegenüber waren Mitleid (weil sie eine Frau war) und Eitelkeit (weil er ein Mann war), und diese beiden Gefühle hatten zusammen in ihm das Besitzbedürfnis des Trophäensammlers geweckt, das war alles. Tatsächlich erkannte er jetzt, daß er, wenn er nicht sehr genau nachdachte, die ganze Episode ihrer Intimität vergessen konnte und Kit nur noch so sah, wie er sie zuerst kennengelernt hatte, als sie und Port einen so tiefen Eindruck auf ihn gemacht hatten, daß er in ihnen die zwei einzigen Menschen auf der Welt sah, deren Bekanntschaft ihm lohnenswert erschien. Auf diese Weise war auch sein Gewissen weniger belastet; denn mehr als einmal hatte er sich gefragt, was an diesem wahnsinnigen Tag in Sbâ geschehen war, als sie sich geweigert hatte, ihm die Türe aufzumachen und in das Krankenzimmer zu lassen, und ob sie Port von ihrer Untreue erzählt hatte oder nicht. Er wünschte sehnlichst, sie habe es nicht getan; er wollte nicht daran denken.

»Ja«, sagte Leutnant d'Armagnac. »Sie können schlecht nach New York zurückfahren und sich von allen Freunden fragen lassen: ›Was haben Sie mit Mrs. Moresby gemacht?‹ Das wäre doch sehr peinlich.«

Tunner zuckte innerlich zusammen. Das konnte er allerdings nicht. Diejenigen, die beide Familien kannten, würden sich das wahrscheinlich bereits fragen (denn er hatte Ports Mutter die beiden Unglücksbotschaften mitgeteilt – in zwei Telegrammen von drei Tagen Abstand, da er hoffte, Kit würde inzwischen auftauchen), aber noch war er hier, und sie waren dort, und er mußte ihnen nicht ins Gesicht sehen, wenn sie sagten: »Also Port und Kit sind beide weg!« Das war eines der Dinge, die niemals passierten, nicht passieren konnten, und wenn er lange genug hier in Bou Noura bliebe, dann würde sie sicherlich aufgefunden werden, dessen war er gewiß.

»Sehr peinlich«, stimmte er bei und lachte gequält. Über Ports Tod Rechenschaft abzugeben, wäre schon unangenehm genug. Da gab es Leute, die würden sagen: »Hätten Sie ihn denn um Gottes willen nicht in ein Flugzeug schaffen und in ein Krankenhaus fliegen können, wenigstens bis nach Algier? Typhus ist doch keine Krankheit, die derart rasch verläuft.« Und er würde gestehen müssen, daß er sie allein gelassen und sich selbständig gemacht hatte. Daß er die Wüste nicht »verkraftet« hatte. Immerhin konnte er all dem ohne zuviel Kummer gegenübertreten; Port hatte versäumt, sich vor seiner Reise gegen Krankheiten impfen zu lassen. Aber zurückkehren, ehe Kit gefunden war, das war auf jeden Fall undenkbar.

»Aber natürlich«, sagte der Leutnant vorsichtig, indem er sich wieder der möglichen Komplikationen erinnerte, falls die verlorengegangene amerikanische Dame in einer nicht ganz einwandfreien Verfassung auftauchen und dann wegen Tunner nach Bou Noura gebracht werden sollte, »Ihr Hierbleiben oder Abreisen hat nichts damit zu tun, ob sie gefunden wird.« Er schämte sich, als die Worte über seine Lippen kamen, aber es war zu spät; sie waren gesprochen.

»Ich weiß, ich weiß«, antwortete Tunner heftig. »Aber ich werde bleiben.« Es gab nun nichts mehr darüber zu sagen; Leutnant d'Armagnac würde das Thema nicht mehr anschneiden.

Sie sprachen eine Zeitlang weiter. Der Leutnant schlug einen abendlichen Besuch des Quartier Réservé vor. »Gelegentlich«, sagte Tunner lustlos.

»Sie brauchen eine kleine Entspannung. Zuviel Grübeln ist ungesund. Ich weiß genau das richtige Mädchen –« Er hielt inne, denn er erinnerte sich, die Erfahrung gemacht zu haben, daß zu deutliche Hinweise in dieser Richtung dazu angetan waren, gerade die Interessen zu zerstören, die man erwecken wollte. Kein Jäger will seine Beute ausgewählt und vor den Lauf getrieben bekommen, auch wenn das oft den einzigen sicheren Abschuß bedeutet.

»Gut, gut«, sagte Tunner abwesend.

Bald darauf stand er auf und verabschiedete sich. Er würde morgen wiederkommen, und übermorgen und jeden weiteren Morgen, bis Leutnant d'Armagnac ihm eines Tages an der Türe gegenüberstehen würde, mit einem Leuchten in den Augen und ihm sagen: »Enfin, mon ami! Endlich eine gute Nachricht!«

Im Garten sah er auf die nackte, ausgedörrte Erde. Die riesigen, roten Ameisen rannten auf dem Boden herum und schwangen ihre Vorderbeine und ihre Zangen kriegerisch in der Luft. Ahmed schloß das Tor hinter ihm zu, und er ging trübselig zurück in die Pension.

Er würde in dem heißen kleinen Eßzimmer neben der Küche zu Mittag essen und die Mahlzeit durch eine ganze Flasche Rosé leichter verdaulich machen. Dann würde er, durch den Wein und die Hitze benommen, in sein Zimmer hinauftorkeln, sich ausziehen und auf sein Bett werfen, um so lange zu schlafen, bis die Sonnenstrahlen schräger waren und die Landschaft etwas von dem mörderischen Licht verloren hatte, das die Steine um die Mittagszeit reflektierten. Es gab angenehme Spaziergänge nach den umliegenden Städten: da war das bunte Igherm auf dem Hügel, die größere Ansiedlung von Beni Isguen drunten im Tal, Tadjmout mit seinen terrassenförmig angelegten rosa und blauen Häusern, und vor allem der große Palmenhain, in welchem die Stadtbewohner sich ihre spielzeugartigen Landsitze aus rotem Lehm und mit blassen, palmblattgedeckten Dächern gebaut hatten, wo der Zufluß der Brunnen nie aufhörte und das Geräusch des Wassers, das in den schmalen Aquädukten plätscherte, die furchtbare Trockenheit der Erde und der Luft Lügen strafte. Manchmal ging er auch nur auf den weiten Marktplatz von Bou Noura, setzte sich unter eine der Seitenarkaden und beobachtete den Verlauf irgendeines endlosen Gefeilsches, bei der sowohl Käufer wie Verkäufer jede theatralische Geste außer echten Tränen anwandten, im Laufe ihrer Bemühungen, den Preis zu erhöhen oder zu drücken. Es gab Tage, an denen er diese absurden Menschen verachtete; sie waren ganz unwirklich, und man konnte sie nicht ernstlich unter die Erdbewohner zählen. Das waren die gleichen Tage, an denen ihn die weichen Hände der kleinen Kinder in Wut versetzten, wenn sie sich unbewußt an seinen Kleidern festhielten und in einer überfüllten Straße an ihn stießen. Zuerst hatte er geglaubt, sie seien Taschendiebe, und dann war ihm klargeworden, daß sie ihn nur als Lotsen benutzten, damit er sie rascher durch die Menge schleuste. Darüber war er fast noch mehr erbost und hatte sie wütend von sich gestoßen; es gab nicht eines von ihnen, das frei von Skrofeln war, und die meisten waren glatzköpfig, und ihre dunklen Schädel waren mit Schwären bedeckt, auf denen sich die Fliegen tummelten.

Aber an manchen Tagen, wenn er weniger nervös war, saß er da und sah den alten Männern zu, die langsam über den Marktplatz gingen, und sagte sich, daß wenn er ihr Alter erreicht hätte und ein ebenso großes Maß an Würde aufweisen könnte, sein Leben nützlich gelebt worden sei. Denn ihre Haltung war nur der äußere Widerschein einer inneren Zufriedenheit und Balance. Ohne weiter darüber nachzudenken, kam er zu dem Schluß, daß ihre Leben lebenswert gewesen sein mußten.

Abends saß er im Salon und spielte Schach mit Abdelkader, einem langsamen, aber keineswegs zu unterschätzenden Gegner. Die beiden waren im Laufe dieser nächtlichen Sitzungen dicke Freunde geworden. Wenn die Boys alle Lampen im Haus gelöscht hatten, bis auf die eine in der Ecke, wo das Schachbrett stand, und nur sie beide noch auf waren, tranken sie manchmal einen Pernod zusammen, und

Abdelkader lächelte wie ein Verschwörer, wenn er nachher aufstand, um selber die Gläser auszuwaschen und wegzuräumen; es wäre entsetzlich gewesen, wenn jemand erfahren hätte, daß er etwas Alkoholisches getrunken hatte. Tunner pflegte dann hinauf in sein Bett zu gehen und tief zu schlafen. Er wachte bei Sonnenaufgang auf und dachte: »Vielleicht heute –«, und um acht Uhr war er in Shorts auf dem Dach und nahm sein Sonnenbad; er ließ sich jeden Tag sein Frühstück dort hinaufbringen und trank seinen Kaffee, während er französische Verben lernte. Dann wurde die Neugierde zu stark: er mußte gehen und seine morgendliche Frage stellen.

Das Unvermeidliche trat ein: Nachdem sie ungezählte Abstecher von Messad aus gemacht hatten, kamen die Lyles nach Bou Noura. Früher am Tag war eine französische Gesellschaft in einem alten Kübelwagen angekommen und hatte Quartier in der Pension bezogen. Tunner saß beim Mittagessen, als er das vertraute Brummen des Mercedes hörte. Er verzog das Gesicht: es würde sehr ärgerlich sein, die beiden hier herumlungern zu haben. Er war nicht in der Stimmung, sich Höflichkeiten abzuzwingen. Mit den Lyles war es nie zu mehr als einer flüchtigen Bekanntschaft gekommen, teils, weil sie Messad nach zwei Tagen, nachdem sie ihn dort hinbrachten, schon wieder verlassen hatten, teils, weil er keinerlei Verlangen gehabt hatte, die Bekanntschaft intimer zu gestalten. Mrs. Lyle war ein saures, fettes, geschwätziges Frauenzimmer und Eric ihr großgewordenes, verzogenes Mamasöhnchen; dies waren seine Gefühle ihnen gegenüber, und er glaubte nicht, daß sie sich ändern würden. Er hatte Eric nicht in Zusammenhang mit der Paßgeschichte gebracht; er vermutete, daß sie gleichzeitig von einem Eingeborenen im Hotel in Aîn Krorfa gestohlen und an ein dunkles Element, das Beziehungen zu den Legionären in Messad hatte, verkauft worden seien.

Jetzt hörte er Eric in der Halle mit gedämpfter Stimme

sprechen: »Hör, Mutter, was sollen wir tun? Dieser Tunner treibt sich hier noch herum.« Augenscheinlich sah er sich das Personenverzeichnis auf der Tafel über dem Empfangsbüro an. Und sie wies ihn mit einem Bühnenflüstern zurecht: »Eric, du Idiot! Halt den Mund!« Er trank seinen schwarzen Kaffee und ging durch die Seitentüre in die drükkende Hitze hinaus, in der Hoffnung, sie zu verpassen und unbemerkt in sein Zimmer zu kommen, während sie zu Mittag aßen. Das gelang ihm auch. Mitten in seinem Nachmittagsschlaf ertönte ein Klopfen an der Türe. Es dauerte eine Weile, ehe er wach wurde. Als er öffnete, stand Abdelkader draußen, mit einem entschuldigenden Lächeln auf dem Gesicht.

»Würde es Ihnen sehr viel ausmachen, das Zimmer zu wechseln?« fragte er.

Tunner wollte wissen, warum.

»Die einzigen freien Zimmer sind die beiden neben dem Ihren. Eine englische Dame und ihr Sohn sind angekommen und wollen Zimmer nebeneinander haben. Sie fürchtet sich allein.«

Das Bild, das Abdelkader von Mrs. Lyle gab, deckte sich nicht mit seinem eigenen Bild. »Na schön«, murrte er. »Ein Zimmer ist wie das andere. Schicken Sie die Boys herauf, damit sie den Umzug machen.« Abdelkader klopfte ihm mit zärtlicher Zuneigung auf die Schulter. Die Boys kamen, öffneten die Türe zwischen seinem Zimmer und dem nächsten und begannen umzuräumen. Mitten während des Umzugs kam Eric herein. Er blieb beim Anblick Tunners stehen.

»Ah!« rief er aus. »Nett, Sie hier zu treffen, alter Junge! Ich habe Sie schon unten in Timbukto vermutet.«

Tunner sagte: »Hallo, Lyle.« Jetzt, wo er Eric direkt gegenüberstand, konnte er sich kaum dazu überwinden, ihn anzusehen oder ihm die Hand zu geben. Es war ihm nicht bewußt gewesen, wie sehr ihn der Kerl anekelte.

»Bitte verzeihen Sie Mutters Marotte. Sie ist einfach erschöpft von der Fahrt. Es ist verdammt weit von Messad hierher, und sie ist schauderhaft nervös.«

»Tut mir arg leid.«

»Sie haben doch Verständnis dafür, daß wir Sie ausquartieren.«

»Ja, ja«, sagte Tunner, der sich über diese Auslegung ärgerte.

»Wenn Sie abreisen, ziehe ich wieder um.«

»Natürlich. Haben Sie etwas von den Moresbys gehört?«

Eric hatte die Gewohnheit, Leuten, falls er sie überhaupt ansah, kurzsichtig ins Gesicht zu starren, als ob er den Worten, die gesprochen wurden, sehr wenig Bedeutung zumaß, sondern statt dessen zwischen den Zeilen einer Unterhaltung zu lesen versuchte, um festzustellen, was wirklich gemeint war. Es schien Tunner, als ob er ihn jetzt mit einem ungewöhnlichen Maß an Aufmerksamkeit beobachtete.

»Ja«, sagte Tunner gezwungen. »Es geht ihnen prima. Verzeihen Sie bitte, aber ich möchte gerne meinen unterbrochenen Nachmittag beenden.« Damit trat er durch die Verbindungstüre in das andere Zimmer. Als die Boys alles hineingetragen hatten, schloß er die Türe ab und legte sich auf sein Bett. Aber er konnte nicht schlafen.

»Lieber Gott, was für ein greulicher Bursche!« sagte er laut und dann, wütend mit sich selbst wegen seiner Kapitulation: »Wer, zum Kuckuck, glauben die denn, daß sie sind?« Er hoffte, die Lyles würden ihn nicht nach Neuigkeiten über Kit und Port ausquetschen; er wäre dann gezwungen, ihnen die Wahrheit zu sagen, und das wollte er nicht. Soweit es sie betraf, wollte er die Tragödie geheimhalten; ihre Art des Mitgefühls wäre unerträglich.

Später am Nachmittag ging er am Salon vorbei. Die Lyles saßen bei der trüben kellerartigen Beleuchtung und klapperten mit Teetassen. Mrs. Lyle hatte einige ihrer alten Photographien hervorgeholt und sie gegen die steifen Lederkissen vor der Sofalehne aufgestellt; eine davon bot sie

Abdelkader an, damit er sie neben die antike Flinte, die die Wand schmückte, hängen sollte. Sie erblickte Tunner, der zögernd an der Türschwelle stand, und erhob sich in der Dämmerung, um ihn zu begrüßen.

»Mr. Tunner! Wie reizend! Und welche Überraschung, Sie hier zu treffen! Wie gut, daß Sie damals von Messad abgefahren sind. Oder weise – ich weiß nicht, was von beiden. Als wir von unserer Rundreise zurückkamen, war das Klima einfach schauderhaft! Oh, bestialisch! Und ich bekam natürlich prompt meine Malaria und mußte mich ins Bett legen. Ich hatte das Gefühl, wir würden niemals fortkommen. Und natürlich erschwerte Eric alles noch mit seinen dummen Benehmen!«

»Nett, Sie wiederzusehen«, sagte Tunner. Er hatte gedacht, seinen endgültigen Abschied in Messad gemacht zu haben, und entdeckte jetzt, daß er nur noch sehr wenig Höflichkeit für sie übrig hatte. »Wir werden morgen zu ein paar sehr alten garamatischen Ruinen fahren. Sie müssen mitkommen. Es wird sicher sehr aufregend.«

»Sehr freundlich von Ihnen, Mrs. Lyle –«

»Trinken Sie eine Tasse Tee mit uns!« rief sie und zog ihn am Ärmel.

Aber er entschuldigte sich und ging hinaus in den Palmenhain und spazierte kilometerweit an den Mauern entlang, unter den Bäumen, und hatte das Gefühl, Bou Noura nie wieder zu verlassen. Ohne jeden Grund deuchte ihm die Möglichkeit von Kits Wiederkehr unwahrscheinlicher denn je, seit die Lyles wieder in der Nähe waren. Bei Sonnenuntergang trat er den Heimweg an, und als er die Pension erreichte, war es dunkel. Unter seine Türe war ein Telegramm geschoben worden; der Text war mit lila Tinte in einer fast unleserlichen Handschrift geschrieben. Es war die Antwort des amerikanischen Konsuls in Dakar auf eines seiner vielen Telegramme: NO INFORMATION REGARDING KATHERINE MORESBY WILL ADVISE IF ANY RECEI-

VED! Er warf es in den Papierkorb und setzte sich auf einen Haufen von Kits Gepäck. Einige Koffer gehörten Port; jetzt waren sie Kits Eigentum, aber sie warteten alle in seinem Zimmer.

»Wie lange wird das alles noch weitergehen?« fragte er sich. Er war hier ganz aus seiner Bahn geworfen; die Untätigkeit griff seine Nerven an. Es war ja ganz recht, abzuwarten, Schritte zu unternehmen und zu warten, bis Kit aus der Wüste wiederkam; aber angenommen, sie kam nicht wieder? Angenommen – auch diese Möglichkeit mußte erwogen werden – sie war bereits tot? Seinem Warten mußte eine Grenze gesetzt werden, ein letzter Tag, nach welchem er nicht länger hierbleiben würde. Dann sah er sich in Hubert Davis' Appartement in der Fifth Avenue, wo er Port und Kit das erstemal getroffen hatte. All ihre Freunde würden da sein: einige würden lautes Mitleid bezeugen; andere ihren Unmut; einige würden, leidlich informiert und anmaßend, nicht viel sagen, sich aber dafür ihr Teil denken; einige würden die ganze Angelegenheit eine herrlich romantische Episode finden, die nur gegen das Ende hin tragisch wurde. Aber er wollte keinen von ihnen sehen. Je länger er hier bliebe, desto mehr würde der Vorfall verblassen und die Schuld, die sie ihm geben konnten – das war sicher.

An diesem Abend freute ihn seine Schachpartie weniger als sonst. Abdelkader fühlte, daß er mit seinen Gedanken woanders war, und schlug vor, sie sollten aufhören. Er war froh, früh ins Bett zu kommen, und hoffte, daß das Bett in seinem neuen Zimmer in Ordnung sein werde. Er sagte Abdelkader gute Nacht und stieg langsam die Treppe hinauf, mit dem sicheren Gefühl, daß er den ganzen Winter über in Bou Noura bleiben würde. Das Leben war hier billig; sein Geld würde reichen.

Das erste, was er beim Betreten seines Zimmers bemerkte, war die offene Verbindungstüre. In beiden Zimmern brannte Licht, und ein kleineres, intensiveres Licht bewegte sich neben seinem Bett. Eric Lyle stand dort mit einer Taschenlampe in der Hand. Eine Sekunde lang rührte sich keiner von ihnen. Dann sagte Eric, mit einer Stimme, die sich bemühte, selbstsicher zu klingen: »Ja? Wer ist da?«

Tunner schloß die Türe hinter sich und ging auf das Bett zu; Eric wich gegen die Wand zurück. Er richtete die Taschenlampe auf Tunners Gesicht.

»Wer – sagen Sie nicht, daß ich im falschen Zimmer bin!« Eric lachte gekünstelt; trotzdem schien ihm sein Lachen Mut zu machen. »Ihrem Gesicht nach zu schließen, glaube ich recht zu haben! Wie gräßlich! Ich bin gerade von draußen hereingekommen. Es fiel mir schon auf, daß alles so fremd aussah.« Tunner sagte nichts. »Ich muß ganz automatisch hier rein sein, weil heute mittag meine Sachen hier waren. Lieber Gott! Ich bin so durcheinander, daß ich kaum denken kann.«

Im allgemeinen glaubte Tunner, was die Leute ihm sagten; sein Mißtrauen war nicht stark entwickelt, und obgleich es eben erweckt worden war, hatte er sich durch diesen ärmlichen Monolog überzeugen lassen. Er war im Begriff, zu sagen: »Schon recht«, als auf das Bett sah. Einer von Ports Koffern lag dort und war geöffnet; der halbe Inhalt war auf der Bettdecke ausgebreitet.

Langsam sah Tunner auf. Gleichzeitig schob er seinen Kopf in einer Weise vor, die Eric mit Angst erfüllte, so daß dieser voll böser Ahnungen »Oh!« rief. Mit vier großen Schritten ging er um das Bett herum, auf die Ecke zu, in der Eric wie angewurzelt stand.

»Du gottverdammter kleiner Hundesohn!« Er ergriff Erics Hemd an der Brust und beutelte ihn. Ihn immer noch festhaltend, ging er einige Schritte zurück, um einen günstigen Abstand zu bekommen, und holte aus, aber nicht übermäßig fest. Eric fiel gegen die Wand zurück und blieb dort liegen, als sei er paralysiert; seine glänzenden Augen waren auf Tunners Gesicht gerichtet. Als ihm klar wurde, daß der

Jüngling sich nicht zur Wehr setzen würde, ging Tunner auf ihn zu und hob ihn hoch, vielleicht, um nochmals auszuholen, falls er innerhalb der nächsten Sekunde den Wunsch danach haben sollte. Als er seinen Anzug packte, brach mitten aus dem keuchenden Atem ein Schluchzen hervor, und Eric sagte leise, aber deutlich, indem er seinen durchdringenden Blick nicht von Tunners Gesicht wandte: »Schlag mich.«

Diese Worte versetzten Tunner in rasende Wut. »Mit Vergnügen«, antwortete er und tat es, heftiger als vorher – entschieden heftiger, denn Eric flog auf den Boden und rührte sich nicht. Er sah mit Ekel auf das aufgeschwemmte, weiße Gesicht hinunter. Dann legte er die Sachen in den Koffer zurück, machte ihn zu und blieb still stehen, um seine Gedanken zu sammeln. Nach einer kurzen Zeit bewegte sich Eric und stöhnte. Er zerrte ihn auf die Füße und schob ihn auf die Türe zu, wo er ihn mit einem bösartigen Stoß in den Nebenraum bugsierte. Er schmiß die Türe zu und sperrte ab und fühlte sich übel. Gewalt brachte ihn immer aus der Balance – am meisten seine eigene.

Am nächsten Morgen waren die Lyles verschwunden. Die Photographie, eine Sepiastudie von einem Peulh-Wasserträger mit der berühmten Roten Moschee von Djenné im Hintergrund, blieb den ganzen Winter über der Sofawand hängen.

Drittes Buch

DER HIMMEL

»An einem gewissen Punkt angelangt, gibt es kein Zurück mehr. Das ist der Punkt, der erreicht werden muß.«

Franz Kafka

XXVI

Als sie die Augen öffnete, wußte sie sofort, wo sie war. Der Mond stand tief am Himmel. Sie zog den Mantel um ihre Beine, fröstelte leicht und dachte an gar nichts. Es gab eine Stelle in ihr, die schmerzte und Ruhe brauchte. Es war gut, einfach dazuliegen, dazusein und keine Fragen zu stellen. Sie war überzeugt, daß sie, wenn sie es wollte, alles, was geschehen war, wieder in ihr Gedächtnis zurückrufen konnte. Es kostete sie nur eine kleine Anstrengung. Aber sie war durchaus glücklich in ihrer jetzigen Lage, mit dem undurchsichtigen Vorhang, der alles verhängte. Sie würde ihn nicht aufheben, um in den Abgrund des Gestern zu schauen und wieder seinen Kummer und Reue zu erleiden. Im Augenblick war das, was vorher war, unklar und nicht identifizierbar. Entschlossen wandte sie ihre Gedanken davon ab, weigerte sich, es zu analysieren, und richtete ihre ganze Energie darauf, eine sichere Wand zwischen sich und dem anderen aufzurichten. Wie ein Insekt, das seinen Kokon immer dichter und widerstandsfähiger spinnt, verstärkte ihr Wille diese dünne Trennwand vor dem Gefahrenpunkt ihres Ichs.

Sie lag ganz ruhig, mit angezogenen Beinen. Der Sand war weich, aber seine Kälte drang durch ihre Kleider. Als sie fühlte, daß sie die Kälte nicht länger aushalten konnte, kroch sie aus dem Schutz des Baumes und begann, davor auf und ab zu gehen, in der Hoffnung, sich zu erwärmen. Die Luft war totenstill; nicht ein Hauch rührte sich, und die Kälte nahm minütlich zu. Sie begann, feldeinwärts zu gehen und kaute dabei Brot. Jedesmal, wenn sie zu dem Tamarindenbaum zurückkehrte, war sie versucht, wieder unter seine Zweige zu schlüpfen und zu schlafen. Als jedoch das erste Licht der Dämmerung aufsprang, war sie hellwach und warm.

Die Wüstenlandschaft ist immer am schönsten im Zwielicht der Morgen- oder Abenddämmerung. Das Gefühl für Entfernungen fehlt dann: ein naher Hügel kann wie ein weitentfernter Höhenzug wirken, jedes kleine Detail kann zu einer Größe erster Ordnung im monotonen Thema der Landschaft werden. Der nahende Tag verspricht eine Überraschung; erst wenn er sich voll entfaltet hat, kommt dem Betrachtenden der Verdacht, daß es der vorangegangene Tag sein könnte, der wiedergekommen ist – der gleiche Tag, den er wieder und wieder erlebt hatte, immer noch blendend hell und von der Zeit unberührt. Kit atmete tief und sah sich um; sie sah die weiche Linie der kleinen Dünen, das sich ausbreitende klare Licht, das hinter dem Rand der hammada emporstieg, den Palmenwald in ihrem Rücken, der noch in Nacht versunken war, und wußte, daß es nicht der gleiche Tag war. Selbst als es völlig hell wurde, selbst als die Riesensonne aufflammte und Sand, Bäume und Himmel langsam ihren Tagesaspekt annahmen, hatte sie keinerlei Zweifel über die Neuheit und Andersartigkeit des Tages.

Eine Karawane, die aus mehr als zwei Dutzend mit unförmigen Wollbündeln beladenen Kamelen bestand, näherte sich ihr vom oued her. Mehrere Männer gingen neben den Tieren. Am Ende der Prozession ritten zwei Männer auf hohen Meharis, deren Nasenringe und Zügel ihnen einen noch hochmütigeren Ausdruck verliehen, als ihn die gewöhnlichen Kamele hatten. Schon als sie diese zwei Männer sah, wußte sie, daß sie sie begleiten würde, und diese Gewißheit gab ihr ein unerwartetes Gefühl von Macht: anstatt ihre Omen zu fühlen, würde sie sie jetzt selbst verkörpern. Aber selbst über diese neue Möglichkeit des Daseins war sie nur wenig erstaunt. Sie vertrat der nahenden Prozession den Weg, rief ihr zu und wedelte mit den Armen in der Luft.

Und ehe noch die Tiere stehengeblieben waren, rannte sie zu dem Baum zurück und zerrte ihren Koffer hervor. Die beiden Reiter sahen sie und sich erstaunt an. Sie zügelten ihre Meharis, beugten sich vor und starrten sie fasziniert und neugierig an.

Da jede ihrer Bewegungen autoritativ war, ein äußerer Ausdruck völliger innerer Sicherheit, die nicht die leisesten Zweifel zeigte, kam es den Herren der Karawane nicht in den Sinn, sie daran zu hindern, daß sie ihren Koffer einem der Männer gab und ihm bedeutete, ihn oben auf einen Wollsack zu binden, der sich auf dem nächsten Lastkamel befand. Der Mann sah nach seinen Herren, bemerkte auf deren Gesichtern kein Zeichen, den Befehl der fremden Frau nicht auszuführen, und ließ das störrische Tier niederknien, damit es die zusätzliche Last aufnehme. Die anderen Kameltreiber sahen schweigend zu, wie sie wieder zu den Reitern zurückging, ihre Arme dem jüngeren Mann entgegenstreckte und ihn auf englisch fragte: »Ist für mich noch Platz?«

Die Reiter lächelten. Mächtig brummend, ließ das Mehari sich auf die Knie zwingen; sie setzte sich seitlich, wenige Zentimeter vor den Mann. Als das Tier sich erhob, mußte er sie halten, wobei er seinen Arm um ihre Taille legte, sonst wäre sie heruntergefallen. Die beiden Reiter lachten ein wenig und tauschten einige kurze Bemerkungen, während sie ihren Weg am oued entlang wieder aufnahmen.

Nach einer gewissen Zeit verließen sie das Tal und bogen in eine weite, pflanzenlose, steinübersäte Fläche ein. Vor ihnen lagen die gelben Dünen. Da war nichts als die Glut der Sonne, das langsame Steigen auf die Hügelkuppen und das weiche Abwärtsreiten in die Mulden – wieder und wieder, und die lebendige Nähe des Armes, der sie umschlang. Es gab keine Probleme für sie; sie war froh, sich entspannen zu können und die sanfte, einförmige Landschaft an sich vorüberziehen zu sehen. Um genau zu sein – es schien ihr, daß sich die Landschaft überhaupt nicht veränderte, daß sie sich überhaupt nicht fortbewegten und daß die Düne, an deren scharfem Rand sie jetzt entlang ritten, die gleiche war, die sie vor langer Zeit hinter sich gelassen hatten, und daß es unmöglich war, daß sie irgendwo hingelangten, da sie sich ja nirgends befanden. Und indem diese Gefühle sie anrührten, weckten sie in ihr leise Regungen von Gedanken. »Bin ich tot?« sagte sie sich, aber ohne Angst, denn sie wußte, daß dem nicht so war. Solange sie sich fragen konnte: »Ist hier etwas?« und »Ja« antworten, konnte sie nicht tot sein. Und hier war der Himmel, die Sonne, der Sand und die langsame, monotone Bewegung des Meharis. Sie überlegte, daß, selbst wenn der Augenblick käme, wo sie nicht mehr antworten konnte, die unbeantwortete Frage doch noch gegenwärtig sein und sie wissen lassen würde, daß sie noch lebte. Der Gedanke tröstete sie. Dann fühlte sie sich hochgestimmt und heiter; sie lehnte sich gegen den Mann zurück und spürte, wie äußerst unbequem sie saß. Ihre Beine mußten schon lange eingeschlafen sein. Jetzt zwang der immer stärker werdende Schmerz sie zu dauerndem Sitzwechsel. Sie hob sich ein wenig und schlenkerte ihre Glieder. Der Reiter verstärkte den Druck seines Armes und sagte ein paar Worte zu seinem Gefährten; beide lachten.

Als die Sonnenhitze ihren Höhepunkt erreicht hatte, kam eine Oase in Sicht. Die Dünen senkten sich, und das Terrain wurde fast flach. In einer Landschaft, die von der Hitze entfärbt war, wirkten die paar hundert Palmen zuerst nur wir ein grauer Streifen am Horizont – ein Streifen, dessen Breite sich beim Anschauen veränderte, der sich wie ein träge fließendes Band bewegte: ein breites Band, ein langes graues Kliff, dann nichts, dann wieder die eine feine Bleistiftlinie zwischen Himmel und Erde. Sie beobachtete teilnahmslos dieses Phänomen und zog dabei ein Stück Brot aus der Tasche ihres Mantels, der über der plumpen Schulter des Meharis lag. Das Brot war völlig vertrocknet.

»Stenna, stenna. Chouia, chouia«, sagte der Mann.

Bald darauf löste sich ein einsames Gebilde aus der ungewissen Masse am Horizont und stieg plötzlich wie ein djinn in die Luft. Einen Augenblick später fiel es in sich zusammen, wurde kleiner und war nichts als eine Palme, die ganz regungslos am Rande der Oase stand. Sie ritten schweigend eine Stunde weiter, und schließlich waren sie unter den Bäumen. Der Brunnen war von einer niedrigen Mauer umschlossen. Es gab keine Menschen, keinerlei Zeichen menschlicher Nähe. Die Palmen wuchsen sehr weit auseinander; ihre Zweige, mehr grau als grün, schimmerten metallisch und gaben kaum Schatten. Froh, ausruhen zu können, lagerten sich die Kamele, nachdem man ihnen die Lasten abgenommen hatte. Die Diener entnahmen den Ballen riesige gestreifte Teppiche, ein vernickeltes Teeservice, in Papier gewickelte Brote, Fleisch und Datteln. Ein schwarzer Wasserschlauch aus Ziegenhaut mit einem Holzspund wurde gebracht, und die drei tranken daraus; das Brunnenwasser wurde als gut genug für die Treiber und die Tiere befunden. Sie saß am Rande des Teppichs, an den Stamm einer Palme gelehnt, und beobachtete faul die Vorbereitungen zu einer Mahlzeit. Als sie fertig war, aß sie herzhaft und fand alles köstlich; trotzdem war es nicht genug, um ihre beiden Gastgeber zufriedenzustellen, die ihr immer weiter Essen aufzwingen wollten, als sie schon längst nicht mehr konnte.

»Smitsek? Kuli!« sagten sie zu ihr und hielten ihr kleine Bissen vor das Gesicht; der Jüngere versuchte ihr Datteln in den Mund zu stopfen, aber sie lachte und schüttelte den Kopf, so daß sie auf den Teppich fielen und der andere sie rasch aufhob und verspeiste. Die Treiber brachten Holz und bauten eine Feuerstelle, damit der Tee gekocht werden konnte. Als dies geschehen war – der Tee getrunken, wieder neu zubereitet, wieder getrunken –, war es Nachmittag. Die Sonne brannte immer noch am Himmel.

Ein zweiter Teppich wurde neben den beiden liegenden

Meharis ausgebreitet, und die Männer bedeuteten ihr, sich dort im Schatten des Tieres mit ihnen hinzulagern. Sie gehorchte und streckte sich auf dem bezeichneten Platz, der zwischen ihnen war, aus. Der Jüngere ergriff sie daraufhin sofort und hielt sie in einer leidenschaftlichen Umarmung fest. Sie schrie auf und versuchte sich wieder aufzusetzen, aber er ließ sie nicht los. Der andere Mann fuhr ihn mit scharfen Worten an und deutete auf die Kameltreiber, die an die Brunnenmauer gelehnt dasaßen und sich bemühten, ihre Heiterkeit zu verbergen.

»Luh, Belqassim! Essbar!« flüsterte er, schüttelte mißbilligend seinen Kopf und strich sich mit der Hand liebevoll über seinen schwarzen Bart. Belqassim war nicht sonderlich erfreut, aber da er bis jetzt noch keinen eigenen Bart hatte, fühlte er sich verpflichtet, auf den weisen Rat des anderen zu hören. Kit setzte sich auf, strich ihren Rock glatt, sah den älteren Mann an und sagte: »Ich danke Ihnen.« Sie versuchte über ihn hinwegzuklettern, so daß er zwischen Belqassim und ihr liegen würde; er stieß sie unsanft auf den Teppich zurück und schüttelte den Kopf. »Nassi«, sagte er und bedeutete ihr, sie solle schlafen. Sie schloß die Augen. Der heiße Tee hatte sie schläfrig gemacht, und da Belqassim keine Miene machte, sie wieder zu belästigen, entspannte sie sich und fiel in einen tiefen Schlaf.

Sie fror. Es war finster, und ihre Bein- und Rückenmuskeln schmerzten. Sie richtete sich auf, sah sich um und entdeckte, daß sie allein auf dem Teppich war. Der Mond war noch nicht aufgegangen. In ihrer Nähe bauten die Kameltreiber ein Feuer; sie warfen ganze Palmzweige in die bereits lodernden Flammen. Sie legte sich wieder hin, blickte zum Himmel empor und sah, wie sich die hohen Palmen rot färbten, sobald ein neuer Zweig ins Feuer geworfen wurde.

Kurz darauf stand der ältere Mann neben ihr vor dem Teppich und bedeutete ihr, aufzustehen. Sie gehorchte, folgte ihm eine kurze Strecke durch den Sand bis zu einer flachen Mulde hinter einer Gruppe junger Palmen. Dort saß Belqassim, ein dunkles Etwas auf einem weißen Teppich, und sah nach dem Himmel, an dem bald der Mond aufgehen mußte. Er griff nach ihr und zog sie an ihrem Rock rasch zu sich herunter. Ehe sie auch nur versuchen konnte, sich wieder zu erheben, umklammerte sie schon seine Umarmung. »Nein, nein, nein!« schrie sie, als ihr Kopf zurückgebogen wurde und die Sterne aus dem dunklen Raum über ihr zusammenstürzten. Aber er war allgegenwärtig und ungeheuer stark; sie konnte keine Bewegung machen, die sein Wille nicht zuließ. Zuerst war sie steif, keuchte wütend und versuchte verbissen, gegen ihn anzukämpfen, wenn sich dieser Kampf auch ausschließlich in ihrem Innern abspielte. Dann erkannte sie ihre Hilflosigkeit und gab ihr nach. Sofort war sie sich nur seiner Lippen bewußt und des Atems, der süß und frisch wie ein Frühlingsmorgen in der Kindheit war. In der Festigkeit, mit der er sie hielt, lag etwas Tierhaftes, zärtlich, sinnlich, völlig unbewußt – sanft, aber von einer Bestimmtheit, die nur der Tod widerlegen konnte. Sie war allein in einer unendlichen und unbekannten Welt, aber nur einen Augenblick allein; dann erfühlte sie seine gute leibliche Gegenwart. Nach und nach ertappte sie sich dabei, wie sie Zärtlichkeit für ihn empfand: alles was er tat, all seine überwältigenden, kleinen Aufmerksamkeiten waren für sie bestimmt. In seinem Benehmen war eine vollkommene Ausgeglichenheit zwischen Zartheit und Brutalität, die in ihr ein unbekanntes Lustgefühl erweckten. Der Mond ging auf, aber sie sah ihn nicht.

»Yah, Belqassim!« schrie eine ungeduldige Stimme. Sie öffnete ihre Augen: Der andere Mann stand über ihnen und sah auf sie herab. Der Mond lag voll auf seinem Adlergesicht. Eine unglückselige Ahnung sagte ihr, was geschehen würde. Verzweifelt klammerte sie sich an Belqassim und bedeckte sein Gesicht mit Küssen. Aber wenig später war ein andersartiges Tier bei ihr – borstig, fremd und schrecklich, und ihr Weinen blieb unbeachtet. Sie hielt ihre Augen offen und starrte Belqassim an, der lässig an einer nahen Palme lehnte. Der Mond malte Glanzlichter auf seine hohen Bakkenknochen. Immer wieder verfolgte sie die Linien seines Gesichtes, von seiner Stirne abwärts bis zu seinem feinen Nacken, erforschte die tiefen Schatten auf der Suche nach seinen Augen, die im Dunkel versteckt lagen. Einmal schrie sie laut auf und weinte, weil er so nah war und sie ihn doch nicht berühren konnte.

Die Liebkosungen des Mannes waren brüsk, seine Bewegungen plump und unannehmbar. Endlich erhob er sich. »Yah latif! Yah latif!« murmelte er und ging langsam fort. Belqassim lachte vor sich hin, ging zu ihr hinüber und warf sich neben sie auf den Teppich. Sie versuchte ihn vorwurfsvoll anzusehen, wußte aber schon im voraus, daß es sinnlos war, daß er sie, selbst wenn sie eine gemeinsame Sprache sprechen würden, nie verstehen würde. Sie hielt seinen Kopf zwischen ihren Händen. »Warum hast du's ihm erlaubt?« konnte sie sich nicht enthalten zu sagen.

»Habibi«, murmelte er und streichelte zärtlich ihre Wange.

Wieder war sie eine Zeitlang glücklich, trieb auf der Oberfläche der Zeit und war sich ihrer Erwiderung seiner Zärtlichkeiten erst bewußt, als sie sie bereits ausführte. Seit dem Anfang aller Dinge hatte jede dieser Gesten darauf gewartet, geboren zu werden, und nun wurden sie endlich Wirklichkeit. Später, als der steigende Mond immer kleiner im Riesenraum des Himmels wurde, hörte sie den Klang von Flöten vom Feuer her. Sogleich kam der ältere Kaufmann wieder und rief Belqassim mit mürrischer Stimme etwas zu, worauf dieser ungnädig antwortete.

»Baraka!« sagte der andere und ging wieder. Wenige Minuten später seufzte Belqassim bedauernd auf und setzte sich. Sie bemühte sich nicht, ihn zu halten. Dann erhob auch sie sich und ging zum Feuer hinüber, das heruntergebrannt war und dessen Glut ausgenützt wurde, um einige Stücke Fleisch zu rösten. Sie aßen schweigend; bald darauf wurden die Bündel geschnürt und auf die Kamele geladen. Es war fast Mitternacht, als sie aufbrachen und wieder zurück auf den Treck entlang der hohen Dünen gingen, von wo aus sie auf der Route weiterreisten, die sie am vorhergehenden Tag eingeschlagen hatten. Diesmal trug sie einen Burnus, den Belqassim ihr zugeworfen hatte, als sie im Begriff waren, loszureiten. Die Nacht war kalt und märchenhaft klar.

Sie ritten unaufhörlich bis tief in den Vormittag hinein und rasteten an einer Stelle in den Dünen, die keinerlei Vegetation zeigte. Wieder schliefen sie während des Nachmittags, und wieder wurde der zweifache Liebesritus bei Anbruch der Dunkelheit an einer vom Lagerplatz abgelegenen Stelle vollzogen.

Und so vergingen die Tage, von denen jeder einzelne merkbar heißer war als sein Vorgänger, während sie sich südwärts durch die Wüste bewegten. Vormittage – die qualvolle Reise unter der unerträglichen Sonne –, Nachmittage – die weichen Stunden neben Belqassim (das kurze Zwischenspiel mit dem anderen störte sie nicht mehr, da Belqassim immer danebenstand) – und Nächte – der Aufbruch unter dem schwindenden Mond, zu anderen Dünen, anderen Ebenen, jede noch ferner als die vorhergehende und dennoch nicht von ihr zu unterscheiden.

Aber wenn auch die Umgebung immer die gleiche zu sein schien, so zeigten sich doch gewisse Veränderungen in der Stellung der drei zueinander: Die Leichtigkeit und der Mangel an Spannung in ihrem unkomplizierten Verhältnis wurde durch einen deutlichen Mangel an gutem Willen von seiten des älteren Mannes gestört. Er und Belqassim hatten endlose Dispute während der heißen Nachmittage, als die Kameltreiber schliefen. Auch sie hätte diese Stunden gerne ausgenutzt, aber sie wurde durch die beiden wachgehalten, und obwohl sie kein Wort verstehen konnte, schien es ihr doch, als warnte der ältere Mann Belqassim vor einer Absicht, auf der letzterer eigensinnig beharrte. In einer wahren Orgie von Aufregung deutete er in einer langen Pantomime das Benehmen einer Gruppe von Menschen an, die nacheinander Erstaunen, ärgerliche Mißbilligung und schließlich Wut äußerten. Belqassim pflegte dann nachsichtig zu lächeln und seinen Kopf geduldig widersprechend zu schütteln; in seiner Haltung lag zugleich etwas Unwiderrufliches und Selbstsicheres, das den anderen aufs äußerste reizte; jedesmal, wenn es schien, daß weitere Worte überflüssig und sinnlos waren, pflegte er aufzustehen und sich einige Schritte zu entfernen, um einen kurzen Augenblick später wiederzukommen und seine Angriffe zu erneuern. Aber es war ganz klar, daß Belqassim seinen Entschluß gefaßt hatte und daß keine Drohung oder Prophezeiung seines Begleiters ihn wieder umstimmen konnte. Gleichzeitig nahm Belqassim Kit gegenüber eine immer stärker werdende Besitzerhaltung an. Jetzt ließ er deutlich fühlen, daß er nur aus besonderer Großzügigkeit die kurzen nächtlichen Vergnügungen des anderen duldete. Jeden Abend erwartete sie, daß er sich endlich weigern würde, sie herzugeben, daß er nicht mehr aufstehen würde und nicht mehr zu dem Baum hinübergehen würde, wenn sich der andere näherte. Und tatsächlich begann er auch zu murren, wenn dieser Augenblick kam, aber dennoch überließ er sie seinem Freund, und sie vermutete, daß es ein gentlemen-agreement war, das die beiden für die Dauer der Reise geschlossen hatten.

Während der Mittagszeit war es jetzt nicht mehr allein die Sonne, die sie verfolgte, sondern die ganze Himmelskuppel war wie aus weißglühendem Metall. Das erbarmungslose Licht griff aus allen Richtungen an; der Himmel wurde zu einer einzigen Sonne. Sie verlegten ihre Reise ganz auf die Nachtstunden, brachen kurz nach der Dämmerung auf und hielten bei den ersten Strahlen der aufgehenden Sonne wieder an. Der Sand lag lange hinter ihnen, ebenso die weiten, steinigen Ebenen. Jetzt umgab sie eine graue, insektenartige Vegetation, zerquälte Büsche, die hart wie Muscheln waren, und steife, haarige Dornen, die die Erde wie wuchernder Haß bedeckten. Die aschgraue Landschaft, durch die sie sich vorwärtsbewegten, war flach wie ein Fußboden. Tagtäglich waren die Pflanzen höher und die Dornen, die aus ihnen wuchsen, stärker und grausamer. Jetzt hatten manche schon die Gestalt und die Höhe von Bäumen erreicht, aber eine Rauchwolke hätte ebensoviel Schutz vor dem Angriff der Sonne gegeben wie sie. Die Nächte waren mondlos und viel wärmer. Während ihres Rittes durch die dunkle Landschaft hörten sie manchmal die erschrockenen Laute fliehender Tiere. Sie überlegte, was sie wohl im Tageslicht gesehen hätten, aber sie hatte nie ein Gefühl wirklicher Gefahr. Zu diesem Zeitpunkt fühlte sie überhaupt nichts als ein nagendes Bedürfnis, immer in Belqassims Nähe zu sein. Es war so lange her, daß sie ihre Gedanken durch Sprechen geordnet hatte, und sie hatte sich daran gewöhnt, zu handeln, ohne sich ihrer Handlungen bewußt zu sein. Sie empfand nur Dinge, die sie wirklich tat.

Eines Nachts, als sie die Karawane zum Halten veranlaßt hatte, um in den Büschen ein Bedürfnis zu verrichten, sah sie die Konturen eines großen Tieres in der Dunkelheit neben sich. Sie schrie auf, und sofort war Belqassim an ihrer Seite, der sie tröstete und dann brutal auf den Boden zwang, um sie unerwartet zu überfallen, während die Karawane wartete. Sie hatte trotz der schmerzenden Dornen, die in verschiedenen Stellen ihres Fleisches zurückblieben, das Gefühl, daß dies ein nicht weiter ungewöhnlicher Vorfall war, und litt schweigend den Rest der Nacht. Am nächsten Tag waren die Dornen immer noch da, und die Stellen hatten sich entzündet, und als Belqassim sie auszog, sah er die roten Schwellungen und war zornig, weil sie ihren weißen Körper verunzierten und dadurch sein Vergnügen schmälerten. Ehe er sie anrührte, mußte sie sich der schauderhaften Schmerzen des Dornenausziehens unterwerfen. Dann rieb er ihren Rücken und ihre Beine mit Butter ein.

Jetzt, wo ihre Liebesstunden bei Tage stattfanden, verließ er jeden Morgen, nachdem sie damit fertig waren, die Decke, auf der sie lag, nahm sich einen Wasserschlauch, ging an eine entfernte Stelle und badete ausgiebig im frühen Morgenlicht. Danach holte auch sie sich einen Wasserschlauch und ging so weit wie möglich fort, um sich zu waschen, mußte aber meistens feststellen, daß ihr das ganze Lager zusah, da es nirgends eine Möglichkeit gab, sich zu verstecken. Aber die Kameltreiber schenkten ihr nicht mehr Beachtung als die Kamele selbst. Denn obgleich sie einen Unterhaltungsstoff von äußerstem und dauerndem Interesse bildete, blieb sie doch ein Besitz ihrer Herren, so persönlich und unantastbar wie die weichen Lederbeutel voll Silberstücke, die diese an Riemen über ihre Schultern geschlungen mit sich führten.

Endlich kam eine Nacht, in der die Karawane auf einen ausgetretenen Pfad kam. In der Ferne brannte ein Feuer; als sie darauf zukamen, sahen sie schlafende Männer und Tiere. Vor Tagesanbruch hielten sie außerhalb eines Dorfes und aßen. Als der Morgen kam, ging Belqassim zu Fuß in die Stadt, von wo er einige Zeit später mit einem Bündel Kleider wieder zurückkehrte. Kit schlief, aber er weckte sie auf und breitete die Kleidungsstücke vor ihr auf der Decke im spärlichen Schatten eines Dornbusches aus. Dann bedeutete er ihr, sie solle sich entkleiden und die Sachen, die er gebracht hatte, anziehen. Sie war entzückt, ihre eigenen Sachen ablegen zu können, denn sie waren inzwischen in einem Zustand völliger Auflösung, und mit wachsendem Vergnügen schlüpfte sie in die weiten, weichen Hosen, die losen Jäckchen und den wallenden Umhang. Belqassim beobachtete sie scharf, als sie fertig war und herumging. Er befahl ihr, zu ihm zu kommen, nahm einen langen weißen Turban und wand ihn um ihren Kopf, so daß ihr Haar völlig verborgen war. Dann trat er zurück und betrachtete sie von neuem. Er runzelte die Stirne, rief sie wieder zu sich und zog eine Wollschärpe hervor, mit der er ihren Oberkörper fest umwikkelte, indem er sie direkt unter den Armen um die nackte Haut schlang und am Rücken fest verknüpfte. Sie bekam Atembeschwerden und wollte, daß er sie wieder abnahm, aber er schüttelte den Kopf. Plötzlich begriff sie, daß dies Männerkleider waren und daß sie wie ein Mann aussehen sollte. Sie fing an zu lachen; Belqassim lachte mit und ließ sie mehrmals vor sich auf und ab gehen; jedesmal, wenn sie an ihm vorbeikam, tätschelte er zufrieden ihr Hinterteil. Ihre eigenen Kleider ließen sie hinter dem Busch liegen, und als Belqassim eine Stunde später entdeckte, daß einer der Kameltreiber sie sich angeeignet hatte, wahrscheinlich in der Absicht, sie später in dem Dorf, durch das sie kommen mußten, zu verkaufen, riß er sie ihm wütend aus den Händen und zwang ihn, ein Loch zu graben und sie darin einzuschaufeln, während er zusah.

Sie ging zu den Kamelen, öffnete zum erstenmal ihre Handtasche und betrachtete sich im Spiegel, der an der Innenseite der Klappe war. Sie entdeckte, daß sie durch die dunkle Bräune, die sie während der letzten Wochen bekommen hatte, wirklich wie ein Araberjunge aussah. Der Gedanke amüsierte sie. Während sie noch versuchte, sich ganz in dem kleinen Glas zu betrachten, trat Belqassim hinter sie und trug sie zur Decke, wo er sie mit Küssen und Zärtlichkeiten überschüttete und unter Lachsalven »Ali« nannte.

Das Dorf war eine Ansammlung von runden Lehmhütten mit Strohdächern; es machte einen seltsam verlassenen Eindruck. Die drei trennten sich von den Kamelen und den Treibern und gingen zu Fuß auf den kleinen Markt, wo der ältere Mann mehrere Pakete Gewürze einkaufte. Es war unbeschreiblich heiß, die raue Wolle auf ihrer Haut und der Druck der Schärpe, die um ihre Brust gewunden war, gaben ihr das Gefühl, sie müsse jeden Moment im Staub zusammenbrechen. Die Leute, die auf dem Markt herumhockten, waren alle sehr schwarz, und die meisten hatten alte, ausdruckslose Gesichter. Als ein Händler sich an Kit wandte und ihr ein Paar gebrauchte Sandalen entgegenhielt (sie war barfuß), schob Belqassim sie weiter und antwortete an ihrer Stelle, indem er mit entsprechenden Gesten andeutete, daß der junge Mann in seiner Begleitung nicht recht im Kopfe wäre und nicht angesprochen oder belästigt werden durfte. Diese Erklärung wurde bei dem Gang durch das Dorf mehrmals gegeben; jedermann glaubte sie bedingungslos. Einmal ergriff eine alte Frau, deren Gesicht und Arme teilweise von Lepra zerfressen waren, Kits Kleider und bettelte um Almosen. Sie sah herab, schrie und klammerte sich an Belqassim, der sie unsanft beiseite stieß, so daß sie auf die Bettlerin fiel; gleichzeitig goß er eine Flut von zornigen Flüchen und Beschimpfungen über ihr aus und spuckte wütend auf den Boden, als er fertig war. Die Zuschauer schien das zu amüsieren; aber der ältere Mann schüttelte den Kopf, und als sie später wieder bei den Kamelen am Stadtrand waren, begann er auf Belqassim einzureden, wobei er zornig auf jedes Detail von Kits Verkleidung deutete. Immer noch lächelte Belqassim und antwortete einsilbig. Aber diesmal war der Zorn des anderen nicht mehr zu besänftigen, und sie hatte den Eindruck, daß er eine letzte Warnung aussprach, von der er wußte, daß sie vergebens war und daß er von nun an die Angelegenheit als für ihn erledigt betrachtete.

Sie brachen in der Dämmerung auf. Mehrmals begegneten ihnen Züge von Männern und Ochsen, als sie im Laufe der Nacht durch zwei kleinere Dörfer kamen, in deren Straßen Feuer brannten. Am nächsten Tag, während sie ruhten und schliefen, zog ein nicht abreißender Strom von Verkehr die Straße entlang. An diesem Abend brachen sie sogar noch vor Sonnenuntergang auf. Als der Mond schon hoch am Himmel stand, erreichten sie den Gipfel eines kleinen Hochplateaus, von wo aus sie nicht weit entfernt die Feuer und

Lichter einer großen, flachen Stadt sehen konnten. Sie horchte, was die Männer zusammen redeten, und hoffte den Namen der Stadt zu erfahren, aber es gelang ihr nicht.

Etwa eine Stunde später passierten sie das Stadttor. Die Stadt schlief im Mondlicht, und die Straßen waren ausgestorben. Es wurde ihr klar, daß die Feuer, die sie aus der Entfernung gesehen hatte, außerhalb der Stadt brannten, entlang den Mauern, an denen die Reisenden ihre Nachtlager aufgeschlagen hatten. Aber hier drinnen war alles still, die Menschen schliefen hinter den hohen, festungsartigen Mauern der großen Häuser. Als sie jedoch in eine Gasse einbogen und unter dem Brummen der Meharis abstiegen, hörte sie in der Nähe Trommeln.

Eine Türe wurde geöffnet, Belqassim verschwand im Dunkeln, und bald darauf wurde das Haus lebendig. Diener erschienen, von denen jeder eine Karbidlampe trug, die er zwischen die Ballen stellte, die den Kamelen abgenommen wurden. Bald hatte die ganze Gasse das vertraute Gesicht eines Wüstenlagers. Sie lehnte sich an die Hausmauer, neben der Eingangstüre, und sah dem Treiben zu. Plötzlich entdeckte sie ihren Koffer zwischen den Säcken und Teppichen. Sie ging hin und nahm ihn. Einer der Männer sah sie mißtrauisch an und sagte etwas zu ihr. Sie ging mit dem Koffer an ihren Beobachtungsposten zurück. Belqassim kam lange Zeit nicht aus dem Hause zurück. Als er erschien, ging er direkt auf sie zu, nahm ihren Arm und führte sie in das Haus.

Später, als sie allein im Dunkeln war, erinnerte sie sich einer Flucht von Durchgängen, Treppen und Biegungen, schwarzen Abgründen, die Belqassims Lampe sekundenlang erhellte, von Dächern, auf denen Ziegen im Mondlicht herumspazierten, winzigen Innenhöfen und Räumen, in denen sie sich bücken mußte, um nicht anzustoßen, und wo dann trotzdem die losen Fasern der Palmholzbalken gegen ihren Turban streiften. Sie waren auf- und abwärts gegangen, nach links und rechts und, so glaubte sie, durch unzählige Häuser. Einmal hatte sie zwei weißgekleidete Frauen in der Ecke eines Zimmers an einem kleinen Feuer hocken sehen, neben dem ein splitternacktes Kind stand, das den Blasbalg bediente. Immer verspürte sie den harten Druck von Belqassims Hand auf ihrem Arm, während er sie eilig und scheinbar auch mit einer gewissen Besorgnis durch das Chaos von Räumen tiefer und tiefer in das Innere des Baues führte. Sie trug ihren Koffer; er schlug an ihre Beine und gegen die Wände. Schließlich überquerten sie ein kurzes Stück offenen Daches, stiegen ein paar unregelmäßige Lehmstufen empor und traten, nachdem er einen Schlüssel hervorgeholt und eine Türe geöffnet hatte, in einen niederen kleinen Raum ein. Und hier stellte er die Lampe auf den Boden, drehte sich wortlos um und verließ das Zimmer, das er hinter sich zusperrte. Sie hatte sechs sich entfernende Schritte gehört, den Laut eines Streichholzes, das an der Mauer abgerieben wurde, und dann nichts mehr. Lange Zeit hatte sie gebeugt dagestanden (denn die Decke war zu niedrig, als daß sie sich hätte aufrichten können) und der Stille gelauscht, die sie umrauschte, zutiefst beunruhigt, ohne zu wissen, warum, von einer unbestimmten Furcht erfüllt, die sie nicht näher bezeichnen konnte. Es war eher, als horche sie in sich hinein, als warte sie, daß etwas in einem Bezirk ihres Ichs geschehen würde, den sie zwar irgendwie vergessen hatte, von dem sie aber dumpf fühlte, daß er da war. Aber nichts geschah; sie konnte nicht einmal ihr Herz schlagen hören. Da war nur das bekannte, leise zischende Geräusch in ihren Ohren. Als ihr Hals steif von der unbequemen Stellung wurde, setzte sie sich auf die Matratze, die am Boden lag, und zupfte kleine Wollbüschel aus der Decke. Die Lehmwände, die von der Hand des Maurers geglättet waren, atmeten eine Sanftheit aus, die ihren Blick anzog. Sie blieb sitzen und betrachtete sie, bis das Licht der Lampe schwächer wurde und zu flattern begann. Als die kleine Flamme zum letztenmal aufgezuckt war, zog sie die Decke über sich, legte sich hin und hatte das Gefühl, daß etwas nicht in Ordnung war. Bald darauf begannen in der Dunkelheit von nah und fern die Hähne zu krähen, und dieses Geräusch ließ sie erschauern.

XXVII

Jeden Morgen, wenn sie von ihrem Lager aus aus dem Fenster sah, erschien ihr der durchsichtige, brennende Himmel, der sich Tag für Tag in völliger Gleichheit zeigte, wie der Teil einer Maschinerie, die ohne jede Beziehung zu ihr selbst funktionierte; eine Macht für sich, die weiterging und sie weit zurückgelassen hatte. Ein einziger bewölkter Tag, glaubte sie, würde ihr die Möglichkeit geben, wieder aufzuholen, was sie an Zeit verloren hatte. Aber jedesmal, wenn sie hinaussah, erblickte sie die gleiche makellose, unendliche Helligkeit, die erbarmungslos und unveränderlich über der Stadt brannte.

Neben ihrer Matratze befand sich ein winziges, viereckiges Fenster mit einem Schmiedeeisengitter davor; eine nahgelegene braune Lehmmauer schnitt jede Sicht ab, bis auf einen schmalen Streifen Ausblicks auf einen entfernten Stadtteil. Das Chaos würfelförmiger Häuser mit flachen Dächern schien sich bis in die Unendlichkeit fortzusetzen, und durch den Schleier aus Staub und flirrender Hitze war es schwer, festzustellen, wo der Himmel begann. Trotz des Glastes war die Landschaft grau – blendend in ihrer Grellheit, aber grauer als Ton. Am frühen Morgen glitzerte die messinggelbe Sonne hoch am Himmel wie ein Schlangenauge, das sie fixierte, wenn sie aufgerichtet gegen die Kissen gelehnt dasaß und auf das Rechteck unwahrscheinlichen Lichtes starrte. Wenn sie dann ihre Hände betrachtete, überladen mit schweren Ringen und Armbändern, die Belqassim ihr geschenkt hatte, konnte sie sie kaum sehen, und es dauerte eine Zeit, ehe sich ihre Augen an das schwache Licht des Raumes gewöhnt hatten. Manchmal konnte sie auf einem weit entfernten Dach winzige menschliche Figuren unterscheiden, die sich wie Silhouetten vor dem Himmel bewegten, und sie verlor sich in Betrachtungen, was diese wohl sehen würden, wenn sie so über die endlosen Terrassen der Stadt blickten. Dann wieder pflegte ein Laut in ihrer Nähe sie aufzuschrecken; rasch streifte sie den Silberschmuck ab und warf ihn in ihren Koffer und wartete, bis die Schritte sich auf der Treppe näherten und der Schlüssel sich im Schloß drehte. Eine alte Negersklavin, deren Haut wie die eines Elefanten aussah, brachte ihr viermal am Tag etwas zu essen. Vor jeder Mahlzeit, ehe sie mit dem riesigen Kupfertablett ankam, konnte Kit ihre großen Füße auf dem Lehmboden trapsen hören und das Klirren der silbernen Reifen um die Fesseln. Wenn sie hereinkam, sagte sie feierlich: »Sbalkheir«, oder »Msalkheir«, schloß die Türe, überreichte Kit das Tablett, hockte sich in eine Ecke und starrte auf den Fußboden, während Kit aß. Kit sprach niemals mit ihr, denn die alte Frau war wie jedermann im Haus außer Belqassim der Meinung, daß der Gast ein junger Mann war; und Belqassim hatte ihr deutlich zu verstehen gegeben, wie die Reaktion der übrigen weiblichen Mitglieder des Haushaltes sein würde, wenn sie einmal das Gegenteil entdeckten.

Sie hatte seine Sprache bis jetzt noch nicht gelernt; sie hatte noch nicht einmal die Möglichkeit erwogen, sie zu lernen. Aber sie hatte sich an den Tenor seiner Rede gewöhnt und an den besonderen Klang gewisser Worte, so daß er ihr mit Geduld alles, was nicht zu kompliziert war, klarmachen konnte. Sie wußte zum Beispiel, daß das Haus Belqassims Vater gehörte; daß die Familie aus dem Norden stammte, aus Mecheria, wo sie auch ein Haus hatten; und daß Belqassim und seine Brüder abwechselnd Karawanen zwischen Orten in Algerien und dem Sudan hin- und herführten. Sie wußte außerdem, daß Belqassim trotz seiner Jugend eine

Frau in Mecheria und drei weitere hier im Haus hatte, daß mit seinen eigenen Frauen und denen seiner Brüder und seines Vaters zweiundzwanzig Weiber in diesem Gebäude lebten, die Dienstboten nicht eingerechnet. Und diese Frauen durften niemals ahnen, daß Kit etwas anderes war als ein unglücklicher, junger Reisender, den Belqassim vor dem Tod des Verdurstens errettet hatte und der sich noch nicht ganz von seinen Strapazen erholt hatte.

Belqassim besuchte sie jeden Nachmittag und blieb bis zur Dämmerung; wenn sie dann abends allein auf ihrer Matratze lag und sich der Heftigkeit und Ausdauer seiner Umarmungen erinnerte, kam ihr der Gedanke, daß die drei Frauen höchstwahrscheinlich sehr vernachlässigt würden und sich daher auch seit langer Zeit argwöhnische und eifersüchtige Gedanken über den seltsamen jungen Mann machen mußten, der schon so lange die Gastfreundschaft des Hauses und das Interesse ihres Gatten genoß. Aber da sie jetzt ausschließlich für die paar heißen Stunden lebte, die sie in Belqassims Armen verbrachte, konnte sie sich nicht überwinden, ihn zu warnen, er möge weniger intensiv in seiner Liebe sein, um nicht den Verdacht der anderen zu wecken. Was sie nicht wußte, war, daß die anderen drei Frauen keineswegs vernachlässigt wurden und daß, selbst wenn es der Fall gewesen wäre und sie angenommen hätten, ein Knabe sei der Grund dafür, es ihnen nicht eingefallen wäre, deswegen eifersüchtig zu sein. So war es pure Neugier, daß sie Othman, ein Negerbübchen, der oft ohne einen Fetzen Kleidung im Haus herumlief, aussandten, um den fremden Jüngling auszuspionieren und ihnen dann Bericht zu erstatten.

Der froschgesichtige Othman installierte sich also in der Nische unter der schmalen Treppe, die vom Dach in das kleine Zimmer führte. Am ersten Tag sah er die alte Sklavin, die Tabletts auf und ab trug, und er sah Belqassim, der seinen Nachmittagsbesuch machte und sehr spät wieder ging und dabei seine Kleider ordnete, so daß er den Frauen erzählen konnte, wie lange ihr Gemahl bei dem Fremden verweilt hatte und was dort seiner Ansicht nach vorging. Aber das war nicht, was sie wissen wollten; sie interessierten sich für den Fremden selbst – war er groß und hellhäutig? Die Aufregung, einen unbekannten jungen Mann im Haus zu haben, besonders, nachdem sie wußten, daß ihr Gemahl mit ihm schlief, war mehr, als sie ertragen konnten. Daß er schön und begehrenswert war, stand außer Zweifel, denn sonst würde Belqassim ihn nicht behalten.

Am nächsten Morgen, nachdem die alte Sklavin das Frühstückstablett herausgebracht hatte, kroch Othman aus seiner Nische hervor und kratzte leise an der Türe. Dann drehte er den Schlüssel um und stand an der Schwelle, mit einem sehr geschickt gemachten Ausdruck von unschuldiger Neugier auf seinem kleinen schwarzen Gesicht. Kit lachte. Das winzige schwarze Wesen mit seinem Trommelbauch und dem unproportionierten Kopf schien ihr zu lächerlich. Der Klang ihrer Stimme entging dem kleinen Othman keineswegs, und er grinste und markierte einen plötzlichen Anfall von großer Scheuheit. Sie überlegte, ob Belqassim etwas dagegen haben würde, wenn solch ein Kind in ihr Zimmer käme; gleichzeitig ertappte sie sich dabei, wie sie ihn heranwinkte. Er kam langsam näher, mit gesenktem Kopf, den Finger im Mund; seine riesigen Froschaugen waren auf ihr Gesicht gerichtet. Sie ging durch das Zimmer und schloß hinter ihm die Türe. Sofort begann er zu kichern, schlug Purzelbäume, sang dumme Liedchen und kasperte überhaupt herum, um sich bei ihr einzuschmeicheln. Sie hütete sich, zu sprechen, aber sie konnte nicht umhin, ab und zu laut zu lachen, und das beunruhigte sie ein wenig, denn ihre Ahnung sagte ihr, daß etwas an seiner Heiterkeit nicht echt war, daß die zunehmende Intimität, mit der er sie betrachtete, verdächtig war; sein Gehampel amüsierte sie, aber seine Augen beängstigten sie. Jetzt ging er auf den

Händen. Als er wieder aufrecht stand, ließ er seine Muskeln wie ein Turner spielen. Ohne eine Warnung sprang er auf sie zu und fühlte ihren Bizeps unter dem Mantel und sagte unschuldig: »Deba, enta« und bedeutete dem jungen Gast, er möge nun auch seine Künste zeigen. Plötzlich war ihr Verdacht völlig geweckt; sie stieß seine lässig auf ihr ruhende Hand fort und fühlte im gleichen Augenblick, wie sein Arm absichtlich über ihre Brust streifte. Wütend und voller Angst versuchte sie, ihm in die Augen zu sehen und zu erraten, was er dachte; er lachte immer noch und drängte sie, aufzustehen und sich zu produzieren. Aber die Angst tobte wie ein Motor, der außer Kontrolle war, in ihrem Inneren. Sie sah mit wachsendem Schrecken in das grimassierende Reptilgesicht. Dieses Gefühl in ihrem Inneren war ihr allzu bekannt; die überwältigende Erinnerung an diese Vertrautheit schnitt sie von jedem Wirklichkeitsbewußtsein ab. Sie saß da, bis ins Mark vereist, und wußte plötzlich, daß sie gar nichts wußte – weder wo noch wer sie war; es fehlte ein winziger, unausführbarer Schritt nach dieser oder jener Seite, ehe sie wieder in die Balance kommen würde.

Vielleicht hatte sie für Othmans Gefühl zu lange dagesessen und die Wand angestarrt, vielleicht aber sah er auch jetzt, nachdem er seine große Entdeckung gemacht hatte, nicht mehr die Notwendigkeit, sie weiter zu unterhalten: nach einigen gleichgültigen Tanzschritten fing er an, sich rückwärts nach der Türe zu bewegen, seine Augen aber waren immer noch unbeweglich auf die ihren gerichtet, als ob sein Mißtrauen ihr gegenüber so groß sei, daß er sie jeden Verrates für fähig hielt. Als er die Schwelle erreicht hatte, tastete er leise hinter seinem Rücken nach der Klinke, ging rasch hinaus, warf die Türe zu und versperrte sie.

Die Sklavin brachte ihr das Mittagessen, aber sie saß noch immer regungslos und mit blicklosen Augen da. Die alte Frau hielt ihr Brocken vom Essen vor das Gesicht und versuchte, sie ihr in den Mund zu schieben. Dann ging sie auf die Suche nach Belqassim, um ihm zu melden, daß der junge Herr krank oder verhext sei und nicht essen wolle. Aber Belqassim speiste an diesem Tag im Hause eines reichen Lederhändlers, der am anderen Ende der Stadt wohnte, so daß sie ihn nicht erreichen konnte. Sie beschloß, die Sache selber in die Hand zu nehmen, ging in ihr Zimmer in einem Innenhof bei den Ställen und bereitete einen Teig aus Ziegenbutter und zerstampftem, getrocknetem Kameldung, den sie sorgfältig mit einem Mörser vermischte. Nachdem dies beendet war, rollte sie eine Kugel aus der halben Masse, die sie ohne zu kauen verschluckte. Mit dem Rest fettete sie die beiden Enden einer langen Lederpeitsche ein, die sie bei ihrem Lager aufbewahrt hatte. Mit der Peitsche in der Hand kehrte sie in das Zimmer zurück, wo Kit immer noch regungslos auf der Matratze saß. Nachdem sie die Türe hinter sich geschlossen hatte, blieb sie eine Weile stehen und sammelte ihre Kräfte; dann brach sie plötzlich in ein monotones, winselndes Klagegeschrei aus und schwang die elastische Peitsche langsam in der Luft, während sie sang, wobei sie Kits erstarrtes Gesicht nach einem Anzeichen des Erwachens durchforschte. Als sie nach einigen Minuten sah, daß sich nichts in den erstarrten Zügen regte, ging sie näher auf die Matratze zu und schwang die Peitsche über ihrem Kopf, gleichzeitig begann sie ihre Füße in einem langsamen, schlürfenden Rhythmus zu bewegen, der die schweren Silberstreifen an ihren Knöcheln im Takt zu ihrem Lied erklirren ließ. Bald strömte der Schweiß durch die Falten ihres schwarzen Gesichtes, tropfte auf ihre Kleider und auf den trockenen Lehmboden, wo jeder Tropfen sich langsam ausbreitete und einen großen runden Flecken hinterließ. Kit saß da, spürte ihre Gegenwart, ihren muffigen Geruch, die Hitze und das Singen im Zimmer, aber nichts von all dem hatte das geringste mit ihr zu tun – es war alles wie eine entfernte, vorüberwehende Erinnerung an den Randbezirken ihres Ichs. Plötzlich klatschte die alte Frau ihr mit der Peitsche über das Gesicht, mit einer raschen, leichten Bewegung. Das geschmeidige, gefettete Leder wand sich für den Bruchteil einer Sekunde um ihren Kopf und brannte auf der Haut ihrer Backe. Sie blieb ganz ruhig sitzen. Wenige Sekunden später hob sie ihre Hand an ihr Gesicht, und gleichzeitig schrie sie kurz auf, nicht laut, aber es war unmißverständlich der Schrei einer Frau. Die alte Sklavin starrte sie ängstlich und verwirrt an; der junge Mann war offensichtlich unter einem sehr starken Zauberbann. Sie blieb stehen und starrte, als Kit auf die Matratze zurückfiel und sich einem hemmungslosen Weinkrampf hingab.

In diesem Augenblick hörte die alte Frau Schritte auf der Treppe. Sie warf die Peitsche hin und drehte sich zur Türe um, zitternd vor Angst, daß Belqassim kommen könne und sie dafür strafen, daß sie sich eingemischt hatte. Die Türe öffnete sich, und herein spazierten, eine nach der anderen, Belqassims drei Frauen, die Köpfe etwas gesenkt, damit sie sich nicht an der Decke stießen. Ohne die alte Frau zu beachten, stürzten sie geschlossen auf die Matratze los, warfen sich über Kits liegenden Körper, zerrten ihr den Turban vom Kopf und rissen ihr mit Gewalt die Kleider vom Leibe, so daß plötzlich ihr ganzer Oberkörper völlig entblößt war. Der Überfall war so unerwartet und heftig, daß der ganze Vorgang nur wenige Sekunden in Anspruch nahm; Kit verstand erst gar nicht, was geschah. Dann fühlte sie die Peitsche, die über ihre Brüste klatschte. Während sie aufschrie, griff sie aus und packte einen Kopf, der vor ihr auf- und abhüpfte. Sie fühlte die Haare, die weichen Züge zwischen ihren verkrampften Fingern. Mit all ihrer Kraft zog sie diesen Kopf zu sich herunter und versuchte das Weiche zu zerfetzen, aber es riß nicht; es wurde lediglich naß. Die Peitsche hinterließ feurige Spuren auf ihren Schultern und ihrem Rücken. Jemand schrie jetzt außer ihr noch, und schrille Stimmen fielen ein. Ein fremder Körper drückte auf ihr Gesicht. Sie biß in zartes Fleisch. »Gott sei Dank habe ich gute

Zähne«, dachte sie und sah die einzelnen Wörter dieses Satzes gedruckt vor Augen, als sie die Kiefer zusammenpreßte und fühlte, wie ihre Zähne in die Fleischmasse einsanken. Es war ein köstliches Gefühl. Sie schmeckte das warme, salzige Blut auf ihrer Zunge, und die Schmerzen der Peitschenhiebe ließen nach. Der Raum war voller Menschen; die Luft war voll vom Heulen und Geschrei. Über all dem Lärm hörte sie Belqassims Stimme, die wütend losbrüllte. Nun, als sie wußte, daß er da war, lockerte sie den Druck ihrer Kiefer und erhielt einen heftigen Schlag ins Gesicht. Der Lärm erstarb, und eine Weile war sie allein im Dunkeln und glaubte, ein kleines Lied zu summen, das Belqassim ihr oft vorgesungen hatte.

Oder war es seine Stimme, lag sie mit ihrem Kopf in seinem Schoß, mit ausgestreckten Armen, sein Gesicht zu sich herunterziehend? War es eine ruhige Nacht oder waren es mehrere Nächte, die dazwischen gelegen hatten, ehe sie mit gekreuzten Beinen in einem goldenen Kleid in diesem großen, kerzenerleuchteten Raum saß, umgeben von all den finster blickenden Frauen? Wie oft noch würden sie ihr Glas mit Tee füllen, während sie so allein zwischen ihnen saß? Aber Belqassim war da; seine Augen waren ernst. Sie beobachtete ihn: In der steifen Haltung eines Traumbildes entfernte er den Schmuck von den Hälsen der drei Frauen, wobei er sich häufig umwandte, um die einzelnen Stücke sanft in ihren Schoß zu legen. Der Goldbrokat wurde von dem schweren Metall heruntergedrückt. Sie starrte auf die glänzenden Juwelen und dann auf die drei Frauen, aber deren Augen waren auf den Boden geheftet, und sie weigerten sich, aufzusehen. Jenseits des Balkons, drunten im Hof, ertönte ununterbrochen, sich steigernd, der Lärm von Männerstimmen, Musik erklang, und die Frauen um sie herum schrien alle ihr zu Ehren. Schon als Belqassim vor ihr saß und ihr den Schmuck um den Hals legte, wußte sie, daß alle Frauen sie haßten und daß er sie niemals vor ihrem Haß beschützen konnte. Heute strafte er seine Frauen, indem er eine andere nahm und diese vor ihr erniedrigte, aber die Frauengesichter um sie herum, selbst die der Sklaven, die vom Balkon aus hereinschauten, würden von diesem Augenblick an nur darauf warten, sich an ihrem Sturz zu weiden.

Als Belqassim sie mit Kuchen fütterte, schluchzte sie und verschluckte sich und spuckte ihm die Krümel ins Gesicht. »G igerdh ish'es our illi«, sangen drunten die Musikanten immer wieder und wieder, während der Rhythmus der Handtrommel wechselte und sich langsam wiederholend ein Kreis formte, aus dem sie nicht entrinnen konnte. Belqassim sah sie mit einer Mischung aus Besorgnis und Abscheu an. Sie hustete ausgiebig mitten unter ihrem Weinen. Die Wimperntusche floß über ihr Gesicht, und die Tränen durchweichten ihr Hochzeitskleid. Die Männer, die drunten im Hof lachten, würden sie nicht retten, Belqassim würde sie nicht retten. Sie verbarg ihr Gesicht in den Händen und fühlte, wie er ihre Handgelenke ergriff. Er flüsterte ihr etwas zu, und die unverständlichen Worte klangen wie ein zischendes Geräusch. Er bog ihre Hände brutal fort, und ihr Kopf fiel nach vorne. Er würde sie eine Stunde lang allein lassen, und die drei anderen würden warten. Sie dachten bereits alle das gleiche; sie fühlte die rachsüchtigen Gedanken, als sie ihr gegenübersaßen und sich weigerten, aufzublikken. Sie schrie und versuchte, sich aufzustellen, aber Belqassim stieß sie wütend zurück. Ein riesiges schwarzes Weib watschelte durch das Zimmer und setzte sich neben sie, legte ihre dicken Arme um sie und drückte sie in die Kissen zurück. Sie sah, wie Belqassim das Zimmer verließ; sofort öffnete sie so viele Halsketten und Broschen, wie sie konnte; die Schwarze bemerkte ihre Handbewegungen nicht. Als sie mehrere Schmuckstücke in ihrem Schoß hatte, warf sie sie den drei Frauen zu, die ihr gegenübersaßen. Es erfolgte ein Aufschrei der anderen Weiber, die im Zimmer waren, und eine Sklavin rannte, um Belqassim zu suchen. Sofort erschien er, sein Gesicht schwarz vor Wut. Niemand hatte die Schmuckstücke angerührt, die immer noch auf dem Teppich vor den drei Gemahlinnen lagen. Sie sah, wie er sich bückte, um sie aufzuheben, und fühlte, wie sie ihr Gesicht trafen und über die Front ihres Kleides rollten.

Ihre Lippe war aufgeplatzt; der Anblick des Blutes auf ihren Fingern faszinierte sie, und sie blieb lange Zeit still sitzen und hörte nichts als die Musik. Ruhig dazusitzen, schien die beste Art zu sein, um noch mehr Schmerzen zu verhindern. Wenn aber auf jeden Fall Schmerz dasein mußte, so war es ihre einzige Lebensaufgabe, ihn so lange als möglich fernzuhalten. Jetzt, wo sie ruhig dasaß, tat ihr niemand weh. Die fetten schwarzen Hände der Sklavin schmückten sie wieder mit den Ketten und Talismanen. Jemand reichte ihr ein Glas sehr heißen Tee und jemand anderes eine Platte mit Kuchen. Die Musik fuhr fort zu spielen, die Frauen untermalten die Kadenzen mit ihren jodelnden Schreien. Die Kerzen brannten herunter, viele verloschen, und der Raum wurde allmählich dunkler. An die schwarze Frau gelehnt, schlummerte sie ein.

Viel später, in der Dunkelheit, stieg sie die vier Stufen hinauf, in ein riesiges Bett, roch die Gewürznelken, mit denen die Vorhänge parfümiert worden waren, und spürte Belqassims schweren Atem in ihrem Nacken, als er sie vor sich herschob. Jetzt, wo sie völlig sein Eigentum war, war eine neue Wildheit, eine Art von zorniger Gleichgültigkeit, in seinem Verhalten. Das Bett wurde zum tobenden Meer, und sie lag da, seiner Wildheit und seinem Chaos ausgeliefert, während die schweren Brecher über ihr zusammenschlugen. Warum legten sich auf dem Höhepunkt des Sturmes zwei untergehende Hände fester und fester um ihren Hals? Immer fester, bis selbst das gewaltige graue Tosen des Meeres von einer noch stärkeren, dunkleren Musik übertönt wurde – dem Donnern des Nichts, das die Seele hört, wenn sie sich dem Abgrund nähert und sich über ihn beugt.

Danach lag sie wach in der süßen Stille der Nacht und atmete leise, während er schlief. Den folgenden Tag verbrachte sie in der Intimität der zugezogenen Bettvorhänge. Es war, als befände sie sich in einer großen Schachtel. Im Laufe des Morgens zog sich Belqassim an und ging aus; die fette Frau von gestern schob den Riegel hinter ihm vor und setzte sich auf den Fußboden, mit dem Rücken gegen die Türe. Jedesmal wenn eine Dienerin kam, um Essen, Getränke oder Waschwasser zu bringen, erhob sie sich mit unglaublicher Langsamkeit und ging schnaufend und grunzend, um schließlich die Türe zu öffnen.

Das Essen ekelte Kit: es war fettig, schwer und undefinierbar – ganz anders als das, was sie in ihrem Dachzimmer bekommen hatte. Einige Gerichte schienen überhaupt nur aus Brocken von halbgarem Lammfett zu bestehen. Sie aß sehr wenig und sah, daß die Dienerinnen sie mißbilligend ansahen, wenn sie kamen, um die Tabletts abzuholen. Das Bewußtsein, für den Augenblick in Sicherheit zu sein, gab ihr Ruhe. Sie ließ sich ihren kleinen Koffer bringen, und in der Intimität ihres Bettes stellte sie ihn auf die Knie und öffnete ihn, um seinen Inhalt zu betrachten. Ganz automatisch benutzte sie ihre Puderdose, ihren Lippenstift und ihr Parfüm; die zusammengefalteten Tausend-Francs-Scheine fielen auf das Bett. Lange Zeit betrachtete sie die anderen Gegenstände: kleine weiße Taschentücher, glänzende Nagelscheren, ein paar sandfarbene Seidenpyjamas, kleine Töpfchen Gesichtscrème. Dann befingerte sie sie abwesend: sie waren wie die geheimnisvollen Überbleibsel einer versunkenen Zivilisation. Sie hatte das Gefühl, daß jeder Gegenstand ein Symbol für etwas Vergessenes war. Es machte sie nicht einmal traurig, wenn sie merkte, daß sie sich nicht mehr erinnern konnte, wozu die Sachen da waren. Aus den Tausend-Francs-Scheinen machte sie ein Bündel und legte es auf den Boden des Koffers, packte alles andere darauf und schloß den Deckel.

An diesem Abend speiste Belqassim mit ihr und zwang sie, das fettige Essen hinunterzuschlucken, wobei er ihr mit beredten Gesten bedeutete, daß sie ihm viel zu mager sei. Sie sträubte sich; von dem Zeug wurde ihr übel. Aber wie immer war es unmöglich, sich ihm zu widersetzen. So aß sie es und aß es auch am nächsten Tag und an den folgenden Tagen. Sie gewöhnte sich daran und dachte nicht mehr darüber nach. Die Nächte und Tage verschwammen in ihrer Erinnerung, denn manchmal kam Belqassim am frühen Nachmittag in ihr Bett und verließ sie bei Anbruch der Nacht, um zu Mitternacht wieder zu erscheinen, gefolgt von einem Diener, der Platten mit Essen trug. Die ganze Zeit verbrachte sie in dem fensterlosen Raum und meistens überhaupt im Bett, zwischen den zerwühlten Kissen liegend und ohne an etwas anderes zu denken als an Belqassim – wie er war oder wie er sein würde, wenn er wiederkäme. Wenn er die Stufen zum Bett hinaufstieg, die Vorhänge teilte, zu ihr kam, sich neben sie legte und mit dem langsamen Zeremoniell ihrer Entkleidung begann, dann erst bekamen die Stunden ihres Nichtstuns ihre volle Bedeutung. Und wenn er wieder ging, dann erfüllte sie noch lange Zeit ein köstliches Gefühl von Erschöpfung und Gesättigtsein; sie lag halbwach da, wie in einem Bad, umspült von animalischer Zufriedenheit, ein Zustand, den sie rasch als selbstverständlich hinzunehmen sich angewöhnte und nach dem sie dann süchtig wurde wie nach einer Droge.

Eines Nachts kam er überhaupt nicht. Sie warf sich so lange und heftig stöhnend herum, daß das Negerweib hinausging und ihr ein Glas mit einer heißen, sauer schmeckenden Flüssigkeit brachte. Danach schlief sie ein, aber am nächsten Morgen war ihr Kopf schwer, und sie verspürte einen summenden Schmerz. Während des Tages aß sie sehr wenig. Diesmal betrachteten die Dienerinnen sie mit Sympathie.

Am Abend erschien er. Als er zur Türe hereinkam und die

Schwarze hinausschickte, sprang Kit auf, rannte durch das Zimmer und warf sich ihm hysterisch in die Arme. Er trug sie lächelnd ins Bett zurück und begann, methodisch ihre Kleider und ihren Schmuck abzunehmen. Als sie weißhäutig und mit verschleierten Augen vor ihm lag, beugte er sich über sie und fütterte sie mit Süßigkeiten, die er ihr mit den Zähnen reichte. Manchmal versuchte sie, seine Lippen festzuhalten, während sie die Bonbons nahm, aber er war immer zu schnell für sie und zog seinen Kopf weg. Lange Zeit neckte er sie auf diese Weise, bis sie schließlich einen langen, dumpfen Schrei ausstieß und ganz still liegenblieb. Mit glänzenden Augen warf er den Bonbon fort und bedeckte ihren Körper mit Küssen. Als sie wieder zu sich kam, war der Raum finster, und er lag neben ihr und schlief fest. Danach kam er manchmal zwei Tage hintereinander nicht wieder. Dann neckte er sie so lange, bis sie schrie und ihn mit den Fäusten schlug. Aber inzwischen wartete sie auf diese kaum zu ertragenden Zwischenspiele mit nagender Erregung, die jedes andere Gefühl in ihr abtötete.

Endlich kam ein Abend, an welchem ihr die Frau ohne ersichtlichen Grund das sauere Getränk brachte, vor ihr stehenblieb und sie streng beobachtete, während sie es trank. Sie gab ihr das Glas mit verzagtem Herzen wieder zurück. Belqassim würde nicht kommen. Er kam auch am nächsten Tag nicht. Fünf aufeinanderfolgende Nächte wurde ihr das Gebräu gebracht, und jedesmal schmeckte es sauerer. Sie verbrachte ihre Tage in einer fiebrigen Erstarrung und setzte sich nur auf, um das Essen, das man ihr brachte, hinunterzuwürgen.

Manchmal glaubte sie die schrillen Stimmen von Frauen vor ihrer Türe zu hören; der Klang erinnerte sie an die Angst, die irgendwo immer noch lauerte, und sie war minutenlang unglücklich und unruhig, aber dann, wenn sie glaubte die Stimmen nicht mehr zu hören, vergaß sie sie wieder. In der sechsten Nacht nahm sie an, daß Belqassim nie mehr wiederkommen würde. Mit heißen, trockenen Augen lag sie da und starrte auf den Betthimmel, dessen Faltenwurf im ungewissen Licht der Karbidlampe, die an der Türe stand, wo die alte Frau saß, nur schwach zu erkennen war. Sie träumte vor sich hin, er käme zur Türe herein, näherte sich dem Bett, zog die Vorhänge zurück – und war erstaunt, daß es nicht Belqassim war, der die vier Stufen hinaufstieg, um zu ihr zu kommen, sondern ein junger Mann mit einem anonymen, aus vielen Gesichtern zusammengesetzten Gesicht. Erst dann wurde ihr klar, daß jedes Geschöpf, das Belqassim auch nur im entferntesten ähnlich sah, sie genauso beglücken würde wie Belqassim selbst. Zum erstenmal kam ihr der Gedanke, daß jenseits der Mauern dieses Raumes, irgendwo ganz in der Nähe, in den Straßen, wenn nicht sogar innerhalb des Hauses, viele solcher Geschöpfe sein mußten. Und unter diesen Männern waren sicherlich welche, die geradeso herrlich wie Belqassim waren, die ebenso begehrenswert und in der Lage waren, ihre Lust zu wecken. Der Gedanke, daß einer seiner Brüder vielleicht nur wenige Meter von ihr entfernt, hinter der Wand an ihrem Kopfende, liegen könnte, erfüllte sie mit zitterndem Verlangen. Aber ihre Intuition riet ihr, vollkommen ruhig zu liegen; sie drehte sich um und tat, als ob sie schliefe.

Kurz darauf klopfte eine Dienerin an der Türe, und sie wußte, daß ihr nächtlicher Trunk gebracht wurde; im nächsten Augenblick öffnete die Negerin den Vorhang, und als sie sah, daß ihre Herrin eingeschlafen war, stellte sie das Glas auf die oberste Stufe und ging zu ihrem Lager vor der Türe zurück. Kit rührte sich nicht, aber ihr Herz klopfte auf ungewohnte Weise. »Es ist Gift«, sagte sie sich. Sie hatten sie langsam vergiftet, und das war der Grund, warum sie nicht gekommen waren, um sie zu strafen. Viel später, als sie sich vorsichtig auf dem Ellbogen aufrichtete und durch den Vorhangspalt schaute, sah sie das Glas und schauderte vor seiner Nähe. Die Frau schnarchte.

»Ich muß hier heraus«, dachte sie. Sie fühlte sich seltsam wach. Aber als sie vom Bett herunterkletterte, bemerkte sie, wie schwach sie war. Und zum erstenmal fiel ihr der trockene, erdige Geruch des Zimmers auf. Aus der Truhe aus Kalbfell nahm sie den Schmuck, den Belqassim ihr gegeben hatte, sowie den, den er den drei anderen Frauen abgenommen hatte, und breitete ihn auf dem Bett aus. Dann hob sie ihren kleinen Koffer aus der Truhe und ging leise auf die Türe zu. Die Frau schlief immer noch. »Gift!« flüsterte Kit wütend, während sie den Schlüssel umdrehte. Mit größter Vorsicht gelang es ihr, die Türe hinter sich zu schließen. Jetzt stand sie in völliger Dunkelheit, zitternd vor Schwäche, in einer Hand den Koffer, mit der anderen an der Wand entlangtastend.

»Ich muß telegraphieren«, dachte sie. »Das ist der schnellste Weg, um sie zu erreichen. Es muß hier doch ein Telegraphenamt geben.« Aber zuerst mußte sie auf die Straße gelangen, und die Straße war vielleicht noch weit weg. Zwischen ihr und der Straße lag die Dunkelheit, in der ihr Belqassim begegnen konnte; jetzt wollte sie ihn nie wiedersehen. »Er ist dein Mann«, flüsterte sie vor sich hin und blieb einen Augenblick von Entsetzen erstarrt stehen. Dann kicherte sie beinahe laut: das war nur ein Teil dieses lächerlichen Spiels, das sie gespielt hatte. Aber ehe sie das Telegramm abgeschickt hatte, würde sie nicht aufgehört haben, zu spielen. Sie schnatterte auf einmal mit den Zähnen. »Könntest du dich vielleicht zusammennehmen, bis wir auf der Straße sind?«

Die linke Wand hörte plötzlich auf. Sie ging einige zögernde Schritte vor und fühlte die runde Kante des Bodens unter der Spitze ihres Pantoffels. »Eine dieser verdammten Treppen ohne Geländer!« sagte sie. Behutsam setzte sie den Koffer ab, drehte sich um und ging zur Wand zurück, weiter den ganzen Weg, den sie gekommen war, bis sie wieder die Türe ertastete. Sie öffnete sie lautlos und ergriff die Lampe.

Die Alte hatte sich nicht bewegt. Es gelang ihr, die Türe ohne Zwischenfall zu schließen. Jetzt, wo sie die Lampe hatte, war sie überrascht, zu sehen, wie nah der Koffer war. Er stand am Rand des Absturzes, aber nahe bei der ersten Treppenstufe; sie wäre nicht sehr tief gefallen. Langsam stieg sie hinab, sorgfältig darauf bedacht, sich auf den weichen, unebenen Stufen die Knöchel nicht zu verknacksen. Unten angekommen, befand sie sich in einem engen Korridor, an dessen Wänden Türen waren. Er führte in einen offenen Hof, dessen Boden mit Stroh bestreut war. Ein schmaler Mond goß weißes Licht aus; sie sah das große Tor vor sich und die schlafenden Gestalten an der Mauer, löschte die Lampe und stellte sie auf den Boden. Als sie das Tor erreicht hatte, entdeckte sie, daß sie den riesenhaften Riegel, der es zuhielt, nicht bewegen konnte.

»Du mußt ihn zurückschieben«, dachte sie, aber sie fühlte sich schwach und elend, als ihre Finger das kalte Metall des Schlosses berührten. Sie hob den Koffer hoch und schlug einmal mit der Ecke dagegen. Sie glaubte, daß der Riegel sich etwas bewegte. Gleichzeitig bewegte sich eine der Gestalten, die in der Nähe lag.

»Echkoon?« sagte eine Männerstimme.

Sofort kauerte sie sich nieder und kroch hinter einen Haufen gefüllter Säcke.

»Echkoon?« sagte die Stimme wieder, diesmal ärgerlich. Der Mann wartete etwas auf Antwort, dann drehte er sich wieder um und schlief ein. Sie wollte es wieder probieren, aber sie zitterte zu heftig, und ihr Herz klopfte zu wild. Sie lehnte sich an die Säcke und schloß die Augen. Und mit einemmal begann jemand drinnen im Haus, eine Trommel zu schlagen.

Sie zuckte zusammen. »Das Signal«, sagte sie sich. »Natürlich, es ertönte ja auch, als ich kam.« Jetzt bestand kein Zweifel mehr, daß es ihr gelingen würde, hinauszukommen. Sie ruhte einen Moment aus, dann erhob sie sich und durchquerte den Hof in der Richtung auf das Trommeln zu. Jetzt waren es zwei Trommeln. Sie trat durch eine Türe ins Dunkel. Am Ende einer langen Halle war ein anderer mondbeschienener Hof, und als sie näher kam, sah sie unter einer Türe einen gelben Lichtschein. Im Hof blieb sie ein wenig stehen und lauschte den nervösen Rhythmen, die aus dem Zimmer kamen. Die Trommeln hatten die Hähne der Umgebung geweckt, und nun begannen sie zu krähen. Sie klopfte leise an die Türe; die Trommeln tönten weiter, und eine dünne hohe Frauenstimme begann eine sich immer wiederholende, lamentierende Melodie zu singen. Sie wartete lange, ehe sie den Mut hatte, noch einmal zu klopfen, aber diesmal klopfte sie laut und entschlossen. Das Trommeln brach ab, die Türe wurde aufgerissen, und sie trat blinzelnd in das helle Zimmer. Auf dem Fußboden saßen zwischen Kissen Belqassims drei Frauen und starrten sie mit vor Erstaunen aufgerissenen Augen an. Sie blieb völlig paralysiert stehen, als stünde sie einer tödlichen Schlange gegenüber. Die Dienerin schloß die Türe und blieb daran gelehnt stehen. Dann warfen die drei ihre Trommeln weg und begannen alle auf einmal zu sprechen, gestikulierten und deuteten nach oben. Eine von ihnen sprang auf und näherte sich ihr, um in den Falten ihres weiten weißen Gewandes zu suchen. Augenscheinlich suchte sie nach dem Schmuck. Sie zogen die langen Ärmel hoch und befingerten die Armbänder. Die anderen zwei deuteten aufgeregt nach dem Koffer. Kit stand immer noch regungslos da und wartete, daß der Alptraum aufhören sollte. Indem sie sie stupften und schoben, gelang es ihnen, sie so weit zu bekommen, daß sie sich bückte und das Kombinationsschloß öffnete, dessen Handhabung an sich sie unter anderen Umständen fasziniert haben würde. Aber jetzt waren sie mißtrauisch und ungeduldig. Als der Koffer offen war, stürzten sie sich darauf und zerrten alles heraus auf den Boden. Kit starrte sie an. Sie wagte kaum, ihrem Glück zu trauen: sie waren bei weitem mehr an dem

Koffer interessiert als an ihrer Person. Während sie den Kofferinhalt gründlichst untersuchten, gewann sie einen Teil ihrer Haltung zurück und nahm sich schließlich sogar so weit zusammen, einer von ihnen auf die Schulter zu klopfen und ihr zu bedeuten, daß der Schmuck oben sei. Alle schauten ungläubig auf und schickten die Dienerin aus, diese Behauptung zu bestätigen. Aber als das Mädchen hinausgehen wollte, überfiel Kit die Angst, und sie versuchte, sie aufzuhalten. Sie würde die Schwarze aufwecken. Die andern sprangen ärgerlich auf; es gab ein kurzes Handgemenge. Als dies vorbei war und alle fünf keuchend dastanden, legte Kit mit einer verzweifelten Grimasse den Finger an die Lippen, trippelte mit übertriebener Vorsicht auf den Zehenspitzen herum und deutete mehrmals auf die Dienerin. Dann blies sie die Backen auf und imitierte eine fette Frau. Sofort verstanden die anderen, was sie meinte, und nickten ernsthaft mit den Körpern; die Verschwöreratmosphäre hatte sich auf sie übertragen. Als die Dienerin den Raum verlassen hatte, versuchten sie Kit auszufragen: »Wen timshi?« sagten sie, und ihre Stimmen zeigten mehr Neugier als Ärger. Sie konnte nicht antworten; hilflos schüttelte sie den Kopf. Es dauerte nicht lange, und das Mädchen kam zurück und verkündete deutlich, daß der ganze Schmuck auf dem Bett lag – nicht nur der ihre, sondern noch eine große Menge anderer. Ihre Gesichter zeigten Verwunderung und Freude. Als Kit sich hinkniete, um ihre Sachen wieder zu packen, kauerte sich eine von ihnen neben sie und sprach mit ihr in einer Stimme, die keineswegs mehr feindlich war. Sie verstand kein Wort von dem, was die Frau zu ihr sagte; sie sah nur das verriegelte Tor vor sich. »Ich muß rauskommen«, sagte sie sich wieder und wieder. Das Bündel Banknoten lag bei ihren Pyjamas. Niemand beachtete es.

Als alles wieder eingepackt war, nahm sie einen Lippenstift und einen kleinen Spiegel und begann, indem sie sich gegen das Licht drehte, gründlich ihren Mund zu schminken. Schreie der Bewunderung wurden laut. Sie gab die Gegenstände an eine der Frauen weiter und forderte sie auf, es ihr nachzumachen. Als alle drei leuchtend rote Lippen hatten und sich gegenseitig begeistert betrachteten, bedeutete sie ihnen, daß sie ihnen den Lippenstift als Geschenk lassen würde, daß sie sie aber als Gegenleistung aus dem Haus und auf die Straße führen müßten. Ihre Gesichter zeigten Bereitwilligkeit und Besorgnis: sie waren darauf aus, sie aus dem Haus zu bekommen, zitterten aber vor Belqassim. Während der nun folgenden Beratung setzte sich Kit neben ihren Koffer auf den Boden. Sie beobachtete sie, ohne das Gefühl zu haben, daß ihre Unterhaltung etwas mit ihr zu tun hatte. Die Entscheidung fiel ganz woanders, weit von all diesem entfernt, weit außerhalb dieses unwirklichen kleinen Zimmers, in dem sie standen und schnatterten. Sie hörte auf, sie anzusehen, und starrte teilnahmslos vor sich hin, überzeugt, daß sie wegen der Trommeln hinauskommen würde. Jetzt wartete sie nur auf den Moment. Nach langer Zeit schickten sie die Dienerin fort; sie kam zurück in Begleitung eines kleinen schwarzen Mannes, der so alt war, daß sein Rücken nach vorne gekrümmt hing, als er herbeischlurfte. In seiner zitternden Hand hielt er einen riesigen Schlüssel. Er murmelte Prosteste vor sich hin, aber es war klar, daß er bereits überredet worden war. Kit sprang auf und ergriff ihren Koffer. Jede der Frauen trat auf sie zu, als sie dastand, und pflanzte einen feierlichen Kuß mitten auf ihre Stirne. Sie ging zur Türe, an der der alte Mann stand, und sie durchquerten zusammen den Hof. Während sie gingen, sagte er etwas zu ihr, aber sie konnte nicht antworten. Er führte sie in einen anderen Teil des Hauses und öffnete eine kleine Türe. Sie stand allein in der Stille der Straße.

XXVIII

Unter ihr lag das blendende Meer und glitzerte im silbernen Morgenlicht. Sie lag auf der schmalen Felsplatte, das Gesicht nach unten, mit überhängendem Kopf, und beobachtete, wie die Wellen von weit draußen, wo sich der geschwungene Horizont zum Himmel erhob, langsam heranrollten. Ihre Fingernägel krallten sich in den Felsen; sie war überzeugt, sie würde fallen, wenn sie sich nicht mit jedem Muskel festhielt. Aber wie lange würde sie so aushalten können, schwebend zwischen Himmel und Meer? Das Riff schien immer schmäler zu werden; jetzt schnitt es in ihre Brust und erschwerte ihr das Atmen. Oder rutschte sie langsam vorwärts, hob sich ganz, ganz sachte auf den Ellbogen und schob dadurch ihren Körper um Bruchteile von Zentimetern näher an den Rand? Jetzt beugte sie sich weit genug vor, um die steilen Klippen unter sich zu sehen, die prismatisch zerklüftet waren und aus denen fette graue Kakteen wuchsen. Direkt unter ihr brachen sich die Wellen stumm an einer Felswand. Die Nacht, die hier in der feuchten Luft geatmet hatte, hatte sich nun unter die Wasserfläche zurückgezogen. Im Augenblick war ihr Gleichgewicht vollkommen; steif wie ein Brett lag sie auf dem Felsrand. Sie fixierte eine aus der Entfernung anrollende Woge. Bis zu dem Moment, wo sie an der Felswand angekommen war, würde ihr Kopf begonnen haben, hinunterzufallen, und ihre Balance aufgehoben sein. Aber die Welle bewegte sich nicht.

»Wach auf! Wach auf!« schrie sie gellend.

Sie ließ los.

Ihre Augen waren bereits offen. Der Morgen dämmerte.

Der Fels, an dem sie lehnte, verursachte ihr Rückenschmerzen. Sie seufzte und veränderte ihre Lage etwas. Um diese Stunde war es hier draußen zwischen den Felsen, jenseits der Stadt, sehr still. Sie blickte zum Himmel auf und sah, wie er immer heller wurde. Die ersten leisen Geräusche, die in diesem Raum ertönten, schienen nichts anderes als Variationen über das Thema der Stille, aus der sie geboren waren. Aus den Bezirken des Unsichtbaren tauchten langsam die nahen Felsformationen und die entlegeneren Stadtmauern auf, aber noch waren sie nichts als Erscheinungen aus der Schattentiefe der Erde. Der klare Himmel, die Büsche neben ihr, die Kiesel zu ihren Füßen, all dies war aus dem Brunnen der absoluten Nacht emporgestiegen. Und auf dieselbe Weise wurde jene seltsame Stumpfheit, jene nebulosen Gedanken, die aus dem Zentrum ihres Bewußtseins unabhängig von ihrem Willen aufstiegen, zu bloßen Fragmenten; sie erhoben sich gegen das Nichts eines Schlafes, der noch nicht erkaltet ist – eines Schlafes, der noch die Kraft hat, zurückzukehren und sie in seine Arme zu schließen. Aber sie blieb wach, das junge Licht erfüllte ihre Augen, während ihr Inneres immer noch nicht erwachte; sie hatte nicht das Gefühl, irgendwo oder irgendwer zu sein.

Als sie Hunger verspürte, erhob sie sich, nahm ihren Koffer und ging einen Pfad zwischen den Felsen entlang, der wahrscheinlich von Ziegen ausgetreten worden war und der parallel mit der Stadtmauer lief. Die Sonne war aufgegangen; schon brannte sie auf ihrem Nacken. Sie zog sich die Kapuze ihres haïk über den Kopf. In der Ferne erklangen die Geräusche der Stadt: Geschrei und Hundegebell. Schließlich ging sie unter einem der sanft gewölbten Tore hindurch und war wieder in der Stadt. Niemand beachtete sie. Der Marktplatz war voll schwarzer Frauen in weißen Gewändern. Sie ging auf eine der Frauen zu und nahm ihr einen Krug Buttermilch aus der Hand. Als sie ihn geleert hatte, blieb die Frau stehen und wartete auf Bezahlung. Kit runzelte die Stirne und bückte sich, um ihre Tasche zu öffnen. Ein paar weitere Frauen, von denen einige Babys auf dem Rücken schleppten, blieben ebenfalls stehen, um zuzuschauen. Sie zog einen Tausend-Francs-Schein aus dem Bündel und reichte ihn der Verkäuferin. Aber die Frau starrte das Papier an und machte Zeichen der Ablehnung. Kit hielt ihn immer noch hin. Als die andere endgültig verstanden hatte, daß ihr kein anderes Geld gegeben werden würde, fing sie ein großes Geschrei an und rief nach der Polizei.

Die lachenden Weiber scharten sich begierig um sie, und einige von ihnen ergriffen die hingehaltene Banknote und untersuchten sie, um sie schließlich wieder an Kit zurückzugeben. Ihre Sprache war weich und fremdartig. Ein Schimmel trabte vorbei; auf ihm saß ein großer Neger in Khakiuniform, dessen Gesicht so voller Narben war, daß es wie eine Holzmaske aussah. Kit rannte von den Frauen weg und hob ihre Arme zu ihm auf, in der Hoffnung, er würde sie auf den Sattel heben, aber er sah sie von der Seite an und ritt weiter. Mehrere Männer gesellten sich zu der Zuschauergruppe und blieben grinsend in einiger Entfernung von den Frauen stehen. Einer von ihnen begann sie und ihren Koffer mit wachsendem Interesse zu betrachten, nachdem er die Banknote erblickt hatte. Er war groß, dünn und sehr schwarz wie die anderen und trug einen zerfetzten Burnus um die Schultern geworfen, aber seine Kleidung bestand auch aus einem Paar schmutziger, europäischer Tennishosen, die er statt der langen landesüblichen Unterkleidung trug. Er näherte sich ihr, klopfte sie auf den Arm und sagte etwas auf arabisch zu ihr; sie verstand ihn nicht. Dann sagte er: »Toi parles français?« Sie rührte sich nicht; sie wußte nicht, was sie tun sollte. »Oui«, antwortete sie schließlich nach einiger Zeit.

»Toi pas Arabe«, stellte er fest und beobachtete sie. Triumphierend wandte er sich an die Menge und verkündete, daß die Dame Französin sei. Sie wichen alle etwas zurück und ließen ihn und Kit in der Mitte stehen. Dann wiederholte die Verkäuferin ihre Geldforderung. Immer noch verharrte Kit regungslos, in der Hand den Tausend-Francs-Schein.

Der Mann zog ein paar Münzen aus der Tasche und warf sie der geifernden Frau zu, die sie zählte und dann langsam fortging. Die anderen Leute schienen keine Lust zu haben, zu gehen; der Anblick einer französischen Dame in arabischen Kleidern entzückte sie. Aber er wurde ärgerlich und versuchte sie dazu zu bewegen, weiterzugehen und sich um ihre eigenen Angelegenheiten zu kümmern. Er nahm Kits Arm und zupfte sie sanft.

»Hier ist es nichts«, sagte er. »Komm«. Er ergriff den Koffer. Sie ließ sich von ihm über den Marktplatz ziehen, an den Salzsäcken und Gemüsen, den lärmenden Käufern und Händlern vorbei.

Als sie an den Brunnen kamen, versuchte sie sich von ihm loszureißen. Noch eine Minute, und das Leben würde wieder schmerzhaft sein. Die Worte kamen wieder, und in der Hülle der Worte lagen die Gedanken versteckt. In der heißen Sonne würden sie zusammenschrumpfen; sie mußten im Dunkeln gehalten werden.

»Non!« schrie sie und riß ihren Arm los.

»Madame«, sagte der Mann tadelnd. »Kommen Sie und setzen Sie sich.«

Wieder ließ sie sich von ihm durch das Gewühl führen. Am Ende des Marktplatzes gingen sie unter eine Arkade und dort, im Schatten, war eine Türe. Im Korridor war es kühl. Dort stand eine fette Frau in einem karierten Kleid, die Arme in die Hüften gestemmt. Ehe sie noch bei ihr waren, kreischte sie schrill: »Amar! Wer ist diese Schlampe, die du hier bringst? Du weißt genau, daß ich keine Eingeborenenweiber in meinem Hotel dulde. Bist du besoffen? Allez! Fous-moi le camp!« Sie ging stirnrunzelnd auf sie zu.

Im Moment verblüfft, ließ der Mann seine Beute los. Kit drehte sich blitzartig und ging mechanisch auf die Türe zu, aber er drehte sich um und ergriff sie beim Arm. Sie versuchte ihn abzuschütteln.

»Sie versteht Französisch!« rief die Frau erstaunt aus. »Um so besser.« Dann erblickte sie den Koffer. »Was ist das?« fragte sie.

»Es gehört ihr. Sie ist eine französische Dame«, erwiderte Almar leicht gereizt.

»Pas possible«, murmelte die Frau. Sie kam näher und betrachtete Kit. Schließlich sagte sie: »Ah, pardon, madame. Aber mit diesen Kleidern –« Sie brach ab, und wieder schlich sich Mißtrauen in ihre Stimme. »Wissen Sie, dies ist ein anständiges Hotel.« Sie war unentschlossen, zuckte aber mit den Schultern und fügte mürrisch hinzu: »Enfin, entrez si vous voulez.« Und sie trat beiseite, um Kit vorbeizulassen.

Kit jedoch machte verzweifelte Anstrengungen, um sich von dem Mann loszureißen.

»Non, non, non! Je ne veux pas!« schrie sie hysterisch und kratzte seine Hand. Dann legte sie ihren freien Arm um seinen Nacken und schluchzte.

Die Frau starrte erst sie, dann Amar an. Ihr Gesicht wurde hart. »Schaff mir die Person hier raus!« sagte sie wütend. »Bring sie in das Bordell zurück, in dem du sie aufgelesen hast. Et ne viens plus m'emmerder avec tes sales putains! Va! Salaud!«

Draußen schien die Sonne noch blendender als vorher. Die Lehmmauer und die glänzenden schwarzen Gesichter zogen vorüber. Der öden Monotonie der Erde war keine Grenze gesetzt.

»Ich bin müde«, sagte sie zu Amar.

Sie befanden sich in einem düsteren Raum und saßen nebeneinander auf einem langen Kissen. Ein Neger, der einen Fes auf dem Kopf trug, reichte jedem von ihnen ein Glas Kaffee.

»Ich möchte, daß alles aufhört«, sagte sie ernsthaft zu den beiden.

»Oui, madame«, sagte Amar und klopfte ihr auf die Schulter.

Sie trank ihren Kaffee, lehnte sich gegen die Wand und betrachtete die anderen durch halbgeschlossene Augen. Sie sprachen zusammen, sie sprachen unaufhörlich. Sie überlegte nicht, worüber sie wohl sprechen mochten. Als Amar aufstand und mit dem anderen den Raum verließ, wartete sie einen Augenblick, bis die Stimmen nicht mehr zu hören waren, dann sprang auch sie auf und ging durch eine andere Tür hinaus. Da war eine winzige Treppe. Auf dem Dach war es so heiß, daß es ihr den Atem verschlug. Der wirre Lärm vom Marktplatz wurde durch das Summen der Fliegen, die sie umkreisten, fast übertönt. Sie setzte sich. Noch eine Minute, und sie würde zu schmelzen beginnen. Sie schloß die Augen, und die Fliegen krochen eilig über ihr Gesicht, flogen auf, setzten sich, flogen wieder auf, mit irrer Intensität. Sie öffnete die Augen und sah rings um sich die Stadt. Kaskaden von Licht zersplitterten über den terrassenartigen Dächern.

Langsam gewöhnten sich ihre Augen an die entsetzliche Grellheit. Sie fixierte die Gegenstände, die neben ihr auf dem schmutzigen Boden herumlagen: die Stoffetzen; die ausgetrockneten Skelette fremdartiger Eidechsen; die verblichenen, zerbrochenen Zündholzschachteln; und die Klumpen weißer Hühnerfedern, mit dunklem Blut verklebt. Sie mußte ja irgendwohin; jemand erwartete sie. Wie konnte sie die Leute verständigen, daß sie sich verspätet hatte? Denn darüber bestand kein Zweifel – sie würde viel später ankommen als geplant. Dann fiel ihr ein, daß sie ihr Telegramm nicht abgesandt hatte. In diesem Augenblick kam Amar durch die kleine Türe und ging auf sie zu. Sie taumelte hoch. »Warte hier«, sagte sie, schob sich an ihm vorbei und ging hinein, weil die Sonne sie schwindlig machte.

Der Mann sah das Papier und dann sie an. »Wohin wollen Sie es denn schicken?« wiederholte er. Sie schüttelte stumm den Kopf. Er gab ihr das Papier zurück, und sie las in ihrer eigenen Handschrift die Worte: »KANN NICHT ZURÜCK.« Der Mann starrte sie an. »Das stimmt ja nicht!« schrie sie auf französisch. »Ich möchte noch etwas hinzufügen.« Aber der Mann fuhr fort zu starren – nicht ärgerlich, sondern abwartend. Er hatte einen kleinen Schnurrbart und blaue Augen. »Le destinataire, s'il vous plaît«, sagte er wieder. Sie warf ihm das Papier zu, denn sie konnte die Worte, die sie noch hinzufügen wollte, nicht finden, und sie wollte, daß die Nachricht sofort abginge. Aber sie wußte schon, daß er das Telegramm nicht absenden würde. Sie langte hinüber und berührte sein Gesicht, streichelte kurz seine Backe. »Je vous en prie, monsieur!« beschwor sie ihn. Zwischen ihnen war eine Theke; er trat zurück, und sie konnte ihn nicht erreichen. Dann rannte sie die Straße hinaus, und da stand Amar, der schwarze Mann. »Rasch!« schrie sie, ohne stehenzubleiben. Er rannte ihr nach, rief ihr zu. Wohin sie auch lief, er war neben ihr und versuchte, sie aufzuhalten. »Madame!« rief er in einem fort. Aber er verstand sie nicht, und sie konnte nicht stehenbleiben und ihm die Gefahr erklären. Dafür war keine Zeit. Jetzt, wo sie sich verraten und wieder Verbindung mit der anderen Seite aufgenommen hatte, war jede Minute kostbar. Sie würden nichts unversucht lassen, um sie aufzustöbern, sie würden die Wand, die sie aufgerichtet hatte, niederreißen und sie zwingen, sich anzusehen, was sie dort begraben hatte. Sie erkannte am Gesichtsausdruck des blauäugigen Mannes, daß sie die Maschine, die sie zerstören würde, in Bewegung gesetzt hatte. Und jetzt war es zu spät, um sie zu stoppen. »Vite! Vite!« keuchte sie Amar zu, der schwitzend und protestierend neben ihr herlief. Sie waren jetzt auf einem offenen Platz, in der Nähe der Straße, die zum Fluß hinunterführte. Einige halbnackte Bettler hockten dort herum, und jeder von ihnen murmelte seine private, kurze Zauberformel, als sie vorbeirannten. Sonst war niemand zu sehen.

Endlich erreichte er sie und packte sie an der Schulter, aber sie verdoppelte ihre Anstrengungen. Bald jedoch verlangsamte sie ihren Lauf, und da ergriff er sie und zwang sie, anzuhalten. Sie brach in die Knie und wischte sich mit dem Handrücken ihr nasses Gesicht ab. Der Ausdruck von Schrecken war noch deutlich in ihren Augen. Er hockte sich neben sie in den Staub und versuchte, sie zu trösten, indem er ungeschickt ihren Arm streichelte. »Wohin rennst du denn so?« fragte er schließlich. »Was ist denn los?«

Sie antwortete nicht. Der heiße Wind strich vorüber. In der Ferne zogen langsam ein Mann und zwei Ochsen auf der Uferstraße entlang. Sie hörte Amar sagen: »Das war Monsieur Geoffroy. Er ist ein guter Mann. Du solltest vor ihm keine Angst haben. Seit fünf Jahren arbeitet er beim Post- und Telegrafenamt.«

Das letzte Wort fuhr wie Nadeln in ihr Fleisch. Sie zuckte zusammen. »Nein, ich will nicht! Nein, nein, nein!« wimmerte sie.

»Und du mußt wissen«, fuhr Amar fort, »das Geld, das du ihm geben wolltest, taugt hier nichts. Es ist algerisches Geld. Sogar in Tessalit mußt du A.O.F.-Francs haben. Algerisches Geld ist Konterbande.«

»Konterbande«, wiederholte sie; das Wort sagte ihr überhaupt nichts.

»Défendu!« sagte er lachend und versuchte, sie auf die Füße zu ziehen. Die Sonne schmerzte; auch er war schweißüberströmt. Sie wollte sich im Augenblick nicht bewegen – sie war zu erschöpft. Er wartete eine Weile, veranlaßte sie, ihren Kopf durch die Kapuze zu schützen, wickelte sich in seinen Burnus und legte sich zurück. Der Wind nahm zu. Der Sand raste über die flache schwarze Erde wie weißschäumendes Wasser, das von einer Strömung seitwärts getrieben wurde.

Plötzlich sagte sie: »Nimm mich mit zu dir. Dort werden sie mich nicht finden.«

Aber er weigerte sich und sagte, es sei kein Platz da und er habe eine große Familie. Statt dessen wollte er sie nach dorthin mitnehmen, wo sie Kaffee getrunken hatten.

»Das ist doch ein Café«, protestierte sie.

»Aber Atallah hat viele Zimmer. Du kannst ihn bezahlen. Sogar mit dem algerischen Geld. Er kann es wechseln. Hast du noch mehr?«

»Ja, ja. In meinem Koffer.« Sie blickte um sich. »Wo ist er?« fragte sie unsicher.

»Du hast ihn bei Atallah gelassen. Er gibt ihn dir wieder.« Er grinste und spuckte aus. »Nun, wollen wir ein bißchen gehen?«

Atallah war in seinem Café. Ein paar beturbante Kaufleute aus dem Norden saßen in einer Ecke und schwatzten. Amar und Atallah blieben kurze Zeit diskutierend in der Türe stehen. Dann führten sie sie in die Wohnräume hinter dem Café. Es war sehr dunkel und kühl in den Zimmern, besonders im letzten, wo Atallah ihren Koffer abstellte und ihr bedeutete, sich auf eine Decke, die in der Ecke am Boden lag, zu legen. Er ließ gerade den Vorhang über dem Türrahmen zusammenfallen und war noch nicht aus dem Zimmer, da drehte sie sich schon zu Amar und zog sein Gesicht zu sich herunter.

»Du mußt mich retten«, sagte sie zwischen ihren Küssen.

»Ja«, versprach er feierlich.

Er war so beruhigend, wie Belqassim beunruhigend war.

Atallah hob den Vorhang erst am Abend wieder auf, als er sie im Schein seiner Lampe schlafend nebeneinander auf der Decke liegen sah. Er stellte die Lampe neben die Türschwelle und ging.

Etwas später erwachte sie. Es war sehr ruhig und heiß im Zimmer. Sie setzte sich auf und betrachtete den langen, schwarzen Körper an ihrer Seite; er war regungslos und glänzend wie eine Statue. Sie legte ihre Hände auf seinen Brustkasten: das Herz schlug schwer und langsam. Die Glieder bewegten sich. Die Augen öffneten sich, der Mund verzog sich zu einem Lächeln.

»Ich habe ein großes Herz«, sagte er zu ihr und legte seine Hand auf die ihre und preßte sie gegen seine Brust.

»Ja«, sagte sie abwesend.

»Wenn es mir gut geht, dann habe ich das Gefühl, ich sei der beste Mensch auf der Welt. Wenn ich elend bin, hasse ich mich. Dann sage ich mir: Du taugst nichts, Amar. Du bist aus Lehm gemacht!« Er lachte.

Irgendwo, in einem anderen Teil des Hauses, hörte man ein Geräusch. Er fühlte, wie sie zusammenzuckte. »Warum fürchtest du dich?« sagte er. »Ich weiß. Weil du reich bist. Weil du einen Koffer voll Geld hast. Reiche Leute haben immer Angst.«

»Ich bin nicht reich«, sagte sie. Sie brach ab. »Es ist mein Kopf. Er schmerzt.« Sie entzog ihm ihre Hand und nahm sie von seiner Brust fort, um sie an ihre Stirne zu legen.

Er sah sie wieder an und lachte. »Du solltest nicht denken. Ça c'est mauvais. Der Kopf ist wie der Himmel. Immer dreht und dreht er sich um seinen Mittelpunkt. Aber sehr langsam. Wenn du denkst, beschleunigst du das Tempo zu sehr. Dann schmerzt er.«

»Ich liebe dich«, sagte sie und fuhr mit ihrem Zeigefinger über seine Lippen. Aber sie wußte, daß sie ihm nicht wirklich nahekommen konnte.

»Moi aussi«, erwiderte er und biß sie leicht in den Finger.

Sie weinte, und ein paar Tränen fielen auf ihn; er beobachtete sie neugierig und schüttelte von Zeit zu Zeit seinen Kopf.

»Nein, nein«, sagte er. »Weine ein bißchen, aber nicht zu lange. Ein wenig ist gut. Zu lange ist schlecht. Man sollte nie über etwas nachdenken, das vorbei ist.« Die Worte trösteten sie, obgleich sie sich nicht erinnern konnte, was zu Ende war. »Frauen denken immer an das, was vorbei ist, anstatt an das, was kommt. Bei uns sagt man, das Leben sei eine Klippe, und man soll nie zurückschauen, während man hinaufklettert. Es macht einem schwindlig«, fuhr die sanfte Stimme fort; endlich legte sie sich wieder hin. Trotzdem war sie überzeugt, daß dies das Ende war, daß es nicht mehr lange dauern würde, bis sie sie fänden. Sie würden sie vor einen großen Spiegel stellen und sagen: »Sieh dich an!« Und sie würde hineinsehen müssen, und alles wäre vorbei. Der dunkle Traum würde in Stücke zersplittern; das Licht des Entsetzens würde aufflammen und nicht mehr verlöschen; ein erbarmungsloser Scheinwerfer würde auf sie gerichtet werden; der Schmerz wäre unerträglich und würde nie mehr aufhören. Sie lag eng an ihn geschmiegt und schauderte. Er rückte mit seinem Körper näher an sie heran und nahm sie fest in die Arme. Als sie wieder die Augen öffnete, war das Zimmer dunkel.

»Man kann einem Menschen niemals Geld verweigern, wenn er sich Licht kaufen will«, sagte Amar. Er brannte ein Streichholz an und hielt es in die Luft.

»Und du bist reich«, sagte Atallah und zählte ihre Tausend-Francs-Scheine, einen nach dem anderen.

XXIX

Votre nom, madame. Sie erinnern sich doch sicherlich an Ihren Namen.« Sie achtete nicht darauf; das war die einzige Art, sie los zu werden. »C'est inutile. Sie werden nichts aus ihr herausbekommen.«

»Sind Sie sicher, daß keinerlei Erkennungszeichen in ihren Kleidern sind?«

»Keine, mon capitaine.«

»Gehen Sie zurück zu Atallah und suchen Sie weiter. Wir wissen, daß sie Geld und einen Koffer hatte.«

Ab und zu läutete eine zersprungene kleine Kirchenglocke. Die Gewänder der Nonnen raschelten, als sie im Zimmer herumgingen.

»Katherine Moresby«, sagte die Schwester und sprach den Namen langsam und völlig falsch aus. »C'est bien pour vous, n'est-ce pas?«

»Sie haben alles bis auf den Paß genommen, und wir haben Glück gehabt, daß wir den gefunden haben.«

»Öffnen Sie die Augen, Madame.«

»Trinken Sie. Es kühlt. Es ist Limonade. Sie schadet Ihnen nicht.«

Eine Hand strich über ihre Stirne.

»Nein!« schrie sie. »Nein!«

»Versuchen Sie, ruhig zu liegen.«

»Der Konsul in Dakar rät, sie nach Oran zurückzuschikken. Ich warte auf Antwort von Algier.«

»Es ist Morgen.«

»Nein, nein, nein!« stöhnte sie und biß in ihr Kissen. Nie würde sie es geschehen lassen.

»Es dauert stundenlang, sie zu füttern, nur weil sie die Augen nicht aufmacht.«

Sie wußte genau, daß diese dauernden Anspielungen auf ihre geschlossenen Augen nur gemacht wurden, um sie dazu zu verleiten, zu protestieren: »Aber meine Augen sind ja offen.« Dann würden sie sagen: »Ah, Ihre Augen sind offen, so? Dann – sehen Sie mal her?«, und dann würde sie ausgeliefert vor ihrem entsetzlichen Spiegelbild stehen, und der Schmerz würde zu toben beginnen. Und so sah sie manchmal für kurze Momente Amars schimmernden schwarzen Körper neben sich im Lampenlicht und manchmal nur die sanfte Dunkelheit des Zimmers; aber es war ein regungsloser Amar und ein in statischer Ruhe verharrender Raum; dorthinein konnte die Zeit nicht dringen, um seine Lage zu verändern oder die alles umhüllende Stille in Fragmente zu zersplittern.

»Es ist erledigt. Der Konsul hat sich bereit erklärt, die Passage für die Transafricaine für sie zu bezahlen. Demouveau startet morgen mit Estienne und Fouchet.«

»Aber sie braucht eine Wärterin.«

Es folgte eine beredte Stille.

»Sie wird ruhig sitzen, das versichere ich Ihnen.«

»Gott sei Dank verstehe ich Französisch«, hörte sie sich in dieser Sprache sagen. »Danke, daß Sie so deutlich sind.« Dieser Satz aus ihrem Mund erschien ihr unglaublich lächerlich, und sie begann zu lachen. Sie sah keinen Grund, mit Lachen aufzuhören: es tat ihr wohl. In ihrem Zentrum war ein unwiderstehliches Zucken und Kitzeln, das ihren Körper zusammenkrümmte und das Gelächter herausschleuderte. Sie brauchten lange, bis sie sie beruhigt hatten, denn die Vorstellung, sie davon abzuhalten, etwas zu tun, was ihr natürlich und angenehm schien, ließ sie noch mehr lachen als über das, was sie gerade gesagt hatte.

Als alles vorbei war und sie sich angenehm schläfrig fühlte, sagte die Schwester: »Morgen gehen Sie auf die

Reise. Ich hoffe, Sie werden mir keine Schwierigkeiten machen und mich zwingen, Sie anzuziehen. Ich weiß, daß Sie imstande sind, sich selbst anzuziehen.«

Sie antwortete nicht, denn sie glaubte nicht an die Reise. Sie hatte vor, in dem Zimmer, in Amars Nähe zu bleiben.

Die Schwestern zwangen sie, sich aufzusetzen, und zogen ihr ein steifes Kleid über den Kopf; es roch nach Waschseife. Immer wieder sagten sie: »Schauen Sie diese Schuhe an. Glauben Sie, sie werden Ihnen passen?« Oder: »Gefällt Ihnen die Farbe Ihres neuen Kleides?« Kit gab keine Antwort. Ein Mann packte sie an der Schulter und schüttelte sie.

»Würden Sie mir den Gefallen tun und Ihre Augen öffnen, Madame?« sagte er streng.

»Vous lui faites mal«, sagte die Schwester.

Sie bewegte sich mit den andern in einer langsamen Prozession den hallenden Korridor entlang. Die dünne Kirchenglocke wimmerte, und in der Nähe krähte ein Hahn. Sie fühlte eine kühle Brise auf ihrer Wange. Dann roch sie Benzin. Die Stimmen der Männer verloren sich in der weiten Morgenluft. Ihr Herz begann zu trommeln, als sie in den Wagen stieg. Jemand hielt sie am Arm fest und ließ nicht eine Sekunde los. Der Wind strömte durch die geöffneten Fenster und erfüllte den Wagen mit dem beizenden Geruch von Holzrauch. Während sie dahinratterten, unterhielten sich die Männer pausenlos, aber sie hörte nicht zu. Als der Wagen hielt, war kurze Zeit alles still, und sie hörte das Bellen eines Hundes. Dann wurde ihr aus dem Wagen geholfen, die Türen wurden zugeworfen, und man führte sie einen steinigen Weg entlang. Ihre Füße schmerzten: die Schuhe waren zu klein. Manchmal sagte sie mit leiser Stimme, als spräche sie zu sich selber: »Nein«. Aber die starke Hand ließ ihren Arm niemals los. Jetzt wurde der Benzingeruch sehr stark. »Setzen Sie sich.« Sie setzte sich, und immer noch hielt sie die Hand fest.

Mit jeder Minute kam sie dem Schmerz näher; es würden

noch viele Minuten verstreichen, ehe sie tatsächlich angelangt wäre, aber das war kein Trost. Der Anlauf mochte weit oder kurz sein – das Ziel war das gleiche. Einen Augenblick lang versuchte sie sich loszureißen.

»Raoul! Ici!« schrie der Mann an ihrer Seite. Jemand packte ihren anderen Arm. Immer noch wehrte sie sich und wurde fast am Boden geschleift. Sie schürfte ihre Wirbelsäule an der Blechkante der Kiste, auf der sie saßen.

»Elle est costaude, cette garce!«

Sie gab nach und wurde wieder in eine sitzende Stellung gehoben, in der sie mit weit zurückgeworfenem Kopf verharrte. Das plötzliche Aufheulen des Flugzeugmotors in ihrem Rücken zerschmetterte die Hülle, die sie umgab. Vor ihren Augen war ein schmerzhaft blauer Himmel – sonst nichts. Eine Ewigkeit lang sah sie hinein. Wie ein gewaltiger, alles übertönender Schrei zerstörte er ihr Bewußtsein und lähmte sie. Jemand hatte ihr einmal gesagt, der Himmel verberge die Finsternis, die hinter ihm lauere, schütze den Menschen vor den Schrecken, die über ihm drohten. Ohne zu zucken, fixierte sie die undurchsichtige Leere, und die Angst wurde wach in ihr. Jeden Augenblick konnte der Riß kommen, die Ränder würden sich aufrollen, und die gigantischen Eingeweide würden entblößt daliegen.

»Allez! En marche!«

Sie stand, sie wurde herumgedreht und zu der zitternden alten Junkers-Maschine geführt. Als sie in der Kanzel neben dem Piloten saß, wurden ihre Arme und ihre Brust mit Riemen angeschnallt. Es dauerte lange, bis sie befestigt waren; sie sah teilnahmslos zu.

Die Maschine flog langsam. An diesem Abend landeten sie in Tessalit und verbrachten die Nacht auf dem Flugplatz. Sie weigerte sich, zu essen.

Am Nachmittag des nächsten Tages erreichten sie Adar; sie hatten Gegenwind. Sie landeten. Sie war ganz folgsam geworden und aß, was man ihr eingab, aber die Männer riskierten nichts. Sie ließen ihre Arme gefesselt. Die Frau des Hotelbesitzers ärgerte sich, daß sie auf sie aufpassen mußte. Sie hatte ihre Kleider beschmutzt.

Am dritten Tag flogen sie bei Tagesanbruch ab und erreichten das Mittelmeer vor Sonnenuntergang.

XXX

Miss Ferry war von ihrem Auftrag nicht sehr entzückt. Der Flughafen lag ziemlich weit außerhalb der Stadt, und die Straße war heiß und holperig. Mr. Clarke hatte gesagt: »Für Sie hab ich morgen eine kleine Beschäftigung. Die Verrückte, die drunten im Sudan aufgegabelt wurde. Transafricaine fliegt sie morgen her. Ich versuche, sie Montag auf den ›American Trader‹ zu verfrachten. Sie ist krank, oder sie hat so was wie einen Zusammenbruch gehabt. Es wird besser sein, Sie bringen sie ins ›Majestic‹.« Mr. Evans in Algier war es endlich heute früh gelungen, die Familie in Baltimore zu erreichen; alles war in Ordnung. Die Sonne versank hinter der Festung von Santa Cruz auf dem Berg, als das Taxi aus der Stadt fuhr, aber es würde noch eine Stunde dauern, ehe sie untergegangen sein würde

»Verdammte alte Idiotin!« sagte sie zu sich. Dies war nicht das erste Mal, daß man sie damit beauftragt hatte, freundlich zu einer kranken oder gestrandeten Landsmännin zu sein. Diese Aufgabe fiel ihr ungefähr einmal im Jahr zu, und sie haßte sie.

»Amerikaner ohne Geld sind ekelhaft«, hatte sie zu Mr. Clarke gesagt. Sie fragte sich, was für eine Anziehungskraft wohl das vertrocknete Innere von Afrika für einen zivilisierten Menschen haben konnte. Sie selbst hatte einmal ein Wochenende in Bou Saâda verbracht und war vor Hitze fast ohnmächtig geworden.

Als sie sich dem Flugplatz näherte, färbten sich die Berge rot im Schein der untergehenden Sonne. Sie wühlte in ihrer Handtasche nach dem Papierstreifen, den Mr. Clarke ihr gegeben hatte, und fand ihn. »Mrs. Katherine Moresby.« Sie ließ ihn wieder in die Tasche gleiten. Die Maschine war bereits gelandet; sie stand allein dort draußen auf dem Rollfeld. Sie stieg aus der Taxe, befahl dem Fahrer zu warten und eilte durch eine Türe, auf der »Salle d'attente« stand. Sofort fiel ihr Auge auf die Frau, die niedergeschlagen auf einer Bank saß, während ein Mechaniker der Transafricaine ihren Arm hielt. Sie trug ein blau-weiß kariertes, formloses Kleid, wie es die halbeuropäisierten Dienstboten trugen; Aizza, ihre eigene Putzfrau, kaufte sich besser aussehende Dinger im Judenviertel.

»Die ist wirklich abgerutscht«, dachte Miss Ferry. Gleichzeitig fiel ihr auf, daß die Frau erheblich jünger war, als sie erwartet hatte. Sie durchquerte den Raum und war sich ihrer eigenen Kleider angenehm bewußt; sie hatte sie während ihres letzten Urlaubes in Paris gekauft. Sie blieb vor den beiden stehen und lächelte die Frau an.

»Mrs. Moresby?« fragte sie. Der Mechaniker und die Frau erhoben sich gleichzeitig; immer noch hielt er ihren Arm. »Ich bin vom hiesigen amerikanischen Konsulat.« Sie streckte ihre Hand aus. Die Frau lächelte matt und nahm sie. »Sie müssen völlig erschöpft sein. Wie lange sind Sie unterwegs? Drei Tage?«

»Ja.« Die Frau sah sie unglücklich an.

»Wie scheußlich«, sagte Miss Ferry. Sie wandte sich an den Mechaniker, gab ihm die Hand und dankte ihm in ihrem fast unverständlichen Französisch. Er ließ den Arm seines Schützlings los, um den Gruß zu erwidern, ergriff ihn dann aber sofort wieder. Miss Ferry runzelte ungeduldig die Stirne; manchmal waren die Franzosen wirklich unglaublich ungewandt. Sie ergriff munter den anderen Arm, und zu dritt gingen sie zur Türe.

»Merci«, sagte sie wieder und, wie sie hoffte, mit Nachdruck, zu dem Mann und wandte sich dann an die Frau: »Was ist mit Ihrem Gepäck? Ist der Zoll schon erledigt?«

»Ich habe kein Gepäck«, sagte Mrs. Moresby und sah sie an.

»Sie haben keines?« Sie wußte nicht, was sie sonst sagen sollte.

»Es ist alles verlorengegangen«, sagte Mrs. Moresby mit leiser Stimme. Sie waren an der Türe angekommen. Der Mechaniker öffnete sie, ließ ihren Arm los und trat beiseite, um sie durchzulassen.

»Endlich«, dachte Miss Ferry mit Befriedigung und fing an, Mrs. Moresby in die Taxe zu drängen. »Oh, was für ein Pech!« sagte sie laut. »Das ist wirklich scheußlich. Aber Sie werden es sicher wiederbekommen.« Der Fahrer öffnete den Wagenschlag, und sie stiegen ein. Der Mechaniker sah ihnen vom Randstein her ängstlich nach.

»Es ist komisch«, fuhr Miss Ferry fort, »die Wüste ist so ein riesiges Gebiet, aber eigentlich geht nie etwas wirklich verloren.«

Die Türe schlug zu. »Manchmal tauchen Dinge nach Monaten wieder auf. Nicht, daß das im Augenblick viel nützen würde.« Sie betrachtete die schwarzen Baumwollstrümpfe und die zerbeulten braunen Schuhe. »Au revoir et merci«, rief sie dem Mechaniker zu, und der Wagen fuhr los.

Als sie auf der Hauptstraße waren, fing der Fahrer an, Gas zu geben. Mrs. Moresby schüttelte langsam den Kopf hin und her und sah sie flehend an. »Pas si vite!« schrie Miss Ferry dem Chauffeur zu. »Sie armes Ding«, wollte sie gerade sagen, hatte aber dann das Gefühl, das wäre nicht ganz passend. »Ich beneide Sie nicht um das, was Sie gerade durchgemacht haben«, sagte sie. »Es ist eine schauderhafte Reise.«

»Ja.« Ihre Stimme war kaum zu hören.

»Es gibt natürlich Menschen, die diese Hitze und der Dreck nicht stört. Wenn sie wieder zu Hause sind, dann bringen sie den Mund nicht zu, vor Begeisterung über das Land. Seit fast einem Jahr versuche ich, nach Kopenhagen versetzt zu werden.«

Miss Ferry hörte auf zu reden und betrachtete einen ratternden Eingeborenen-Bus, den sie überholten. Sie hatte den Verdacht, daß die Frau neben ihr einen schwachen, unangenehmen Geruch ausströmte. »Wahrscheinlich hat sie jede Krankheit unter der Sonne«, sagte sie zu sich. Während sie sie von der Seite beobachtete, sagte sie schließlich: »Wie lange sind Sie da unten gewesen?«

»Lange.«

»Haben Sie durch das Klima sehr gelitten?« Die andere sah sie an. »Es wurde uns telegrafiert, daß Sie krank sind.«

Ohne zu antworten, starrte Mrs. Moresby auf die dunkler werdende Landschaft hinaus. Dort in der Ferne lagen die vielen Lichter der Stadt. Das muß es sein, dachte sie. Das ist der Grund: Sie war krank gewesen, wahrscheinlich jahrelang. »Aber wie kann ich hier sitzen und nichts davon wissen?« dachte sie.

Als sie in den Straßen der Stadt waren und die Gebäude, die Menschen und der Verkehr an den Scheiben des Taxi vorüberzogen, erschien ihr das alles ganz selbstverständlich – sie hatte sogar das Gefühl, die Stadt zu kennen. Aber irgend etwas mußte immer noch nicht in Ordnung sein, sonst wüßte sie doch genau, ob sie hier schon einmal gewesen war oder nicht.

»Wir quartieren Sie im ›Majestic‹ ein. Dort sind sie angenehmer untergebracht. Es ist natürlich nicht erstklassig, aber bestimmt erheblich komfortabler als irgendwas in Ihren Hinterwäldern.« Miss Ferry lachte über ihren eigenen Witz. »Sie kann verdammt froh sein, daß so ein Zinnober mit ihr gemacht wird«, dachte sie für sich. »Nicht alle kommen ins ›Majestic‹.«

Als der Wagen vor dem Hotel vorfuhr und ein Page herauskam, um die Türe zu öffnen, sagte Miss Ferry: »Oh, da fällt mir ein, daß ein Freund von Ihnen, ein Mr. Tunner, uns seit Monaten mit Telegrammen und Briefen bombardiert. Eine ganze Flut, die von irgendwo aus der Wüste kam. Er hat sich Ihretwegen sehr aufgeregt.« Sie betrachtete das Gesicht an ihrer Seite, als die Türe aufging; es war in diesem Augenblick so seltsam und weiß, so offensichtlich ein Kampfplatz verschiedener verzweifelter Empfindungen, daß sie das Gefühl hatte, etwas Falsches gesagt zu haben. »Ich hoffe, Sie verzeihen mir meine Anmaßung«, fuhr sie etwas weniger selbstsicher fort, »aber wir haben dem Herrn versprochen, wir würden ihn sofort verständigen, falls wir Sie finden würden. Und ich habe nie daran gezweifelt, daß uns das gelänge. Die Sahara ist in Wirklichkeit klein, wenn man es darauf ankommen läßt. Das gibt es einfach nicht, daß dort Menschen so mir nichts, dir nichts verschwinden. Das ist anders als hier in der Stadt, in der Kasbah...« Es wurde ihr immer ungemütlicher. Mrs. Moresby schien weder den Pagen noch überhaupt etwas wahrzunehmen. »Jedenfalls«, fuhr Miss Ferry ungeduldig fort, »haben wir diesem Mr. Tunner telegrafiert, als wir sicher wußten, daß Sie hierherkommen würden, und es würde mich nicht wundern, wenn er inzwischen in der Stadt angekommen ist und wahrscheinlich in diesem Hotel wohnt. Sie könnten sich ja erkundigen.« Sie streckte ihr die Hand hin. »Wenn es Ihnen recht ist, werde ich diese Taxe behalten, um nach Hause zu fahren«, sagte sie. »Unser Büro hat sich mit dem Hotel ins Benehmen gesetzt, es ist also alles in Ordnung. Wenn Sie morgen bitte ins Konsulat kommen würden...«

Ihre Hand war immer noch ausgestreckt; nichts erfolgte. Mrs. Moresby saß da wie eine Steinstatue. Ihr Gesicht, das manchmal im Schatten lag, den die Vorübergehenden warfen, manchmal im vollen Licht des Hoteleingangs, hatte sich so vollständig verändert, daß Miss Ferry erschrak. Eine Sekunde suchte sie in den aufgerissenen Augen zu lesen. »Mein Gott, die Frau ist ja plem-plem!« sagte sie sich. Sie öffnete die Türe, sprang aus dem Wagen und rannte in das Hotel, zum Empfangsbüro. Es dauerte eine Zeitlang, ehe sie sich verständlich machen konnte.

Wenige Minuten später kamen zwei Männer aus dem Hotel und gingen auf die wartende Taxe zu. Sie sahen hinein, dann die Straße auf und ab und sprachen in fragendem Ton auf den Fahrer ein, der die Schultern zuckte. In diesem Augenblick fuhr eine überfüllte Trambahn vorüber, die hauptsächlich mit farbigen Hafenarbeitern in blauen Overalls besetzt war. Drinnen flackerte schwaches Licht, und die Stehenden schwankten hin und her. Sie bog um die Ecke, klingelte und klomm hügelaufwärts, am Café d'Eckmühl-Noiseux vorbei, dessen Markisen im Abendwind flatterten, an der Métropole-Bar, mit ihrem plärrenden Radio, am Café de France, das von Glas und Messing funkelte, vorüber. Lärmend zockelte sie dahin und pflügte sich einen Durchgang durch die Menge, die die Straßen füllte, nahm kreischend eine weitere Kurve und begann die langsame Abfahrt in der Rue Galliéni. Unten tauchten die Lichter des Hafens auf und wurden von dem langsam schaukelnden Wasser zerpflückt. Dann kamen die schäbigeren Gebäude, und die Straßen wurden dunkler. Am Rande des Araberviertels machte der immer noch vollbesetzte Wagen einen weiten Bogen und hielt; es war die Endstation.